愛拉傳奇 6

最後的試煉（下）

THE LAND OF PAINTED CAVES

U0127473

珍奧爾◎著

貓頭鷹編譯組◎譯

貓頭鷹

THE LAND OF PAINTED CAVES by JEAN M. AUEL
Copyright: © 2010 by JEAN M. AUEL
This edition arranged with JEAN V. NAGGAR LITERARY AGENCY, INC
through Big Apple Agency, Inc., Labuan, Malaysia
Traditional Chinese edition copyright:
2011 OWL PUBLISHING HOUSE, A DIVISION OF CITE PUBLISHING LTD.
All rights reserved.

愛拉傳奇 6

最後的試煉（下）

作　　者　珍奧爾（Jean M. Auel）
譯　　者　林欣頤、龐元媛、姜金龍、邱春煌
企畫選書　陳穎青
責任編輯　陳怡琳
特約編輯　陳婉蘭、顏莉、鄧月梅、許雅芬
校　　對　魏秋綢
美術編輯　謝宜欣
封面設計　洪伊奇
封面繪圖　張靖梅
系列主編　陳穎青
總 編 輯　謝宜英
社　　長　陳穎青
出 版 者　貓頭鷹出版
發 行 人　涂玉雲
發　　行　英屬蓋曼群島商家庭傳媒股份有限公司城邦分公司
　　　　　104台北市民生東路二段141號2樓
劃撥帳號：19863813；戶名：書虫股份有限公司
購書服務信箱：service@readingclub.com.tw
購書服務專線：02-25007718~9（周一至周五上午09:30-12:00；下午13:30-17:00）
24小時傳真專線：02-25001990~1
香港發行所　城邦（香港）出版集團　電話：852-25086231／傳真：852-25789337
馬新發行所　城邦（馬新）出版集團　電話：603-90563833／傳真：603-90562833
印　　刷　成陽印刷股份有限公司
初　　版　2011年3月
定　　價　新台幣330元／港幣110元
ISBN　978-986-120-639-4
有著作權・侵害必究

讀者意見信箱　owl @cph.com.tw
貓頭鷹知識網　http://www.owls.tw
歡迎上網訂購；大量團購請洽專線
（02）2500-7696轉2729

城邦讀書花園
www.cite.com.tw

國家圖書館出版品預行編目(CIP)資料

愛拉傳奇6：最後的試煉／珍奧爾（Jean M. Auel）著；
林欣頤等譯. -- 初版.-- 臺北市：貓頭鷹出版：
家庭傳媒城邦分公司發行, 2011.03
面；　公分. --（愛拉傳奇；6）
譯自：The land of painted caves
ISBN 978-986-120-638-7（上冊：平裝）. --
ISBN 978-986-120-639-4（下冊：平裝）. --
ISBN 978-986-120-640-0（全套：平裝）

874.57　　　　100002468

第二十二章

第七洞穴的齊蘭朵妮帶著愛拉和首席沿著道路往上走，步道旁的地面插了幾根火把，為他們照亮前方的路。愛拉突然想起她曾跟著石燈與火把，在各部落大會一路走進蜿蜒的洞穴，看到莫格烏爾。她知道自己不該擅闖，及時停下腳步，躲在巨大的石筍後面，但克雷伯還是知道她在那裡。現在，她卻受邀參加各部落大會。

他們往上走了很久才抵達聖洞，三人都氣喘吁吁。首席暗想，還好她決定現在走這一趟，再過一兩年恐怕走不動了。愛拉也知道這段路對首席來說有些吃力，她刻意放慢速度，讓首席跟上。他們看見前方熊熊燃燒的火堆，知道目的地快到了，沒多久便見到幾個人聚在火堆附近，或站或坐。

火堆旁那些人一看到他們，立刻熱情打招呼。他們三人站著和大家聊了一會兒，等待其他人。不久又有三個人到來，喬諾可也在其中。喬諾可之前去拜訪另一個洞穴的營地，那個洞穴的齊蘭朵妮也喜歡畫畫。大家跟他們三人打了招呼，接著第七洞穴的齊蘭朵妮向眾人說話：

「我們非常榮幸，邀請首席大媽侍者參與盛會。首席應該沒參加過我們的夏季大會，這一次非常值得紀念。首席也帶來她的助手和前任助手，前任助手現在是齊蘭朵妮了。我們也歡迎他們！」

群眾響起一陣歡迎之聲，也用手勢表達歡迎。第七洞穴的齊蘭朵妮接著說：「大家都舒服地坐在火堆旁吧。我帶了坐墊，也帶了一種特別的茶，想喝的人可以試試。這個茶是遙遠南方一位齊蘭朵妮送我的。她住在齊蘭朵妮氏人領土疆界上的高山丘陵，負責看守一處非常神聖的洞穴，已經看守很多年，經常給聖洞更換新面貌。所有聖洞都是大地母親的子宮，不過大媽在某些洞穴的形象特別鮮明，這些洞穴跟大媽一定特別親密，屬於大媽的洞穴。我想，大媽對於那位替她管理洞穴的齊蘭朵妮想必非常滿意，所以願意靠近她管理的洞穴。」

愛拉發覺喬諾可非常注意聆聽第七洞穴齊蘭朵妮的每一句話，愛拉想，也許喬諾可想學習怎樣讓大媽滿意，大媽才會接近白色洞穴。喬諾可自己倒是沒多說，但愛拉知道他把白色洞穴當成他的特別聖洞。愛拉也一樣。

先前有人把烹煮石放進火裡，現在用彎曲木材做成的鉗子拿了出來，放進編織緊密的裝水容器。第七洞穴的齊蘭朵妮將皮袋裡的東西倒進滾燙熱水裡。食物香氣四溢，愛拉聞著香氣，猜想著食材。她判斷是很多食材混在一起，有些她很熟悉，有些完全陌生。薄荷的濃烈氣味幾乎蓋過其他，愛拉想，他們之所以要加薄荷，應該是想遮蓋其他食材的氣味，或是遮蓋難聞的味道。茶葉浸泡了一會兒，第七洞穴齊蘭朵妮舀了一些茶到兩個杯子裡，一個杯子較大，另一個較小。

「這個茶作用很強。」第七洞穴齊蘭朵妮說：「我喝過一次，之後就不敢喝太多。喝下去之後，你會非常接近幽靈世界。我想大家都嘗一嘗應該沒關係，只要小心別喝太多就好。我一位助手自願多喝一些，這樣她就可以充當我們和幽靈世界的媒介。」

大杯子在眾人間傳遞，每人都喝一點點。杯子傳到首席手上，首席先聞一聞，再喝了一小口，然後刻意停留在嘴裡，想從味道判斷茶的成分。接著她又喝了一口，這次較大口，喝完便把杯子遞給愛拉。愛拉仔細觀察過首席，現在依樣畫葫蘆。她覺得茶很濃烈，光是味道就很強，她喝了覺得有點頭暈。喝了一小口，嘴裡充滿濃烈的氣味，老實說並不難喝，但她也不想天天喝。她吞了一小口，感覺快昏倒了。她好想知道茶裡到底有什麼成分。

大家都嘗過了，不約而同看著第七洞穴齊蘭朵妮的助手把一小杯茶喝完。沒多久，她站了起來，搖搖晃晃走向聖洞入口。第七洞穴齊蘭朵妮立刻起身扶著她，免得她跌倒。在場的其他齊蘭朵妮亞跟著他們走進聖洞，其中幾個人拿著點燃的火把。他們讓首席、愛拉和喬諾可走在前面。聖洞儘管很深，助手幾乎是直接走到彩繪的馬兒圍繞大圓點之處，後頭拿著火把的人則上前照亮石壁。

愛拉喝了一小口茶，到現在還在頭暈。她暗想，那位助手喝的量比她多很多，不曉得現在感覺如何？只見年輕助手走向石壁，把雙手放在石壁上，身體往前傾，臉頰貼著粗糙的石頭，好像想鑽進石頭裡。她哭了起來。第七洞穴的齊蘭朵妮用雙臂環繞住她的肩膀安慰她。首席朝向她走了幾步，開始唱起「大地母親之歌」：

「在黑暗之中，一片渾沌之時，
莊嚴的大地母親誕生於一陣旋風之間。
甦醒過來的她，了解生命的寶貴。
一片空無的黑暗，哀悼大地母親。」
「大地母親獨自一人，寂寞難忍。」

大家安靜聆聽，愛拉覺得肩膀放鬆了，這才發現原來之前有些緊繃。年輕助手停止哭泣，過了一會兒，他們跟上歌曲的節奏，其他人也一起唱，唱到大地母親生下大地之子那段，更多人加入合唱。

「每個孩子都不同，有的巨大，有的渺小，
有些能走，有些能飛，有些會游，有些會爬。
但每個形體都很完美，每個靈都是完整的，
每個都是能複製的原型。」
「大地母親滿心歡喜，綠色大地充滿生氣。」

「生下來的鳥、魚和所有動物，

這一次再也不會離開大地母親，使她哀痛。

每種動物都住在誕生地附近，

分享大地母親廣袤無垠的大地。」

「牠們和她在一起，不會離去。」

首席唱完之後，那位助手坐在彩繪石壁前方，另外幾個人也跟著她坐在地上，似乎有些茫然。首席走回愛拉身邊，第七洞穴齊蘭朵妮隨即走過來，用極小的聲音說：「妳的歌聲實在美妙，大家聽了都鎮靜下來。」他指著坐在地上的眾人說：「我想他們應該喝了不只一小口。有些人可能會在這裡待上一會兒，我也該留在這裡，等大家都要回去了再離開。你們可以先走。」

「我們再待一會兒。」首席說完，發覺又有幾個人坐下來。

「我去拿一些坐墊。」第七洞穴齊蘭朵妮說。

他回來時，愛拉也想坐下：「我覺得茶的作用愈來愈強了。」

「沒錯。」首席說。她問第七洞穴齊蘭朵妮：「這個茶你還有嗎？我回家以後還想試試看。」

「我可以給妳一些帶回去。」他說。

愛拉坐在坐墊上，又看了看彩繪石壁，覺得石壁幾乎是透明的。她的視線似乎能穿透石壁，看到石壁另一邊，也覺得有更多動物想走出石壁，到這個世界生活。她愈看愈感覺自己被吸入石壁後的世界，接著又覺得自己進入了那個世界，而且彷彿飄浮在高空。

乍看之下，石壁後的世界跟愛拉的世界沒什麼不同，幾條河流經綠草如茵的大草原，穿過高聳懸崖，愛拉也看到保護區的樹林，還有河岸的長廊林。各種動物在陸地上漫步，猛獁象、犀牛、巨角鹿、原牛、野牛、馬與賽加羚羊自在地待在開闊草地。赤鹿與其他體型較小的鹿則喜歡少許樹叢遮蔽，馴鹿與麝牛非常適應寒冷的環境。其他動物與鳥類應有盡有，還有各種食肉動物，大自穴獅，小至鼬鼠。這些動物愛拉並沒有一一看見，不過她知道牠們都在這兒。但這裡好像跟正常情形相反，比如野牛、馬和鹿看到獅子不會逃命，反而置之不理。這個世界裡的景色十分清晰，愛拉看著天空，意外發現太陽和月亮同時出現，月亮移到太陽前，把太陽變成黑色。突然間，愛拉覺得有人搖晃她的肩膀。

首席說：「妳大概睡著了。」

「可能吧，我覺得好像到了另一個世界。」愛拉說：「我看見太陽變成黑色。」

「也許妳真的到了另外一個世界，不過我們現在該走了，外面天都亮了。」

他們走出洞穴，看見幾個人站在火邊取暖。一位齊蘭朵妮拿給每人一杯熱飲。

「這是早上喝的熱飲。」他微笑著說：「昨夜我第一次體驗那種茶，很烈啊。」

「我也是第一次喝。」愛拉說：「那位喝了一整杯的助手，現在怎麼樣了？」

「茶的作用還沒消退，還需要很久時間，有人會看著她。」

首席和愛拉走回營地。此刻是天剛破曉的清晨，喬達拉已經醒來。愛拉想，他該不會一夜沒睡吧？喬達拉看到首席和愛拉回來，如釋重負，臉上帶著微笑。

「沒想到妳們去了一整晚。」喬達拉說。

「我也沒想到我們會待上一整晚。」愛拉說。

「我要去齊蘭朵妮亞的屋子，愛拉，妳今天該休息了。」首席說。

「是啊，我今天該休息，不過現在想吃點東西，我好餓喔！」

愛拉一行人又待了三天才離開夏季大會，這段期間阿美拉娜遇到了小麻煩。一位年紀稍大、位高權重且魅力十足的男人一直要她留下來，跟他配對。阿美拉娜有些動心，她想找首席談談，也許也找愛拉一起。她們見面時，阿美拉娜劈頭列舉了她應該留下，跟這位熱烈追求男人配對的理由。她好說歹說、又哄又笑，好像需要她們認同、允許似的。首席早就把事情摸透，問了幾個問題。

「阿美拉娜，妳是個成年女人，也配對過，只是很不幸妳的伴侶去世了。妳很快要當媽媽，必須照顧肚子裡的新生命。要怎麼做，完全由妳決定，用不著我同意，也用不著任何人允許。」首席說：「不過既然妳來找我，我想妳應該是需要一些建議。」

「唔，是啊，應該是吧！」阿美拉娜說。她似乎有點驚訝，沒想到首席竟然沒反對。

「第一件事情，妳見過他洞穴的人？見過他家人嗎？」首席問。

「應該算吧，我跟他的表親一起吃過一兩餐。而且這裡一天到晚都有宴席和慶典，我多少見過他洞穴的人，並不需要特別跟他們吃飯啊。」阿美拉娜說。

「記不記得當初妳是怎麼說的？妳說想回家跟媽媽和家人團聚，想回家生小孩。而且妳說當初賈恰羅想跟親友搬到別處，成立新洞穴時，妳並不喜歡。我知道妳不喜歡的原因之一是跟他們不熟。他們對於要在新地方建立家園都很興奮，可是妳沒有。妳已經離開熟悉的親朋好友，到了一個新地方，只想安定下來，希望大家開心迎接新生兒。對不對？」首席說。

「是啊，可是他年紀較大，也安定下來了。他沒有要成立新洞穴，我問過他了。」阿美拉娜說。

首席微微一笑：「至少妳還問了他想不想成立新洞穴。他很有魅力，很迷人，但是年紀比較大。妳想過他為什麼現在想要一個新伴侶嗎？他有沒有伴侶呢？還是以前曾經有過呢？」

「沒有耶，他說他一直在等待最適合他的女人。」阿美拉娜皺著眉頭回答。

「等待一個最適合幫他第一任伴侶照顧五個小孩的女人，是不是？」

「第一任伴侶？五個小孩？」阿美拉娜眉頭深鎖，困惑地說：「他沒說他有五個小孩啊！」

「妳有沒有問呢？」

「沒有，可是他為什麼不告訴我？」

「因為他不需要告訴妳，阿美拉娜，是妳沒問。他的伴侶要他再找一個女人來幫忙。這裡每個人都知道他有一位伴侶，也生下他的火堆地盤子女。她是他第一位伴侶，有地位的是她，當家作主的也是她。總之，再找一個女人是她的主意。這男人除了長得好看，有魅力之外，大概也沒什麼長處。我們明天就要走了，如果妳要跟他配對，這裡可沒有人會帶妳回妳母親的洞穴。」

「我不要留在這裡。」阿美拉娜生氣了：「他怎麼要我？為什麼不跟我說實話？」

「阿美拉娜，妳是個很迷人的女人，不過妳還年輕，喜歡別人注意妳。我們走了以後，他一定會再找一個女人。他就是想要一個年輕漂亮又無依無靠的女人，才覺得妳很適合。他以後找的女人可能年紀較大，也許不怎麼迷人，說不定還帶著兩個小孩。如果他運氣好，搞不好可以找到一個不能生育的女人，而這女人願意跟一個有家室、有魅力，願意接納她成為家裡一份子的男人在一起。我想他的第一位伴侶也是這麼希望，而不是找一個年輕漂亮，只要其他男人開出更好條件就願意跟他走的女人。依我看，如果有其他男人開出更好條件，妳一定願意跟他走，就算會失去地位也在所不惜，對吧？」

阿美拉娜聽見首席如此直言，露出驚訝的表情，接著就哭了起來：「我真的有那麼糟嗎？」

「我沒有說妳糟，而是說妳還年輕，妳就跟大部分年輕漂亮的女孩一樣，習慣了隨心所欲，地位較高的漂亮女孩尤其如此。但是妳就要生孩子了，要學會以孩子的需求為重，而不是以自己想做的事為重。」

「我不想當一個壞媽媽。」阿美拉娜哭著說：「萬一我不知道怎麼當好媽媽，怎麼辦？」

愛拉聽到現在，第一次開口說話：「妳會成為好媽媽的，尤其妳回家跟媽媽在一起，就更沒問題了，她會幫妳。妳會跟大部分媽媽一樣，愛妳的寶寶。大地之母創造女人，已經給了女人母愛，至少大多數女人都有母愛，很多男人也和女人一樣，深愛自己的孩子。妳是很有愛心的人，一定會是個好母親。」

首席微笑，語氣也柔和了：「阿美拉娜，去收拾行李吧！我們明天一早出發。」

愛拉一行人隔天便向大家辭行。南方齊蘭朵妮氏第七洞穴附近有三條河流匯流，他們沿著其中一條走，從營地淺淺的渡河點走到河的另一頭。起初是沿著蜿蜒的河道走，接著他們決定不繼續順著曲折的水道，而是穿過田野，偏東走，不再偏南。

這一帶對愛拉來說完全陌生，對喬愛拉來說當然也是，她長大以後大概不會記得曾經走過這裡。喬達拉儘管不熟，不過他記得以前跟威洛馬、瑪桑那。喬諾可很少遠行，也沒到此地探訪。阿美拉娜從南方洞穴來，曾經路過卻一點印象也沒有，因為她那時完全沒留意這些。她所有心思都放在她那有趣的新伴侶身上，並幻想著她的新家，怎麼也沒想到如今他會離開她。首席到過這附近幾次，但也好一陣子沒來了，印象相當模糊，只記得大概。只有交易大師熟悉這裡，他曾帶他兩位助手來過。由於要接棒，他們也得跟他一樣熟悉這裡才行。威洛馬因此沿路尋找一些可指引方向的地標。

他們走著走著，周遭風景每天都有微妙變化，愈往高處，田野變得愈來愈崎嶇。這一帶的石灰岩露頭較多，周圍常有灌木，甚至還有小樹林，開闊的草地比較少。他們雖然愈走愈高，氣溫卻沒有降低，反倒愈來愈暖，因為現在是夏季。隨著他們往南走，植被的面貌也不一樣，冷杉、杜松、雲杉之類的針葉樹減少，落葉松之類的落葉樹則愈來愈多，另外像是柳樹、樺樹之類的小葉樹，還有果樹與堅果樹也很多，另外有一些楓樹、橡樹之類的大葉樹。就連草都不一樣了，裸麥比較少，二粒小麥、斯佩爾特小麥較多。這裡也有混雜多種植物的田野，有些地方就有小黑麥和許多草本植物。

沿途，他們獵殺了碰巧遇上的獵物，也採集夏季盛產的蔬菜。他們不需儲藏食物，因此沒必要採集太多。這一行人除了喬愛拉之外，都是健康的成年人，可以自行覓食。身材壯碩的首席並沒有打獵，也沒採集，不過身為首席，她還是以自己的方式做出貢獻。有些時間她是步行，而且走路時間愈多，她就愈能走。她感覺累了會坐上拖橇，以免拖慢大家的速度。她乘坐的特別拖橇主要是由嘶嘶負責拖行，但愛拉和喬達拉也訓練另外兩匹馬拉那台大拖橇。他們走得很慢，慢到馬兒可以邊走邊吃草，尤其早上和晚上特別慢，只是沒在路上耽擱太久，而且天氣一直都很好，這趟行程就像郊遊一樣開心。

他們走了幾天，大致是往東南方向走。有天早上，威洛馬開始往正東方前進，有時甚至略為偏北，但幾乎像是沿著一條路線走。他們繞過一個突出的山脊爬上去，山脊後有一條步道。步道不夠寬，首席的拖橇較寬，沒辦法走。

「齊蘭朵妮，我看妳用走的好了。」威洛馬說：「就快到了。」

「好啊，我用走的。」她說：「如果我記得沒錯的話，這條路到了後面還會更窄。」

「在下一個彎道附近有個較寬的地方。愛拉，妳可以把拖橇放在那裡。」威洛馬說：「眼前這條路應該沒辦法用拖橇。」

他們走到較寬的地方，扶著首席走下拖橇後，便將拖橇卸下。他們繼續沿著步道往上走，威洛馬走在最前頭，愛拉、喬達拉、喬愛拉率領動物殿後。

「拖橇不適合陡坡，我們以前有經驗。」愛拉說，瞄了喬達拉一眼。

穿過幾段蜿蜒曲折的步道，爬上陡坡，他們突然來到一處稍微寬闊、長滿綠草的陸棚，陸棚後有幾個火堆，煙霧中出現幾間用木材與獸皮建成的大型庇護所。一群人站在庇護所前，面向緩緩接近的愛拉一行人。愛拉看不出來對方歡不歡迎他們，也許防禦心態很重，因為沒有人微笑，有些人手上還拿著標槍，只是沒瞄準誰罷了。

愛拉以前也看過這種「歡迎場面」，她悄悄打手勢，要沃夫緊跟著他們。沃夫走到愛拉前面，擺出護衛架勢，發出低吼。她看著喬達拉，他已經站在喬愛拉前面擋住她，不過喬愛拉一直動來動去，想看看前方。馬兒因為緊張不安而輕輕騰跳，耳朵也往前豎。喬達拉抓緊了快快與灰灰的韁繩，看著愛拉，她一隻手放在嘶嘶頸部。

「威洛馬！」對方有人開口：「你是威洛馬嗎？」

「是法納達爾啊！當然是我啊，還有其他人，大部分都是從第九洞穴來的。我剛剛就在想，你應該會等我們。齊莫倫和喬德坎是不是已經到了？」威洛馬說。

「沒有，他們還沒到。」法納達爾說：「他們該到了嗎？」

「他們也會來嗎？」一個女人問，聲音聽起來很興奮。

「我們以為他們已經到了，難怪你看到我們會這麼驚訝。」威洛馬說。

「我不是因為看到你才驚訝。」法納達爾說著，臉上出現譏諷表情。

「我來介紹一下。」威洛馬說：「先介紹這一位，她是首席大媽侍者。」

法納達爾愣了一下，接著回過神趕緊往前走。他靠近看著首席的打扮和刺青，認出她是首席。儘管以前見過她，不過那是很久以前的事了，如今他們彼此的模樣都不一樣。

「以朵妮之名，首席齊蘭朵妮，我歡迎妳。」他說著伸出雙手，繼續正式的問候。威洛馬一一介紹其他人，最後輪到喬達拉和愛拉。

交易大師先介紹喬達拉：「這位是齊蘭朵妮氏第九洞穴的喬達拉，是燧石大師……」接著介紹愛拉：

「這位是齊蘭朵妮氏第九洞穴的愛拉，之前是馬木特伊氏獅營的愛拉……」威洛馬不厭其煩詳述了一遍。他注意到法納達爾聽見愛拉的頭銜與關係，神情有些變化。愛拉跟法納達爾打招呼，聽見愛拉說話，表情就更不一樣了。

透過威洛馬的介紹，法納達爾知道愛拉不少事情。第一，從愛拉的口音判斷，她是個異族人，後來由他人收養，成為齊蘭朵妮氏人，換言之，她並不是因為跟齊蘭朵妮氏人配對才成為齊蘭朵妮氏人，光是這點就夠特別了。第二，她還屬於齊蘭朵妮亞，成為首席的助手。雖然現在是那個男人拉著兩匹馬的韁繩，控制牠們，但大家都知道她懂得控制所有動物。顯然她不用韁繩也能控制另外那匹馬，還有那隻狼。他覺得「首席助手」的頭銜都不足以形容她的能力，也認為愛拉已經是齊蘭朵妮了。

他想起大約一年前，一群四處遊歷的說書人說了天馬行空的新故事，包括幾匹馬載著人跑，還有一隻狼愛上一個女人。當時他只覺得荒誕無稽，怎麼也想不到竟是真的。現在故事裡的場景就出現在他眼前，他沒看過馬載人，不過他覺得，也許那些故事真有其事！

一位高大的女人走上前來，詢問威洛馬：「你剛才說，你以為齊莫倫和喬德坎應該已經到了？」愛拉覺得這個女人有點眼熟。

「卡茉拉，妳已經好久沒見到他們了吧？」威洛馬說。

「是啊，很久了。」她說。

「妳跟妳的家人長得很像，尤其像妳的兄弟喬德坎，跟也齊莫倫很像。」威洛馬說。

「我們都是親戚，」卡茉拉說：「齊莫倫是我舅舅，不過他年紀比他姊姊，也就是我媽媽小很多。我媽媽的母親到了下一個世界，因此把他當成兒子撫養長大，他、我還有喬德坎，都是一起長大的。後來跟我媽媽配對的男人到了下一個世界，她成為齊蘭朵妮。她家族很多人都是齊蘭朵妮，她祖父也是。不曉得他還在不在這個世界？」

「在，他還在，雖然年紀大了，動作不像以前靈活，但他還是第七洞穴的齊蘭朵妮。妳母親現在是第二洞穴的精神領袖。」威洛馬說。

「她前一任第二洞穴的齊蘭朵妮，就是教我畫畫的那位，已經到下一個世界了。」喬諾可說：「那天我很難過，不過妳母親是一位很稱職的朵妮侍者。」

「你們怎麼以為齊莫倫和喬德坎會在這裡？」法納達爾問。

「他們應該在我們出發後不久也出發了，我們沿路走走停停，但他們是直接到這裡。」首席說：「這趟出門遠行，我主要是帶愛拉走她的朵妮侍者之行，還帶著喬諾可，喔，我應該稱呼他第十九洞穴的齊蘭朵妮。他當我的助手時，沒替他安排朵妮侍者之行，他也該參觀一些聖地。我們在這裡會合，一起參觀最重要的彩繪洞穴，那是在齊蘭朵妮氏領土的東南方。接著，我們還得拜訪齊莫倫的伴侶貝拉朵拉的親戚。她是喬納朵妮氏人，喬納朵妮氏人住在延伸到南海的長半島上，位置在齊蘭朵妮氏領土東方的南邊。」

「齊莫倫年輕時，他姊姊展開朵妮侍者之行，他也一起去，他們到過喬納朵妮氏人領土的北端，因而認識了貝拉朵拉，跟她配對，把她帶回家。阿美拉娜也有類似經歷。」首席說著，指著跟他們同行的年輕漂亮女人，說道：「不過她的際遇就沒那麼幸運了。她的伴侶現在在下一個世界，她想回到家人身邊。她現在懷孕，很想念母親，希望生產時能在母親身邊。」

「這很正常。」卡茉拉說著，對阿美拉娜投以同情的微笑：「不管別人對她多好，女人生產時總會希望母親陪在身邊，尤其是第一次生產。」

愛拉和首席很快互看了一眼，明白卡茉拉大概也很想念家人。一個女人就算深受外地來的訪客吸引，非跟他走不可，但要跟他的家人一起生活其實沒那麼容易，畢竟都是陌生人。就算是同一領土的人，習俗與信仰類似，但每個洞穴各有特色，且新來的人總是比較沒地位。

愛拉發覺她的情況跟卡茉拉、阿美拉娜不一樣。她離開部落時，很希望能找到同類，但她不知道上哪去找，一個人在美麗的河谷生活了幾年，直到遇見被獅子所傷的喬達拉。愛拉五歲便失去家人，之後除了喬達拉，第一個遇到的同類是馬木特伊氏人。她由穴熊族撫養長大，他們可不只是來自不同洞穴、不同領土，也不僅只於頭髮、眼睛、皮膚不一樣，更不只是說著她聽不懂的語言。他們是徹頭徹尾的不一樣！他們的語言能力非常突出，思考方式也很特別，就連頭型也不大相同，身體也有些差異。

他們當然是人類，跟異族也有很多相似之處。例如他們會打獵、採集可食用的植物、會用石頭做工具，再用這些工具製作衣服、容器與庇護所。他們發現愛拉時，知道她是個小孩，儘管是異族，仍然照顧她。不過他們有些地方不太一樣，愛拉成長過程都跟他們在一起，卻始終沒能完全了解。

愛拉雖然很同情遠離家鄉、思念親人的卡茉拉和阿美拉娜，可是她跟她們並沒有共鳴。至少她們一直都和同類生活在一起。愛拉找到同類時很開心，尤其還有一個愛她的男人。她甚至無法用言語形容她有多愛喬達拉。他比她夢想中的男人更加完美。喬達拉仁慈又慷慨，也非常疼愛女兒。要不是有喬達拉，愛拉絕對不可能勝任首席的助手，也不可能成為齊蘭朵妮亞的一份子。喬達拉一路支持，在愛拉不在家時照顧喬愛拉。其實她心裡明白，喬達拉希望她在家陪伴他。他們交歡時，喬達拉也能帶給她意想不到的快樂。愛拉全心全意信任喬達拉，不敢相信自己如此幸運。

卡茉拉看著首席：「妳覺得齊莫倫和喬德坎會不會出了什麼意外？」她皺著眉頭，一臉擔憂：「路上有時會發生意想不到的事。」

「卡茉拉，他們可能發生意外，也可能只是耽擱，延遲了出發時間。也許他們的洞穴發生什麼事，改變主意不走了，但沒辦法通知我們。如果法納達爾不介意，我們就在這裡等一兩天。」首席看了法納達爾一眼，他微笑點頭，首席接著說：「等一兩天再啟程，給他們時間趕上我們。」

「還有別的辦法。」喬達拉說：「馬兒的速度比人快多了，我們可以騎馬沿著他們走的路往回找，看能不能碰到他們。如果沒走太遠，應該碰得到。至少可以試試看。」

「這主意不錯，喬達拉。」愛拉說。

「所以馬真的可以載人，說書人說的果然沒錯。」法納達爾說。

「說書人最近來過嗎？」愛拉問。

「最近沒有，倒是一年前來過。我還以為他們說的都是天馬行空的新編故事，沒想到確有其事。」法納達爾說。

「我們明天一早出發去找齊莫倫和喬德坎。」喬達拉說：「現在太晚了。」

隔天早上，洞穴能出發的人都聚集在斜坡底部，沿著斜坡走上去就是他們居住的岩架。愛拉和喬達拉把馬墊和裝著紮營設備與補給品的籮筐綁在三匹馬的背上，也給公馬和年輕母馬上了轡繩。喬達拉抱起喬愛拉，將她放在灰灰背上。

法納達爾心想，那個小女孩也會控制馬？馬的體型和力氣都很大，沒問題嗎？而且馬不是怕狼嗎？我之前每次看到狼接近馬，馬都會害怕跑走。要是馬覺得狼要發動攻擊，就會想辦法踩踏狼。

那女人到底有什麼神奇魔法？有那麼一秒鐘時間，法納達爾覺得不寒而慄。隨後他振作精神，仔細留意愛拉。她看起來就跟一般女人沒兩樣，跟其他女人說話，幫忙做事情，照顧小孩。她是個迷人的女人，微笑時尤其動人，如果沒聽見她的口音，並不覺得有什麼特別，甚至不覺得她與眾不同。不過你看，她現在跳上那匹黃褐色的母馬背上。

法納達爾看著他們出發，喬達拉打前鋒，喬愛拉在中間，愛拉殿後。喬達拉身材高大，騎在那匹矮壯的馬背上似乎太大了點。喬達拉喊那匹馬「快快」，他騎在深棕色的快快身上，雙腳都快碰到地面了。法納達爾覺得深棕色的馬真是少見啊！至少他從來沒看過。馬兒開始快跑，他看見喬達拉往後坐，抬起膝蓋，雙腿夾住馬兒身體。那個女孩往前坐，幾乎是騎在那匹灰褐色年輕母馬的頸部，她小小的雙腿伸了出來。那匹馬灰褐色的毛皮也讓他嘖嘖稱奇，他以前到北方旅行時見過，有些人把這種顏色稱為灰褐，愛拉只稱它灰色，「灰灰」因此成了這匹母馬的名字。

他們出發沒多久，馬兒從快跑變成奔馳。少了拖橇的累贅，馬兒儘情伸展牠們的腿，牠們尤其喜歡在早上奔馳。愛拉往前傾，身體壓低在嘶嘶頸部，意思是告訴牠，要跑多快都可以。沃夫尖叫一聲，也跟著奔馳。喬達拉也往前傾，膝蓋保持彎曲，靠近馬兒。喬愛拉用一隻手抓住灰灰的馬鬃，臉頰高高依偎在灰灰的頸部，瞇著眼睛看前方，另外一隻手盡可能抓住另一邊。風吹拂在他們臉頰上，騎馬奔馳確實很過癮，三人都讓馬兒恣意奔馳，也享受著奔馳的快感。

儘情舒展了筋骨，愛拉稍微坐直；喬達拉也坐直，雙腿下垂；喬愛拉則坐得比較低，靠近灰灰頸部下方。三匹馬兒都感受到一股輕鬆，逐漸放緩腳步慢跑。愛拉向沃夫打了手勢，說聲「去找」，沃夫知道這意思是要牠去找人。

那時地球上人口稀少，與數百萬動物大軍相比是絕對少數，當時動物已從體型碩大到小巧玲瓏應有盡有，至於稀有的人類則通常聚在一起。沃夫嗅著空氣中紛雜的氣味，牠能分辨多種動物在生命各階段散發的味道，也能察覺死亡的氣味。牠很少在空氣中聞到人類，不過一旦聞到就會馬上注意。

他們三人也在尋覓人的蹤跡，不斷環顧四周，看看能否找到最近有人路過的痕跡。他們覺得對方應該不會在這麼近的地方，因為齊莫倫他們如果在附近發生意外，一定會派快跑人傳話。

中午時分，三人休息用餐，也讓馬兒吃草。接著他們繼續找，更專心搜查。他們沿著一條路徑搜尋，有時循著幾棵樹上的記號，比如灌木叢上的樹枝以特定方式彎曲，或者看見一小堆石頭，由前而後數量逐漸減少，偶爾也有人在岩石上用紅色赭土留下記號。他們一直搜尋到日落，決定在溪邊架設帳篷，這條溪源自於地勢較高的泉水。

愛拉拿出路上充飢的餅，那是以風乾的山桑、融化的油脂，加上搗碎的風乾肉一起放進滾水，再拌入更多風乾肉做成。喬達拉和喬愛拉到附近的平坦草地走走，回來時摘了好多洋蔥，他們多半憑味道找到洋蔥。這裡在夏初因為溪水氾濫，原本是濕地，乾了之後很適合某些植物生長。愛拉盤算，明天早上要去那裡看看，再多採些洋蔥，順便也採集別種植物。

隔天，愛拉起了個大早，先在附近走走看看，找到一些植物的根與綠色蔬菜，把它們加在昨晚的湯裡，算是為早餐加菜。三人吃完早餐後再度出發，仍然一無所獲。愛拉看見許多動物蹤跡，也開始教導喬愛拉判斷各種動物的移動方向。轉眼到了第三天，他們停下來吃午餐時，喬達拉和愛拉的心情開始沉重起來。他們知道齊莫倫和喬德坎有多想見到卡茉拉，也知道貝拉朵拉很想見家人。

他們會不會根本沒啟程？是不是有事逼得他們不得不取消或延後計畫，或者，他們在路上發生了什麼意外？

「我們要不要往回走到大河，還有南方齊蘭朵妮氏第一洞穴，看看他們有沒有到渡河點？」愛拉說。

「妳跟喬愛拉不需要跑那麼遠，我去就好了，妳們回去跟大家說一聲。過幾天再不回去，他們也會擔心我們。」喬達拉說。

「你說的也有道理。」愛拉說：「我們還是繼續找，一切等明天再決定吧！」

他們很晚才紮營，刻意不談接下來怎麼做，雖然明天非做決定不可。隔天早上空氣很潮濕，他們發現北方的天空出現了雲朵。大清早的風不太穩定，從四面八方吹來。接著風向又轉變，開始從北方吹起，伴隨著陣陣狂風，馬和人都相當緊張。愛拉總會多帶幾件保暖衣服，萬一天氣變化或需要熬夜，就能派上用場。

來自極北邊的幾條冰川像塊大餅似的，躺在大地彎曲的表面，在距離此地僅一兩百公里遠的地方形成了十九公里厚的堅硬冰牆。夏季最熱時，夜晚還是很涼爽，即使白天天氣也可能說變就變。北風捎來一陣冰涼，彷彿向大地宣告：即使夏季，冬季依舊主宰著陸地。

不過這回北風捎來的不只是冰涼。他們忙著準備吃飯，沒人發現沃夫的姿勢改變了。直到沃夫大聲嗥叫，愛拉才注意到。只見沃夫站著，鼻子高高往前舉。牠聞到氣味了！他們每次出發，愛拉都打手勢要沃夫找人。牠靈敏的嗅覺現在有所斬獲，那是北風捎來的淡淡氣味。

「媽，妳看沃夫！」喬愛拉說，她也發現沃夫的姿態。

「牠聞到氣味了。」喬達拉說：「動作快，我們趕緊打包！」

他們把東西扔進行囊籮筐，火速將籮筐和馬墊綁在馬兒身上，給快快和灰灰上轡繩，把火弄熄之後立刻上馬。

「沃夫，去找他們。」愛拉說：「告訴我們方向。」她發號施令的同時，也打出部落的手語。

沃夫往北走，比他們先前走的方向稍微偏東。如果沃夫聞到的氣味，果真是齊莫倫他們，顯然他們偏離了偶爾出現記號的那條路，也許為了某種原因，轉到東邊的高地也說不定。沃夫在地上大步慢跑，一心一意往前走，這是狼族常有的舉動，嘶嘶率領馬兒跟在沃夫後面。他們走了一個早上，到了中餐時間也沒停下來休息。

愛拉覺得她好像聞到燃燒東西的氣味，接著喬達拉對她說：「愛拉，妳看到前面的煙嗎？」

她的確看到遠方升起一縷輕煙，立刻催促嘶嘶快跑。手上拉著灰灰的轡繩，回頭看著騎在灰灰背上的愛女，確定喬愛拉已經準備好要加速了。喬愛拉對著母親微笑，一臉興奮，顯然她也準備就緒。喬愛拉喜歡自己騎灰灰，唯有遇到顛簸路段，愛拉或喬達拉會要求女兒跟他們共騎，喬愛拉也能稍作休息，不用一路緊緊抓住馬兒。但這時喬愛拉通常會抗命，只是抗命並不太管用。

他們看到有人圍攏在營地上，於是放慢速度緩緩接近。他們還不知道對方是誰，倘若貿然騎著馬衝向一群陌生人，這對雙方都很危險。

第二十三章

愛拉見到一位金髮男子，個子與喬達拉一般高。那人也看到她了。

「齊莫倫!我們一直在找你們，終於找到了，我好高興。」愛拉鬆了一口氣。

「愛拉！」齊莫倫喊道：「真的是妳？」

「妳怎麼找到我們的？」喬德坎問：「妳怎麼知道往這裡找呢？」

「是沃夫找到的，牠鼻子很靈呀。」愛拉回答。

「我們到了卡茉拉的洞穴，以為會遇見你們。可是他們一見到我們，卻覺得很意外，」喬達拉接著說：「大家開始擔心起來。喬德坎，你妹妹急得要命。我提議回去騎馬，至少馬跑得比人快。我猜想你們會走這條小路，所以一路順著找過來。」

「因為孩子們生病了，我們決定離開小路，找個地方好好紮營。」樂薇拉解釋。

「妳說孩子們病了？」愛拉問道。

「是呀，連貝拉朵拉也病了。」齊莫倫說：「你們最好別靠得太近。最先病倒的是吉妮德拉，她發高燒。接著是樂薇拉的兒子喬里文，再來就是貝拉朵拉。我以為賈納南躲得過，沒想到就在吉妮德拉全身長紅疹時，他也發起高燒來了。」

「除了讓他們休息，給他們多喝水，幫他們溼敷設法退燒之外，我們不知該怎麼辦。」樂薇拉說。

「妳做得對，」愛拉說：「這種情形我遇過。以前在馬木特伊氏的夏季大會，我跟他們相處過好一陣子。其中一個營有幾個人病倒，大多數是小孩。馬木特伊氏人把他們限制在營區最偏遠的那一頭，還派了大人站崗，不准其他人靠近。他們擔心參加大會的人也感染這種病。」

「那麼妳可要看好喬愛拉，別讓她跟孩子們玩耍。」樂薇拉說：「妳也不要靠近。」

「他們還在發燒嗎？」愛拉問道。

「不怎麼燒了，但全身長紅疹。」

「我得去看看他們，要是沒發燒，也許不要緊。馬木特伊氏認為這是兒童病，還說最好是小時候發出來，小孩復原得快，」愛拉說：「大人反而不容易好。」

「貝拉朵拉就是這樣。我認為她病得比孩子們嚴重，」齊莫倫說：「她到現在還很虛弱。」

「當時馬木特還說，如果大人出疹子會燒得更厲害，而且要拖更久疹子才消褪。」愛拉說：「走吧，帶我去看貝拉朵拉和孩子們。」

他們搭的是雙桿平頂帳篷，主桿支撐的篷頂較高，頂上有個小孔，正冒著一縷輕煙。另一根較短的桿柱延伸了帳篷，擴展出更大空間。帳篷開口低矮，愛拉得彎腰才能鑽進去。貝拉朵拉躺在延伸空間的鋪蓋捲上，三個小孩各自坐在自己的鋪蓋捲，一副病厭厭的模樣；另一邊有個雙人地鋪和單人地鋪。齊莫倫隨愛拉進了帳篷，靠近主桿的地方，他可以挺身直立，但在別處移動就得彎腰駝背了。

愛拉先去探視孩子們，樂薇拉的么兒喬里文無精打采，滿臉紅疹，似乎奇癢難忍，幸好已經退燒了。

一見到愛拉，他笑咪咪地問：「喬愛拉呢？」這女人想起喬愛拉也喜歡跟他玩。三歲大的他，個頭已經快追上四歲的喬愛拉。喬愛拉老愛扮演他母親，有時假裝他的伴侶，使喚他做這做那。實際上，喬里文母親的姊姊波樂娃，與喬達拉的哥哥約哈倫配對，所以兩個小傢伙是表姊弟，按照族規，近親是不准配對的。

「她在外面，」愛拉說著，用手背摸摸他的額頭，沒有不正常的燒熱，他也沒出現發燒時的呆滯眼神。「舒服多了是嗎？不怎麼燒了吧？」

「我要跟喬愛拉玩。」

「還不行，過一陣再說。」愛拉回答。

她接著檢查吉妮德拉，看來她也在復原中，只是身上的疹子紅通通。「我也要跟喬愛拉玩。」她說。她差不多五歲了。和喬愛拉一樣，吉妮德拉也頂著一頭金髮，擁有漂亮的藍眼珠，而喬愛拉的藍眼睛就像喬達拉一樣，明亮又靈活。

吉妮德拉的雙胞胎弟弟賈納南，頭髮呈深褐色，眼珠像母親，淡淡綠褐，至於身高則遺傳了齊莫倫。愛拉用手背摸他的額頭，感覺有些燙，眼睛也因為發燒而顯得特別亮。他身上還在出疹子，不過看來不算太嚴重。

「等一下我配藥給你吃，你會舒服點，」她對男孩說：「先喝點水好嗎？喝了水然後躺下來休息一下。」

「好。」他回了一個虛弱的微笑。

他的地鋪旁有個杯子，愛拉伸手拿水袋往杯裡倒了一些水，扶著他捧杯子的手。他喝完水乖乖躺下來。

總算輪到貝拉朵拉了。「妳覺得怎麼樣？」愛拉問道。

「好一點了，」她說，目光仍然呆滯，而且還在打噴嚏。「妳來了我真的好高興。妳怎麼找到我們的？」

「我們到了卡茉拉的洞穴卻沒看見你們，心想一定是有事耽擱了。喬達拉想到騎馬來找你們，馬兒比人跑得快，也幸虧沃夫聞到你們的氣味，帶我們來到這裡。」愛拉回答。

「想不到妳那些動物這麼有用。」貝拉朵拉說：「希望妳不要被傳染，好可怕，我身上又發癢了。

這些紅斑會不會消褪呀？」

「放心，很快就會消褪了，」愛拉說：「但要過一陣子才會完全消失。我來配點藥，幫妳止癢退燒。」

所有人全擠進了帳篷，喬達拉和齊莫倫站在高柱旁，其他人圍著他們。

「我想不通，為什麼貝拉朵拉跟孩子們生病，而我們其他人都沒事？」樂薇拉說：「或者還沒發作？」

「要是到現在還沒發，可能就沒事了。」愛拉說。

「只怕是有人嫉妒我們出來旅行，故意放邪靈害我們。」貝拉朵拉語帶焦慮。

「這我就不知道了。」愛拉說：「你們得罪過誰嗎？」

「就算有也不是故意的。我是很高興可以回老家洞穴，見見娘家的人。當初跟齊莫倫離開家時，根本沒想到能回去。我猜想，搞不好別人會以為我們在炫耀。」貝拉朵拉揣測。

「第一洞穴有沒有人提起，在你之前有誰待過？或者你在那裡時，正好有人生病？」愛拉問齊莫倫。

「對耶！妳提醒了我，在我們之前的確有人去過，而且不止一夥人。還有，他們的齊蘭朵妮正在照顧病人。」齊莫倫說：「不過當時我沒多問。」

「就算有人放邪靈，也不是衝著妳，貝拉朵拉。何況生病不全是因為有人下咒，有些病本來就會到處流行。」愛拉說：「這種發燒出紅疹的病，說不定就是流行病。如果你小時候得過這種病，長大後通常就不會再得了，這是一位馬木特告訴我的。我猜，你們小時候出過疹子，否則你們現在也會病倒。」

「我記得有一次夏季大會，好多人都生病了，包括我。」喬德坎說：「他們把我們集中在一個帳篷裡，一堆小孩在一起，好像在玩遊戲。等我們好一點，就覺得自己很特別，因為好多人關注，我記得好像也有長疹子。你們有誰記得這件事？」

「那次我年紀太小了，沒有印象。」樂薇拉說。

「我是夠大了，但正好不屑理會那些小孩，才不管他們生不生病呢。」喬達拉說：「當時我如果沒得這個病，也許是更小的時候得過，我不記得了。你呢，齊莫倫？」

「我好像記得，隱隱約約有點印象，」另一個高個子說：「夏季大會活動很多，同一個洞穴的年輕人老愛聚在一起，不大注意別人在做什麼。妳呢？愛拉，有沒有出過紅疹、發高燒？」

「我偶爾生病時也會發燒，但不記得長過紅疹。」愛拉說：「我跟馬木特參加馬木特伊氏營會時，營地曾經流傳這種病，我卻沒被傳染，所以才有機會了解它，學會如何治療。說到治療，貝拉朵拉，我得出去找找有什麼藥草能讓妳舒服點。我雖然帶了一些藥，不過新鮮的更好，而且我需要的植物到處都有。」

除了齊莫倫留守，照顧貝拉朵拉和孩子們，其他人紛紛離開帳篷。

「媽媽，我可以跟他們一起留下來嗎？」喬愛拉問，她是指其他小孩。

「喬愛拉，他們現在不能玩。」她媽媽說：「他們生病需要休息，我也要妳幫我找一些植物當藥，讓他們吃了好過一點。」

「妳要找什麼？」樂薇拉出了帳篷問道：「我可以幫忙嗎？」

「妳認得出歐蓍草或款冬嗎？我還要柳樹皮，不過我知道哪裡有，剛才在路上看到一些柳樹。」

「歐蓍草是不是葉子細細小小，開著一叢叢小白花？有點像胡蘿蔔，只是味道更濃，只能憑氣味分辨？」樂薇拉問道。

「嗯，形容得很好。」愛拉說：「款冬呢？」

「綠葉又圓又大，厚厚的，葉子背面是白色，而且柔軟。」

「妳連款冬也認得，很好！走，我們去摘一些回來。」愛拉說。

喬達拉和喬德坎站在帳篷外的火堆旁談話，喬愛拉在一旁聽。「貝拉朵拉和賈納南還有點發燒，我們要去找植物幫他們退燒，也幫大家找一些止癢的植物。我會帶喬愛拉和沃夫一起去。」

「剛才提到要多撿一些柴火，」喬達拉說：「我還想砍幾棵樹做拖橇。就算貝拉朵拉跟孩子們的病好一點，還是走不遠，可是我們得趕快回卡茉拉的洞穴，免得大家擔心。」

「貝拉朵拉願意坐拖橇嗎？」愛拉問。

「我們都看過她第一次坐，她好像滿喜歡的，可見這主意沒那麼糟。」樂薇拉說：「我們直接問她吧。」

「好啊，我正好要進去拿採集簍。」愛拉說。

「我也要拿我的簍子。還有，我們上哪去，也該跟齊莫倫和貝拉朵拉說一聲，」樂薇拉說：「我也會跟喬里文說，我們要採一些讓他舒服些的藥草。」

「要是他知道了就想跟來，因為他的病好一些了，尤其他知道喬愛拉跟妳都要去，他會更想跟去。」喬德坎說。

「我知道他想跟，」樂薇拉說：「但我認為他還不行。愛拉，妳說呢？」

「如果我熟悉這裡，也知道要去的地點，那倒不要緊，可是現在恐怕還不行。」

「嗯，我就這樣告訴他。」樂薇拉說。

「到時候我負責帶貝拉朵拉，」愛拉說：「因為嘶嘶比較習慣拉拖橇。」他們找到失蹤的這家人已經過了兩天，可是貝拉朵拉還沒完全復原。愛拉擔心如果太早催促她上路，萬一她的病情在半途惡化，剩下的路程就更困難了。

她沒解釋快快不擅長拉拖橇，是因為牠比較難控制。這匹種馬一旦使性子鬧脾氣，就算平常跟牠很親密的喬達拉也拿牠沒轍。灰灰還小，以體力來說，喬愛拉更幼小。愛拉必須牽著拉拖橇的嘶嘶，如果還得幫喬愛拉牽這匹馬，那就更辛苦了。她拿不定主意要不要做一副拖橇給灰灰。

每當旅行隊有人生病，宿營的大帳篷會用個人旅行的小帳篷，以及額外的皮革組合搭成。第三副拖橇可以承載帳篷支柱和其他東西。那些是他們停留時做的器具，要是不多做一副拖橇，那些東西就得丟棄。孩子們的病雖然好多了，還是很容易疲倦。那幾副拖橇正好讓走累的孩子們乘坐，這麼一來就能持續趕路，不必停下來休息。愛拉和喬達拉都知道，等待他們的人此刻正在擔心，他們想儘快趕回去。

出發前一晚，他們把東西收拾好，希望第二天能趕緊上路。愛拉、喬達拉、喬愛拉和沃夫都睡自己的帳篷。一大早，他們用昨晚的剩菜迅速做了一頓早餐，把所有器具，連同平時自己背的背簍，包括裡頭的遮蔽物、換洗衣服、食物等等，全部上了拖橇。大人平日習慣背背簍，如今少了背上的重物，走起路來輕鬆多了。他們出發後走得很順利，腳程也比往常快，趕了一天路，到了傍晚，大家都累了。

晚茶快結束時，齊莫倫和喬德坎想出一個主意：少趕一些路，利用這段時間去打獵，見到卡茉拉時，就能把獵物當作見面禮。但愛拉有點擔心。到目前為止天氣還算配合。愛拉和喬達拉找到旅行隊那晚，曾經下了一陣雨，之後一直是晴天，不過她不確定好天氣能持續多久。喬達拉知道她對氣候有獨到的靈敏嗅覺，往往知道何時會下雨。

其實預告下雨的並不是氣味，愛拉認為是空氣裡有一股強烈味道，讓人感覺潮溼。到了後世，有人提到他們會在下雨之前聞到像新鮮空氣般的臭氧味道；其他有能力偵測的人，則認為它有一種金屬色澤。愛拉不知道那是什麼，她很難說清楚，卻能精準辨認，也察覺到最近有下雨的跡象。此刻，她最害怕的就是淋著傾盆大雨，踩著爛泥，顛顛簸簸的，在舉步維艱的情況下趕路。

愛拉醒來時天色黑濛濛，她本想用夜壺解手，最後決定走出帳篷。帳篷前有個火堆，裡頭的炭還泛著微光，剛巧照亮她到附近的矮樹叢方便。空氣有了涼意，卻很清新，她走回帳篷時，注意到破曉前的深藍夜空已染上一團漆黑。她觀察了一會兒，只見一片深濃的紅光在東方天際蔓延，與暗紫色雲霞構成一幅斑駁的圖像，接著就是一道炫目的強光，把天空映得更加火紅，擴散在片片雲彩上，鮮豔無比。

「我確定快要下雨了，」她回到帳篷立刻對喬達拉說：「而且是一場很大的暴風雨。我知道他們不想空手去作客，不過假如繼續趕路，也許能在下雨前趕到。貝拉朵拉的病才剛有起色，我不願意她淋溼著涼，也不喜歡所有東西被雨淋得溼答答，被泥漿濺得髒兮兮。只要我們加快腳步，這些都可以避免。」

其他人起得很早，打算在日出不久便出發。大家都看到地平線上烏雲密布，愛拉確定他們很快會遇上傾盆大雨。

「愛拉說暴風雨快來了，」另外兩個男人提起打獵時，喬達拉說：「她認為最好是到了那邊再打獵。」

「我知道遠方有烏雲，」齊莫倫說：「可是不見得這邊會下雨啊，看起來那一團烏雲離得很遠。」

「愛拉對下雨的判斷滿準的，」喬達拉說：「我以前領教過。我們何必自找麻煩，搞到最後還得忙著晾衣服、清理沾了爛泥的腳套。」

「可是我們只在婚禮上見過對方一面，」喬德坎說：「我不想白白接受他們的招待。」

「我們在他們那兒逗留半天才離開去找你們，我注意到，他們似乎不太會用標槍投擲器。不如我們邀請他們一起狩獵，順便教教他們怎麼用投擲器。這種回報方式，也許勝過直接帶肉給他們。」喬達拉說。

「這個嘛……你真的認為快下雨了？」齊莫倫問。

「我相信愛拉嗅雨的本領，她很少出錯。」喬達拉說：「這兩天她一直嗅到快下雨了，而且是一場很大的暴風雨。如果沒躲避的好地方，最好別遇上。她甚至不想停下來煮午餐，以免耽誤行程。她說，應該一邊趕路，一邊喝水、吃旅行糕點，儘快趕到，而且愈快愈好。貝拉朵拉的身體才剛要好轉，你也不想讓她淋雨吧。」

喬達拉靈機一動：「要是我們騎馬，可以更快到達。」

「我們這麼多人，怎麼騎三匹馬呢？」齊莫倫問。

「有些人坐拖橇，其他人可以兩人騎一匹馬。你想過騎在馬背上嗎？喬愛拉在前，你在後，你們共騎一匹馬，怎麼樣？」

「馬讓給別人騎好了，我腿長，跑得快。」齊莫倫回答。

「不會比馬更快，」喬達拉說：「兩個小孩可以跟貝拉朵拉一起坐拖橇。雖然一路上會顛簸，不過他們已經坐過兩次了。我們可以把快快拉的器具搬到灰灰的拖橇上。這樣，樂薇拉和喬里文就可以跟我一起騎快快。剩下你和喬德坎。我認為他可以坐拖橇，或是他跟我共騎，讓樂薇拉和她的小孩坐拖橇。這樣就剩下你跟愛拉，或者跟喬愛拉共騎。你有一雙長腿，要是跟喬愛拉共騎，馬背上會多出很大空位，因為她騎在靠近灰灰頸部。你能不能在馬背上用雙腿夾緊馬，同時拉住拖橇的繩子？跟我共騎的，不論是誰都可以抓緊我。我們也不能共騎太久，會把馬兒累壞了。不過，假如讓牠們跑一會兒，就可以多趕一段路。」

「原來你一直在打這些主意。」喬德坎說。

「是愛拉擔心暴風雨，我才想到的。」喬達拉說：「樂薇拉，妳覺得呢？」

「要是可以避免，我當然不想淋雨。」她說：「如果愛拉說會下雨，我相信就會下雨。我願意像貝拉朵拉一樣，跟喬里文一起坐拖橇，只要能夠快一點到達，就算有點顛簸也不要緊。」

水正在加熱，準備泡茶。拖橇上的行李重新分配，愛拉和喬達拉把每個人都安置妥當了。沃夫歪著頭在一旁觀看，從牠直豎的耳朵得知牠對這群忙碌的人類感到好奇。愛拉瞥見牠那副模樣不覺露出微笑。旅行隊啟程得很慢，喬達拉望了愛拉一眼，做出一個手勢，大喝一聲。

「預備，坐穩了！」他說。

愛拉身體前傾，指示她的馬起跑。嘶嘶一開始踏出快步，隨後便開始奔跑。雖然跑得不如拉拖橇時那麼快，牠的速度還算驚人。後面的兩匹馬在平常騎乘主人的催趕下，也跟了上去。沃夫在一旁跟著大夥兒快跑。對喬德坎和齊莫倫來說，這樣的經驗既興奮又緊張。然而，對於坐在拖橇上一路顛簸的人來說，還多了一分驚恐。愛拉十分注意她騎乘的馬，發現嘶嘶顯得有些吃力，便示意牠緩下來。

「哇，剛才好刺激！」貝拉朵拉說。

「好好玩喲！」雙胞胎同聲說。「可以再來一次嗎？」吉妮德拉問。

「是呀，可以再來一次嗎？」賈納南也同樣興奮。

「會再來一次的，不過要先讓嘶嘶休息一下。」愛拉說。她滿意這段短程衝刺的成果，但還有相當長的路要趕。旅行隊繼續前進，只是改為行走，不再奔馳。直到感覺馬兒休息夠了，愛拉高喊：「我們再來一次！」

三匹馬開始奔馳，馬背上的人立刻抓緊。上次衝刺時滿是驚恐的人，這回感覺好多了。騎馬疾馳依然令人興奮不已，就算自己有一雙長長的飛毛腿，也遠遠不如快馬疾奔的速度。

這些馬雖然已被制伏，但尚未被馴養，仍然極其強健耐操。在岩石地上奔馳的馬蹄不需要保護，馬兒馱載或拖拉重物的力量也十分驚人，牠們的耐力更是出人意表。儘管牠們喜歡馳騁，但有了額外負荷，持續疾馳的時間有限，這方面愛拉非常當心。她適時命令牠們減緩速度，改為行走，過了一會兒再催促牠們放蹄來個第三次奔馳，三匹馬似乎愈跑愈起勁。沃夫也跑得很高興，對牠來說這好像是一場遊戲。牠想預測他們起跑的時間，然後搶先出發，不過牠不想領先太遠，因為得保持近距離，好揣測他們何時減速。

到了傍晚，愛拉和喬達拉發現周遭景觀有些眼熟，但沒十足把握，也不想錯過通往卡茉拉洞穴的小路，畢竟熟悉這地區的人是威洛馬。大夥兒速度一慢下來，立刻注意到氣候的變化。空氣潮溼，風勢也逐漸增強，接著傳來隆隆回響、雷聲霹靂，不遠處還有一道閃電。大家心裡明白，暴風雨要來了。愛拉開始發抖，倒不是因為溼冷空氣，而是隆隆的霹靂聲勾起了許多地震的回憶。她最憎惡的，莫過於地震。

旅行隊差點錯過小路，幸好威洛馬兩天前帶人出來守望他們。喬達拉看見熟悉的身影向他們招手，立刻鬆了一口氣。這個交易大師遠遠看到馬兒接近，趕緊派人回洞穴通報。遠遠望去，威洛馬沒看見馬兒旁有人同行，生怕找了半天徒勞無功。隨著馬兒走近，他看見馬背上不止冒出一個人頭，這才明白他們是共騎，待馬兒更接近時又看到拖橇上也有人乘坐。

洞穴的人飛奔衝下山，來到小路上。卡茉拉見到哥哥和舅舅，正猶豫不知該先奔向誰。幸虧他們一起奔向她，同時將她擁入懷裡，才化解了她的為難。

「快點，要下雨了！」威洛馬催促。

「我們放棄拖橇吧，趕路要緊。」愛拉說，眾人照做後，急忙步上小路。

旅行隊的作客時日超出原定計畫，一則是讓卡茉拉和家人多聚聚，也讓她的配偶和兒女更認識他們。洞穴裡住的是更孤立的一戶人，雖然他們也參加夏季大會，卻沒有任何近鄰。喬德坎和樂薇拉打算住在妹妹卡茉拉家，等旅行隊回程時接他們上路。她似乎渴望有人作伴，想知道一些熟人的消息。首席齊蘭朵妮打算啟程時，齊莫倫和貝拉朵拉也計畫要走，貝拉朵拉的親屬所在洞穴，安排在行程的末端。

首席齊蘭朵妮希望兩天內出發，不巧的是，正準備出發時，喬愛拉卻出麻疹，耽誤了行程。旅行隊中的三個齊蘭朵妮亞對症下藥，又指示借宿的洞穴該如何照顧這種病患，要他們小心謹慎，因為照顧者可能也會得病，只是通常不會太嚴重。當地齊蘭朵妮在愛拉和喬達拉尋找齊莫倫他們時，漸漸熟悉首席齊蘭朵妮和喬諾可，對他們的知識心生敬佩。

第九洞穴的人敘述他們經歷過這種病，說得一派輕鬆，似乎不怎麼緊張。即使喬愛拉有了起色，齊蘭朵妮還是希望他們延後行程，等到洞穴的人出現症狀，他們三人也好跟大家說明怎麼照顧病患，以及用什麼藥草和冷敷有效。儘管洞穴有許多人沒得過這種病，但也並非全部，她認為至少有些人曾經暴露在痲疹下。

齊蘭朵妮和威洛馬知道那地區有幾處聖地，便向法納達爾和朵妮侍者說明。首席聽過那些地方，但沒親自探訪。威洛馬倒是去過，不過那已是多年前的事了。那幾處聖地與主要的壁畫洞穴有關，位於南方土地齊蘭朵妮氏第七洞穴附近，就像南方土地第四洞穴一樣，都列為聖地，只是聽來不過幾幅粗略壁畫罷了，沒什麼看頭。

首席齊蘭朵妮認為行程已經延誤太久，決定刪除「朵妮侍者之行」這幾處景點，好讓他們有時間去看其他地方，尤其主要聖地，那兒離阿美拉娜的洞穴不遠。何況他們還得拜訪附近的喬納朵妮氏和貝拉朵拉的洞穴。

等候期間，第九洞穴的人有機會跟卡茉拉洞穴的人彼此熟識、互相交流。尤其喬達拉，他趁機示範標槍投擲器，也把投擲器的製作手藝傳授給想學的人。此外，喬德坎和樂薇拉也會有更多時間，訪視卡茉拉和他們的親戚。旅行隊終於要啟程了，他們兩人已準備妥當，得以同行。在延長作客這段時間，兩個洞穴的人處得相當融洽友好，還談到將來偶爾要往來互訪一番。

友情固然令人欣喜，然而作客者亟欲啟程，洞穴主人也慶幸客人即將離去。他們畢竟不習慣接待這麼多訪客，不像第九洞穴，那是人口眾多的富饒地區。也因此，對於卡茉拉難捨的親友，她決定盡一切力量說服自己洞穴的人回訪，首先她要說服配偶住下來。

再度啟程，旅行隊足足花了兩天時間，才重新適應奔波的生活。旅行隊的組合與剛開始時大不相同，不僅成員增加了，還有更多小孩，因而在旅途上耗費更多時間。本來只有喬愛拉一人騎灰灰，她常常騎牠，行進速度相當快。現在多了兩個能夠自己徒步的小孩，導致小小孩看見他們走路，也吵著要下馬自己走，行進速度自然慢了下來。

最後是愛拉忍不住了。她要喬愛拉騎在灰灰背上，同時讓灰灰再拉一副拖橇給另外三個小孩乘坐，終於加快了行程。這些旅行者善於應變，能夠迅速進入狀況，解決突發問題，一切都以團體福祉為重。

他們繼續往南走，隨著季節變化，天氣愈來愈暖和。除了偶爾的暴雨或高溫悶熱，大致上還算舒適。天氣熱，不論旅行或工作，男人有些裹腰布，有些穿背心，再點綴各自的裝飾，以及代表身分的珠串。婦女通常穿著寬鬆無袖的衣物，料子為軟鹿皮或植物纖維，從頭頂套下，在腰部束起來，兩側切開以方便走動。可是天氣愈來愈熱，即使穿得輕便都嫌太多，他們因此愈穿愈少。有時男男女女只綁一條細皮帶或穿流蘇短裙，綴上珠串。兒童穿得更少，他們的皮膚都曬成了深棕色。實際上，慢慢形成的天然棕褐色皮膚，也是最好的防曬層。他們並不懂其中原理，不明白這是吸收某種必要維生素的妙方。

齊蘭朵妮愈來愈習慣走路，愛拉覺得她瘦下來了。在腳程上，她趕得有點吃力，不過每到一個新地區，她都堅持乘坐拖橇。看見她被馬拉著走，眾人會騷動起來，她認為這能增加齊蘭朵妮亞的神祕感，也使得事奉大地母親的首席地位更加崇高。

旅行路線由齊蘭朵妮和威洛馬擬定。他們往南穿過開放的林地與草原，沿著斷層地塊西側行走。這是殘餘的古代山脈形成的高原，經過歲月磨損，火山爆發後，在舊有的山脈上疊上了新山巒。他們最後轉向東方繞中央高原的山麓，繼續往東，在高原南端與南海北岸之間旅行。旅途中，他們經常看到獵物，種類繁多，有時成群結隊。可是當他們停下來走訪一些聚落時，一路上卻沒遇見什麼人。

在山洞作客或參加夏季大會以外的時間，愛拉打從心裡喜歡有人作伴，包括樂薇拉、貝拉朵拉及阿美拉娜。她們也會跟孩子們一起做些事。阿美拉娜的肚子愈來愈大，害喜的困擾消失了，早晨也沒再嘔吐。顯然走路對她很有幫助，她覺得身體健康、精力充沛。孕婦彰顯出來的母性美，在威洛馬的助手提佛南和派利達爾看來，更具有女人味。這趟「朵妮侍者之行」，他們拜訪許多洞穴、參加夏季大會及參觀各處聖地，所到之處，就連許多小伙子也覺得她很有吸引力。她自己也樂得成為大家注目的焦點。

愛拉經常跟齊蘭朵妮相處，齊蘭朵妮教她如何輔祭時，這些年輕女人也跟著學習。她們在一旁聆聽，有時參與討論，包括醫治、辨識植物、算數、顏色與數字的意義、歷史性的事蹟和歌謠、耆老的傳說等等。朵妮侍者似乎不介意把她的智慧傳授給她們。她知道緊急時，身邊多幾個助手也是好事。

往東之行，經常遇上河川溪流擋住去路。由於都不是大江巨流，他們跨溪過河的本事愈練愈熟。直到一條大水由北往南切，開出一個大河谷，他們才沿著河谷向北走到一處支流，然後順著它往北東方向前進。

沒走多遠，旅行隊來到一處U形河灣，邊上有賞心悅目的開闊林地。雖然離傍晚還早，他們仍然找了一片矮樹林，在附近的草地上紮營。晚餐前，孩子們發現一片越橘，摘了一些回來與大人分享，他們摘得多，吃得也多。幾位婦女看到水邊長滿高大的香蒲和蘆葦，眾獵人則發現有新的偶蹄足印。

「我們愈來愈接近神聖洞穴了。」威洛馬說，這時他們已經生起營火，輕鬆喝著茶。「我們大隊人馬到那裡作客，接受人家款待，卻沒有送上相當的厚禮。」

「從那些蹄印看來，不久前，有一群原牛或牛在這裡停留。」齊莫倫說。

「牠們也許會按時回到這裡喝水。如果我們停留一陣子，應該有機會獵殺牠們。」喬諾可提議。

「要不，我騎快快去找牠們。」喬達拉說道。

「我們大多數人已經沒有標槍可以打獵了。」喬德坎說：「上次狩獵，我又折損了一根標槍，槍尖、槍桿都斷了。」

「這個地區看來應該有很好的燧石，」喬達拉說：「假如能找到一些燧石，我可以做幾副新槍尖。」

「剛才在路上我看到一些直挺的樹，比那片矮樹林年幼，可以做上好的槍桿，」派利達爾說：「離這裡不遠。」

「大一點的樹可以削成很好的木桿，正好做兩副新拖橇，運載新鮮的肉，送給拜訪的洞穴。」喬達拉說。

「這個季節的年輕公牛，只要獵兩隻，就有足夠的新鮮肉，還能拿一些曬乾；脂肪也可以製成旅行油膏和燈油；皮還能做一兩張皮革，」愛拉說：「我們可以製作新腳套。我的腳套磨破了，我不介意赤腳走路，如果能保護腳，那更好。」

「這附近有那麼多香蒲和蘆葦，」貝拉朵拉說：「我們可以編腳套、鋪蓋捲、籮筐、墊子和其他東西。」

「甚至編織一些禮物，送給我們前去作客的洞穴。」樂薇拉說。

「希望別耽擱太久，我離家很近了，好心急啊！」阿美拉娜說：「我真等不及要看我媽媽。」

「可是妳總不想空手回家吧？」首席齊蘭朵妮說：「難道妳不想帶一份禮物給母親，或是送一些肉給妳的洞穴？」

「有道理！我應該帶禮物，免得好像回家乞討一樣。」阿美拉娜說。

「真愛開玩笑。妳很清楚，就算沒帶禮物，妳回家一趟也不算乞討啊。但送一點禮物給他們，不也很好嗎？」樂薇拉說。

第二十四章

大家一致同意後，花了兩天狩獵、採集食物補給，還有一些已不堪使用的裝備也趁這個機會重新製作。能找到這麼富饒的地方紮營，眾人興奮不已。

「那些莓子成熟了，我要採一些。」樂薇拉說。

「好啊。不過我先編一個採集籮筐，把它掛在脖子上，這樣就能騰出雙手採莓子了。」愛拉說：「我要採多一點，做旅行糕點，可是得先編一兩張墊子，曬莓子用。」

「幫我編一個籮筐好嗎？」齊蘭朵妮說：「採集的活兒，我也能做。」

「我也要採莓子。妳也幫我做籮筐好不好？」阿美拉娜請求。

「教我編妳那種籮筐，」貝拉朵拉說：「騰出雙手採集是個好點子，從前我都把籃子掛在手臂上。」

「好啊，孩子也來學。他們可以幫忙採，」愛拉說：「我們去拔一些香蒲和蘆葦來。」

「順便採根部，配晚餐吃。」貝拉朵拉說。

沃夫望著愛拉和喬達拉，忍不住大叫，設法引起這女人注意。牠在開闊土地上衝來衝去。「沃夫，你也想打獵嗎？好啊，去吧！」她說完，打了一個手勢。牠明白這手勢代表牠可以自由行動。

幾個女人忙了一下午，在河邊的泥巴又挖又拔地採集植物。聳立的蘆葦頂著羽毛狀的蘆花，高度超過喬達拉和齊莫倫；稍矮的香蒲穗子上，則布滿了可以食用的花粉。兩種植物不論新鮮的地下根、下半截莖稈，以及香蒲根莖上的鱗，都能生吃或熟食。待細長多纖維的根部乾了，還可以舂成粉做餅，要是加上香蒲穗上的黃色花粉，做出來的餅更好吃。

就算不能吃的部位，也有重要用途。高高的蘆葦有柔軟的空心稈，可編織籮筐或柔軟具彈性的床墊。天熱時，睡這種床墊要比睡毛皮墊舒服多了；天冷時，又能墊在毛皮下，阻隔寒氣。香蒲葉也可編成多用途的席墊，諸如床墊、坐墊、跪墊等等；除了編織籮筐，還能編織隔間草板、防雨頂遮、無袖雨衣、雨帽等等，當作禮物送人，實用又大方。實心的香蒲梗乾燥後，是上好的取火木鑽。香蒲穗子像貓尾巴，滿布的棕色絨毛正好充當易燃的火絨，或是拿來填充床墊和枕頭，也可做成吸水材質，供嬰兒和婦女使用，吸收屎尿及月事分泌物。他們在水邊找到這片茂盛的植物，既充分供應了蔬果，又提供製造器具的材料。

整個下午，婦女忙著編織採集籮筐；男人則商量狩獵一事，以及砍些挺直的小樹製造標槍，供投擲器使用，補足掉失折損的數量。喬達拉騎著快快去找那群留下蹄印的牛群，同時也留意露出地面的燧石。他相當有把握這一帶會有燧石。愛拉見他動身，猜想他是去找牛群，曾閃過與他同行的念頭，但隨即作罷，因為自己發動了編織籮筐的工作，她不想耽誤大家。

傍晚，大家暫停手邊的活兒，邊吃晚餐邊計畫。當喬達拉得意地笑著騎馬回營時，大夥正有說有笑。

「我找到了！一大群牛，」他說：「還找到一些漂亮的燧石，質地很好，可以做幾副槍尖。」快快的兩側搭掛兩個馱簍，一左一右正好平衡。他下了馬，從馱簍裡取出幾塊灰色大石頭。大家一擁而上，只見他從種馬身上卸下馱簍、馬墊和韁繩，然後引牠面向河水，在牠屁股上拍了一下。棕色種馬涉水到河灣喝了一點水，回到沙岸上就地一躺，左翻右臥打起滾來。大夥兒看得咭咭直笑，馬兒四蹄朝天亂踢的模樣，真是滑稽有趣極了。顯然，牠很享受這種翻滾動作——以背摩擦地面，給自己搔癢。

喬達拉加入圍坐火堆旁的夥伴，愛拉端了一碗用肉乾、香蒲根莖、香蒲芽尖燉煮的肉湯給他。

他含笑對愛拉說：「我還看到一群紅羽松雞，就是我跟妳說過，長得像雷鳥的鳥，只是冬季羽毛還沒變成白色。要是能夠獵到這群松雞，我們就可以用羽毛做槍纓了。」

愛拉微笑回答：「我還可以做克雷伯愛吃的松雞大餐。」

「明天上午想不想去獵松雞？」喬達拉問道。

「好……」才剛說出口，愛拉的眉頭皺了起來：「算了，我已經講好去採莓子。」

「去吧，去獵妳的松雞。」齊蘭朵妮說：「我們有足夠人手採莓子。」

「對啊，我可以照顧喬愛拉。」樂薇拉附和。

「喬達拉，你把食物吃完。我在乾河床上看到一些很好的卵石，正合我的拋石索。我想趁天黑之前去撿一些。」愛拉若有所思地說：「我應該連標槍投擲器一起帶著，我還有幾支能用的標槍。」

第二天早晨，她一改平日裝束，穿上軟鹿皮裹腿，足蹬一雙軟鹿皮包裹腳踝的鞋子。接著，她穿上一件像是無袖背心的上衣，同樣是軟鹿皮縫製，並繫好前襟的帶子，以托住她的酥胸。緊接著，她迅速將一頭散髮編成俐落不礙事的辮子，再把拋石索纏繞額頭上。最後，背起標槍固定套和標槍，繫好皮腰帶，腰帶上還別了一把帶鞘的鋒利匕首，佩掛了幾個皮囊，一個裝她撿選的卵石，一個裝她專用的杯子和戶外用具，還有一個小藥囊裝了一些緊急補給品。

她穿戴完畢，心情有些緊張，這才意識到：原來自己那麼渴望打獵！她拿起馬墊，踏出帳篷，發出一聲呼哨召喚嘶嘶，再發一聲短促口哨呼叫沃夫，然後走向馬兒吃草的地方。灰灰套著延長的轠繩，轠繩一端拴在木釘上，以防這隻愛亂跑的小母馬走散，至於嘶嘶，愛拉知道牠不會遠離小母馬。喬達拉也把快快安置在同一處。她將馬墊披在黃褐色母馬背上，牽著灰灰和快快，躍上她的母馬，騎到營火所在處。她一抬腿，瞬間滑下馬背，朝她女兒走了過去，女兒就坐在樂薇拉身旁。

「喬愛拉，拉住灰灰。牠可能想跟我們走。」愛拉邊說邊把轠繩遞給女兒：「我們不會去太久。」

回頭一看，只見沃夫向她直奔而來。「你來了，」她說。

就在愛拉擁抱女兒時，喬達拉也把最後一口香蒲根塞進嘴裡，看到女人全副騎馬打獵的裝束，以及躍躍欲試的神情，他眼睛為之一亮，暗忖道：「她真漂亮！」他走向大水囊，將幾個小皮袋裝滿水，自己再倒了一杯水喝。他將杯子裡剩下的水給愛拉，又分了一小袋水給她，然後接過杯子，放進自己的腰囊。他們跟圍坐火堆的夥伴道別後，各自騎上自己的馬。

「希望妳找到妳的雷鳥，」貝拉朵拉說：「或是松雞。」

「對啊，祝你們打獵豐收！」威洛馬說。

「總之，騎馬順利。」貝拉朵拉又補充一句。

大夥兒看著這對男女離去，各有不同感想。在威洛馬眼裡，喬達拉和他的伴侶是瑪桑那的孩子，所以也是他的孩子，因此感受到溫馨的家庭之愛。首席齊蘭朵妮對喬達拉有一份特殊感情，畢竟這是她愛過的男人，至今仍對他有某種情感。她把他當成朋友，但似乎不只，這份情感之深，幾乎如同對待兒子。她欣賞多才多藝的愛拉，像好友般愛護她，而且欣喜有個才能與她相當的同儕。她也為喬達拉找到值得他愛的女人而慶幸。貝拉朵拉和樂薇拉也愈來愈喜歡愛拉，雖然有時對她有一份敬畏，但還是把她當成好朋友。她們曾經被喬達拉的魅力吸引，如今都有了心愛的伴侶和兒女，對他那種迷戀已轉化成欣賞，那是個熱心幫助、關懷她們的好朋友。

對於喬達拉的手藝，尤其製造燧石工具和標槍投擲器的技術，喬諾可和兩個年輕交易客，甚至齊莫倫和喬德坎，都欣賞到有些羨慕嫉妒了。他的配偶美麗迷人而且有許多成就，對他又那麼專情，即使在大媽慶典上，她也單單選擇他。其實大家心知肚明，一向都是他在挑選女人。即便現在他不主動情挑她們，還是有許多女人覺得他的魅力難以抗拒。

阿美拉娜到現在仍然敬畏愛拉，很難把她視為只是朋友，對她敬愛有加，也希望自己像她一樣幹練。這個年輕女人也跟迷戀喬達拉的女人一樣，覺得他魅力十足。她試過要引誘他，不過總引不起他的注意。阿美拉娜一路上遇到其他男人，最起碼也會對她投以欣賞的目光。而喬達拉呢，不論她如何賣弄風情，也只能博取友善而不帶情感的微笑，令她百思不解。事實上，喬達拉完全明白她的心思。在他更年輕的歲月裡，那些與他行過初夜禮的女子，事後還想得到他關注的，不止一個。他明白自己一年之內禁止與她們有進一步關係，因此他善於挫折對方的思慕之情。

兩人騎著馬奔馳，沃夫一路跟隨。喬達拉帶著愛拉和狼，西行來到他眼熟的地方。他示意馬兒暫停，指著發現燧石的地方給她看，然後四下一望，便驅馬轉換方向。他們來到高沼地，發現一大片蕨菜和帚石楠，那正是紅羽松雞喜歡的植物。在U形河套西邊，還有各種草和少許樹叢。愛拉臉上泛起笑容。這裡的地形景觀類似苔原上的雷鳥棲息地，她一下子就聯想到棲息在此處的南方鳥類，種類繁多。兩人下馬，將牠們留在一棵大榛果樹旁。

沃夫發現前方有動靜。愛拉看見牠警覺凝神又輕聲低嗥，便命令：「去找牠們。」

牠衝出去的同時，愛拉鬆開纏在額頭上的拋石索，從腰間皮囊掏出兩顆卵石，在拋石索的軟皮兜上塞了一顆，拎起繩索的兩端。不一會兒，一陣搧動翅膀聲傳來，沃夫驚起了五隻紅羽松雞。這種鳥雖然貼近地面棲息，但奮力上沖起飛之後，也能在低空滑翔一段長距離。牠們就像有迷彩偽裝的胖胖雞，暗褐色羽毛綴滿白斑。第一隻沖天的鳥才剛現身，愛拉的石子已出手，趕在第一隻被擊中墜地之前，她又射出了第二枚石子。在此同時，她聽到「嗖！」一聲，看見喬達拉的標槍射中第三隻。

假如這趟旅程只有他們小兩口，這些獵物夠他們吃了。然而，旅行隊連同小孩在內，足足有十六人。再加上愛拉烤松雞的手藝高明，每回她只要一烤起松雞，人人都想大啖一頓！眼前這三隻都是體型肥大的成熟松雞，但要滿足十六個人的胃口，遠遠不夠。她真希望現在是下蛋的季節，她喜歡將雞蛋塞進雞腹一起烤。松雞通常都在凹陷地面鋪上樹葉秣草做窩，只是這時節，窩裡是找不到松雞蛋的。

愛拉召喚沃夫。牠蹦蹦跳跳跑回來，顯然驅趕松雞讓牠玩得很開心。「也許牠能多找一些松雞。」愛拉邊說邊望著四條腿的獵者：「沃夫，去找牠們，去找那些鳥。」

這隻狼再次衝進長草地，愛拉緊跟在後，喬達拉也尾隨她身後。沒多久，又有一隻松雞沖天飛起，儘管距離有些遠，喬達拉揮動投擲器，一槍將牠打下。正當喬達拉尋找落地的獵物時，四隻公松雞同時騰空而起，一身黑中帶褐的羽毛，展開的翅膀清楚可見白色圓點，黃色的喙與紅色肉冠更是醒目。愛拉連續投出兩枚石子打落兩隻，她出手很少落空。喬達拉沒看到公雞起飛，聽到展翅聲才趕緊裝填投擲器。他慢了一步，只射傷一隻，還聽到哀鳴。

「這應該夠吃了，」愛拉說：「就算最後那隻讓沃夫吃掉也沒關係。」

有沃夫幫忙，他們順利獵到七隻松雞，最後一隻翅膀折了但還活著。愛拉將鳥頸擰斷拔出標槍，示意沃夫可以吃它。沃夫叼著獵物，走到他們視線以外儘情享用。他們拔了一些強韌的草當繩索，將剩下的松雞兩隻一串地綁住雙腳，漫步回到馬兒吃草的地方。

他們回到營地時，其他獵人正在拋光標槍桿，同時談論發現牛的事。他們狩獵需要許多標槍，喬達拉立刻加入製造標槍。他把燧石敲打成尖銳的槍頭後，交給他們固定在槍桿上，再用她拔下的紅松雞羽毛做成槍纓。愛拉一刻也沒閒著，她拿起鹿角鏟，準備烤松雞的前置作業。鹿角鏟原本只適合鏟掉鬆動泥土，大家用來清除火堆裡的灰燼或做一些雜事。但又寬又扁的鏟面不等於掘坑的圓鍬，因此她用一種類似鑽子的硬燧石銳片，固定在木柄上，成了挖土的利器。她在河套邊的沙灘挖出一個深坑，又在附近生了一堆火，搬了幾塊大石頭投入火堆加熱，然後開始拔雞毛。

其餘人大都過來幫忙，他們拔下大羽毛，給做標槍的人。愛拉想保留用不完的雞毛，貝拉朵拉把皮囊的東西倒出來，騰給愛拉裝羽毛。大夥幫忙清除六隻松雞的內臟，只留下可食用的雞心、雞肫和雞肝。愛拉用草地上的新鮮乾草包好內臟塞進鳥腹裡，再用更多乾草包裹全雞。

這時候石塊已經燒得火燙，他們趕緊用彎木鉗夾起鋪在坑底，有些沿著坑壁堆砌。接下來，她們先在燙石塊上蓋一層泥土，再鋪上孩子採集到的青草和樹葉，然後把六隻大松雞擱上去。接著，用其他婦女挖的蘆葦根莖、豆子、澱粉植物根等蔬菜裹住松雞，再拿可食用的葉子將蔬菜和雞包起來，然後又蓋一層土、鋪一層火燙的石塊。最後以一層泥土把坑密封起來，悶煮到晚餐時才開封。

愛拉搞定松雞之後，又去探視標槍的製作進度。只見有人在桿尾上刻凹槽，好讓投擲器後面的鈎子勾住槍桿；有些人用加熱的松脂黏雞毛，做槍纓，在這之前，得先用他們帶來的細筋，把羽毛綁在槍頭部位。喬諾可正在碾碎木炭，然後倒上熱水，放一塊熱松脂一起攪拌後，拿木條蘸著黑稠稠的汁液，在標槍桿上畫圖案和精氣符——代表本人和自己的印記。不論男女，每個人都有生命之靈，出生不久便由齊蘭朵妮授與象徵個人的印記。

喬達拉為愛拉和自己做了兩組標槍，他把有她個人精氣符的那一組交給她。她清點的結果，一共有二十支。她在每一根槍桿上畫了四條平行線，間隔很小。由於她不是齊蘭朵妮氏所生，因此她自選精氣符，形狀與她大腿上的四道疤痕一樣，那是她小時被穴獅抓傷留下的疤。當初克雷伯便根據這場遭遇，以穴獅作為她的圖騰。

狩獵時，只要分辨獵物身上的標槍印記，就能得知哪隻野獸由誰獵殺，功勞該歸誰。不過獵物的肉仍然要大家均分，並非由獵殺者獨享。不論男女獵人，都能優先挑選獵物身上的好肉，也會因為分肉給大家而得到表揚。而分享肉可能更有價值，不僅得到稱讚、受到肯定，也令眾人感激。那些優秀的獵人往往將大部分肉分送出去，為的是立功受表揚，有時連配偶都埋怨他們太大方了。沒辦法，這是大家對他們的期望。

樂薇拉考慮參加狩獵，貝拉朵拉和阿美拉娜則表示：樂意幫忙照顧喬里文和喬愛拉。最後，樂薇拉還是決定不參加。她最近才讓喬里文斷奶，偶爾還是要餵他母乳。自從生了兒子後她就沒再打獵了，技藝生疏的她，跟著去不只幫不上忙，反而成了累贅。

標槍製作完成，喬達拉揀回來的燧石也幾乎都做了槍尖，就連精挑細選的雞毛也用完了，全數做成槍纓，以增加標槍投擲的精準度。這時，也差不多該享用愛拉做的松雞大餐了。有些人又弄了更多越莓來，大多是席墊上晾著的莓子。堅固的新碗裡，調味料被加熱的石頭熬成醬汁。這只新碗是用香蒲葉編成，混合了河套附近沼澤的燈心草。醬汁的甘甜來自果實原味，加入花、葉及各種樹皮調味。這次愛拉找到繡線菊，這種小花可以熬出奶油色泡沫，散發一股蜂蜜甜香。藍色的牛膝草帶有濃郁香味，也是治咳良藥。此外，還有香檸檬的葉子和朱紅花朵，再加入一點脂肪，令醬汁更加香滑濃稠。

這頓美味大餐，直逼一場盛宴，尤其松雞是新口味，一改沿路幾乎要吃膩的肉乾。松雞埋在土裡悶烤，就連那隻老公雞的肉也軟嫩可口。包裹雞身的草貢獻了另一番味道，而果實熬燉的汁多了些辛辣，更加開胃。雖然剩菜不多，但只要加一點鮮嫩根莖和香蒲的地下根鬚，也夠大家再吃一餐了。

第二天的狩獵計畫同樣令大夥興奮不已。喬達拉和威洛馬先開口提議，和眾人商量，暫定等那群牛出現後，再拿主意。趁著還有日光，喬達拉當場決定循蹄印跟蹤，主動搜尋，看看能不能儘快找到牛群，但他不知牛群走了多遠。愛拉和喬愛拉各自騎她們的馬與他同行，也趁機讓馬兒馳騁，活動一下筋骨。他們運氣不錯，果真找到那群牛。喬達拉慶幸作了再追蹤的決定，這一來他可以帶領其他獵人直奔牛群。

即使仲夏時節，清晨依然透著涼意。愛拉步出帳篷，感覺空氣新鮮而潮溼。清涼的薄霧籠罩地面，河套上則起了濃濃的霧團。貝拉朵拉和樂薇拉正在生火，她們的小孩也都醒了，喬愛拉跟他們在一起。愛拉沒聽到她起身，小孩一旦不想驚動大人，便會悄無聲息。一看到媽媽，她跑了過去。

「媽媽，妳總算起來了。」她說。愛拉彎腰將她擁入懷裡，不大相信女兒已經起來很久。不過她也知道，小孩對時間的感覺與大人不同。

小解後，愛拉在河套游泳順便洗澡，然後才回帳篷。她逐一披掛穿戴獵裝，窸窸窣窣吵醒了喬達拉。他躺臥在鋪蓋捲，心滿意足地看著她，昨晚他得到了滿足。穿背心不怎麼保暖，但獵人都知道氣溫稍後便會回升，因此不想穿太多。在微涼的早晨，他們靠近火堆喝熱茶，待出發之後，各種各樣的活動便會有熱身效果。早餐的冷松雞跟昨晚剛烤好時一樣可口。灰灰照樣被留下來陪伴喬愛拉，不過她卻不想留下。

「媽媽，我跟妳去好嗎？拜託嘛！妳知道我會騎灰灰。」女孩懇求。

「不行，喬愛拉。對妳來說太危險，會有意料不到的事，有時候妳得叫馬兒離開。而且妳還不會打獵呀。」愛拉說。

「那我什麼時候學？」她迫不及待追問。

愛拉想起了當年。她是那麼渴望學打獵，但部落禁止婦女打獵，逼得她只能偷偷學。「這樣好了，」她說：「我請喬達拉幫妳做一副標槍投擲器，小小的，適合妳的身材，讓妳練習。」

「真的？媽媽，一定噢！」女孩尋求大人保證。

「真的，一定。」

喬達拉和愛拉牽著馬步行，好讓大夥跟上。他找到了體型龐大的牛，光是牛肩就有一個成人那麼高，頭上還長了一對巨角，全身暗褐色的厚皮堅韌得像盔甲。這算是中型的群落，離上次發現的地點不遠。他們不打算整群獵殺，這一小撮人只要獵個兩隻就足夠了。

眾人商議獵牛計策，決定步行繞過牛群，小心行動以免驚動牠們，同時觀察附近地形。雖然沒有河谷絕壁可阻擋牛群，倒也有條乾河床，其中一段河床的兩岸地勢相當高。

「這辦法可能行得通，」喬達拉說：「如果我們在河岸較低的地方生火。但是要先把牛群趕過去，等牠們快接近時才點火。所以，第一步先堆好柴火，第二步用火把點燃火堆，第三步才是把牛群往這兒驅趕。」

「你真的認為這辦法行得通？可是，我們拿什麼驅趕牛群？」

「用那幾匹馬和沃夫啊。」喬達拉說：「等牛群衝進河床狹窄的地方，我們得有人在隘口末端點火，減緩牠們的速度。其他人在兩邊的高河岸上等待，最好匍匐在地上，等牛群跑到你們面前，再立刻跳起來投擲標槍。現在我們先撿柴火堆，再準備一些火絨和易燃的引火材料。」

「原來你早就計畫好了。」提佛南說。

「我一直在想這件事，也跟齊莫倫和喬德坎商量過。」喬達拉說：「我們在路上曾經靠三匹馬和沃夫，從獸群裡驅趕一兩隻出來。馬匹和沃夫是狩獵的好幫手。」

「我就是這樣學會騎馬擲標槍的，」愛拉說：「我們甚至獵殺過一頭猛獁象呢。」

「這計畫聽起來不錯。」威洛馬說。

「我也覺得不錯。不過我不擅長打獵，」喬諾可表示：「老實說，我很少打獵，是參加這趟朵妮侍者之行才開始有經驗。」

「也許你以前不常打獵，不過我認為你現在遠遠超過合格的獵人。」派利達爾鼓勵他，而大家也認同。

「這麼說，我這趟旅行又多了一樣收穫，不只看到迷人的聖地，還學會更高的狩獵技巧喔。」喬諾可笑著說。

「好吧，我們去撿乾草、枯木，準備點火。」威洛馬下了結論。

一組人開始撿木頭和其他易燃物，愛拉和喬達拉也加入他們，然後把易燃物散布在乾河床末端。他們聽從威洛馬的建議，在長排柴堆前緣，擺了一排火絨和引火柴，好讓火順勢燒到排列開的柴火。一切準備就緒，愛拉和喬達拉騎上自己的馬，招呼了沃夫，開始繞牛群兜圈子。接著，威洛馬指派他的徒弟派利達爾和提佛南，在長排柴火兩頭聽他的口令點火。

「等火勢延燒開來，你們就找位置埋伏，準備投擲標槍。」威洛馬吩咐道。兩個年輕人點頭答應，團隊成員各自找好埋伏位置，眾人等待出手。

獵人安靜地待在自己的位置上，靜得彷彿聽見自己的心跳聲。兩個小伙子滿懷興奮，期待出手獵殺，側耳傾聽愛拉和喬達拉驅趕牛群狂奔的隆隆蹄聲。喬諾可進入沉思冥想的狀態，他很早以前就學會用這種方法，讓自己警覺，意識到周遭發生的一切。他聽見遠處傳來愛拉和喬達拉的吆喝聲，也聽見翠鳥響亮的叫聲，但節奏緩慢而且愈來愈慢。他放眼搜尋鳴聲，瞥見那隻活力充沛、上半身翠藍而下半身橙褐的捕魚鳥。後來，他又聽到一隻烏鴉刺耳的叫聲。

齊莫倫的思緒飄向齊蘭朵妮氏的第二洞穴，希望他不在的時候，大家都過得很好……嗯，也許不要太好。他不願意他們過得比他領導之下更好，那會顯出他不是很好的領袖。喬德坎心裡想的是他妹妹卡茉拉，希望她的住所離他更近些。他的配偶樂薇拉昨晚也針對這件事，跟他聊了許久。

牛蹄狂奔聲步步逼近，將大家的注意力拉回當下。守在長排柴堆兩頭的兩個年輕人盯著威洛馬，只見他把手高舉，眼睛注視牛群方向，準備比出點火手勢。年輕人一手拿燧石，一手拿黃鐵礦，準備兩手互擊以便擦出火星，但願自己不會笨手笨腳，誤了大事。他們很熟練這種點火方式，不過也可能會因為興奮過度而出狀況。其他人則手持標槍投擲器，蓄勢待發。

牛群正要下乾河床時，一隻老母牛打算轉向岸邊。沃夫早已料到這一步，搶先衝到母牛面前，露出可怕的狼牙，並發出低嗥。老母牛一看，只好另循一條好走的路徑下了河床。

就在這時，威洛馬打出手勢。派利達爾先敲擊手中的火石，擦出火星，一彎身點著了火。提佛南敲第二次才擊出火星，但很快就燃起火燄，向河床中央竄燒。兩股火燄一連上，火絨後方那些大乾柴也燃起熊熊火燄。他們一看火勢既成，立刻奔向高河岸，邊跑邊瞄準投擲器。

其他獵人早已準備出手。火勢令狂奔驚哞的牛群緩慢下來，牠們可不想往火裡衝，但後頭那些牛仍然推擠前面的牛群。

標槍開始射出。

只見綁著尖銳燧石片的木桿標槍如雨般落下。每個獵人都挑選了自己的獵物，緊緊盯著牠在滾滾煙塵裡移動。投第二支標槍時，多數是瞄準同一隻牛。整個夏季他們一路上狩獵，大家打獵的本事都精進了。

喬達拉盯上一頭背上有高峰的公牛，牠披著濃密絨毛，頭上有一對又長又尖的黑色大角。他第一支標槍將牠射得踉踉蹌蹌，第二支標槍則讓牠倒地不起。他很快又朝一頭母牛投出第三支標槍，可惜只是射傷牠。

愛拉的第一支標槍射中一頭年輕牛。她看著牠倒地，接著看到喬達拉的標槍射中一頭母牛。母牛搖搖晃晃卻沒倒地，她投出第二支標槍射中受傷的母牛，看牠跌倒在地。前面的牛群衝過火線，其餘的牛也跟著突破障礙，留下倒地的同伴。

狩獵結束了。

事情發生得很快，快得令人難以置信。這夥獵人清點獵殺成果，共有九隻牛倒地，鮮血染紅了河床。他們檢查命中的標槍，從槍桿上的印記算出威洛馬、派利達爾、提佛南、喬諾可、齊莫倫、喬德坎等，每人射殺了一頭；喬達拉和愛拉聯手射倒三頭。

「想不到我們狩獵成果這麼好。」喬諾可說，一邊檢查標槍上的印記，確定哪一頭是他的獵物。

「也許我們應該在出手前協調好，這次收穫好得過頭了。」

「沒錯，我們不需要這麼多獵物，」威洛馬說：「不過這也表示我們有更多禮物可以分享給別人，不至於浪費。」他每到一個新洞穴，總喜歡帶些禮物。

「可是我們該怎麼拖載這些牛呢？」派利達爾說：「三匹馬拖不動九隻龐大的牛啊。」這個年輕人的標槍射中一頭大公牛，他根本不知道如何移動這隻巨獸，何況還有其他八隻。

「我們可以派人先到下一個洞穴，請他們來幫忙搬運。他們應該不會介意，因為不需要親自打獵了。」喬達拉說。其實派利達爾的困擾，他已經想過了，畢竟他處理這種大型獵物的經驗老到，知道人多好辦事。

「你說得對，」喬德坎說：「不過我認為應該到這裡來紮營，先把這些獵物處理好。」其實他並不是真心想要遷移紮營。

「這樣做會攪擾貝拉朵拉，她正在編織一些東西，一定不想換地方紮營。」齊莫倫說：「不過，我想她可以來這裡幫忙剝牛皮、宰割牛隻。」

「我們也可以就地剝牛皮，」愛拉說：「然後宰割成大塊肉，多來回幾趟，把肉載回營地，先曬乾一部分。然後帶一些新鮮牛肉到下一個洞穴當見面禮，請他們來幫忙搬運其餘牛肉。」

「這個辦法可行，」威洛馬說：「我要用牛角做幾個杯子。」

「留一些牛蹄讓我熬成黏膠，用來黏槍尖。我不怕麻煩，」喬達拉說：「瀝青雖然好用，但牛蹄牛骨的黏性更強。」

「我們還可以用牛胃做水囊，用牛腸裝脂肪。」愛拉補充道。

「有時樂薇拉也會把剁碎的肉，灌進清洗過的腸子裡。」喬德坎說：「另外，腸子也可以製成帽子和腳套的防水套。」

忽然間，愛拉意識到他們離目的地很近了。不久，他們就要送阿美拉娜回她的洞穴，然後觀看最古老的聖地。那是首席齊蘭朵妮特地要她看的地方，離這兒已經不遠了。接下來，按照齊莫倫的估計，再走兩天就會到達貝拉朵拉的族人那裡。然後，他們就要沿路折返回家了。

回去的路與來時的旅程一樣漫長。愛拉看了看四周，大媽對於他們回程所需的一切，似乎已經補充供應了。他們有材料可以修補損壞的裝備、武器、衣物；現有的牛肉也夠他們晾製大量肉乾，牛脂肪加乾肉末與乾莓子，還能做糕餅，供長途旅行之用，而且綽綽有餘。另外，他們還有一些曬乾的菜根、球莖和各種蕈類植物。

「這裡我來過，這地方我熟！」阿美拉娜幾乎用喊的。她看到一個又一個熟悉的景物，滿臉笑容難掩興奮之情。就算懷著身孕，她也絕不可能停下來休息，歸心似箭的她急著想趕回家。

旅行隊接近一條寬敞的路，環繞急彎的河套。舊的洪水平原在湍激的流水上方留下一層草地，一直延伸到懸崖下。愛拉心想，這是馬兒吃草的好地方。

這條寬路向上通往懸崖一側，穿過密林和小樹叢，有些樹根正巧成了踏腳的階級。但這樣的地勢卻讓馬兒很難行走，尤其拖著拖橇。她想起嘶嘶在野馬河谷攀上她的洞穴，四蹄走得很穩健。

路面平坦，愛拉判斷也許有人剷過。旅行隊來到有遮棚的地方，此處已有人居住。許多正在打理自家事情的人，紛紛停下手邊工作，盯著這隊組合怪異的客旅。隊伍當中有人類，也有馬；嘶嘶披戴著喬達拉為牠製作的轡繩，每次目的地情況未明、令人不安時，愛拉都要用這副轡繩。她自己則牽著嘶嘶和灰灰，嘶嘶的拖橇上坐著齊蘭朵妮，灰灰的拖橇上則載滿了牛肉。威洛馬有兩名助手和阿美拉娜隨行。

忽然，一個挺著大肚子的年輕女人，從客旅隊中衝了出來，吸引眾人目光。「媽！媽！是我呀！」她邊跑邊喊，奔向一位粗壯的婦人。

「阿美拉娜？阿美拉娜，是妳？妳來這裡幹什麼？」婦人問道。

「媽，我回家了，看到妳好高興呀！」阿美拉娜喊道。

她雙臂一展，抱住了婦人，然而有孕的大肚子使她無法摟緊對方。婦人也抱了抱她，然後抓住她的雙肩稍稍推開，仔細端詳她以為再也見不到的女兒。

「妳有身孕了，妳的配偶呢？妳怎麼回來了？是不是犯了什麼錯？」她母親問道。她難以想像一個孕婦竟大老遠地──儘管她不知路程多遠──長途跋涉。她知道女兒個性急躁衝動，希望她不是做了傷風敗俗的事，或是犯了嚴重禁忌，遭人休了，遣返娘家。

「當然沒有，我沒犯什麼錯。要是有的話，服事大媽的首席齊蘭朵妮也不會帶我回娘家。我的配偶已經到了另一個世界，我有身孕，想回家在妳身邊生下孩子。」阿美拉娜說。

「首席齊蘭朵妮來了？她帶妳回家？」婦人問道。

她掉頭掃視那些旅客。只見有個女人從馬後頭的複雜裝置走下來。這女人的體型比她更龐大，看她左額上的刺青，便知她是一位齊蘭朵妮。女人儀態尊貴，渾身散發權威，莊嚴地向她走來。近看她額上的刺青、衣著服裝、胸牌和項鍊，阿美拉娜的母親確定對方是如假包換的首席齊蘭朵妮。

「阿美拉娜，為什麼不介紹妳母親給我認識？」首席問道。

「媽，請見過服事大地母親的首席大媽侍者，」阿美拉娜說：「齊蘭朵妮，這是齊蘭朵妮氏第三洞穴的施若拉那，也是阿美拉娜和亞莉夏那的母親，守護最古老的聖地，配偶是第三洞穴頭目戴摩倫，守護第三洞穴。」介紹母親，在眾目睽睽下表現她熟悉齊蘭朵妮亞頭目的來歷，使阿美拉娜有些飄飄然。

「我歡迎妳，服侍大地母親的首席大媽侍者，」施若拉那說道，同時伸出雙手走向她。「妳大駕光臨，我們深感榮幸。」

首席齊蘭朵妮握住她的雙手回答：「奉大地母親之名，問候齊蘭朵妮氏第三洞穴、守護最古老聖地的施若拉那。」

「妳長途旅行，只為了帶我女兒回家嗎？」施若拉那忍不住問道。

「我是帶我的助手走一趟朵妮侍者之行，也就是牽著馬匹的那位。我們來參觀妳守護的最古老聖地，雖然我們遠在北部，但早已聽說這處古蹟。」

第二十五章

施若拉那朝高個子女人望去，一看見她以兩條繩子牽住兩匹馬，神情有些不安。齊蘭朵妮注意到她在害怕。

「妳要是不介意，等一下介紹妳認識。」她說：「妳剛才說妳的配偶是這個洞穴的頭目？」

「是，是的，」施若拉那說：「戴摩倫是這裡的頭目。」

「我們也要請你們幫忙，不過這對你們也有好處。」服侍大媽的首席說道。

這時有個男人走到婦人身旁。「這是我的配偶，」施若拉那說：「戴摩倫，齊蘭朵妮氏第三洞穴的頭目，最古老的聖地守護者。請歡迎服侍大媽的首席光臨。」

「首席齊蘭朵妮，我們洞穴熱烈歡迎妳和妳的朋友光臨。」他說。

「我來介紹我們的交易大師威洛馬，齊蘭朵妮氏第三洞穴的頭目戴摩倫，最古老的聖地守護者。」

「戴摩倫，向你請安。」威洛馬說著伸出雙手，行完了正式見面禮，他解釋：「我們來這裡的途中停下來紮營狩獵，除了補充補給品，也為了攜帶牛肉作為見面禮。」這位洞穴頭目和其餘人點頭表示領情，換作他們也會這麼做。「真不好意思，我們的獵獲太豐盛了。因為我們發現了一群牛，加上狩獵運氣特別好，結果獵殺了九頭牛。但我們的旅行隊包括四個小孩在內，一共也才十六人。獵物實在太多，即使有三匹馬也載不完，而我們不想浪費大媽的恩賜。如果你能派一些人幫忙把牛肉搬過來，我們樂意與你們分享。我們帶了一些牛肉來，也留下幾個人看守其餘的肉。」

「好呀，我們很樂意幫忙，也很高興分享你們的好運。」戴摩倫說完，就近一看，發現威洛馬額頭中央的刺青，又說：「交易大師，你以前來過這裡，是吧？」

威洛馬微笑說：「是啊，我來過這一帶，不過還沒到過你的洞穴呢。首席齊蘭朵妮帶著她的助手，就是那個控制馬的女人，走這一趟朵妮侍者之行。她是我兒子的配偶。我兒子和我兩個年輕助手留在營地看守牛肉，他們和其他幾個人跟我學做交易。我認為阿美拉娜很幸運，在她要求同行之前，我們已計畫好這趟旅程。她早就盼望回家鄉，在母親身邊生產。」

「她回到身邊，我們很高興。當初她離開時，她母親好難過，但是她一定要跟那個前來作客的年輕人走，我們不忍心拒絕她。現在她的配偶到了另一個世界，我也很難過。他母親和家人一定非常傷心。看到阿美拉娜，我覺得很欣慰，本以為再也見不到她了。」戴摩倫說：「下次她應該不會那麼急切想離家了。」

「我想你說對了。」威洛馬含笑回答。

「我猜想，你們要去第一洞穴，參加齊蘭朵妮亞的全體大會，是嗎？」第三洞穴頭目詢問。

「我沒聽說有什麼大會。」威洛馬答道。

「我以為首席齊蘭朵妮到這兒，是為了參加大會。」戴摩倫說。

「這件事我倒一點都不曉得。當然啦，她知道的事，我並非每一件都曉得。」他們同時轉頭看著體型龐大的女人。「妳知道要開齊蘭朵妮亞大會嗎？」威洛馬問道。

「我當然期待參加這個大會。」她說著，臉上帶著神祕的笑容。

威洛馬只能搖搖頭，誰能真正了解齊蘭朵妮？「好了，戴摩倫，請你派一些人幫忙搬運我們帶來的肉，然後再跟我們回去搬其餘的，好讓我們其他的旅伴也能來此作客。」

愛拉幫忙齊蘭朵妮，逐一將她的私人物品搬下拖橇，並問：「原來，妳早知道全體齊蘭朵妮亞大會要在這附近舉行？」

「我並不確定。不過，隔了一定年數就要召開大會，我早就估算今年也許會在這地區舉行大會。我沒說出來，是怕萬一估算錯誤，或者時日不對，這會讓殷切期待的人失望。」

「看來妳算得很準。」愛拉說。

「阿美拉娜的母親好像怕馬，所以我沒急著向她介紹妳。」齊蘭朵妮解釋。

「如果她怕馬，那麼見到沃夫怎麼辦？」愛拉說：「正式介紹的事，還是以後再說吧。我先將妳的拖橇從嘶嘶身上卸下，然後帶牠和灰灰回營地。我們可以做一副新拖橇，讓牠把牛肉運過來。剩下的肉還很多，我已經忘了牛那麼龐大。也許，我們可以帶一些肉去參加齊蘭朵妮亞大會。」

「好主意。我坐拖橇讓嘶嘶拉，喬達拉和喬愛拉可以在他們的拖橇上載一些牛肉。」齊蘭朵妮說。

愛拉聽了暗自微笑。坐在特製拖橇上，讓馬兒拉著進場，必然會引起一陣騷動，齊蘭朵妮確實喜歡這種排場。大家都認為這具有某種法力。愛拉不解，為什麼大家如此驚奇？為什麼他們不能了解人可以和馬兒做朋友呢？尤其看到她和喬達拉，甚至連喬愛拉這樣的小女孩都可以騎上去，怎麼還是不明白呢？騎馬根本沒什麼法力可言呀，只需要有決心、有耐性就行了，與法力一點關係也沒有。

愛拉來的時候是牽著馬兒走，當她一個縱身，騎上嘶嘶背上時，大家莫不驚呼連連！先前她之所以不騎馬，是因為其他旅伴都是步行，她只不過跟著大家一起行動罷了。這會兒，提佛南和派利達爾帶著洞穴派來的幫手走回營地，但愛拉必須騎馬趕回去做新拖橇。

「其他人呢？」喬達拉問馳騁回營地的愛拉。

「他們就快來了。我先來幫嘶嘶做一副拖橇，運載牛肉。我們得帶一些牛肉去別的洞穴。他們自稱是守護最古老聖地的齊蘭朵妮氏。阿美拉娜是第三洞穴的人，但我們要去第一洞穴。那裡要舉行全體齊蘭朵妮亞大會，齊蘭朵妮早就知道了！就算不是早知道，她也猜到那裡要開大會。她到底知道多少，實在很難想像。咦，喬愛拉呢？」

「她跟貝拉朵拉和樂薇拉的小孩在一起，她們順便照顧她。那些肉吸引了附近的食肉動物，不管天上飛的、地上走的，全都來了。我們認為最好把小孩留在帳篷裡，免得那些動物看到。為了看守這批獵物，大家都忙翻了。」喬達拉說。

「你有打死什麼動物嗎？」愛拉問道。

「沒有。我們只是嚇唬、吆喝、丟石頭，趕牠們走。」

就在這時，一群鬣狗聞到肉味，衝向那堆牛肉。愛拉二話不說，立刻解下纏在額頭上的拋石索，再從腰囊掏出兩顆石子，動作俐落地投出第一顆石子，直取帶頭的鬣狗。她動作超快，第一顆擊中目標前，第二顆石子已連番射出。帶頭的鬣狗才剛倒地，另一隻鬣狗的咯咯怪笑聲也換成慘叫，隨即倒下。鬣狗群的首領都是雌性，不過所有母鬣狗都有偽雄性性器官，而且往往比公鬣狗大。衝刺的鬣狗群停了下來，遠遠地來回奔跑或在地上打滾，低哼長嗥發出獨有的怪笑聲，因為失去首領而亂成一團。女人把標槍套入投擲器，正準備衝向慌亂的鬣狗群。

喬達拉縱身搶在她前面。「妳幹什麼？」他問道。

「把那群噁心的鬣狗趕走！」她一臉不屑，語帶嫌惡。

「我知道妳討厭鬣狗，但也不必見一隻殺一隻呀。牠們跟其他動物一樣，都是大媽的兒女。我們只需要把帶頭的鬣狗拖到別處，其他鬣狗就會跟過去了，不必趕盡殺絕，對不對？」喬達拉說。

愛拉停下來看看他，激動的情緒緩和下來。「對，喬達拉，你說得對，牠們只是動物罷了。」

喬達拉一手拿著裝了標槍的投擲器，一手抓住死鬣狗其中一條後腿，愛拉抓住另一條，兩人合力將這隻死鬣狗拖走。她發現母鬣狗還在餵奶，不過她也知道母鬣狗的餵奶期長達一年，等小鬣狗體型幾乎長大為成狗才斷奶。唯一能分辨幼狗的是毛色，顏色較深。鬣狗群發著呼嚕嚕鼻息、咯咯怪笑，尾隨在後頭。另一隻被她打中的鬣狗雖然沒死，但跛得很厲害。他們把狗屍拖到離營地很遠的地方，回程時發現其他鬣狗跟蹤他們。

「很好！」愛拉說：「這會讓那些鬣狗走遠一點。我要去洗手，這種動物好臭！」

大部分時候，愛拉的齊蘭朵妮氏親友都當她是個普通女人和母親，甚至忽略了她奇怪的口音。但看到她果斷走向一群飢餓的鬣狗，揮動拋石索擊斃首領，這時他們又重新思考，突然意識到她的差異。她不是土生的齊蘭朵妮氏，成長的過程也跟大家完全不同，於是她異常的說話方式再度引起注意。

「我們得砍幾棵小樹做新的拖橇，這是齊蘭朵妮的意思。我認為她不想讓她的拖橇沾染了血污，你也知道，她覺得那是她專用的。」愛拉說。

「當然是她專用的。除了她，誰會想坐拖橇呢？」喬達拉說。

牛肉分成兩趟才搬完，大部分是馬兒在前面拖，眾人在後頭推。待旅行隊將營地收拾完畢，太陽已落在地平線上，成了一顆橙色大圓球，拖著長長紅霞橫亙天邊。他們帶著為自己保留的肉往洞穴出發。愛拉和喬達拉特地環顧了一下，畢竟他們騎著馬，要趕上隊伍很容易。兩人在廢棄營地上做最後巡視，避免有人遺忘了重要東西。

一切都顯示這裡有人待過。帳篷與帳篷之間有一條條被踏平的泛黃草徑；火堆留下的木炭形成黑色大圓圈。有些樹幹上的新傷痕露出淺色木質，也有些樹的粗枝被硬生生折斷；而殘餘的樹樁上有鋸齒，彷彿被河狸啃過。還有一些垃圾零星散布，一個破籮筐棄置在火堆旁，一床喬里文用過小鋪蓋捲，因為破舊、太小了，丟棄在原先搭了帳篷的草徑上。散落的燧石碎片和折損的槍頭，還有幾堆骨頭和剝下來的果菜皮，這些很快就會分解，回歸大地。附近一大片香蒲和蘆葦叢，遭人大量砍伐後有些變樣，不過那些泛黃的草和燒焦的火坑，不久又會披上新綠。至於那些被砍伐的樹木，也讓新樹苗有了茁壯的空間。說起來，人類為了生活取之於土地，實在微乎其微。

愛拉和喬達拉檢查了自己的水囊，順便喝點水。愛拉覺得尿急，出發之前繞著樹叢邊找地方小解。假如他們在嚴冬被冰雪所困，不論有誰在場，愛拉會毫不猶疑使用夜壺解決。當然，可能的話，她也想有點隱私，何況她除了要撥開寬鬆的衣服，還得解下裹腿才能方便。

她解開腰上的細皮帶蹲了下，再度站起來綁裹腿時卻大吃一驚——四個陌生男人正盯著她看。她感到被大大地冒犯，即使他們只是湊巧看到，也不該站在那兒盯著她，這是很粗魯無禮的行為。她再仔細一看，發現他們衣服上都是泥污、鬍鬚凌亂、滿頭長髮，更可惡的是滿臉猥褻的表情。這表情最令她惱火。然而，這夥人期待她的反應是驚恐。

也許她是該驚恐。

「女人小便時，你們應該迴避，這點禮貌都不懂嗎？」愛拉邊說邊繫上腰帶，不屑地看了他們一眼。

她輕蔑的口吻，令這夥人大感意外。他們本以為她會驚嚇恐懼，隨後聽到她怪異的口音，於是有了結論。

其中一人嘲弄淫笑地對夥伴說：「她是外地人，可能是來作客，不會有太多同伴在附近。」

「就算有同伴，我也沒看到四周哪裡有人。」另一個人說著，轉身走向她，色迷迷地上下打量。

愛拉突然想起旅程中走訪蘿莎杜那氏，那裡有一夥惡棍不斷騷擾婦女。她解下額頭上的拋石索，又伸手從皮囊掏出石子，然後大聲呼哨叫喚沃夫，接著又呼哨叫兩匹馬。

呼哨聲令四個男人吃了一驚，但更驚人的是石子。走向她的男人慘叫一聲，大腿上結結實實挨了一下。第二顆石子射中另一個男人的上臂，也是一聲慘叫。兩個男人被石頭擊中後，都將雙臂環抱自己，保護身體。

「我的大媽幽靈世界，她怎麼出手的？」最先被石子射中的人氣呼呼，看著其他三人說：「別讓她跑了。我要她嘗嘗我的厲害！」

在這同時，愛拉的投擲器已經套好標槍，對準第一個人。另一排樹林裡則傳來說話聲。

這夥人尋聲轉頭，看到一個高大的金髮男子，手裡也有一副套著標槍的奇怪裝置對著他們。他說的是齊蘭朵妮氏語，不過口音跟那女人不一樣，好像來自很遠的地方。

「我們快逃走吧。」另一個男人話一講完，拔腿就跑。

「沃夫，抓住他！」愛拉下令。

突然，不知從哪竄出一隻大狼，直奔那個男人。牠一口咬住對方一隻腳踝，將他撲倒，對著他齜牙低嗥。

「還有誰想逃走嗎？」喬達拉說。他將四個人打量了一下，很快便心裡有數了。「你們在這一帶恐怕製造了很多麻煩，我有必要把你們帶到附近洞穴，交給他們處置。」

有沃夫在一旁恫嚇震懾，他們的長矛和匕首只得全部繳械。這夥人一向為所欲為，誰也不服，一旦他們稍有違抗，愛拉就放沃夫對付。想也知道，沒人敢招惹一頭齜牙低嗥的狼。出發後，沃夫驅趕他們前進，不時低嗥嗅聞他們的腳踝。一邊有愛拉騎著黃褐色母馬，另一邊有喬達拉騎著深棕色種馬押解，他們除了乖乖跟著走，毫無逃脫機會。

半路上，其中兩人把心一橫，朝不同的方向狂奔而逃。喬達拉的標槍出手，呼嘯從這個帶頭者的耳邊掠過，嚇得他立刻止步。愛拉出手抓住另一個人的衣襬，藉力使力，重重將他摔在地上。

「我們應該綁住這兩個人的手，然後串在一起；另外兩個也照樣串綁起來。」喬達拉說：「我認為他們不想面對住在這附近的人。」

他們到達時間比大家預期的晚。太陽早已西下，只在天邊留下逐漸淡出的深紫和暗紅晚霞，他們回到第三洞穴居住的石造庇護所。

「就是他們這夥人幹的！」一個女人見到他們立即喊道：「就是他們幾個強迫我，我的配偶要阻止也被他們殺了。後來他們搶走我們的食物和鋪蓋捲，丟下我一個人。我一路走回來，原本懷著身孕，被他們一折騰，我的娃娃流掉了。」

「你們怎麼遇到他們？」戴摩倫問喬達拉和愛拉。

「就在我們準備離開時，愛拉繞過營地附近的林子去小便。我聽見她呼哨叫沃夫和馬兒，趕緊過去查看發生什麼事。我趕到時，看到她制伏了這四個人。她的拋石索打中兩個，他們正在揉搓瘀青的地方，而她也套好標槍，準備再出手。」喬達拉說。

「只是瘀青而已嗎？她用一顆石子，就能斃了一隻鬣狗呢。」提佛南說。

「我當時不想殺他們，只想阻止他們。」愛拉說。

「我們在回鄉旅程中，也有些年輕人在冰川西邊的對面，騷擾那裡的人。他們曾經強迫一個還沒行初夜禮的女子。說不定，這些人就是那些騷擾者！」喬達拉說。

「他們幹的那些壞事豈止騷擾而已。更何況他們不年輕，幹了好多年壞事，偷搶、強迫婦女、殺人，無惡不作，只是沒人抓得到他們。」施若拉那說。

「問題是，該怎麼處置他們？」戴摩倫問道。

「你們押解他們去齊蘭朵妮亞大會。」首席齊蘭朵妮說。

「好主意。」威洛馬附和。

「你們應該先把他們牢牢綁起來，剛才在半路上有人還想逃走呢。我們已經搜出長矛和匕首，可能還沒搜乾淨。而且得有人日夜看守他們，沃夫可以幫忙。」愛拉說。

「是啊，妳說得對，這些都是危險人物。」戴摩倫一邊往回走向庇護所，一邊說：「齊蘭朵妮亞會決定如何處置，不管怎麼樣，確實有必要制止他們。」

「喬達拉，你還記得阿塔蘿嗎？」愛拉問道，說這話時，他倆已來到洞穴的梯子旁。

「我永遠不會忘記，她差點要了我的命。要不是沃夫相救，她真的會殺了我。她好殘暴，簡直是邪惡。大多數人都很正派，願意幫助別人，尤其幫助有困難的人。但總有少數人看到想要的東西就搶，隨便傷害人，完全不在乎別人的感受。」喬達拉說。

「我認為包德倫喜歡傷害人。」戴摩倫意指四人中的首領。

「原來他叫包德倫。」喬達拉說。

「他脾氣很壞，」戴摩倫說：「從小就喜歡欺負弱小。無可避免地，總有少數男孩追隨他，聽他指使。」

「為什麼有人要追隨那種人呢？」愛拉問道。

「誰知道？」喬達拉說：「也許那些人怕他們，以為追隨他們就不會受欺負了。也可能自己沒有什麼身分地位，要是能讓人害怕，會因此感覺自己很重要。」

「我認為必須挑選幾個人牢牢看守他們，」戴摩倫說：「而且要輪班，免得看守的人打瞌睡。」

「還要仔細搜他們的身，說不定有人暗藏了匕首，用它割斷繩子，繼續傷人。」愛拉說：「我輪第一班。沃夫可以幫忙，牠最會看守了，好像可以睜一隻眼睡覺呢。」

搜身時，他們每個人身上至少被搜出一把小刀。他們說那只是吃東西用的，戴摩倫本想晚上讓他們鬆綁，睡得舒服點，但看到他們身上的小刀，立刻改變心意。四個歹徒在嚴密看守下吃了一頓。愛拉等他們一吃完立刻收回小刀。包德倫不甘心繳械，但愛拉只要一個信號，沃夫便齜牙咧嘴露出凶相，嚇得他乖乖交出用餐的利刃。她走近他取小刀時，清楚看到他滿臉激憤。他差點按捺不住想要發作。他這一生幾乎都是隨心所欲，我行我素，對人予取予求，甚至殺了人也沒受過懲罰。現在身體受限制，被迫做他不想做的事，他真的很不爽快。

第三洞穴看守最古老聖地的齊蘭朵妮氏人，幾乎全體出動，與旅行隊一起出發。他們沿著河邊蜿蜒的路徑往上游前進，這是河水在石灰岩上蝕割形成的深谷。愛拉留意到當地人開始眉來眼去，帶著神祕曖昧的笑容，好像即將發生有趣的事。他們轉過一個急彎，來到河谷高聳的絕壁背後。只見頭上有一條天然石拱橋，橫擱在河上，客人看得嘖嘖稱奇。初次見過奇景的人，不覺停下腳步，屏息凝望大地母親創造的奇觀。

「它有沒有名稱？」愛拉問道。

「它有很多名稱，」戴摩倫說明：「有些人稱它大媽，也有人以幽靈來命名，還有人認為它神似猛獁象。我們則稱它『拱橋』或『橋』。」

大約在四十萬年前，地下河流的侵蝕力，把含有碳酸鈣的石灰岩切鑿開來，形成許多岩洞和通道。在漫長歲月中，河面下降、地面升高，這條連接石壁的通道自然拱了起來。從前它阻擋河水流過，現在則橫跨河上，成了一座橋，由於位置太高，很少有人使用。這座高聳在河流上的石拱橋令人驚為觀止，形成世上絕無僅有的奇觀。

橋面大約與兩端的崖頂等高，而古代河道也在接近河面處，蝕刻出蜿蜒形狀，在那裡形成了平地。雨季河水高漲時，有石灰岩障礙的那一側有時會因擋住水流而漫淹。不過，由於河水曾在石灰岩上蝕穿許多洞孔，因此有障礙的地方水流反而平緩。

齊蘭朵妮氏第一洞穴守護者的石造庇護所與這條河之間，是一片被深邃河谷崖壁圍住的圓形曠野。千萬年前，這裡曾是牛軛形河套，這片曠野就是以前的河床，一度長滿了青草、香艾草和一種食用植物蒺藜。這些草木在夏季時能導引河水流向，其中的蒺藜含大量黑色小種子，用石頭研磨後可煮來食用。

曠野後方有一片斜坡，覆蓋著淺淺碎石。邊角鋒利的碎石與土壤混合的坡面上，仍足以讓耐寒的松、樺、杜松等樹木扎根，但只能長成灌木矮樹。曠野之上，是長青的墨綠樹木和叢林，它們生長在斜坡和崖頂高原，與對面的白色石灰岩絕壁形成強烈對比。此外，這裡形成一些小丘和台地，供部落的人聚集，互通消息。

齊蘭朵妮氏第一洞穴守護最古老聖地的人，居住在洪澇平原台地的石灰岩架庇護所下方。而齊蘭朵妮亞的大會就在岩架下的曠野舉行。

旅行隊與第三洞穴守護聖地者抵達時，引起了一陣騷動。齊蘭朵妮亞已搭起一座類似亭子與帳篷般的結構體。為了遮擋從河谷吹颳的強風，結構體有篷頂遮陽和部分側壁。一位助手看到前來的隊伍，連忙衝進會場，打斷了開會。兩位齊蘭朵妮亞頭目露出惱怒神情，轉頭一看，不由得震顫起來，隨即強作鎮定。

愛拉騎著嘶嘶一馬當先，她遵行首席齊蘭朵妮命令，向聚會帳篷騎過去。來到帳前，她一抬腿，俐落地下馬，前去攙扶首席步下拖橇。她走起路來不疾不徐，一派威嚴。南方的兩位頭目立刻從她臉上的刺青、衣服和項鍊認出她的身分，想不到大地母親的首席侍者居然親自參加會議。他們難得見到這位神話般的人物。一向自命位階最高的齊蘭朵妮亞，從自己階層中選出一位首席，他們口頭上承認她的存在，但如今親眼見到，顯得有些不知所措。何況見識到她駕臨的氣勢，更是令人震懾。人能夠駕御馬，這可是前所未有——她必然具有超凡的法力。

他們伸出雙手，必恭必敬上前行禮歡迎。她回禮之後，先引見愛拉、喬諾可、威洛馬、喬達拉等幾位旅行夥伴，再介紹威洛馬的助手，最後介紹幾個孩子。戴摩倫向他們這裡最重要的兩位齊蘭朵妮亞問安，這男人是他洞穴的齊蘭朵妮，而這女人是第一洞穴守護聖地的齊蘭朵妮。愛拉已交代喬愛拉，暫時別讓沃夫出現，但行過正式見面儀式後，她和女兒還是讓牠現身了。於是，她又看到驚恐的表情。經過一番勸說，他們才容許她介紹這隻狼，雖然消除了一些恐懼，眾人依舊惴惴不安。這時候，第一洞穴的人已從崖邊的居所下到曠野，愛拉很高興正式的見面儀式暫告一段落。

被押解前來、待齊蘭朵妮亞處理的四個男子，一直跟在第三洞穴守護者身旁，等候見面儀式完畢。此刻，戴摩倫押著他們上前，他走向齊蘭朵妮。

「你知道這些人做了許多強盜殺人、強迫婦女的壞事嗎？」他問道。

「知道，」那男人回答：「我剛才還討論到他們。」

「好，我們把他們捉來了。」戴摩倫講完，向奉命看守的人打了手勢，將四人帶上來。先前指控他們強迫、殺害丈夫的女人也緊跟上來，指證：「這個人叫包德倫，是他們的頭頭。」

所有齊蘭朵妮亞看著四名雙手被綁、以繩子串在一起的男人。只見他們頭髮凌亂、不修邊幅，全身邋遢，但第一洞穴的女齊蘭朵妮除了外貌，還必須有其他證據才能判決。

「妳怎麼知道就是他們？」女齊蘭朵妮問道。

「因為被強迫的是我，他們先殺了我的配偶。」女人回答。

「妳是？」

「我叫亞蕾蜜那，第三洞穴齊蘭朵妮氏最古老聖地的看守者。」她回答。

「她說的都是實話。」守護第三洞穴的男齊蘭朵妮說：「當時她懷的孩子也因此流產。」他轉向戴摩倫說：「我們一直在討論他們的事，正打算擬定計畫逮捕他們。你們是怎麼捉到他們的？」

「首席齊蘭朵妮的助手捉到的。」戴摩倫說：「他們企圖攻擊她，但不知道她的厲害。」

「她除了是首席的助手，還有什麼身分嗎？」守護第一洞穴的齊蘭朵妮問道。

戴摩倫轉向威洛馬說：「你來說明好嗎？」

「這個嘛，」威洛馬說：「當時我不在場，只能講我所聽到的，不過我相信。我知道愛拉是非常厲害的獵人，用起拋石索和標槍投擲器，精準無比，標槍投擲器是她的配偶喬達拉設計。她也是控制那隻狼和那些馬的人，雖然她的配偶和女兒也能騎馬，但是能夠控制牠們的是愛拉。顯然這夥人想攻擊她，假如她要，她大可以射擊要害，取他們性命，可是她卻選擇投石子，只打得他們瘀青而已。後來喬達拉帶著標槍投擲器趕到。他們之中有一個想逃走，她就命令那隻狼制止他。我看過他們與動物合作狩獵，牠們很聽話，所以這四個人根本沒機會逃走。」

「旅行隊的客人都會用標槍投擲器。喬達拉答應教我們。他們狩獵時運氣特別好，」戴摩倫接著說道：「每個人都射倒一頭牛，一共獵殺了九頭。牛是大型動物，他們獲得了好多牛肉。我們也帶了大批肉，送給第一洞穴和齊蘭朵妮大會。」

「捉到這幾個人之後，我們不知道怎麼處置。亞蕾蜜那認為他們該死，因為他們殺了她配偶，也許她是對的。不過，我們不確定該由誰動手、如何處決。我們會殺動物，因為那是大媽賜給我們的食物。但是大媽不縱容我們殺人，所以我不知道該不該由我們來處決。如果我們殺他們，或者處決方式不對，也許會為我們洞穴帶來厄運。我們認為，這件事應該由齊蘭朵妮亞定奪，因此就把他們帶過來。」

「這是很明智的作法，是吧？」首席朵妮侍者說：「你們正在開會，正好可以由大家討論決定。」她這番話的意思是，她不打算以首席身分接管這件事，愛拉心想，她對於他們如何處置很感興趣。

「我當然希望妳留下，並且提供意見。」第一洞穴守護聖地的齊蘭朵妮說。

「謝謝你，我很樂意。這問題不容易處理，我們之所以來這裡，主要是因為我要帶我的助手經歷朵妮侍者之行。我希望有人能為我們帶路，通過你們的聖地。那地方我只看過一次，終身難忘，不只是最古老的聖地，而且令人驚豔。洞穴本身和洞壁上的畫，都是尊榮大媽的景觀。」首席齊蘭朵妮這番感性話語，傳達了她堅定的立場。

「當然，我們有一位聖地守護者很樂意當妳的嚮導。」女人說：「不過現在，我們先來看看這幾個人。」

四人被帶上來時還想抗拒，幸虧有沃夫押著他們。包德倫很想逃走，但沃夫齜牙低嘷，咬他的腳踝和小腿，將他擋了回去。包德倫恨得咬牙切齒，對於能夠驅使馬和狼來壓制他的外地男女，更是恨之入骨。他恨不得殺了這隻狼，但他不知道這隻狼更想咬死他。沃夫有著比人類更敏銳的意識，察覺到他跟其他人不一樣。此人天生某方面太過，或是不及，導致他與眾不同。沃夫的天性意識到，這人會毫不遲疑動手傷害牠所愛的那些人。

兩個洞穴的人，以及附近的齊蘭朵妮亞，全都聚集在崖壁前的曠野。這四人被帶上來時，引起一陣騷動，有些人認出包德倫，也有些人大聲控訴。

「就是他！」一個女人說：「就是他強迫我！他們幾個也都有。」

「他們偷過我晾在外面的肉。」

「他曾經搶走我女兒，扣留了快一個月。他不知怎麼對待她的，自從她回來之後就一直怪怪的，第二年冬天就死了。我認為害死我女兒的，就是他！」

一個中年男人走出來說：「我可以跟大家講一講他的事。他出生在我以前住的洞穴。」

「嗯，我很想聽聽這個人怎麼說。」首席齊蘭朵妮說道。

「我也是。」守護第三洞穴的齊蘭朵妮附議。

「生下包德倫的女人並沒有配偶。起初大家見她生了一個健康的兒子，都為她高興，以為這個兒子將來會對洞穴有所貢獻。可是，他從小就很不聽話，仗著自己長得壯，想要什麼就搶，看了喜歡就拿。剛開始，他母親還幫他找藉口說情。畢竟她沒有配偶，既然兒子喜歡打殺，她希望將來兒子能成為優秀獵人，在她年老的時候有個倚靠。後來，她發現兒子根本不在乎她，正如他不在乎別人死活一樣。」中年人從頭講起，娓娓道來。

「他到了青年時期，全洞穴的人對他又氣又怕。最過分的是，有一次他搶走另一個人做的幾根長矛，那人要拿回來，包德倫居然把他打成重傷，差點沒命，害得他永遠無法復原。這件事讓大家心痛得徹底絕望，決定聯合起來叫他滾蛋。當時所有男人和大多數女人都武裝起來，把他趕出洞穴。有兩個年輕人很佩服他的作風，不必做工，想要什麼就偷或搶，於是跟著他一起離開。其中一個年輕人在夏季之前跑回來，懇求大家收留，讓他回洞穴。就算是這樣，包德倫總是有辦法找到追隨者。

「他混進夏季大會，住在偏屋，然後挑戰其他年輕人，做一些魯莽危險的事來表現男子氣概。他經常欺負軟弱膽小的人，惹是生非的本領，總令幾個年輕人著迷，在他離開時成為新的追隨者。他們會騷擾其他洞穴，直到大家聯合起來搜尋他們。逼不得已，包德倫和他的同夥只好旅行到很遠的地方，在當地的洞穴偷食物、衣服、工具、武器，沒多久他們也開始強迫婦女。」

包德倫發出嗤笑，聽著那人講述自己的故事。他完全不在乎別人揭發自己的惡形惡狀，反正那些是事實。只是他從來沒被活逮過，這讓他很火大。愛拉就近觀察，發現他不只是憤怒，內心其實又懼又恨。她確定沃夫也能聞到他的怨恨。她很清楚，包德倫要是膽敢傷害她或喬愛拉、喬達拉，以及與他們一道旅行的任何一個人，沃夫一定會咬死他。她只要向沃夫比個手勢，牠就會殺了他，大家可能因此感激不已。但她不想讓沃夫幫他們解決問題，也不想讓沃夫成為眾人心中的殺人凶手。故事一旦流傳，就會愈傳愈誇張，所有人都會知道狼殺了人。事實上，牠只是幫忙逮住那個人，而且看守他，卻沒有咬死他，這才是她希望大家流傳的故事。這些人必須自己處置包德倫，至於他們如何處理，她很好奇。

那幾個追隨他的人倒沒有憤怒，只是畏懼。他們知道自己所做所為，而且這裡也有不少人知道這些事。站在包德倫身旁的男子想到自己的困境，回想追隨他的日子似乎很快活，想要什麼就拿，還可以嚇唬人。當然，包德倫有時也令他畏懼，不過看到別人怕自己，他感覺很好，覺得自己很重要。眼看大家追捕愈來愈烈，他們判斷該離開此地了，憑著靈活矯捷的身手，一定能全身而退。他們有十足把握永遠不會被捕。然而，眼前這個異域來的女人，居然以她的武器和動物改變了這一切。

不必懷疑，她就是齊蘭朵妮，他們真不該對服侍大媽的人打壞主意。可是當時誰想得到呢？她臉上又沒有刺青。他們說她是助手，首席齊蘭朵妮的助手嗎？他根本不知道真有首席這號人物，以為只是耆老的傳說。如今，大地上最有能力的齊蘭朵妮就在這裡，帶著她的助手。這女人有法力驅使動物活捉了他。他們會如何處置他呢？

彷彿聽到他的心思，一位齊蘭朵妮說：「現在他們都在這裡，我們該如何處置他們？」

「先讓他們吃飽，暫時找個地方給他們住，也派一些人看守，等我們有了決定再說。」首席齊蘭朵妮說完，轉而對第一洞穴看守古老聖地的女齊蘭朵妮說：「妳來分配這些牛肉吧。」

她以微笑回應首席，表示願意照辦。儘管沒人知會首席，她似乎知道對方就是這地區的首席。女人喊了幾個名字，分派職務給兩個洞穴的幾個頭目，商量如何分配那些牛肉。隨後，她又指派其他幾位齊蘭朵妮亞，監督剝皮宰割的實務工作。那些已剝皮的肉，馬上有人動手割肉，準備烹煮晚餐。另一批人則押解包德倫和他們的手下前往懸崖。

愛拉把包德倫交給他們之後，立刻呼哨召喚沃夫，一起跟她幫喬達拉卸下馬兒身上的拖橇。她早已看中遠離人群的綠草地，不過決定先詢問一下，是否有不能放馬吃草的禁忌。總之，到了別人的地盤，先問清楚風俗，總比自以為是來得好。她先請教阿美拉娜的洞穴頭目戴摩倫。

「今年我們這裡沒舉辦夏季大會，所以草地都完好，沒被踐踏。不過假如要弄清楚，還是先問第一齊蘭朵妮。」他說。

「第一齊蘭朵妮？」愛拉問道：「你是指守護第一洞穴的齊蘭朵妮？」

「是的，不過稱她第一齊蘭朵妮，倒不是因為守護第一洞穴，而是因為她是我們這裡的首席，」他說：「湊巧又是第一洞穴的齊蘭朵妮。這倒提醒了我，應該向她報告我已經派了快跑人，去另外兩個洞穴通報捉到包德倫的消息。他們被他害得更慘，也許還會有人過來控訴。」

愛拉聽了之後，皺起眉頭，心裡嘀咕，究竟還有多少洞穴的人要來？也許她應該找個更隱祕的地點，不然就像夏季大會一樣，築籬圍出一個區塊給馬兒。她決定先跟第一齊蘭朵妮談過之後，再跟喬達拉商量。

愛拉和喬達拉與旅行隊其他成員商議，他們決定挑個好地點紮營，比照夏季大會先到的洞穴覓地紮營的作法。對於愛拉預感會有多得出奇的人湧來，首席齊蘭朵妮也有同感。

當天晚餐，儘管大家各自料理食物，卻還是坐得很近，有點像集體舉辦的盛宴。包德倫和手下不但分享了食物，用餐時，雙手也被鬆開。這夥人邊吃邊交頭接耳。有幾個人在一旁看守他們，看著他們吃東西，愈看愈覺得無聊。晚餐賓主盡歡，天色也愈來愈黑，友善而陌生的人都想了解對方。

愛拉留下沃夫陪伴喬愛拉，順便讓一直高度警戒的牠休息一會兒。她和喬達拉散步走向齊蘭朵妮亞的住處。首席已在那裡談分批參觀聖洞一事，先帶愛拉、喬諾可和另外幾個人拜訪聖洞，第二批才帶旅行隊其他成員，但兒童除外，如此人數才不會太多。

這一對愛侶約略知道他們捉到的人被拘留在哪裡，但天色太黑，注意不到看守的人有多嚴密。包德倫一直留意女助手的高大配偶，在他們走近時，包德倫對手下竊竊低語。

「我們得逃出去，」他說：「要不然過幾天就沒命了。」

「怎麼逃？」其中一個問道。

「我們得先除掉那個能控制狼的女人。」包德倫說得咬牙切齒。

「那隻狼不會讓我們接近她。」

「哼，那也得牠待在她身邊才行。牠並不是一直都跟著她，有時牠會陪那個女孩。」包德倫說。

「可是還有那個男人，他老待在她身邊，就是陪她來、很高大的那個。」

「我很了解那種男人，高大又健壯，但個性太溫和。你們看過他發脾氣嗎？我認為他是那種溫吞的大塊頭，為了怕傷害別人，甚至不敢跟人爭吵。如果我們很快出手抓住她，讓他措手不及，然後用她的性命要脅他不准動。我認為他怕她受傷害，一定不會冒險動手。等他明白過來的時候，我們早就帶著她跑遠了。」

「你要拿什麼威脅她？他們已經搜走我們的武器。」

包德倫微微一笑，解開貼身上衣前襟的細皮帶。「用這個！」一邊說一邊抽出細皮帶：「我用這個纏住她的脖子。」

「要是你的辦法行不通呢？」另一個人問道。

「也不會比現在更糟糕，反正我們這條命是豁出去了。」

第二天，當地另一個洞穴的隊伍抵達，傍晚又有兩個洞穴的隊伍前來。第三天上午，首席齊蘭朵妮來看愛拉，喬達拉刻意走出帳篷，讓她們密談。

「我們必須思考如何處置這幾個人。」

「為什麼要我們處置？」愛拉說：「我們又不住這裡。」

「可是人是妳捉到的。不管願不願意，妳都有份。也許，這是大媽要妳作主。」齊蘭朵妮又補上一句。

愛拉疑惑地看了她一眼。

「也許不是大媽的意思，而是這裡的人要妳裁決。我也認為妳應該作主。何況我們得跟他們商量，讓妳參觀他們的聖地。我保證，聖地洞穴的景觀會讓妳大開眼界，永生難忘。我看過一次，而且很想再去，有些地點很難走，不過假如錯過這次，以後再也沒機會了。」齊蘭朵妮說。

愛拉深受吸引，好奇心令她躍躍欲試。這一趟旅程走了好多路，眼前的女人愈發健康，不過遇到崎嶇地形，她仍然需要扶持。儘管走了這麼多路，她的體型依舊非常豐滿。體重可觀的她，走起路來不失優雅，自信滿滿，更襯托出她崇高的地位，只不過在狹窄空間走動時，腳步很難平穩。

「妳說得對，齊蘭朵妮。但我不想裁判他，我沒有那種地位。」愛拉說。

「妳不必裁判，我們都知道該怎麼處置，他必須被處死。要不然，他會殺害更多人。問題是誰來執行？要刻意殺一個人，對一般人來說，很不容易下手。人不應該殺人，殺人是不對的。所以我們才知道包德倫的想法不對，但他自己並不明白。現在各洞穴的人聚集在這兒，我很高興，這件事必須由他們大家參與。我並不是說人人都要動手殺他，但是大家都得為處死一事負責，而且必須明白這樣的判決完全正確。人不可以因為憤怒或報復而殺人，洩憤和報復還有其他方法。但對包德倫來說，殺人卻是唯一手段。」齊蘭朵妮說：「不過，用什麼方式處決最好呢？」

兩人陷入沉默。不久，愛拉說：「有一些植物……」

「我正想到蕈類，」首席說：「可以給他們吃一頓蘑菇餐。」

「萬一被他們猜到，不肯吃，那怎麼辦？人人都知道有些蘑菇有毒，而且很容易辨認，挑出來。」愛拉說。

「沒錯。包德倫雖然心術不正，但他並不笨。妳想到什麼植物？」

「我知道這一帶有兩種植物，因為我見過，一種叫作香芹蘿蔔，長在水裡。」愛拉說：「那是可以吃的，尤其它的根，幼嫩的時候可以吃。」

「另有一種植物長得很像它，但是有劇毒。」愛拉說：「我知道馬木特伊氏人的叫法，不知道妳用什麼名稱，但是我知道它。」

「我知道那種植物，那是毒芹。」首席說：「我們叫它毒芹，也是長在水裡。如果煮同樣東西給全營的人吃，大家都吃香芹蘿蔔，只有包德倫和手下吃毒芹。」她頓了一下，接著說：「我在想，也可以給他們吃蘑菇，可食用的蘑菇。他們可能以為那是毒蘑菇，特別把它挑出來，因此不會注意那些根莖菜，因為看到大家都吃。」

「我也這麼想，除非有人能想出更好的辦法。」愛拉說。

那女人又陷入沉思，隨後點點頭。「好，至少我們有辦法了。有辦法總是好事，有備無患嘛。」首席齊蘭朵妮說。

兩個女人離開帳篷時，外面已經沒有人了。旅行隊其他成員都去臨時的夏季大會看熱鬧，也幫忙煮東西或打打雜。不過這次大會不是為了讓遠朋好友團聚，而是為了裁決要犯。

一波波人潮擠滿了懸崖下方的曠野，但最大的驚奇在傍晚前登場。愛拉和首席正在齊蘭朵妮居所開會，喬愛拉跑進來打斷。

「媽媽，媽媽！」她說：「齊莫倫叫我來告訴妳。」

「告訴我什麼，喬愛拉？」愛拉厲聲問道。

「包德倫的家屬來了，還帶了一個奇怪的人。」

「包德倫的家屬？他們根本不是齊蘭朵妮氏，而是喬納朵妮氏，住得很遠，怎麼可能一兩天就趕來呢？」愛拉說完，轉頭對其他人說：「我得走了。」

「我跟妳去，」首席說：「我們先失陪。」

「他們沒住那麼遠，」第一齊蘭朵妮送她們出去時說道：「他們也常來作客，至少每隔兩年來一趟。他們雖然是喬納朵妮氏，對於齊蘭朵妮氏的一切也如數家珍。我相信他們會來，是因為聽到快跑人的口信，可能他們早就計畫走這一趟。他們看到自己的親人，彼此都會很意外。」

齊莫倫正好來到屋外，聽見第一齊蘭朵妮這番話。「事實不完全是這樣，」他說：「他們參加了喬納朵妮氏的夏季大會，之後決定參加你們的夏季大會。原本打算在結束後來這裡作客，但在大會營地聽到快跑人傳遞我們到達的消息，當然也知道包德倫的事。你知道嗎，他還在喬納朵妮氏的幾個洞穴為非作歹，不曉得有誰不曾被他傷害或欺負。」

「很快就要開會處理了，」第一齊蘭朵妮說：「我們必須儘快達成決議。」她想了一下又問：「你說，還有個奇怪的人跟他們來？」

「是的，妳還是親自去看看吧。」

愛拉和首席齊蘭朵妮經由正式的禮儀介紹，接見了貝拉朵拉的親屬。首席詢問他們是否已紮營安頓。

「沒有，我們剛到。」貝拉朵拉的母親，吉妮朵拉回答。即使不介紹也能一眼看出她們的母女關係，要不是年紀大、體型更胖，她簡直是貝拉朵拉的翻版。

「我們的營地附近好像還有空地，」首席說：「趁著沒人占據，趕快去紮營吧。」

到了營地，他們彼此又更詳細介紹，也主動介紹了那些馴養的動物。吉妮朵拉看到一個與自己極為神似的男孩，她以詢問的目光看了女兒一眼。貝拉朵拉一手牽著兒子，一手牽著金髮碧眼的女兒。

「見過你們的外婆，」她說。

「妳生了雙胞胎？他們都是妳生的？而且都很健康？」她問道。貝拉朵拉點頭。「好極了！」她說。

「這是賈納南。」年輕媽媽說著，拉起五歲男童的手。他同母親一樣，有一頭深棕色頭髮和一雙棕綠色眼睛。

「他會長得跟齊莫倫一樣高。」吉妮朵拉說。

「這是吉妮德拉，」貝拉朵拉說，也拉起漂亮女兒的小手。

「她的膚色像齊莫倫，是個美女。」婦人說：「他們很害羞嗎？要不要過來讓我抱抱？」

「去跟外婆打招呼。我們老遠走這一趟，就是為了來看她，快去呀！」貝拉朵拉邊說邊催他們過去。婦人屈膝蹲下，敞開雙臂，發亮的眼睛充滿了感情。兩個孩子有些勉強，敷衍地抱了她一下。她雙手各擁一個孩子入懷，淚水簌簌滾下臉頰。

「我不知道我已經有孫子了，就是因為妳住得太遠的關係。」吉妮朵拉說：「你們要在這裡待多久？」

「還不知道。」貝拉朵拉說。

「要不要來我們的洞穴？」吉妮朵拉問道。

「我們本來打算去。」她說。

「你們不該只來作客一兩天。妳大老遠跑這麼一趟，應該跟我們回去住個一年。」婦人說。

「這我們也想過。」貝拉朵拉說：「齊莫倫是我們洞穴的頭目，要他遠離洞穴一整年，會有困難。」看到母親眼裡泛著淚光，她又補了一句：「不過我們會考慮。」

愛拉四下一看，周圍其他人正開始紮營。只見一個男人肩膀上扛了另一個人，他彎腰將那人卸下。起先她以為是個小孩，仔細一看，那人個子矮小，長得怪異，四肢奇短無比。她輕碰首席齊蘭朵妮，微動下巴指向那人。

身軀龐大的女人順勢一望，再仔細瞧，她明白了愛拉要她注意那人的用意。她從沒親眼見過，只聽說有這種短小的人。「難怪貝拉朵拉的母親看到女兒生的雙胞胎都正常，似乎鬆了一口氣。那個人是意外出生的，就像某些侏儒樹長得矮小畸形，我認為他是個侏儒。」她說。

「我倒想深入了解那個人。不過我不想聲張，那就好像盯著他看一樣，我想他已經被人盯得夠多了。」愛拉說。

第二十六章

愛拉一大早起床，拿了幾個籮筐又帶著嘶嘶的馱籃。她告訴喬達拉，她要去摘一些蔬菜和根莖，或是其他能夠找到的食物，為今天的晚宴加菜。不過她神情不大高興，有些心不在焉。

「要不要我陪妳去？」他問道。

「不要！」她斷然回絕，接著又盡可能柔聲說道：「我希望你留下來照顧喬愛拉。今天上午，貝拉朵拉要帶兩個小孩去她母親那裡玩一陣子。喬德坎和樂薇拉也會帶喬里文跟他們一道去，因為他們是親戚。我不知道齊莫倫要做什麼，不過我想他應該也會去找他們。喬愛拉跟他們雖然像親人，實際上也只是朋友，她沒能跟著去，少了平時的玩伴，也許會覺得被冷落。我想，今天早上你可以騎快快，讓她騎灰灰，你們一起去兜兜風。」

「真是個好主意！我們有一陣子沒騎馬了，出去跑跑對馬兒也好。」喬達拉說。愛拉對他微笑，和他臉貼臉廝磨了一下，不過眉頭仍然緊鎖，神情頗不愉快。

愛拉出發時天剛破曉，她騎著嘶嘶一邊呼哨召喚沃夫。她騎馬沿河岸尋找菜蔬，知道自己要找的植物就在他們之前紮營的地方，不過她希望不必跑那麼遠。她騎馬經過第三洞穴所在地，洞裡空無一人，大家都到第一洞穴參加臨時大會去了。她掛念阿美拉娜，大家離開前她還沒有動靜，表示現在隨時可能生產。愛拉衷心盼望她生個正常又健康的快樂娃娃。

直到上一個紮營地附近，她才發現要找的植物。香芹蘿蔔和毒芹都長在河套回流的牛軛湖邊。她勒住馬，迅速滑下馬背。沃夫又蹦又跳，似乎樂得甩掉大家，單獨擁有她。但愛拉沒心情玩耍，牠只好去小坑洞和沼澤林東嗅西聞，尋找好玩的氣味。

她手持鋒利的匕首和挖掘棒，採集了幾堆香芹蘿蔔。接著，她用專門為此打造的工具，挖起毒芹的根莖，用長草捆紮好，放進另一個籮筐，又做了明顯標記才擱放在地上。她把香芹蘿蔔裝入嘶嘶背上的兩個馱籃，再把毒芹籮筐疊在馱籃之上，這才呼哨召喚沃夫。她動身往上游方向，歸心似箭。來到一段水流清澈的河面，她暫停下來，將水囊裝滿。隨後愛拉看到一條河床，這條季節性的支流在雨季時水勢湍激，但此刻已是乾涸的河床。河床上的卵石看來很完美，她仔細挑了一些稱手的卵石裝滿皮囊，供拋石索使用。

愛拉走近一排松樹，發現針葉和嫩枝層有些隆起的小圓垛，撥開一看，下面躲著一叢粉紅帶淺黃的蘑菇。她在松樹上找到了更多蘑菇，白嫩飽滿而帶汁，是香甜可口的好蘑菇，不過並非人人都知道。她將第三個籮筐裝滿之後，騎上嘶嘶，呼哨召喚沃夫，便縱馬放開四蹄，馳騁了一段。回到營地時，大家要不是正在準備，便是已開始用餐。她帶著兩個籮筐，直奔齊蘭朵妮亞的大帳篷。只有首席和第一齊蘭朵妮亞在場。

「找到妳要的東西沒有？」本地首席問道。

「找到了，」愛拉說：「這一籮筐是上好的松樹蘑菇，我喜歡那種特別的香味。」然後給她們看另一籮筐的毒芹，說道：「我從來沒嘗過這些東西。」

「那就好，希望妳永遠不要嘗。」身軀龐大的女人說。

「嘶嘶在外面，牠背上的馱籃裡有滿滿的香芹蘿蔔。我很小心，沒有把兩種植物混在一起。」愛拉回報狀況。

「我拿去給其中一個烹煮的人。」高瘦的第一齊蘭朵妮說：「如果他們不會調理，煮出來會很難吃。」她端詳了愛拉一會，問道：「這件事是不是讓妳很為難、很不舒服？」

「是啊。我從來沒刻意採集有毒植物，尤其知道是為了毒死某人。」愛拉說。

「但是妳也知道，如果讓他活著，他只會傷害更多人。」

「是的，我知道，但我還是覺得不舒服。」

「我了解。」她的首席說：「妳是在幫助族人扛起這份責任，這是犧牲。身為齊蘭朵妮，有時必須犧牲自己。」

「我會確實讓這些東西送進那些人嘴裡，」第一齊蘭朵妮說：「這是我得犧牲負責的部分。那些受害者是我的族人，他危害他們已經很久了。」

「他那些手下怎麼辦？」首席問道。

「其中的加赫納問說，怎麼做才能補償？他說自己很後悔。」第一齊蘭朵妮說明：「我不知道他是怕受懲罰才求饒，還是真的後悔了。我想，我會讓大媽來裁決。如果他沒吃那些根而活下來，我就放過他。要是包德倫沒吃那些根而活下來，我已經跟幾個人講好了，必要時我會交給他們處置。他們都是受害者，若不是親人死在他手裡，就是直接被他襲擊，這些人一心要找他報仇。不過，我還是希望這個妙計可以成功。」

第一齊蘭朵妮正要拿毒芹籮筐時，看到籮筐下有東西滑動。她迅速移開籮筐，只見下面有一條怪蛇。

「妳們看！」那女人說。

兩人一看，驚訝地倒吸一口氣。那是條小蛇，可能還很年幼，身上的紅色條紋表示牠不是毒蛇，可是蛇身的前端卻呈Y形——這條蛇有兩個頭。蛇頭雙雙吐著蛇信，先探測空氣，蛇身才移動，不過移動方向左右不定，好像無法決定該往哪個方向。

「快呀，拿東西來捉，別讓牠跑了。」首席齊蘭朵妮說。

愛拉找了一個不漏水的缽。「用這個可以嗎？」她問第一齊蘭朵妮。

「可以，很好。」她說。

那條蛇在愛拉接近時開始移動，她一把將缽口朝下罩住蛇。那條蛇在她用力按缽底時，將尾巴縮了進去。缽口緊扣地上，沒有任何逃脫的縫隙。

「現在怎麼辦？」第一齊蘭朵妮問道。

「有沒有扁平的工具？我要從缽口邊緣塞進去。」愛拉回答。

「不知道，也許可以用鏟子，跟地面一樣平的，就像這個？」她拿起清除火堆灰燼的鏟子詢問。

「行，正好合用！」愛拉說著接過鏟子，將它從缽口下方塞入，然後兜住缽口抬起來並翻面，使缽口朝上。「這缽有沒有蓋子？我還需要繩子綁牢它。」

第一齊蘭朵妮找了一個小淺盤，遞給愛拉。她將有蛇的缽放下，把淺盤罩在缽口上再抽出鏟子，然後用繩子將淺盤綑綁在缽口。三個女人處理完之後，才一起去吃早餐。

她們原定日正當中時召開大會，但眾人提早往山坡上聚攏，尋找看得到、聽得見的好地點，或坐或站。大家都知道這次大會要討論嚴肅議題，卻仍然感受到慶典歡宴的氣氛。主要原因是大家能聚在一起交誼，而且是非定期的意外大聚集。更重要的是，大家都慶幸危害各地的大壞蛋落網了。

豔陽高照，聚會地區擁擠不堪。第一齊蘭朵妮宣布大會開始，首先介紹侍奉大地母親的首席侍者，以及其他賓客。她特別說明首席帶著她的助手隨行，而她的前任助手已升任這趟朵妮侍者之行的齊蘭朵妮，前來瞻仰最古老的聖地。她也提到，首席的助手曾面對欲侵害她的包德倫和三個手下，這位助手和她的配偶聯手拿下這夥人。這則消息引起群眾交頭接耳，一陣低聲討論。

「那就是我們召開大會的主要原因。包德倫這麼多年來為非作歹，害得許多人悲傷痛苦。現在我們既然捉到他了，就必須由大家決定如何處置。不論最後決定怎麼懲罰，都是大家一致認同的適當處置。」第一齊蘭朵妮說道。

群眾裡有人低語：「殺了他。」雖然是耳語，聲音卻大得幾乎所有人都聽到了，包括齊蘭朵妮亞。

首席回應：「這也許是最恰當的懲罰。但問題是由誰來殺？怎麼殺？要是處理不好，可能會倒大楣的。」體型龐大的女人說：「我們都知道大媽的宣示，除非萬不得已，嚴禁殺人。我們努力設法處置包德倫，又不想淪為跟他一樣的凶手。」

「她是怎麼捉到他的？」有人問道。

「你問她呀。」首席說著，轉頭看愛拉。

這種場面總是令她緊張，她深深吸一口氣，盡力回答：「我從小開始打獵，我練習的第一件武器就是用繩索投擲石子。」她從頭說起。那些沒聽過她講話的人，對她的口音大感意外。一個外族能夠成為準齊蘭朵妮，這可是罕見的例子。她必須等一片譁然聲稍降低之後，才能說下去。「現在你們知道了，我不是天生的齊蘭朵妮氏人。」她微笑地說。這句話引起群眾少許私語。

「我是在東方長大的，離這裡很遠很遠，在喬達拉旅行時認識他。」大家逐漸安靜下來，期待聽一則精采故事。

「包德倫和手下第一次看到我，當時我正在樹林後面小解。我站起來穿裹腿時，他們很無禮地盯著我看。我非常生氣，向他們表達，但沒有用。」人群中發出少許竊笑。「平常我一向把拋石索纏在額頭上，方便攜帶。就在他要過來傷害我時，我解開拋石索，但我認為包德倫不知道那是武器。」

她一邊講，一邊解開拋石索，再伸手從皮囊掏出兩枚石子，一手握住拋石索的兩端，另一手把一枚石子放在中段的皮兜裡。她已經選好了目標，一隻剛換上夏季保護毛皮的棕色兔子，就蹲在兔穴旁的岩石上。出手前，她又瞥見一對鴨子，從河邊窩巢起飛。她又快又準連番投出第一枚和第二枚石子。

這一出手震驚全場，嘖嘖稱奇聲此起彼落。「你看到沒！」、「她把那隻鴨凌空射下來！」、「她還射殺一隻兔子！」這一手，讓大家見識到她的功夫。

「當時我並不想殺包德倫。」愛拉說。

「但是她可以殺。」喬諾可插了一句，又引起一陣低語。

「我只是要阻止他，所以瞄準他的大腿，他腿上的瘀青可以證明。另一個被我打中手臂。」她講完之後呼哨一聲，沃夫應聲來到她面前，這又引起群眾議論紛紛。「包德倫和其他人起初沒注意到沃夫。這隻狼是我的朋友，很聽我的話。正當第三個人想逃走時，我叫沃夫阻止他。牠並沒攻擊或殺他，只是咬住那人的腳踝，把他絆倒。接著，喬達拉也拿著標槍投擲器，繞過樹林趕來了。」愛拉說道。

「我們押解這幾個人前來的途中，包德倫曾經想逃跑。喬達拉投出標槍，從他耳邊掠過，嚇得他立刻停下來。」愛拉補充：「喬達拉投擲標槍也是百發百中。」人群又是一陣竊竊私語。

「我跟你講過了，他們想逃，門兒都沒。」威洛馬對身旁的戴摩倫說。這時正好輪到他們看守包德倫和那些手下，所以這夥人也聽到了。

「從當時這些人對我的舉動看來，我判斷他們是壞蛋。儘管他們不肯走，我們還是把他們帶來了。等我們到達第三洞穴守護者那裡，才知道這些年來他們做盡了壞事。」愛拉說到這裡，暫停下來，低頭看著地上，顯然她還有話要說。

「我是醫治者，女巫醫，我幫過許多女人接生小孩。幸運的是，大多數嬰孩生下來都很健康。但是大媽的孩子當中，有些生下來就有問題，我見過這樣的小孩。假如問題嚴重，他們通常活不了。大媽把他們收回，因為只有她才能修正。可是，有些小孩的生存意志很堅強，即使問題嚴重，他們還是活下來，往往也為許多人帶來問題。」愛拉說。

「我是被一位偉大的莫格烏爾扶養長大，這個名銜相當於齊蘭朵妮。他只有一隻手臂能動，而且只有獨眼。天生有這麼大缺陷，而他那隻軟弱的手臂後來又被穴熊重創，因此穴熊成了他的圖騰。他很了不起，是一位智者，服事他的族人，深受族人尊敬。有個男孩住在離我們洞穴不遠的地方，他有一隻手臂天生畸形。他母親擔心他永遠不能打獵，無法成為真正的男人。但是，他用那隻完好的手臂學會用標槍投擲器，成為打獵好手而贏得尊敬。後來，還得到一個漂亮的年輕女子做他的配偶。

「一個小孩生下來就死亡，或是出生不久就到另一個世界，這是因為人生下來如果有差錯，只能回到大媽那裡接受修正，所以她將他們收回。雖然這件事說比做來得容易，人還是不應該為這種小孩難過。大媽把他們收回去，為的是讓他們變得正確。」

愛拉伸手到斜掛的背包，掏出一個有蓋子的小缽。她掀開蓋子，舉起那條雙頭蛇，只聽見人群一陣驚呼。「有些東西天生就不正確，有很明顯的差異。」被展示的小蛇的兩顆頭上，兩張嘴紛紛吐著蛇信。「這條蛇只有回到大媽那裡才能夠被修正，有時候這是必要的措施。」

「有些人天生不對勁，但沒有明顯差異。他們的外表正常，可是裡面不正確。就像這條小蛇，要修正牠，唯有將牠還給大媽，只有她能夠修正。」

包德倫和手下也聽到愛拉的話。「我們想逃過這一關，就得趕快找機會。」包德倫壓低聲音說。他可不想回大媽那兒，這是他生平第一次覺得恐懼，過去都是他讓別人恐懼。

「我認為對於非做不可的事，這樣的說明非常恰當。」第一齊蘭朵妮對一起走回齊蘭朵妮亞大帳的首席說，同行的還有愛拉、喬諾可，還有沃夫，牠遵照愛拉的指示，安靜尾隨在她身後。她要大家知道，這個四條腿的高效率獵者，並非像包德倫那種濫殺無辜的凶手。「這樣可以幫助大家做決定，如果他們想把包德倫送回大媽那裡修正。妳認為如何？」

「我不知道，」愛拉說：「但是我看到跟貝拉朵拉聚落一道來的年輕侏儒時，我知道沒有任何藥能夠幫助他恢復正常，至少我所知道的藥物裡沒有。然後是那條小蛇，牠讓我明白有些東西只有大媽能夠修正。如果不在這個世界修正，就要在另一個世界處理。」

「妳有沒有會過那個年輕人？」第一齊蘭朵妮問道。

「沒有，還沒。」

「我也沒有。」第一齊蘭朵妮說。

「那麼我們現在就去。」

三女一男朝喬納朵妮氏的營地走去，經過第九洞穴營地時，稍稍停留了一下，招呼在那裡的喬達拉和喬愛拉，還有落單的威洛馬也一起同行。貝拉朵拉和齊莫倫已帶著小孩到了她母親的營地。愛拉很想知道，貝拉朵拉的母親是否說服女兒，跟她回去住上一年。她這麼做情有可原，她也想跟孫子多多親近，只不過齊莫倫是第二洞穴的頭目。

朋友見面，彼此貼臉頰問安，並按正式禮儀向貝拉朵拉的母親、洞穴頭目及其他幾位介紹大家。接著，那個年輕人走上前來。

「我很想認識妳，」他對愛拉說：「對於那條蛇和一些妳所知道的人，那樣的講法，我喜歡聽。」

「謝謝，我很高興。」愛拉說著，彎腰伸手握住他那雙畸形的小手。他的手臂和腿也很短，一顆頭卻出奇的大。「我是齊蘭朵妮氏第九洞穴的愛拉，偶配是喬達拉，他是齊蘭朵妮氏第九洞穴的燧石大師。我也是喬愛拉的媽媽，蒙朵妮祝福，我能追隨侍奉大地母親的首席侍者，擔任她的助手。我本來是馬木特伊氏獅營的人，棲息地在遙遠的東方。我被馬木特收養，作為猛獁象火堆地盤的女兒、獲得穴獅靈揀選、得到穴熊庇佑。我是馬兒嘶嘶、快快、灰灰和四足獵食者沃夫的朋友。」

「我是喬納朵妮氏第六洞穴的羅米托洛，」他用略帶齊蘭朵妮氏的口音說，兩個聚落的語言，他都說得很流利。「齊蘭朵妮氏第九洞穴的愛拉，我問候妳。妳建立了許多非比尋常的友誼，也許有空時我會向妳多多請教。」他說：「但首先我想請教一個問題。」

「什麼問題，你儘管問。」愛拉說。她留意到他似乎不想完整介紹他的所有關係。的確，他本身就特異，她心想。他似乎很年輕，又好像青春不老。

「妳要怎麼處理那條小蛇？」羅米托洛問：「要送牠回大媽那裡嗎？」

「我想不必。我認為大媽準備好了，她自己會接牠走。」

「妳已經有馬和狼了，請將小蛇送給我好嗎？我會照顧牠。」

愛拉愣了一會兒，然後說：「我正不知道怎麼處理牠，這倒是個好主意，但要你的頭目同意。有些人怕蛇，即使無毒的也怕。你必須知道怎麼餵養牠，也許我能幫助你。」她從背包掏出有蓋子的缽，遞給羅米托洛。沃夫靠著她的腿，輕聲嗚咽。「想不想認識那隻狼？牠不會傷害你的。牠成長過程中，曾經喜歡一個稍微有問題的男孩。可能是你讓牠想起了他。」

「那個男孩在哪裡？」羅米托洛問道。

「萊岱格的身體很衰弱，已經到另一個世界去了。」愛拉說。

「我也是愈來愈衰弱，大概也快到另一個世界了。」羅米托洛說：「現在我會當作是回到大媽那裡。」

她並沒有反駁他的話。對於自己的身體狀況，他可能比誰都清楚。「我是女巫醫，曾經幫助萊岱格使他好過一些。能不能告訴我，你那裡不舒服？我也許能幫你。」愛拉說。

「我們有很好的醫治者，該做的，他可能都做過了。我痛得很厲害時，他給我吃藥。我想，我已經準備好了，等大媽的時間一到就回去。」羅米托洛說，接著改變話題：「我要怎麼認識妳的狼？該做些什麼？」

「讓牠聞聞你，也許舔你的手。你喜歡的話，可以輕輕拍牠，撫摸牠的毛。我叫牠乖乖的時候，牠會很溫柔。牠好喜歡小嬰兒。」愛拉說，接著又問道：「你有沒有看到首席齊蘭朵妮剛到時乘坐的拖橇？你想不想坐上去，讓馬兒拉著到處跑？無論你想去哪裡，我都樂意帶你去。」

「還是你想要有人扛你去逛逛？」喬達拉也跟進：「我的肩膀很強壯，而且我扛過人。」

「謝謝你們的好意。不過老實說，到處去玩會讓我很累。以前我喜歡到處跑，但現在即使有人背或扛，我也很難受。原本這一趟我是不想來的，可是我不來就沒人留下來幫我了，偏偏我又不能沒有幫手。不過我也不喜歡別人來拜訪我。」

「你知道你幾歲嗎？」首席齊蘭朵妮問道。

「大概十四歲吧。」他說：「我兩個夏季之前成年，但是從那時候開始，情形愈來愈糟。」

首席點頭：「男孩到了成年時，軀體本身也要長大。」

「我的身體不知道該怎麼正確長大。」羅米托洛說。

「不過你會思想，這一點就勝過許多人。」首席說：「我祝福你再活許多年，我認為你能貢獻的還很多。」

下午，三個齊蘭朵妮亞女人在旅行隊的營地會合。聚會地區太擁擠，本來只是附近的齊蘭朵妮亞會議，現在已擴大成臨時夏季大會。那些烹煮三餐的人，占據了大遮棚下的空間。這會兒營地上沒有別人，愛拉睡覺的帳篷很安靜，正好可以談話，即使如此，她們仍然輕聲細語。

「今晚就供應毒芹嗎？還是明晚下手？」首席說。

「我認為不要再拖了，應該儘快處理。」第一齊蘭朵妮說：「香芹蘿蔔雖然可以保存一陣子，還是趁新鮮煮才好吃。我有一個幫手，還稱不上助手，但這個女人幫我做很多事。我請她來煮毒芹根。」

「請妳跟她說明這是什麼東西，以及有什麼用途，好嗎？」首席詢問。

「當然。如果不知道她煮的是什麼東西，也不知道用途，對她是很危險的。」

「妳有什麼事要我做嗎？」愛拉問道。

「妳該做的都做了，」第一齊蘭朵妮說：「從摘採這些植物開始。」

「那麼，我想去找喬達拉了，我有一整天沒見到他。」愛拉說：「我們幾時去參觀聖地？」

「最好再過兩天，等包德倫這件事結束了再說。」第一齊蘭朵妮答道。

包德倫和手下一直暗中觀察，密切注意愛拉、喬達拉和沃夫的行動。接近晚餐時，天色已暗下來。雖然不是什麼盛宴，不過人人都貢獻了食物，大家一起共享晚餐，彷彿一場大慶典。

愛拉和喬達拉不清楚拘禁地點，因為不同人負責看守時，會帶到不同地方。他們兩人談得很專心，差點就撞上包德倫和他的手下。

包德倫四下一望，發現沃夫沒有跟隨，而那些看守者似乎也沒注意他們。「現在動手！」他說。

包德倫突然一躍而出，抓住愛拉，迅速用細皮帶勒住她的脖子。「退後，否則要她的命！」包德倫大聲警告，一邊將皮帶勒緊。愛拉被勒得呼吸困難，直喘氣。

其他人手拿石頭，作勢要砸或是威脅大家別追上來，否則立刻砸死她。包德倫等待這一刻已經很久了，在腦海中不斷演練這一幕。現在她落在他手裡，他大感痛快，一掃先前的窩囊氣。他打算殺了她，但不是現在，不過他會殺得很痛快。他吃定那個「溫柔的巨人」，認定他會怎麼反應。

包德倫有所不知，喬達拉是為了控制自己的火爆個性，才培養現在這種文靜節制的舉止。他從前也會任性發脾氣，深知憤怒失控的自己有多可怕。

喬達拉第一個念頭是：竟然有人敢傷害愛拉！這次，他不是發脾氣，而是直接反應。

才一轉瞬，在無人想到任何行動之前，喬達拉兩個箭步來到包德倫背後，一彎腰抓住他的雙腕，再用力一捏，痛得他立即鬆手。接著，喬達拉放開他一條手臂，將他轉過身來，迎面給他一記重拳。喬達拉正想再揮拳，對方已經天旋地轉，重重倒地，斷裂的鼻梁鮮血直淌。

包德倫完全看走眼了。喬達拉不只個子高大，而且孔武有力、反應敏捷，有時必須馴服烈性的種馬來消耗體力。快快並不是馴養的馬，牠只是受過訓練。喬達拉打從牠出生就開始教牠，但快快的烈性仍在，不時顯出種馬的狂野。駕御牠需要很大力氣，這個男人得保持這份體能。

愛拉的脖子依舊掛著包德倫的細皮帶，脖子上的紅色勒痕，即使只有火堆的微光，從遠處看來仍然清晰可見。一切發生得太突然，大家在第一時間都反應不過來，直到這時才慢半拍地往這邊聚攏。包括首席在內，幾位齊蘭朵妮過去幫愛拉，而她正努力安撫沃夫，喬達拉則緊緊跟在她身邊，寸步不離。

第一齊蘭朵妮向大家說明如何處置包德倫。她叫大家圍著倒地的他。突然間，一個叫亞倫蜜那的女人上前踢他，她曾被他強迫，配偶死在他手裡。接著另一個婦人上前狠狠踹他，她女兒被他挾持飽受凌虐，後來也離開人世。還有個男人上前，他目睹自己配偶和年幼女兒被他們強迫，事後還將他毒打一頓，這人朝包德倫臉上揮拳，再度打斷他的鼻梁。包德倫的手下拚命後退，但已被重重包圍，其中一人臉上挨了一拳。

群眾的忿怒至此已無法平息。每一個曾經被他們蹂躪的人都出手報仇，群眾變成了暴民。從圍觀到動用私刑，一切演變得太快，一時之間誰也反應不過來。這時，齊蘭朵妮亞出聲制止，愛拉也跟著大喊：「住手！快點住手！你們的行為跟包德倫一樣了！」可是人群怎麼也停不下來，他們把過去的沮喪、無能、羞辱和無力感，一古腦地全發洩了出來。

待群眾終於平靜，四人已經被打得趴在地上，渾身是血。愛拉彎腰查看包德倫，他和兩個手下已經死了。四人死了三個，活著的那人已奄奄一息，剩下半條命，此人正是先前懇求補償的那人。狼跟在愛拉身旁，緊盯著現場，喉嚨發出低嗥。愛拉知道牠不確定該做什麼，便坐在地上，雙臂環抱牠的脖子安撫牠。

首席齊蘭朵妮走到她身旁。「這整個過程都不是我所預期的，」她說：「想不到有這麼多憤怒壓抑著，不過我早該想到了。」

「包德倫是自找的，」第一齊蘭朵妮說：「要不是他偷襲愛拉，喬達拉也不會痛打他。他一旦倒下，那些曾經被他傷害的人也沒有顧忌了。他們發現他並非打不倒的強人。我看這毒芹也派不上用場，我得叫人確實而且妥善地處理掉。」

眾人的情緒仍然激動不已，過了好一陣，大多數人才把剛才發生的事弄清楚。那些參與攻擊的人各有心情，有些人為剛才的行為感到羞愧，也有人感到出了一口氣，有人後悔、有人興奮，甚至有人得意洋洋，認為包德倫一生害人無數，活該被人活活打死。

樂薇拉在沃夫跑出帳篷時，雖然很想跟出去，但還是忍住，並把喬愛拉留在身邊。愛拉回來時，身上沾了包德倫的血，讓她女兒看得好難過。她告訴喬愛拉，這不是她的血，而是一個受傷男人的血。

第二天一早，喬達拉去見首席和第一齊蘭朵妮，向她們稟報愛拉想在帳篷休息一天。她的喉嚨被勒，現在還在疼痛。當地所有齊蘭朵妮亞一直在商量如何幫助大家，是要召開另一次會議，還是等大家主動找她們。

喬達拉走回去時，覺得有人盯著他瞧，但他不在意，也聽不到他們的議論。男人讚賞他手身矯捷、勁力十足、反應奇快；女人則對他傾心。像這樣的男人，帥氣十足，為了保護他的女人，出手快如閃電，這種男人誰不喜歡？不過，就算聽到她們的談話，他也不會在乎。他只想找他的愛拉，確定她沒事，一切安好。

後來，大家談到這個事件，津津樂道的是包德倫如何偷襲愛拉，喬達拉如何疾如閃電地出手護花，而不是談論後來的混亂局面，群眾在暴亂下活活打死三個人。加赫納雖然還有一口氣，但很可能成為第四個命喪亂拳的人。齊蘭朵妮亞必須決定如何處理那些死屍，這事又讓她們為難了。她們並不想讓這夥人得到任何尊榮，所以不舉行葬禮，但她們想確實地將他們的靈魂還給大媽。商議結果，她們將那些屍體抬上山，丟棄山頂，任由食腐肉的動物吞噬。

從鄰近洞穴前來紮營作客的人又逗留了幾天，熱鬧過後，紛紛返回，恢復正常生活。旅行隊留下了許多令人傳頌的精采故事，諸如首席齊蘭朵妮的助手，她能夠駕御馬、指揮狼，還能召喚雙頭蛇，又幫助他們除掉包德倫。至於包德倫和手下的遭遇，則因暴亂中參與者的角色不同，各有不一樣的解讀。

愛拉愈來愈煩躁，亟欲離開。她決定趁這時候把牛肉曬乾，找點事做以免閒得發慌。她在地上釘木樁，拉起一條條晾繩，又在四周生起烽煙。生肉會招引蠓蚋之類的昆蟲，蟲喜歡在肉上產卵使肉腐化。煙不但能驅蠓蚋，還可順便燻肉增加風味。接下來，就是把牛肉切成同樣肉柳，樂薇拉很快便加入，接著喬德坎和喬達拉也趕來幫忙。就連喬愛拉也來湊熱鬧，愛拉便教她如何切肉，還分出一條晾繩，讓她晾掛切好的肉柳。威洛馬和兩個助手在中午時分散步回到營地，神情興奮。

「離開這裡以後，我們想，如果沿大河往南一直走，就可以到達南海。」威洛馬說：「既然已經大老遠來到這裡，不去見識一下大海好可惜，我們還聽說現在正是交易貝殼的時節。據說有很多小而圓的貝殼，有漂亮的長齒骨，還有特別好看的扇貝，甚至還有長春花。我們可以自己保留一些，其餘的拿來跟第五洞穴交易。」

「我們拿貝殼跟他們交易什麼呢？」喬達拉問道。

「我正想跟你商量這件事。你能不能找幾塊好燧石，做一些刀刃和尖簇用來交易貝殼？也許還可以用這些正在晾乾的牛肉交易，怎麼樣，愛拉？」威洛馬問道。

「你怎麼知道現在正是交易時節，還有那些貝殼珠子呢？」樂薇拉好奇地問。

「有個北方人剛抵達，你們一定要見見他。他也是交易者，帶了一些很漂亮的象牙雕刻品。」威洛馬說。

「我認得一個雕刻象牙的人。」愛拉語帶感傷。

喬達拉的耳朵豎了起來，他也認得這個才藝傑出的雕刻師，他幾乎因為此人而失去愛拉，如今想起來依然如鯁在喉。

「我很想會會這個人，見識他的雕刻，也不妨欣賞一下南海的風光。我相信一定會商量出交易條件，除了以物易物之外，還能有什麼名堂。」他說。

「幾乎任何東西都是精工打造，要不就是有用的器具，特別是那些不尋常的物品。」威洛馬說。

「譬如愛拉編的籮筐！」樂薇拉眼睛一亮。

「我的籮筐有什麼特別？」愛拉頗感意外：「只是簡單編織的籮筐，甚至沒有任何裝飾。」

「就是因為這樣，籮筐看似簡單，但仔細一瞧，」樂薇拉說：「編得好極了！編織均勻、緊密無縫，紋路也是獨一無二。用來盛水，不但不漏而且可以長久蓄水，即使編織較鬆的也能盛水。凡是對籮筐內行的人，都會選擇妳編的，捨棄那些中看不中用的籮筐。妳知道嗎，就連妳丟棄的那些籮筐都還很好用呢，現在想想，實在可惜。」

這番讚美話語，弄得愛拉害羞臉紅。「我只是照我學的方式編織而已，」她說：「我不覺得有什麼特別。」

喬達拉微微一笑。「我記得我們剛去馬木特伊氏居住時，正好趕上節慶，大家要交換禮物。圖麗和妮姬要給妳一些東西讓妳去送禮，但妳說為了不讓自己閒著，已經做了很多禮物。我們還回妳的河谷去拿，妳忘了嗎？妳做的禮物美得令人讚嘆，當時圖麗嘖嘖稱奇，塔魯特尤其喜歡妳送他的牛皮袍。愛拉，妳做的東西都很美。」

這會兒，她滿臉通紅、囁囁嚅嚅不知如何回答了。

「不信的話，看看妳的喬愛拉就知道啦。」喬達拉露齒笑說。

「那不只是我而已，喬愛拉身體裡也有你。」愛拉說。

「我真希望是這樣。」喬達拉說。

「當然是這樣啊。大媽用你的靈和愛拉的靈拌和，」樂薇拉說：「你看喬愛拉的眼睛，眼珠顏色跟你的一模一樣，那種藍是很少見的。」

「既然大家都同意了，回程時我們就走一趟南海吧。」威洛馬插口說：「愛拉，我認為妳應該編一些籮筐，妳不只可以換貝殼，還可以換鹽呢。」

「我們什麼時候會見那個有雕刻品的人？」喬德坎問道。

「如果現在是午餐休息時刻，你很快就能見到他。」威洛馬說。

「我再掛幾片肉就完工了。」樂薇拉說。

「我們可以帶一些牛肉去煮，自己吃，也可以請大家一起享用。」喬達拉建議。

喬達拉扛著喬愛拉，眾人步行，跟著威洛馬來到齊蘭朵妮亞的大帳篷。戴摩倫正在跟一個陌生人說話，阿美拉娜則對著他笑，明顯的身孕使她出落得更加迷人。他也微笑回應她，他不但個子高，而且很健美，有一頭棕色頭髮、一雙藍眼珠和一張迷人的友善臉孔。在愛拉看來，他某些方面似乎很眼熟。

「我把我們旅行隊的人都帶來了。」威洛馬說，然後開始介紹。「齊蘭朵妮氏第九洞穴的喬達拉。」這時，喬達拉放下喬愛拉，準備跟他握手見禮，那人卻露出迷惑的神情。

「這是他的配偶，齊蘭朵妮氏第九洞穴的愛拉，本來是馬木特伊氏獅營猛獁象火堆地盤的女兒……」

「我認得你，」那人說：「或者說我知道你。我是蘿莎杜那氏的康納迪，幾年前你們兩位在蘿莎杜那氏那裡住過，對吧？」

「對！我們旅行回來時，在拉度尼的洞穴住過！」喬達拉興奮地說。出門旅行本來就會遇見許多人，但卻很難再相逢，或者遇到認識對方的人。

「我們大家在下一個夏季大會上，得知你們兩位的事蹟。我記得是因為你們的馬和狼，那令人印象深刻。」康納迪說。

「是的，那幾匹馬在我們營地，沃夫出去打獵了。」愛拉說。

「那麼，這位小美人是你們的家人嘍？她長得很像你。」康納迪對擁有一雙靈活藍眼睛、身材高大的金髮男人說。聽起來，他像是在講齊蘭朵妮氏語言，只是語詞結構和腔調不大一樣。愛拉記得自己的語言很接近這種腔調。他講的其實是齊蘭朵妮氏語，帶一點蘿莎杜那氏和他自己的腔調。

「威洛馬說你帶了雕刻品來。」喬達拉說。

「對，我帶了一些樣品。」康納迪說。

他解下腰帶上的皮囊，打開袋口，把幾件猛獁象造型的牙雕倒在大淺盤上。愛拉拿起其中一件，只見猛獁象雕像上有幾道刻痕。她詢問他，為什麼要加這幾道刻痕。

「我也不知道，」他說：「他們都是這麼做的。這些不是古代的作品，但是雕刻得像古代作品，尤其正在學雕刻的年輕人都這麼做。」

愛拉又拿起一件細長的雕刻品。仔細一看，她才知道那是一隻像雁的飛鳥，雕工簡潔，但充滿生命力。另一件則是半人半獅雕像，頭部、上半身及兩條上臂像是大貓，但兩條腿卻是人的腿；正面刻出獅子的胸腹，由於採站立姿勢，呈現拉長的倒三角形，這無疑是女性的象徵。儘管沒有人類乳房，但這件雕像是個獅頭女人。

最後一件雕刻品肯定是女人，有一對高挺的巨乳。嚴格說來，這尊雕像並沒有頭，頭的部位只刻了穿帶子的小孔；兩條手臂末端也僅有象徵性的手和手指。然而，臀部翹肥且線條分明，一路刻繞到正面的下體，末端聯綴一具誇張的女陰，生殖器幾乎呈外翻形態。

「我認為雕刻的製作者是女人，而且生過小孩。」愛拉說：「生小孩就是這種感覺，好像是左右裂成了兩片。」

「妳說得也許對，那對乳房一定是奶汁飽滿而脹得鼓鼓的。」首席齊蘭朵妮說。

「你要用這些交易嗎？」威洛馬問道。

「不，這些是我個人的，我隨身帶著當吉祥物。你如果想要一件或更多，可以訂做。」康納迪說。

「換作是我，我會額外多帶幾件出來，這些雕刻品很好交易。」威洛馬說：「康納迪，你是不是交易大師？」他發現這個人身上沒有交易者的刺青。

「我喜歡旅行順便做點交易，但我不是交易大師。」康納迪說：「人人都做交易，但我們沒有專門交易的行業。」

「如果你喜歡旅行，就可以讓它成為專門的行業。」威洛馬說：「我自己就收徒弟，教他們交易。這也許是我最後一趟長途交易的旅程，旅行對我這把年紀來說，已經沒有吸引力了。我準備在家定居，陪我的老伴、兒孫，就像那個美麗的小傢伙。」他指的是喬愛拉。「有些交易者帶配偶和家人旅行，但我的配偶是第九洞穴頭目，不能自由旅行。每次出遠門，我總會帶特別的禮物回去送給她，所以我才問你要不要交易這些雕刻品。不過我也相信，我們到南海交易貝殼時，一定會找到特別的東西。你要不要跟我們一道去？」

「你們什麼時候出發？」康納迪問。

「快了，不過我們得先參觀最古老的聖地。」威洛馬說。

「去看看是好的。那洞穴很美，有最傑出的壁畫，不過我看過幾次了。這樣吧，我先去南海，也跟他們知會一聲，說你們要來。」康納迪說。

第二十七章

洞穴入口相當大，但不對稱，寬度大於高度。洞口右側高，左側較低的部位突出一道岩架，具有遮蔽效果，除了避雨，也能避開偶爾從懸崖如雨般落下的礫石。那些礫石從上方岩石表面掉落，堆積在岩架上，在洞口最左的遠端堆疊成錐形礫石丘。至於繼續掉落而溢出的岩屑，則在錐形礫石丘的下方形成碎石坡。

由於洞口寬大，光線得以照射到洞內深處。愛拉覺得這是棲息的好地方，不過顯然沒人在這兒住過。除了岩架下的角落有個睡覺的遮棚，棚外有燃燒的小火堆之外，要找人類在此過舒適生活的證據少之又少。他們走近時，一位齊蘭朵妮從遮棚出來迎接。

「奉大地母親之名，歡迎侍奉她的首席侍者來到最古老的聖地。」她說著伸出雙手行禮。

「我問候妳，最古老聖地的守護者。」首席回禮。

第二個見禮的是喬諾可。「我是齊蘭朵妮氏第十九洞穴的齊蘭朵妮，問候最古老聖地的守護者。聽說聖地裡的壁畫很可觀，我自己也喜歡畫畫，能夠受邀前來參觀聖地，深感榮幸。」他說。

守護者微微一笑。「原來你是畫齊蘭朵妮的畫師。」她說：「我想，你看了洞穴裡的畫作一定會很驚奇，也許最欣賞的將是藝術技巧。在這裡作畫的古代人，畫藝相當高明。」

「這裡的畫都是古代人的作品嗎？」第十九洞穴的齊蘭朵妮問道。

守護者聽出喬諾可話中有話。她聽過畫師問同樣的話，他們的紘外之音是：可否讓他們在古蹟上加畫？而她很清楚如何回答。

「幾乎都是，不過有極少數是最近畫的。如果你認為自己可以勝任，而且不得不留下印記，那就隨你意吧，我們不限制任何人。大媽會選擇，到時候你就會知道自己是否中選。」守護者說。雖然問的人很多，但真正覺得自己的畫能媲美古代傑作的，卻少之又少。

接著，愛拉問安：「奉大地母親之名，問候最古老聖地的守護者。」她伸出雙手行禮：「我叫愛拉，是大地母親首席侍者的助手。」

這位齊蘭朵妮聽完，第一個反應是，她還不打算放棄自己的名字。她隨即意識到年輕女人的腔調異常，猜測她就是那位眾人熱烈談論的女人。她洞穴的人大都認為，所有講齊蘭朵妮氏語言的客人都帶北方口音，但這個女人的口音完全不同。她講得很好，顯然對這語言很熟，可是她某些發音卻是前所未聞，毫無疑問她來自非常遙遠的地方。

她更仔細端詳眼前這位年輕女人。的確，她暗想，她長得很迷人，不過有異族的外表，五官面貌很特殊，臉比較短，兩眼間的距離較寬。甚至她的頭髮也跟許多齊蘭朵妮氏女人一樣，不算太美好，髮質粗了點。但她的金髮色澤很特別，顏色更深，類似蜂蜜或琥珀。外邦人成為齊蘭朵妮亞已屬難得，而這位十足的外邦女人居然做到首席的助手，實在太罕見了。不過話說回來，這並不難理解，因為她有駕馭馬和馴服狼的能力。而且多虧她出手，才能制伏那幫為非作歹的壞蛋。

「歡迎妳光臨最古老的聖地，首席侍者的助手愛拉。」齊蘭朵妮說著，握住愛拉的雙手。「我猜想妳來參觀這聖地的旅程，比任何人都要遠。」

「我是和其他的……」愛拉話才剛出口，看到這女人臉上的笑容才恍然大悟，原來是因為自己的口音。守護者指的是，她和喬達拉參加這趟旅程之前，已經走了遙遠的路程，從她家鄉部落，甚至更早之前。「妳也許說對了，」她說：「但是喬達拉走的路更遠，他從家鄉一直往東走到大媽河的盡頭，在那之後，他才遇見我，我們一起走回去。然後，我們的朵妮侍者之行才開始。」

喬達拉聽到自己的名字，不自覺地移步向前，再聽愛拉描述他的旅程不禁露齒而笑。他就近細看守護最古老聖地的女人，她並不年輕，也並非不成熟，但還不算老，可是她的年紀足以使她憑著經驗和成熟的心態，培養出智慧。她這種年紀的女人，正是他遇到愛拉之前所喜歡的。

「最古老聖地的守護者，我向妳致敬。」他伸出雙手行禮說道：「我是齊蘭朵妮氏第九洞穴的喬達拉，第九洞穴的燧石匠。配偶是齊蘭朵妮氏第九洞穴的愛拉，她也是首席的助手。我是第九洞穴前任頭目瑪桑那的兒子，現任第九洞穴頭目約哈倫的弟弟，生於蘭薩朵妮氏頭目兼創始人達拉納的火堆地盤。」

他敘述重要的人名和關係，這是齊蘭朵妮亞成員簡單聲明重要關係的方式。然而，他在正式場合如此簡略介紹，尤其是對一位齊蘭朵妮，這未免太隨便，而且很失禮。

「歡迎你來，齊蘭朵妮氏第九洞穴的喬達拉。」她講完握住他的雙手，與他那雙明亮湛藍的眼睛對望。那雙眼睛彷彿能透視她的靈魂，使她的女性本能為之激盪蠢動，她立刻閉目，以緩和內心的波動。也難怪她還不想放棄她的名字，這位守護者暗想：她的配偶是我所見過最迷人的男人，不知是否有人為這批北方來的訪客安排大媽慶典……可惜我輪值守護的期限未滿，要是這裡有人需要我解說，我就不能參加大媽慶典了。

在一旁等候介紹自己的威洛馬，忍不住低頭暗笑。他心想，幸好喬達拉沒發覺他對女人仍然有巨大的誘惑力。至於心思細膩、觀察入微的愛拉，似乎已將一切看在眼裡。雖然這情形讓人洩氣，但威洛馬知道還是有許多人會嫉妒愛拉。

「我名叫威洛馬，是齊蘭朵妮氏第九洞穴的交易大師。」見禮時，他說：「配偶瑪桑那是第九洞穴的前任頭目，也是這個年輕人的母親。雖然他不在我的火堆地盤出生，卻是在我的火堆長大，所以我將他視為己出。我對愛拉和她的小孩喬愛拉也是如此。」

她不只是他的配偶，還生了一個小孩，守護者私自揣想，她怎麼能當齊蘭朵妮呢？更何況追隨大地最有能力的齊蘭朵妮，做她的助手？首席一定是看到她大有潛力，但內心必然也有許多選項，令她難以取捨。

這一次只准許五位訪客進入聖地，其餘客人另選時間，擇期再進去，而且不會像這次參觀這麼詳細深入。守護者得善盡把關職責，不能讓聖地一次湧入太多人潮。此外，準備足夠的火把和石燈以備不時之需，這也是守護者的工作。此刻參訪者每人手拿一支火把，守護者又額外發給大家，也將更多火把打包，再放一些石燈和裝了油的小皮囊。待人人都有盛火的器皿照路後，守護者帶領大家進入洞穴。

石室入口還有足夠日光，讓人意識到洞穴的寬敞。然而，洞穴給人的第一個印象是雜亂——由石頭形成的混亂景觀。吊在洞頂的鐘乳石已成了石柱，還有石筍，彷彿是地面下降造成的，有些翻過來、有些坍塌、有些碎裂。這些散落的雜亂石頭使人誤以為是剛發生不久的事，其實這一切早在時光裡凍結，久遠得結了厚厚一層閃爍的淺褐色石筍霜。

守護者一邊哼唱，一邊領著大家走向左邊，靠近洞壁前進。其他人魚貫跟隨，首席侍者走在前頭，依次是愛拉、喬諾可、威洛馬，喬達拉殿後。以他的身高，視線足以越過前方人的頭頂，瞭望整個隊伍，像是壓陣的後衛，只是他並不知道他們需要什麼保護。

即使已相當深入洞穴，仍然有足夠光線從洞口照進來，不至於漆黑一片，反而類似暮色，大夥兒的眼睛也逐漸習慣了四周的陰暗。他們手持火把或石燈往洞裡前進，火光映照下，可見純白新凝結的冰柱、年久的灰色殘墩餘塊。從上方垂下的簾狀物，沿著摺皺處映出條紋，暗黃、橙、紅、白不等。引人矚目的水晶將微光反射增強，有些則在地上一層薄方解石覆蓋下，熠熠發光。他們看到激發想像力的奇異雕刻、巨大而半透明的白色石柱。石洞之美已達極致，令人嘆為觀止。

朦朧微光中，他們到達一處開展的空間。石室兩側在他們前面消失，只剩一個閃爍微弱光芒的白色圓盤，空曠似乎無限地擴大蔓延。愛拉感覺他們進入另一個比入口處更大的區域。洞頂垂吊著壯麗的奇形鐘乳石，猶如長長的白髮，而地面卻是異常平坦，彷彿這裡曾是平靜無波的湖面。與景觀形成強烈對比的，是遍地的骷髏頭、枯骨、牙齒。原來，地面上的淺坑凹地，曾是穴熊冬眠的臥床。

一路哼唱不止的守護者，此刻開始提高音量，聲音強度之大，站在她身旁的愛拉認為守護者別有用意。然而，沒有回音，聲音完全被石崖裡的廣大空間吞沒了。接下來，首席齊蘭朵妮的歌聲登場了，她以渾厚的低音，唱起大地母親之歌。

「在黑暗之中，一片渾沌之時，
莊嚴的大地母親誕生於一陣旋風之間。
甦醒過來的她，了解生命的寶貴，
一片空無的黑暗，哀悼大地母親。」
「大地母親獨自一人，寂寞難忍。」

「自她誕生的塵土中，她創造了另一個人，
一位蒼白、耀眼的朋友，一位同伴、一位兄弟。
他們一起長大，學習愛與關懷，
待她準備好時，他倆決定成雙成對。」
「她那白皙耀眼的愛侶，圍在她身邊打轉。」
「一開始她和她的伴侶在一起很快樂……」

首席猶豫了一下，停止歌唱。沒有共鳴、沒有回音，這洞穴正告訴他們：這地方不適合人，空間屬於穴熊。她懷疑空蕩的石室到底有沒有壁畫，守護者應該知道。

「守護洞穴的齊蘭朵妮，」她莊重地問道：「古代人有沒有在前面的石室作畫？」

「沒有，」女人回答：「這石室不是我們作畫的地方。我們可以在春天進入這個石室，就像牠們常常到我們的洞穴來一樣。但大媽已經把石室給了穴熊，作為冬眠用。」

「原來如此，所以人才不住在這裡。」愛拉說：「我第一眼看到這洞穴，就認為是個居住的好地方，想不通怎麼沒人選擇這裡當洞穴。現在我明白了。」

守護者領他們往右走，經過一個小開口，通往另一個石室，接著又走了一段較長的路，來到一處大開口。就像入口的石室，這裡也是一片混亂，散落一地的石筍和凝結物，東一堆，西一落。一條小徑在這些障礙之間彎來拐去，到達一處廣大的空間，洞頂挑高，地面呈暗紅色。一排懸吊著的大石屏形成一條狹長甬道，從洞頂垂落的石屏上有幾個巨大的紅色圓點。他們來到一塊巨大石板前，幾乎是垂直豎立，上達壁頂，石板上也有些紅色大圓點和各種符號。

「你們認為這些圓點是怎麼畫上去的？」守護者問道。

「我猜想，是用一大束獸皮或地衣，再不然就是用類似的東西畫上去。」喬諾可說。

「我認為第十九洞的齊蘭朵妮應該看得更仔細一點。」首席齊蘭朵妮說。愛拉想起首席以前來過這裡，她肯定知道答案。威洛馬也可能知道。愛拉沒有主動表達她的猜測，喬達拉也沒有。守護者舉起一隻手，將五指併攏，然後舉掌貼在一個圓點上。那圓點正好與手掌一般大小。

喬諾可仔細觀察那些大圓點，發現有些模糊，而有些圓點看起來像是手指畫的。「妳說對了！」他說：「他們一定是用紅土調成濃漿，然後用手掌蘸紅土漿畫印上去的。我還沒見過這種畫圓點的方法呢！」

守護者以微笑回應他的讚賞，顯得相當高興。看到她的笑容，愛拉注意到他們所在的地方光線似乎更亮了。她四下一看，這才發現他們又靠近入口處。他們其實可以一開始就來到這裡，而不必繞遠路去穴熊冬眠的石室。不過她也相信守護者這麼做，自有她的道理。緊鄰那些大圓點的，是另一種讓愛拉難以辨識的畫，她只能辨認紅色直線接近頂端的橫檔。

她沿小徑繞過石室中央的石筍堆和凝結物等障礙，一直走到對面的石壁。壁上有一幅黑色獅頭畫，那是她所看到唯一的黑色壁畫。獅頭附近有個符號和一些小圓點，也許是用一根手指點上去的。再過去稍遠的壁上，有一列手掌大小的紅色圓點。她在心中用數字計算，共計有十三個圓點。上方壁頂又有一組，共計十個圓點。但是，要畫壁頂的圓點，必須爬上凝結物，還得有朋友或徒弟扶著才站得穩。她猜想，這對於作畫的人一定很重要，只是她想不通為什麼重要。

再往前走一段路有一個壁龕，入口處有一面凸起的岩石，上頭布滿了紅色大圓點。壁龕裡的一面石壁上還有更多紅色圓點，相對另一面石壁上有一組圓點、一些線條和其他符號、三個馬首，顏色一紅兩黃。位於中央那些大石堆和石筍堆，與壁龕相對，守護者指著一些低矮的凝結物後方、另一面大石板上的紅色大圓點，叫大家看。

喬諾可屏氣凝神，認真地東瞧西看，忽然有所領悟。「那些圓點當中，是不是有紅色圓點形成了動物的頭部？」他率先問道。

「有些人認為有。」守護者說，對這位看到動物頭形的齊蘭朵妮畫師微笑。

愛拉專注地想看出動物頭形，但看來看去還是圓點。不過她倒是看出一些端倪。「畫這些圓點，與畫其他圓點，不是同一個人，妳認為呢？這些圓點似乎大了一些。」

「妳說對了。」守護者說：「我們認為其他圓點是女人畫的，而這些是男人畫的。還有更多畫像，不過要看就得回頭走原路。」

她又哼唱起來，帶領他們進入中央凝結物裡的小石室。那裡畫了一隻正面的鹿，可能是年幼的大角驢羚，長了小小的掌狀鹿角，肩骨微微隆起。他們觀看時，守護者提高了哼唱聲。石室有了回音，向他們低吟。喬諾可忍不住加入，輕聲而有音階，與守護者唱和；愛拉則用口哨作鳥鳴合奏。首席侍者接著吟唱大地母親之歌的其餘歌詞。她收斂了宏亮的女低音，以渾厚深沉的聲音唱道：

「一開始她和她的伴侶在一起很快樂。
然而大地母親開始煩躁不安，不明白自己的心意。
她愛她那白皙的朋友，她親愛的配偶。
但她若有所失，她的愛無止境。」
「她是大地母親，她需要的不只如此。」

「她迎戰無盡的空虛、渾沌與黑暗，
尋找冒出生命火花的冰冷源頭。
旋風令人懼怕，四周是無邊的黑暗，
渾沌的世界冰冷刺骨，攫住她的心跳。」
「大地母親勇氣十足，困難危險消失無蹤。」

「她從冰冷的渾沌中擷取創造來源，
懷著生命力逃走。
她體內的生命不斷長大，
她發散出愛與驕傲的光芒。」

「大地母親身懷六甲，她將生命分享。」
「一片空無黑暗與浩瀚貧瘠的大地，滿懷期待等候著誕生。
這生命飲她的血，從她的骨頭中呼吸。
它將她的皮膚分為兩半，切開她的核心。」
「大地母親生產了，開啟另一個生命。」

「她的分娩之水奔流而出，注滿河流與海洋，
大量湧入土地，使樹木開始生長。
每一滴珍貴的水都使大地長出更多草與葉，
繁茂青翠的植物使大地煥然一新。」
「分娩之水滔滔湧出，新的植物冒出頭。」

正當眾人感到即興合唱已到尾聲，首席的歌聲戛然而止。愛拉口哨也以雲雀的悠揚顫音收尾，留下喬諾可和守護者以和諧的合音結束。喬達拉和威洛馬對這美妙的合唱激賞不已，不住地拍打自己的大腿叫好。

「真是神奇！」喬達拉說：「太美妙了！」
「是呀，唱得真好！」威洛馬說：「我相信大媽也跟我們一樣欣賞著。」
守護者領著他們穿過小石室，下到另一片窪地。從入口可以看到石壁上有個紅色熊首，他們彎腰鑽進那條低矮的甬道，熊的身體隨著映入眼簾。黑暗中，第二幅熊的畫作也出現了。通過甬道後，他們將

身體挺直，看到了第三個熊首，就畫在第一個熊首下方。至於第二幅熊，看似完整，但後腿那段卻給人空幻的感受——牠彷彿從靈界穿過石壁冒了出來。

「那些肯定是穴熊。」愛拉說：「牠們的額頭那麼特別，而且從小就是那樣。」

「你見過小穴熊？」

「是呀，偶爾見過。扶養我長大的人，他們與穴熊有特殊關係。」愛拉說。

他們站在壁龕後面，看到右壁上畫有兩隻原羊，圖形一部分是紅色，羊角和羊背則藉用了岩壁上的縫隙構圖，可謂渾然天成。

他們回頭鑽進那條甬道，再爬上有鹿形壁畫的那一層，然後沿著左手邊的石壁，走到一處開放的大空間。大夥兒在石室漫步遊走，喬諾可看到壁龕裡有古代的凝結物，頂上的形狀像個小盆子。他拿起水囊，往盆裡倒了一些水。一行人從原路回到開放的大空間，那裡可通往熊冬眠的石室。離洞穴入口不遠處，一根大石柱將石室一分為二，在其他壁畫對面的石室裡布滿了雜亂的石陣，有一片長約六公尺，高約三公尺的石板，上頭畫滿了紅色圓點；靠近頂端則有其他印記符號，包括直線和一條橫檔。

守護者領他們通過開放空間，再度進入熊冬眠的石室。這回，她沿著左手邊的石壁行走，直到一處開口的前方，才停下腳步。「這裡有很多可看的，但我要你們看某些東西。」齊蘭朵妮直視愛拉說：「先看這個。」她舉高火把，只見石壁上出現看似隨意塗畫的紅色線條。突然間，愛拉的意念將那些線條連綴起來，在腦海裡看到了犀牛的頭形。她看到前額、一對高豎的犀角、代表眼睛的短線，口鼻末端有一條線是嘴唇，此外，還有象徵牛胸的線條。簡單的構圖令她驚訝，然而她一旦看出是動物，圖形就變得清晰起來。

「這是一隻犀牛！」愛拉說。

「對，這是石室唯一的犀牛圖。」守護者說。

地面是堅硬的石頭、方解石；左邊石壁則被一些白色和橙白柱子遮擋。一走過那些石柱，幾乎就沒有凝結物了，只剩洞頂怪異的圓石形上還有紅色堆積物。地上布滿從洞頂掉落的石塊，大小不一。有個略呈圓形的地區被頂上掉落的沉重石塊砸得地面破裂、地板傾斜。靠近入口處有一塊垂岩，上頭有一小幅紅色的猛獁象素描，筆法相當原始。

此外，石壁上方高處還畫有一隻紅色的熊，顯然畫家必須爬上石壁作畫。下方有一塊從石壁突出的岩石，那裡畫了兩隻猛獁象，再過來一塊突岩上則有個怪異的符號。對面石壁上，另有一幅奇特的紅色畫，包括一隻上半身完好的熊，從前額的形狀可看出是一隻穴熊。

「喬諾可，這隻熊是不是很像剛才看到那隻紅色熊？」愛拉問道。

「是很像，我猜是同一個人畫的。」他說。

「但是其他的畫我就看不懂了。你看這幅，好像是兩種不同的動物連在一起，有兩個頭，一個頭長在熊的胸口，可是中間又有一隻獅子，而熊面前還有另一隻獅頭。這幅畫我一點也看不懂。」愛拉說。

「也許是故意不讓人看懂，只有畫師自己知道。這位畫師花了很多想像力，或者是要講一個不為人知的故事。我所知道的耆老傳說或歷史，都無法解釋這幅畫。」首席說。

「我們只好純欣賞了，」守護者說：「就讓古代人保住他們的祕密吧。」

愛拉點頭同意。她看過的洞穴多得足以讓她明白，作品的表達往往不能盡如畫師作畫時的本意。再往前走，過了第二個獅頭壁上一處斷層，有塊石板畫了一個黑色獅頭、一隻大猛獁象。離地面很高的壁頂上還有一塊吊石，畫了一隻紅色大熊，熊的腰背是黑色線條。畫師如何在吊石上作畫倒成了謎，從地面看，那幅畫雖然清楚，但畫師必須爬上許多高大的凝結物，才搆得到吊石。

「你們有沒有發現，所有動物都是往石室外走，只有猛獁象不是。」喬諾可說：「牠們彷彿是從靈界來到這個世界。」

守護者站在他們剛才進去的石室外頭哼唱起來了，這次的旋律類似首席唱的大地母親之歌。每個洞穴的齊蘭朵妮都要哼唱或朗誦大地母親之歌。這首歌敘述他們的來處，講述著人的起源。當他們以類似方式敘述同一則故事時，每一個洞穴的說法完全一樣。然而在吟唱時，旋律往往大不相同，有時隨吟唱者而有無窮變化。由於天生具有一副美妙嗓音，首席齊蘭朵妮自有獨特的唱法。

首席繼續唱起剛才未完的大地母親之歌。似乎收到信號似的，喬諾可和愛拉忍住沒有唱和，只是靜靜聆聽欣賞。
「分娩的劇痛中噴發出火焰，
她在痛苦中奮力掙扎，只為生下新生命。
她乾涸的血塊變成紅赭石土壤，
但這紅光滿面的孩子讓一切辛苦都值得。」
「這聰明耀眼的男孩，是大地母親至上的喜悅。」
「山峰從地表升起，火焰從山頂噴出，
她以高聳的雙乳哺餵她的兒子。
他用力吸吮，火花躍入高空，
大地母親滾燙的奶水在天空中鋪出一條路。」
「他的生命已經展開。她哺餵她的兒子。」
「他歡笑玩樂，他長得聰明健壯。
他照亮黑夜，他是母親最大的快樂。

她揮霍她的愛，他長得壯碩慧黠。
但他很快就要成年，不再是個孩子。」
「她的孩子即將長大。他的意志屬於他自己。」

「她從渾沌中取得她開啟這生命的來源，
現在嚴寒的虛空正引誘著她的兒子。
大地母親獻出她的愛，然而年輕的孩子想要的不只如此。
他渴望知識、刺激，他想旅遊、探索。」
「渾沌是她的敵人，然而她的兒子卻嚮往渾沌。」

「他趁大地母親熟睡時將他從她身邊偷走，
就在黑暗漩渦般的空虛渾沌悄悄降臨時，
在黑暗的掩護下，試圖引誘他。
渾沌化做一陣旋風，抓住了她的孩子。」
「黑暗帶走她年輕靈巧的孩子。」

「大地母親聰明的孩子，一開始喜不自勝，
但很快就被嚴寒刺骨的空虛征服。
她那粗心大意的孩子懊悔不已，
無法自神祕的力量中逃脫。」

「渾沌不願放走她這莽撞的孩子。」

「然而正當黑暗將他拉入冰冷世界時，
大地母親醒來，伸出手一把抓住他。
為了救回她紅光滿面的兒子，
大地母親懇求白皙、耀眼的配偶。」
「大地母親緊抓不放，視線不離他。」

歌聲在石室引起共鳴回響，聲音並不十分強，首席齊蘭朵妮暗想，但有趣的是與原音稍有差異，幾乎是加倍地回音。當首席唱到適合告一段落時，她說停就停。四下悄然無聲，一行人繼續前進。

他們沿洞穴右邊來到一處充斥著石筍與坍塌的大石塊。這一次，守護者帶領他們前往洞穴左邊熊冬眠的石室。在那些石筍堆和石墩對面有一大塊吊石，像是懸在洞頂的刀片。那些岩石分隔成新的石室，高挑的洞頂愈往裡，愈往下傾斜。許多凝結物垂吊在洞頂和石壁上，不像熊冬眠的石室，那兒沒有這類凝結物。

他們抵達有吊石之地，守護者將火把往岩石邊緣敲打，使火燄更旺，隨後便高舉火把，好讓訪客清楚看見石板上的壁畫。靠近底端、面向左方是一隻紅色花豹，愛拉、喬達拉、喬諾可從沒見過聖地石壁上有花豹圖形。從牠的長尾巴看來，愛拉判斷那是一頭雪豹。豹子尾巴末端有厚厚的方解石，它的另一面有個紅色大圓點。沒人明白聖洞裡的紅色大圓點究竟代表什麼意義，甚至不了解這裡為什麼畫花豹。

豹的圖形無庸置疑，但面向右方、畫在上方的動物卻無法斷言了。從厚實寬大的肩膀和頭形看來，幾乎會誤以為那是一隻熊，但細瘦的身軀、長長的後腿和上半身的斑點，則讓愛拉認定那是穴鬣狗，因為她很清楚鬣狗本來就有厚實的肩膀。那幅畫的頭形確實有些像穴熊。然而，鬣狗的牙齒和下顎的肌肉強勁有力，能夠咬碎猛獁象的骨頭，骨骼結構也更加強健，口鼻更長。此外，鬣狗皮粗毛硬，特別是頭和肩膀上的毛。

「妳有沒有看見上方另一隻熊？」守護者問道。

愛拉立刻看到鬣狗上另有一幅圖，紅色線條雖模糊，但她認得出那是穴熊。穴熊面向右，正好與鬣狗背對背，於是愛拉開始比較兩幅畫。

「我認為有斑點那隻不是熊，是穴鬣狗。」愛拉說。

「也有些人這麼說，但頭形很像熊。」守護者說。

「兩隻動物的頭形相似，」愛拉說：「不過鬣狗圖形的口鼻較長，而且耳朵形狀不明顯。還有，頭頂上的直立鬃毛，也是鬣狗的特色。」

守護者沒有爭辯。人人都有權利依照他們的希望去想像，不過這位助手的觀察頗耐人尋味。守護者又指著吊石下方一塊狹長石板的貓圖，問愛拉那是哪一種大貓。愛拉沒把握，畢竟牠身上沒有明顯斑紋，而且為了配合石板形狀，把身形畫得很長，但確實像貓，然而再深入想想，又覺得像鼬。此外，壁畫上有些動物據說是原羊，愛拉則覺得不大明顯。隨後他們一行人被帶到左邊石室，剛進去只見許多凝結物，不見壁畫。

繼續往下走，眼前出現一面長形石板。壁上點綴了紅、橙、黃各色的簾狀石灰質結構物，離下方的錐形土堆還有段距離，宛如凝結的小河，從懸吊的簾狀結構物流過而留下間隔。

石板上畫了一些怪異圖形，其中一個類似長方形、兩側生出許多線條。這使愛拉想到一種長著許多腳，令人渾身發毛的生物，也許是隻毛蟲。旁邊另一格空間的圖形，則是一個長形、兩側有一對翅膀。那可能是蝴蝶——毛蟲生命的另一個階段，不過畫得並不仔細，她無從確定。她本想問守護者，只怕她也不知道，何況不論她怎麼說，也只是她的揣測罷了。

他們繼續參觀，生動有趣的壁畫愈來愈少。守護者又開始輕聲哼唱起來，並且有一些共鳴，等他們來到一處有懸岩的地方，才出現更多共鳴回響。懸岩上畫了一簇一簇紅圓點，接著是一個橫幅，畫了五頭犀牛。那地區還有其他圖形和動物，包括七個頭形和一幅完整的大貓，也許是獅子，此外還有一匹馬、一隻猛獁象、一隻犀牛。有幾幅明確的手繪圖像，以及圓點構成的線條和圓形圖案。再下去則是更多圖形和黑色犀牛素描。

接著，他們來到另一片刀片岩，有點像隔間的石壁，上頭有更多圖。其中有一幅黑色的半截猛獁象輪廓，象身的線條內有紅色手印；另一個紅色手印出現在一匹馬的側面。他們的右手邊，還有兩簇大圓點；石板另一面也有圖畫，以手印繪了一隻紅色小熊，還有一隻紅色鹿和一些其他符號。那隻熊是主圖案，畫得很像他們看到的其他紅色熊，不過眼前這隻是縮小版。這塊刀片岩是小石室的開頭，一直往前延伸。他們往裡探，看見裡頭有個小石室。

「我認為不必進去了，」守護者說：「那裡空間很小，沒什麼東西，進去以後還得彎腰蹲低才行。」

首席同意，她可不想縮身擠進低矮的空間。她記得裡面確實沒什麼看頭，而且知道往後才是她很想看的東西。

守護者放棄前方的小石室，左轉沿著右邊石壁前進。下一個石室比之前進入的石室大約低了一．五公尺，地面傾斜；洞頂高高低低，石壁和洞頂都有許多凝結物。這裡還有穴熊棲息過的跡象，像是熊掌印、爪痕和骨頭。愛拉隱約看到稍遠處有一幅圖，但守護者只是經過，並不想費事指給大家看。那地方不像是主空間，倒像是往其他地方的通道口。

另一個石室的入口低矮，石室中央有個污水坑，坑圍約有九公尺，深度超過三．五公尺。他們從坑右邊的棕色地面繞過去。

「這地面是什麼時候塌陷的？」喬達拉問道，他感覺腳下的土還算結實，暗想會不會再塌陷。

「我不清楚確切時間，」守護者說：「只知道自古以來就存在了。」

「妳怎麼知道？」喬達拉又問。

「你看陷坑上方。」她指著陷坑正上方，一塊從洞頂垂下的光滑刀片岩。

所有人紛紛抬頭往上看。石室大部分石壁和洞頂垂下來的岩石，表面都有一層淡棕色的蛭石，像黏土一樣軟。那是岩石的礦物成分經過化學蝕變，表面軟化造成的。而上面那些圖像都是白色，可能是木條甚至手指所畫，由於畫開了表面的棕色黏土，因而呈現出底下純白線條。

愛拉注意到這間石室不僅有許多白色圖畫，吊岩上也畫了一匹馬，還有一隻貓頭鷹，牠背朝外、向後轉，因此可以看到臉。貓頭鷹擺出這種姿態，是大家都知道的，但她從未見過這樣的畫，也沒見過任何洞穴畫了貓頭鷹。

「妳說對了！那一定是地面塌陷之前，古代人類畫的，」喬達拉說：「因為現在沒有人能搆得到那上面。」

針對他先前的質疑口氣，守護者莞爾一笑。她繼續在大石室指出若干用手指畫的圖像。她領大家繞過陷坑另一邊，走到左邊石壁。雖然另一邊布滿鐘乳石和筍狀石柱，地面上也立了許多圓錐體，要在室內行走卻不困難，而且大多數的點綴都只有齊眉高度。即使是遠距離，他們的火把也照出許多白色刻痕，有些是刮掉表層留下的。站在石室中央，他們看到猛獁象、犀牛、熊、原牛、牛、馬，以及一連串曲線，包括熊掌上也有以手指畫的蜿蜒線條。

「這個石室裡有多少隻動物？」愛拉問道。

「我數過，將近有二十五的兩倍。」守護者說，舉起她的左手五指一放一收，然後再一放一收。

愛拉想起另一種用手指算數的方法，可能比用簡單數字算得更複雜。右手計數字，每念出一個數字，就屈一根手指；左手則表示已經數到五，換句話說，當左手五指都彎曲時，不是表示五。這是她第一次算數時自學的方法，而喬達拉教她數字後，她知道這代表二十五。她在受訓練時學會這種數法，這種觀念使她大為驚訝，以這種方法數算，數字能力增強了許多。

突然，她想到那些大圓點可能也是一種計數方法，一隻手印可能當作五，一個只有掌形的大圓點則可能是二十五的兩倍，也就是五十。而一面石壁上有那麼多手印，如果會讀數的人，將會計算出非常龐大的數目。由於大部分的事都與齊蘭朵妮相關，因此圖案代表的數字可能更複雜。實際上，所有圖案都代表了一個以上的意義。

大夥兒在石室裡漫步瀏覽。愛拉看到一匹畫得很漂亮的馬，馬後面有兩隻猛獁象，一隻疊在另一隻上面，兩隻象的肚腹線條都是高高拱形，這使愛拉想到外面的大拱形。難道拱形是象徵猛獁象？這個石室裡的動物圖似乎以猛獁象占多數，可是也有很多犀牛，有一隻特別吸引愛拉。犀牛只刻了上半身，彷彿是從石壁上的裂縫鑽出來，來自石壁後的世界。還有一些馬、原牛、野牛，卻沒有大貓或野鹿。而且石室前段的圖像，幾乎都是用紅色顏料畫成，而顏料取自地面和壁上的紅土。至於石室這一段的圖像，大都是手指或硬物所畫，而且是白色，只有右壁一些畫是用黑色，包括附近一隻黑色的熊。

一行人興致勃勃。愛拉想看那些圖像，但守護者卻領他們繞過石室中央的大坑左邊，往另一段走去。左壁被許多大岩石遮掩，靠著火把照耀，她根本看不清楚。黯淡的火光提醒她拍掉火炬上的灰，火光是亮了，但還是不足，看來她得點燃新火把了。

他們來到非常低矮的空間，守護者又哼唱起來。洞頂低得讓人站在石塊上，便能用手指在洞頂畫猛獁象。右邊畫有一個牛頭，是速寫畫成的，緊跟著有三隻猛獁象，另有幾幅是畫在洞頂的吊石上。愛拉看到兩隻輪廓概略的黑色大馴鹿，第三隻更簡略。另一段的吊石上，畫了兩隻面對面的黑色猛獁象，左邊那隻前半身有線條，右邊那隻完全塗黑，還有一雙象牙。這是目前為止，她在洞穴裡唯一看到的象牙。更遠的吊石上還有其他圖畫，離地面相當高，包括一隻猛獁象的左側輪廓圖、一頭大獅子和一隻出人意表的麝牛，頭上那對大彎角即是身分證明。

愛拉一直費力看後段那些吊石上的動物畫作，直到首席加入守護者、第一、第十九洞穴的齊蘭朵妮合唱時，她才意識到大家又在歌頌洞穴。這一次，她沒有加入合音，她能發出逼真的鳥獸聲，卻不會唱歌。然而，她懂得欣賞。

「她歡迎他回來，昔日的舊愛，
痛心又遺憾地，她娓娓道來。
她親愛的朋友同意並肩作戰，
援救她的孩子脫離凶惡險境。」
「她訴說她的憂傷，黑暗旋風如強梁。」

「大地母親累了，她必須恢復精神，
她放開她明亮愛人的手。
在她熟睡時，他與冰冷的力量作戰，
他曾一度把它趕回渾沌之中。」
「他的靈很強大。這場戰役拖得太久。」

「她白皙耀眼的朋友使出全力拚命抵抗，
衝突十分激烈，戰情緊迫。

他閉上明亮的雙眼，意識逐漸模糊。
然後黑暗緩緩接近，從天空中竊取他的亮光。
「她白皙的朋友倦了，亮光逐漸消逝。」

「當黑暗完全降臨，她大叫一聲驚醒。
晦暗的空虛掩蓋住天空的亮光。
她加入戰爭，迅速抵擋，
將黑暗的陰影從她朋友身邊趕走。」
「然而夜的蒼白面孔，讓她看不見兒子的蹤影。」

「她聰明熱情的兒子被旋風困住，
無法給予大地母親溫暖，
冰冷的渾沌世界贏得勝利。
豐饒的綠色大地現在覆蓋著冰雪，
刺骨寒風呼呼地吹著。」
「大地母親失去親人。大地寸草不生。」

「大地母親筋疲力竭，悲傷疲憊，
但她再次伸手迎向她創造的生命。
她不能放棄，她必須抵抗，

讓她兒子重現燦爛光芒。」

「為了贏回光明，她繼續戰鬥。」

突然間，愛拉的視線被吸引，渾身直打哆嗦，那股顫慄並非出於恐懼，而是讚賞。她看到一個穴熊骷髏頭，單獨擱在一塊平頂岩石上。她猜不透那塊岩石怎麼會出現在地面中央。附近是有幾塊較小的岩石，這並不難理解，想必是從洞頂坍塌下來。至於那顆穴熊骷髏頭為何會在岩石上，愛拉知道，那是人類擺上去的。

愛拉向那塊岩石走去，猛然想起克雷伯撿到的穴熊骷髏頭，眼窩臉頰部位被一根骨頭刺穿。那顆熊骷髏頭對穴熊族這位莫格烏爾來說，意義非凡。她暗想，難道有穴熊族的成員到過這個洞穴？在這個洞穴裡畫圖的古代人類，肯定是跟她同一個族群的人類，因為穴熊族向來不畫圖，但他們卻可能搬運熊骷髏頭。穴熊族與古代人類曾經同時來過這一帶，難道，他們來過這個洞穴？

她趨前端詳眼前的穴熊骷髏頭，只見兩顆大犬牙伸出顎骨之外，她心中認定，把骷髏頭擱在這裡的古代人類屬於穴熊族。喬達拉看到她全身顫抖，立刻趕往空間中央來到大岩石前，看見了穴熊骷髏頭，這才明白她的反應。

「愛拉，要不要緊？」他問道。

「這個洞穴對穴熊族的意義很大，」她說：「我不得不認為他們知道這件事，在他們記憶中，也許仍然有這件事。」

其他人也圍攏過來觀看那顆骷髏頭。

「原來妳已經發現這顆骷髏頭了？我本來就是要帶妳來看它的。」守護者說。

「有沒有那個部落的人來過這裡？」愛拉問道。

「那個部落的人？」守護者搖頭，不解地回問。

「就是你們所謂的扁頭，也就是異族。」愛拉說。

「好奇怪，妳會問這個。」守護者說：「我們的確在這一帶看過扁頭，不過通常都是在一年的某個時節。牠們把小孩嚇壞了，但我們也都知道，如果能跟動物達成某種程度的共識，牠們會跟我們保持距離。假如牠們只是想進入洞穴，我們並不會攔阻牠們。」

「首先我得告訴妳，他們不是動物，他們是人。穴熊是他們最重要的圖騰，他們自命為穴熊族。」愛拉說。

「怎麼可能自己命名？牠們根本不講話啊。」守護者反駁。

「他們講話，只是不像我們這樣講話。他們有一些字詞，不過大部分是用手講的。」愛拉說。

「手怎麼講話？」

「他們比手勢，用他們的手和身體的動作說話。」愛拉說。

「我不懂。」守護者說。

「我比給妳看。」愛拉說著，將手裡的火把遞給喬達拉：「下次看見穴熊族的人要進入洞穴，妳可以這樣說。」她一邊說一邊比手勢。「我問候你，我也要告訴你，歡迎你來到穴熊棲息的洞穴作客。」

「那些動作、那樣揮手，就表示妳剛才說的那些話？」守護者顯得很訝異。

「我一直在教第九洞穴和我們的齊蘭朵妮，以及任何想學的人。」愛拉說：「學一些基本手勢，萬一在旅途上碰到穴熊族也好溝通，就算只有幾個字也好。我也很樂意教妳一些手勢，不過最好等出了洞穴，在光線明亮的地方才看得清楚。」

「我很想多看一些，可是妳怎麼懂這麼多？」守護者問道。

「我曾經跟他們同住，被他們養大。我媽媽……不知道她當時跟什麼人一道，我猜想是我的族人，他們都死於地震，只剩下我一個人存活。在我獨自東飄西盪時，遇到一個部落，被他們收留。他們照顧我、愛我，我也用愛回報他們。」愛拉說。

「妳不知道妳的族人是誰？」守護者問道。

「現在我是齊蘭朵妮氏人，在那之前，我屬於獵猛獁象的馬木特伊氏人，更早之前我是穴熊族部落，不過我已經想不起生我的人了。」愛拉耐心說明。

「原來如此。」守護者說：「我很想多了解，但現在我們得繼續參觀洞穴。」

「妳說得對，」首席齊蘭朵妮說。打從愛拉這個話題一展開，她就對這個齊蘭朵妮的反應感到興趣。「我們繼續吧。」

愛拉仍在思索岩石上的熊骷髏頭時，守護者已帶領其他人在那區段又看了一些地方。愛拉在前進中注意到幾個區塊，一塊大石板刮過的表面上有些猛獁象、馬、原牛、原羊等畫作。

「首席齊蘭朵妮，我早該告訴妳，」守護者說：「沿這個軸心最後一個石室，它占了洞穴很長一段路，也比較難走。要爬一些高石階，又要彎腰走過低矮的洞頂，而且除了一些圖案、一匹黃色馬、末端有些猛獁象之外，也沒什麼看頭。你們考慮一下要不要繼續前進。」

「是呀，我記得。」首席說：「這次我不必看最後這個石室，就讓那些精力旺盛的人去吧，我在這兒等。」

「我陪妳一起等，」威洛馬說：「我也看過了。」

待大夥回來後，他們沿著來時的石壁折返，原本在右手邊的石壁，現在成了左手邊。他們經過那塊大石板，上面有刮痕繪製的幾隻猛獁象，最後來到有黑色圖案的地方，之前他們只是遠遠地瞥了一眼。大夥兒走近第一批畫像時，守護者又哼唱起來，訪客都感覺到洞穴的回響。

第二十八章

首先吸引愛拉的是幾幅馬兒壁畫，雖然那些並不是石壁上最先出現的畫。自從她知道有視覺表現這回事以來，她也看過一些美術，但從未見過像這樣的馬壁畫。

在這個潮溼洞穴裡，石壁的表面柔軟，她和那些畫作者都不可能了解：石壁經過化學作用及細菌催化，使得石灰岩的表層分解成碳酸鹽岩。碳酸鹽岩質地鬆軟、紋理華麗，而且呈乳白色，幾乎用任何東西，甚至徒手都可以把這表層刮除。表層下是堅硬的白色石灰岩，也是最理想的畫布——顯然古代人類深知這點，也善於利用。

四顆馬頭以透視法完成，一顆疊著一顆，後面的石壁刮得很乾淨，讓畫者得以表現得淋漓盡致。每一個馬首各有姿態，從揚起的鬃毛、下顎線條、口鼻形狀、嘴唇開闔，以及鼻孔張縮等細節，無不描繪得栩栩如生。

愛拉回頭找她的配偶，邀請高大的男人一道欣賞：「喬達拉，你看那幾匹馬！你見過這樣的畫嗎？好像活生生的馬。」

他正好站在她背後，聞言張開雙臂將她摟進懷裡：「我見過一些畫得很美的馬，但都比不上這一幅。喬諾可，你說呢？」

他轉頭對首席說：「謝謝妳帶我走這一趟旅程，光是參觀這裡，已經不虛此行了。」他說完面向壁畫：「不只是這幾匹馬，再看那些原牛，還有打架的犀牛。」

「我認為牠們不是在打架。」愛拉說。

「對，犀牛要交歡前也會那樣做。」威洛馬講完望著首席齊蘭朵妮，覺得他們儘管都到過這裡，但透過愛拉的眼睛重看這些壁畫，感覺就像第一次欣賞。

守護者臉上得意的笑容久久無法褪去，她等於在說：「我就說嘛！」這就是當守護者開心的事，不在於看這些壁畫，因為她已看過無數次，而是看到別人的反應。「想不想再多看一些？」她問道。

愛拉只是望著她微笑，這是她見過最可愛的笑容。守護者暗想，她的確是個美女，難怪喬達拉如此迷戀她。我若是男人，也會對她著迷。

他們的注意力轉移到幾匹馬，愛拉打算好好欣賞其餘壁畫，畢竟還有許多畫可看。馬左邊有三隻原牛，它們與幾隻幼犀、一隻鹿共處，而在兩隻對峙的犀牛下方，另有一隻牛。馬的右邊有個凹壁，足以容納一個人，裡面畫了更多馬、一隻熊或大貓，還有一隻原牛和一隻長著許多腳的牛。

「你們看那隻狂奔的公牛，」愛拉說：「牠真是狂奔到氣喘吁吁呀。哈哈，還有那些獅子！」她又補上一句，先是微笑，接著大笑起來。

「什麼事那麼好笑？」喬達拉問道。

「看到那兩隻獅子沒？母獅發情坐在那兒，雄獅很感興趣，但母獅對牠沒興趣。這隻雄獅不是母獅要交歡的對象，所以牠坐下來不讓雄獅親近。嗯，畫得真好！你看母獅一臉不屑的表情，即使那隻雄獅擺出雄壯威武的樣子，咧嘴賣弄牠的尖牙，看到沒？牠自己也知道母獅嫌棄牠，而且有點兒怕母獅。」

愛拉讚賞地說道：「這個畫家好厲害，把母獅的表情畫得這麼傳神！」

「妳怎麼知道這些事？」守護者問道。從來沒有人如此講解，但愛拉一說似乎就是那麼回事，兩隻獅子好像真有那些表情。

「以前我自己學打獵，經常觀察牠們。」愛拉說：「當時我跟穴熊族住一起，部落不准女人打獵。所以我決定不對那些可以吃的動物下手，因為我不能把獵物帶回去，打了也是浪費。我獵的都是吃肉的動物，因為牠們會偷吃我們的獵物。不過就算這樣，被他們發現我打獵之後，也給我自己帶來很大麻煩。」

守護者又哼唱起來，喬諾可發出很多音調與她唱和。愛拉踏出凹壁時，首席正準備加入合唱。

「我最喜歡獅子壁畫。我想，那隻沮喪的雄獅會發出這樣的聲音。」她說著，便發出悶哼，哼聲愈來愈強，累積成一聲大吼，回音響遍了整個石室，一直傳到前方的甬道底端，然後傳到有熊骷髏頭的石室。

守護者被這聲獅吼嚇得蹤身倒退，心有餘悸地問道：「她怎麼能發出那種吼聲？」她瞄了首席和威洛馬一眼，顯得難以置信。

兩人都點點頭。「她依然令我們驚訝，」威洛馬說這話時，愛拉和喬達拉已往前走去。「妳若是仔細聽，那聲音並不算特別大，但是很洪亮。」

凹壁另一邊有一面石板，上頭畫的大多數是馴鹿——公馴鹿。母馴鹿身形矮小，但也長角，而且是鹿類中唯一長角的雌性。石板上畫的六隻馴鹿有一對發育良好的角枝尖叉，成弧形向後彎。除了馴鹿，石板上還畫了馬、牛和原牛。不過她認為這些畫並非同一人所作。那隻牛畫得有些僵硬，而馬也畫得不夠細膩，尤其看過早先的畫法，愛拉心想，畫這匹馬的人稱不上是畫家。

守護者走到右邊的開闊空間，那裡通往一個狹窄甬道，由於受限兩側石壁的形狀和洞頂的吊石，一行人必須成一縱路行進。右邊石壁上畫了一隻完整的黑色巨角鹿，這隻巨鹿的特徵是肩膀上的肉峰，還有彎曲的長頸和小小的頭。愛拉想不通作畫的人為什麼不畫上鹿角，對她而言，角是辨識特徵，肩膀上畫肉峰也是這個道理。

同一塊石板上，位置垂直面向上方，畫有一隻犀牛背部和兩隻犀角的線條，並以兩道弧線代表雙耳。入口左邊壁上有兩隻猛獁象的頭形；左壁再往裡面進去，又畫有兩隻犀牛，臉朝反方向，面向右方那隻圖形完整，身軀中段與石室裡許多犀牛畫一樣，都有一道黑色的寬條紋。在它上方、面向左邊那隻，只用線條勾畫出牛背，再以兩道小弧形代表犀牛的雙耳。

令愛拉更感興趣的是甬道裡一路都有火堆線，很可能是為了燒製木炭，供繪畫之用，也因此把靠近火堆的石壁燻黑了。難道，這些火堆屬於古代人類畫家——那些在石室裡創作精采壁畫的作者？這些火堆使這些畫家更顯真實，他們是真實的人，而不是另一世界的幽靈。地面向下傾斜，坡度很陡，有三處急遽下降，落差超過一公尺。甬道的中段有手指刻畫的黑色圖形；第二個落差處，兩邊石壁上另有三幅倒三角形的恥骨圖，左邊兩幅，右邊一幅，而在圖的下方都畫有女陰的溝縫。

首席走累了，她知道自己再也禁不起長途跋涉來到這裡，就算到得了此地，將來恐怕也沒體力在洞穴裡走完全程。喬諾可和喬達拉一左一右，攙扶著她走下那些大落差的坡路，尤其垂直落差。雖然這趟路對她來說極其艱辛，愛拉卻沒聽到她抱怨，講任何一句不願繼續走的話。有一次，她聽到這個女人表示意見，幾乎是自言自語，說她再也不會看到這個洞穴了。

首席在這趟旅程走了很多路，反而使她更健康，但身為醫治者，她也深知自己的健康和體力遠遠不如年輕時。她決心最後一次把這個迷人的洞穴完整地看一遍。

甬道裡最後一面有壁畫的石板，就位在最後一個急遽下降的落差點。右側石壁上，有四隻犀牛以半畫半刮的方式表現，其中一隻幾乎看不出來，兩隻則畫得很小，腹部有一條黑帶環繞，也畫了犀牛特有的小耳朵。最後一隻雖然大得多，圖形卻不完整。此外，一隻很大的原羊，從往回掃的一對羊角可斷定是公羊：原羊以黑色畫在一塊吊岩上，俯視著這群訪客。左側石壁表面刮得很乾淨，畫了若干動物。六匹馬有全形也有半形、兩隻牛和兩隻巨角鹿各有一隻全形、兩隻小幅犀牛，以及一些線條和印記。

過了落差最大的石級，接著是一段長達四公尺的台地。經過流水浸蝕、洞內泥土填塞，以及熊做窩所挖的大坑，台地表面凹凸不平。喬達拉、喬諾可、威洛馬和愛拉紛紛伸出援手，扶持首席走下台地。

要再上去也同樣困難，不過他們決心參觀全程。洞頂垂吊的岩石，光滑的表面反射了火把火光，不過並沒有壁畫點綴，只有右側石壁上有少許畫作。

守護者又哼唱起來，首席也加入合音，接著是喬諾可，愛拉則在等候時機。他們先面對右壁，但共鳴效果不好，這讓愛拉無法理解。一塊石板上以黑色畫了三隻犀牛，全形的那隻腹部有黑帶，另一隻只畫了輪廓，第三隻則只有頭部。畫面上共有三隻獅子、一頭熊、一個牛頭、一副女陰。愛拉覺得這些畫是在講故事，也許是婦女的故事，她很想知道故事究竟描述什麼。他們轉身面對左壁，現在石室往後沉落。

愛拉迅速瞟了一眼，發現左壁似乎分成三段。最靠近空間開口處，畫了三隻並排面向右方的獅子，由背部黑色線條呈現透視效果。最遠那隻約有二．五公尺長，是體型最大的，以黑色清楚畫出陰囊，使它的性別毋庸置疑。中間那隻是紅色線條繪製，也呈現了它的雄性。至於最近的一隻，體型較小，而且是母的。愛拉看著這幅畫，對中間那隻無法確定。由於沒瞧見第三顆獅頭，她判斷中間那隻也許只是透視效果，因此這幅畫只是一對獅子伴侶，線條雖然簡單，卻很明顯。獅背上方，她隱約看到用手指刮出的三隻猛獁象。洞穴這一段由獅子稱霸，獅子右邊有一隻犀牛，犀牛右方又有三隻獅子面向左，好像瞪著其他獅子和那兩隻犀牛，使石板上的構圖達到了對稱的平衡感。

這一段的壁畫高度，大都是作者站在地面就能搆到，只有一隻刮出來的猛獁象高居石壁上方。許多壁畫是在穴熊爪痕的上方，但壁畫之上也有熊爪的痕跡，表示人類離開之後，熊又來造訪。

下一段的中央有個壁龕，壁龕左邊畫了幾隻褪色的紅獅子，上方另有黑色圓點綴成的獅子。旁邊一段畫了一隻長許多角的犀牛，以透視法畫了八隻角，看起來彷彿是八隻犀牛並排，而且數量還更多。畫犀牛的石板右側是壁龕，裡面畫了一匹馬。壁龕上有兩隻黑色犀牛和一隻猛獁象，視覺效果看似動物從岩石深處、馬從壁龕裡、牛從石縫裡冒出來，宛如全來自另一個世界。接著，又有猛獁象和犀牛圖。

壁龕右邊一段石壁上，主要是獅子和牛兩種動物，描繪獅群獵殺牛的場景。牛成群聚集左邊，獅群在右邊小心翼翼潛近牛群，等候信號，一躍而出。獅子是極其兇猛的動物，愛拉知道這是牠們的天性，穴獅就是她的圖騰。對她來說，洞穴裡所有石室就數這個最精采，內容之豐富，令她一時無法完全吸收，但她真想全盤看得清楚。大石板的末端有隆起的岩石，形成了第二個壁龕，縱深比較淺，以黑色畫了一隻體形完整的犀牛，看似從靈界冒出來。壁龕另一邊畫了一隻牛，牛頭在一邊，可看到整張臉，牛身則在另一側，呈現直立的側面，動感十足。

牛下方的三角形窟窿裡，畫有兩個獅頭和一隻僅有上半身的獅子，面向右方。獅子上方有一隻黑色犀牛，身上有紅色條紋表示傷痕，嘴角流血。再過去，有一塊寬大的吊石，顯出洞頂向下一直傾斜到右壁。吊石向內的岩面上，三隻獅子和其他動物清晰可見。洞頂開始傾斜處，有一塊凸出的岩石垂直向下，末端呈圓形，這塊突岩有四面，四面都畫滿了圖畫。

「想要完全了解，必須繞一圈，看完所有的畫。」守護者說著，帶愛拉觀看整個構圖。這是一幅牛頭女身像，牛的上半身長在兩條人腿上，腿叉部位有一副巨大女陰，顏色為黑色，下面的點上有垂直的刮痕。這塊吊石的背面，畫了一隻獅子。「我總覺得這塊吊石的形狀像男人的生殖器。」守護者說。

「對，可不是嗎？」愛拉同意。

「還有些小石室裡面的畫很有意思，」守護者說：「妳想看的話，我帶妳去。」

「好，我想盡可能多看一些再離開。」愛拉表明自己的欲求。

「這根男性吊石的後面，有三隻獅子。在那隻流血的犀牛之後，有一個小甬道，通往一幅漂亮的馬圖。」守護者說完，引她走過去。石板末端畫了一隻巨大的牛。在這個區裡，有一隻大獅子和一些小馬。甬道對面還有一區，但很難進入。

愛拉走回石室起端，只見首席坐在石頭上歇腳，其他客人也在附近休息。

「愛拉，妳覺得怎麼樣？」首席問道。

「我很高興妳帶我來這裡，這是我所見過最美麗的洞穴！這豈止是一個洞穴，可惜我不知該用什麼話來形容。我以前住在穴熊族部落，不知道現實生活可以看到那些畫作，而且那些畫作超越了真實。」

愛拉轉頭搜尋喬達拉，瞥見他時，臉上露出笑容。他走到她身邊，伸出一隻手臂摟住她，這正是她想要他做的動作，她希望他與她分享。「後來，我住在馬木特伊氏那裡，看到雷奈克用象牙，其他人用皮革珠子製造器具，有時單單用棍子在平滑的泥土上畫符號，也讓我很驚奇。」

她把話收住，低頭探看腳下微溼的泥地。不久，所有人把閃爍的火把聚攏一處，但火光仍然照射不了多遠，陰暗中只能隱約見到石壁上的動物畫作，看來更似浮光掠影。

「我們在前面的旅程上看過許多圖畫，有些畫得很美，有些還可以，但都很精采。不知道那些人怎麼畫上去的？也想不通為什麼那樣畫？我認為這些畫是為了討大媽歡心，一定是這樣，也可能敘述大媽的事蹟或其他故事。也許那些人這麼做是因為他們會畫畫。比如喬諾可，他想到某些事物要記錄下來，由於他會畫，於是就畫了。再比方說妳唱歌的事，齊蘭朵妮。大多數人多多少少都能唱，但沒人像妳唱得那麼好。妳一唱起歌來，我除了聽妳唱歌，什麼都不想做了。妳的歌聲聽得我心滿意足，感覺好舒服。而我看這些洞穴壁畫，也有這種感覺。還有，喬達拉用充滿愛意的眼神看我，我同樣有這種感覺。這些畫的作者，好像也都用充滿愛意的眼神看著我。」

說到這兒，她低頭看地面，強忍著不讓眼睛泛起淚光。平常她都忍得住，但這一次卻難以控制。

「我認為這也是大媽的感覺。」愛拉講完這句時，閃爍的火光映照著她淚光閃閃的雙眸。

我終於明白她為什麼要配偶，守護者暗想，她將會成為傑出的齊蘭朵妮，雖然她已經有這條件，但她要成功卻不能沒有他。也許這就是大媽給他的命定，於是她又哼唱起來。喬諾可加入唱和，他似乎總是另唱別調，但更好聽。威洛馬接著加入，他聲音渾厚，使他們的合唱變成美妙的樂音。不久，喬達拉也唱和著，他有一副好嗓音，除了隨別人唱和之外，他從不自己唱歌。石洞裡產生了共鳴，形成優美的背景合音。服事大地母親的首席侍者延續剛才的歌詞，再度引吭唱誦大地母親之歌。

「她耀眼的朋友準備迎戰，
對抗俘虜她孩子的竊賊。
他倆一起為她鍾愛的兒子而戰，
他們的努力成功了，孩子重現光芒。」
「他的精力耗盡，但光彩回復。」

「然而陰冷刺骨的黑暗渴望他光芒耀眼的熱力。
大地母親不願退縮，奮力抵擋。
旋風使勁拉扯，不願放手。
她與漩渦般的黑暗敵人勢均力敵。」
「她阻擋了黑暗，但她的兒子已經遠離。」

「當她打敗旋風，趕跑渾沌時，
她的兒子散發出活力四射的光芒。
然而當大地母親漸漸疲憊，陰冷的空虛又再度支配，
黑暗在一天結束後降臨。」
「她感受到兒子的溫暖，但沒有任何一方獲勝。」

「大地母親心懷傷痛度日，
她與她的兒子永遠分離。
她不願承認失去孩子的痛苦，
因此她體內的生命力又開始孕育。」
「她不甘心失去她的孩子。」

「她的誕生之水已經準備好，
她使綠色的生命重新出現在寒冷貧瘠的大地之上。
她喪子之痛的淚水滔滔奔流，
形成晶瑩的露珠與炫目的彩虹。」
「誕生之水帶來一片青翠，但她的臉上布滿淚水。」

「一聲巨響，她的核心裂成碎片，
從地底深處裂開的大洞穴裡，
她的穴狀空間中再次誕生生命，
從她子宮裡生出大地之子。」
「這孤注一擲的母親生下了更多孩子。」

「每個孩子都不同，有的巨大，有的渺小，
有些能走，有些能飛，有些會游，有些會爬。

但每個形體都很完美，每個靈都是完整的，
每個都是能複製的原型。」
「大地母親滿心歡喜，綠色大地充滿生氣。」

「生下來的鳥、魚和所有動物，
這一次再也不會離開大地母親，使她哀痛。
每種動物都住在誕生地附近，
分享大地母親廣袤無垠的大地。」
「牠們和她在一起，不會離去。」

「牠們都是她的孩子，她為牠們感到驕傲，
然而牠們卻耗盡了她內在蘊含的生命力。
她的力氣只夠創造最後一個生命，
是個孩子，她記得誰創造了自己。」
「這孩子懂得尊重，學會保護自己。」

「世上的頭一個女人誕生了，
她生下來便已完全長成，充滿活力，
大地母親賜與她賴以維生的贈禮。
生命是第一項贈禮，就如同大地母親，

她睜開眼睛，便了解生命的無價。」
「第一個與她同類的女人已經成形。」

「其次是洞察力、學習力、求知欲與辨別能力的贈禮。
大地母親賜予第一個女人知識，
幫助她生存，並將知識傳遞給她的同類。」
「第一個女人擁有知識，知道如何學習，如何成長。」

「她的生命力即將耗盡，大地母親筋疲力竭，
她一心想使生命的靈繼續繁衍。
她讓她所有的孩子再一次創造新生命，
那女人也受到祝福，得以產下新生命。」
「但女人獨自一人，寂寞難忍。」

「大地母親想起她自己的寂寞，
以及她朋友的愛與無微不至的呵護。
用最後的力氣，她開始分娩，
她創造了第一個男人，與女人共享生命。」
「她再次生產，世上又多了一個生命。」

「她將大地賜給她生下的這對男女，當作他們的家園，
她賜給他們水、土地，以及所有她的創造物。
小心地使用這些資源是他們的責任。」
「大地是供他們使用的家園，他們卻不能濫用。」

「大地母親將生存的贈禮賜給大地之子，
接著她又決定，賜給他們交歡恩典與彼此分享，
以配對的喜悅榮耀大地母親。」
「大地母親的贈禮是應得的。她的榮耀獲得回報。」

「大地母親很滿意她創造出的男女，
他們配對時，她教他們關愛與互相照顧。
她使他們渴望與對方結合，
交歡恩典來自大地母親。」
「在她完成之前，她的孩子已學會愛彼此。」
「大地之子受到祝福。大地母親終於得以安息。」

他們的合唱結束，石室內頓時沉寂無聲。人人佇立原地不動，回味大地母親之歌和大媽的能力，有著前所未有的感動。再看那些彷彿從石壁縫隙冒出的動物壁畫，更感覺大媽正在創造牠們，帶領牠們從另一個世界——靈界、大媽的幽靈界出來。

一個聲音畫破寂靜，大家竄起一股寒意，那是一隻乳獅的喵喵聲，隨即轉為幼獅叫喚母獅的聲音，再轉變成小雄獅初學獅吼聲，最後轉為成年雄獅宣告地盤的巨吼。

「她是怎麼發聲的？」守護者問道：「這就像一隻獅子從小到大的過程。她怎麼知道這些？」

「她養過一隻雄獅，從小到大扶養牠，還教牠跟她一起狩獵。」喬達拉說：「她也跟牠一起吼叫。」

「這是她告訴你的嗎？」守護者難以置信。

「這……是的，差不多。我在她的河谷養傷時，牠回去看她，不過牠不喜歡我在場，正要撲擊我。愛拉搶先一步擋在我前面，牠只好硬生生扭身收勢，停止不動。她立刻在地上打滾並擁抱牠，然後跨騎在牠背上，就跟她騎嘶嘶一樣。只是牠不會任由她駕御，而是帶她去牠想去的地方，不過牠也把她送了回來。之後我詢問她，她才告訴我扶養牠的事。」喬達拉說。

他講故事簡單明瞭，很有說服力。守護者聽了只能搖頭。「我想大家應該點燃新火把，」她說：「大概每個人只剩一根火把，我的油燈也只剩幾盞了。」

「是，妳說得對。」喬諾可說：「請妳拿著我的火把好嗎？」他對守護者說。

喬諾可、喬達拉、愛拉、威洛馬合力把首席抬上一處有大落差的地面，守護者手持火把在一旁照路。她把一根燃盡的火把，丟棄在沿石壁排列的廢火堆裡。他們來到畫馬的石壁時，每人手拿一根新火把。守護者挑出沒有燒盡的火把，放在她的背簍裡，然後回頭從來時的路折返。誰也沒再說話，只是一路欣賞之前經過的壁畫。他們發現離洞口還相當遠，但已有日光照進來。

喬諾可在洞口停了下來。「請妳帶我回到那個空間很大的石室，好嗎？」

「好啊。」她沒追問原因，因為她知道。

「第十九洞穴的齊蘭朵妮，我也想跟你去，」愛拉說。

「我很高興，我也希望妳去。妳可以幫我拿火把。」他含笑說。

發現那個白色洞穴的就是她，而她第一個帶去看洞穴的人是他。她知道他要在那片漂亮的石壁上作畫，而且他可能需要助手。他們三人回頭走進穴熊洞的第二個石室，其他人則走出石洞。守護者帶他們走捷徑，她知道他要去哪裡，正是第一次進來時，他在洞穴這段佇足觀望的地方。他找到了那個隱密處，以及之前看到的凝結石。他走向頂上凹陷的石筍，掏出一把燧石刀，在石基部位刻下前額、鼻子、嘴、下顎、面頰等，一氣呵成。接著，他刻了兩道勁揚的線條，象徵鬃毛和腰背，組構成一幅馬。他看了一會兒，又在第一隻馬上方刻第二個馬首，面對反方向。

這塊岩石較堅硬不容易刻畫，前額的線條不夠明顯，於是他留下空間，先刻豎立的鬃毛，然後再回來處理前額部分。

「我想在這個洞穴作畫，卻拿不定主意，直到首席的大地母親之歌傳遍了這個洞穴，我才確定。」這位第十九洞穴的齊蘭朵妮說。

「我跟你說過了，作畫者要經過大媽揀選，該不該作畫你自己會知道。現在我知道了，作畫是合宜的事。」守護者說。

「這樣做是對的，」愛拉說：「也許我要停止叫你喬諾可，開始稱呼你第十九洞穴的齊蘭朵妮。」

「當著眾人也許如此，但私下我希望自己永遠是喬諾可，而妳永遠是愛拉。」他說。

「這樣很好，」愛拉講完，轉向守護者說：「我心裡承認妳的守護者名稱，尊敬妳為守護聖地的人。但妳若不介意，我想知道妳的本名。」

「我本名叫多米妮嘉。」她說：「無論如何，妳永遠是我心中的愛拉，即使妳將來當了首席也不改變。」

愛拉搖頭說：「這不太可能，我是口音怪異的外地人。」

「放心，這不會有影響，」多米妮嘉說：「不論認不認識當首席的他或她，只要被揀選，我們都承認。何況我喜歡妳的口音，這種特別的腔調更能彰顯妳，這也是首席齊蘭朵妮應有的特質。」講完她便引領他們出洞。

那天晚上，愛拉老想著那個奇妙非凡、美不勝收的石洞，巴不得再去參觀一次。當大家都在討論如何處置加赫納時，她的思緒一再折回石洞裡。被眾人打得半死的加赫納，傷勢正在復原。雖然會留下一些永遠的傷疤，他對圍毆他的人似乎沒有怨恨。他不僅為能夠活命而感恩，也感謝那些照顧他的齊蘭朵妮亞。

他做過什麼事，自己心裡有數，即使沒人知道，包德倫和那幾個壞伙伴已經為此喪命，付出慘痛代價。他不明白大家為什麼饒他不死，他只知道自己在包德倫設計殺外地女人時，心中默默祈求大媽救他的命。他知道他們絕對逃不掉，而他並不想死。

「他似乎有誠意要補償，」第一齊蘭朵妮說：「也許是因為他知道自己被迫必須為此付出代價。不過看來，大媽已經決定饒他一命。」

「有誰知道他誕生在哪個洞穴？」首席問道：「他有沒有親戚？」

「有，他母親還在。」一個齊蘭朵妮說：「我不知道還有沒有別的親屬，不過他母親很老了，而且記憶力正在退化。」

「嗯，就這麼辦，」首席說：「把他送回自己的洞穴，讓他照顧母親。」

「可是這怎麼是補償呢？他是照顧自己的媽媽啊。」另一個齊蘭朵妮說。

「如果她的記憶繼續退化，那也不好照顧。由他接手，可以免掉洞穴其他人的負擔，也讓他做點有價值的事。我認為他跟隨包德倫時，根本不會做這種事，他們想要什麼就拿，只想不勞而獲。所以，應該強制他做工，為自己獵食，最起碼也要參與洞穴團體狩獵，還要親自供養母親。」

「我猜想，照顧老太婆並不是男人喜歡做的事，」另一位齊蘭朵妮說：「就算是親生媽媽也不行。」

愛拉只是用一半注意力聽這些討論，不過她了解決議的重點，認為是好辦法，於是又逕自回味最古老的聖地。她終於決定明後天找個時間，獨自回到石洞或者帶沃夫一道去。

第二天上午，愛拉拜託樂薇拉幫她照顧喬愛拉，也幫忙留意晾著的肉。她在曬繩上新晾了牛肉，趁著等肉曬乾時，再探一次最古老的聖地，滿足她渴慕的情懷。

「我要帶沃夫一起重回石洞，我想在離開之前再去看看。誰知道幾時會再來，也不知道有沒有機會，說不定沒有。」

她打包了一些火把和石燈，又將地衣燈芯和幾節灌滿脂肪的腸衣放進雙層皮囊裡。接著，她再檢查一遍生火的配件，以免遺漏，包括打火石、燧石、火絨、引火柴和一些更大的木柴。她將水囊灌滿，再把自己的杯子和沃夫的碗打包，也帶了藥囊。儘管她不認為會在洞內泡茶，但還是帶了幾束茶葉。此外，她還帶了鋒利的匕首、保暖衣物，至於鞋子則因為嫌麻煩而放棄不帶。她打赤腳已成習慣，腳底板硬得與馬蹄沒兩樣。

她呼哨召喚沃夫，隨即步上通往石洞的小徑。抵達入口時，她往角落的遮篷瞄了一眼。火坑裡沒有生火，再探頭看篷裡睡覺的地方，空蕩無人。今天守護者不在，若有人要參觀最古老聖地，通常會事先告訴她。然而，愛拉決定再探聖地，卻沒有事先知會。

她在火坑裡生了一堆小火，將火把點燃，然後高舉火把往裡走，一邊打手勢叫沃夫跟隨。她再度意識到洞穴空間之廣大，當然，第一間石室還是一樣凌亂，直抵壁頂和翻捲的石柱、壁頂墜落的立方巨石和散布一地的碎石。日光照射到洞裡頗遠的地方，她從大家走過的路深入洞內，靠左邊一直前進，走到熊冬眠的大石室。沃夫緊跟在她身旁。

她緊靠甬道左壁，知道右側只有大石室有東西可看，她要留待回程時才進去，也記得要過一半路程之後才有可看性。她不打算在洞裡待太久，不想全部重看一遍，她只想看某些壁畫。愛拉走進有熊坑的石室，沿著右壁走到另一個石室盡頭，然後尋找從壁頂垂下的刀刃形厚石板。

就在她記憶中的位置，石板上塗了紅色，上頭畫了一隻長尾花豹，一隻半身是鬣狗、半身是熊的動物。那到底是鬣狗還是熊？沒錯，頭形是有穴熊的模樣，但口鼻較長，而且頭頂上和那幾根粗硬鬃毛，看來像鬣狗。石洞裡沒有一幅穴熊畫有那種細長的腿，和上方的第二隻熊不一樣。不知道作畫的人想表達什麼，她納悶地想，這一幅是我在各地洞穴唯一見過的鬣狗畫，而且別處也從沒出現花豹圖畫。這個地方畫了一隻熊、一隻鬣狗和一隻花豹，都是強壯危險的猛獸。不知那些說書人看到這些壁畫，會怎麼敘述？

愛拉走過排在後頭的一系列畫像，只是瀏覽而沒有佇足細看，有些像昆蟲的畫，也有線條狀的犀牛、獅子、馬、猛獁象、符號、圓點、手印等等，她望著小幅的紅色熊圖露出笑容，畫得與石室其他熊很像，只是體型小了點。她記得走到此地時，守護者轉向左方，挨著右壁繼續前進。接下來的空間裡，有穴熊來過的證據，地面也下降了一．五公尺，通往另一個中央有深坑的石室。

石室裡所有壁畫、鑴刻都因白色石壁而蒙了一層蛭石。在所有白色鑴刻圖畫中，她特別佇足觀看那隻從石縫裡冒出來的犀牛。古代人類為什麼在洞穴石壁上描繪這些動物，她百思不解。喬諾可又為什麼要在洞口附近鑴刻兩匹馬？他刻馬圖時專心一志，就像在南方土地齊蘭朵妮氏第七洞穴的聖地上，所有喝茶的齊蘭朵妮亞一樣。如果這些作畫者不專心，可能無法創作這麼精采的圖畫。他們必須認真思考自己正在做的事。

他們是為了自己，還是要畫給其他人看？其他人又是指誰？是指同一個洞穴裡的其他人，還是其他的齊蘭朵妮？有些洞穴裡的石室較大，能夠容納很多人，有時眾人會在大石室舉行儀式。但許多壁畫是在小洞穴或大洞穴的狹窄空間。他們一定是畫給自己看，有個人的創作因素。那麼，他們是不是在幽靈世界尋找什麼？是尋找屬於自己的動物靈魂嗎？就像她的穴獅圖騰，或者是一種會帶他們親近大媽的動物靈魂？她每次嘗試問齊蘭朵妮，都得不到令她滿意的答案。難道是要她自己找答案？

沃夫一直緊緊跟隨，貼著愛拉一路瀏覽石壁。漆黑的岩洞伸手不見五指，全靠她手中的火把照亮。雖然其他感官提供給牠的環境資訊，勝過那根火把，牠也樂意能夠看見。

她注意到洞頂的高度顯著下降，知道已來到石洞的另一段。石壁和吊石上畫了更多猛獁象、牛、鹿，有些是鐫刻的白色圖案，有個區段是黑色畫作。這就是有平頂岩石的石室，裡頭擱了一顆穴熊骷髏頭，愛拉走過去再看看。她又起想克雷伯和穴熊族，逗留了一會兒才繼續前進。這個石室似乎被一堆堆灰泥圍住，她攀爬越過那些泥堆，到達最尾端的石室，這也是首席齊蘭朵妮沒有來參觀的地方。她發現灰泥上有熊腳印，她上次來時並沒有注意。她又爬了兩級高階，來到另一處空間。

她置身石室中央，洞頂太低，她無法沿石壁走。她決定換新火把，點燃之後，將燒成短枝的舊火把抵住洞頂石壁捺熄，確定短枝上的火已完全熄滅，才將它插入背簍。她必須彎著腰，才能沿天然的小徑前行。在吊石底部，她發現七個水平排列的紅色小圓點，旁邊有一列黑圓點。又走了約十公尺，她終於可以挺直腰桿前進了。

壁上有更多捺熄火把留下的黑印，顯然別人也在此清理火把。後段的洞頂直向地面傾斜而下，覆蓋了一層黃色軟石，斷裂成蟲蛀形，起伏如波浪。傾斜的表層上有一幅簡單的馬輪廓圖，線條是以兩根手指所畫。由於石壁傾斜，作畫者很難動手繪圖，他或是她在繪畫過程中，必須一直仰著頭，而且作畫時無法看到全幅，所以有些不成比例。然而，這是石洞裡最後一幅壁畫。她還發現傾斜的洞頂有兩隻猛獁象的輪廓圖。

愛拉嗅到一股臭味，四下一看，原來是沃夫在大便。她不由得莞爾，這是憋不住的事。她轉身往回走，心想這裡是否有路可以走出洞穴，但念頭只是一閃而過，她並不打算另找出路。她緊貼著石壁行走，感覺到腳板陷入又冷又軟的泥地，沃夫尾隨在後。爬下石洞最後一個石室後，進來時在她右邊的石壁，現在換成左邊。她經過了鐫刻猛獁象的石板，來到她期待再欣賞的一段，用黑色所畫的馬圖。

這一次她更仔細審視這面石壁，發現質軟的棕色外層被刮去一大片，露出底下的白色石灰岩，包括之前鐫刻的犀牛和猛獁象。黑色乃是木炭所畫，由於作畫者的畫法，馬和其他動物雖然使用黑色，卻濃淡不一，顯得畫中的動物更有生氣。吸引她的是馬壁畫，但它們卻不是石板上最先出現的畫，原牛才是。壁龕裡的穴獅畫，使她再度露出笑容，那隻母獅對年輕雄獅就是提不起興趣，坐在地上文風不動。

愛拉緩緩走過有壁畫的長石壁，來到長廊入口。這個長廊直通最後一個有壁畫的石室，她在那裡看到高居右壁的巨大鹿圖。沿著石壁，有一排燒製木炭的火堆遺跡。走道開始驟降，她下了最後一級大落差，來到最後的石室，腳步更加緩慢。她喜歡那些穴獅畫，也許因為那是她的圖騰，畫得栩栩如生。她到達石室末端，審視最後一塊狀似男性生殖器的吊石。吊石上畫了一幅女陰圖，長了一雙人腿，身體和頭一部分是牛、一部分是穴獅。她確信作畫者是在講一則故事。終於看完了，她轉身折回原路，來到石室入口，佇足四下觀望。

她想帶著記憶離開，想起首席齊蘭朵妮對石洞的吟唱。她不會唱歌，但一想到她會做的事便露出笑容。她會學獅子嘶吼，就像她第一次來這裡時所發出的獅吼聲。如同獅子般，她開始「哼哈」蓄氣聚聲，蓄滿之後發出前所未有的吼聲，連沃夫都嚇了一跳。

大夥兒本來打算一大早出發上路，但阿美拉娜清早即有分娩跡象，前來作客的齊蘭朵妮亞當然也不能離開。一直挨到傍晚，她終於生下一個健康男嬰，她母親做了一頓豐盛的晚餐慶祝。第二天上午，大家才啟程回家，也因此原本要隆重辭行，現在只好匆匆別過。

旅行隊的成員又有了變更，齊莫倫、貝拉朵拉和兩個小孩脫隊，阿美拉娜也不與他們同行，剩下十一個人，他們必須重新組隊。喬愛拉的玩伴只剩比她小一歲的喬里文，她因此更加想念那些小朋友。少了舅舅齊莫倫，喬德坎若有所失，兩人雖是舅甥關係，卻情同兄弟，在一起時不覺得，此時回想過去的合作，原來彼此那麼契合相知。一想到也許再也見不到他，不由得傷感起來。隊伍裡的女人只剩下愛拉、樂薇拉和首席齊蘭朵妮，她們也很懷念貝拉朵拉和年輕有趣的阿美拉娜。這些人經過好一陣子，才形成新的旅行常規。

一行人沿河走向下游，等到匯入更大河流，便繼續沿著大河南行。就在離南海還有一整天路程時，他們已遠遠望見廣闊的海面。映入眼簾的不僅是無邊的大海，還有成群的馴鹿、巨角鹿、猛獁象群，年輕或年幼等各種年齡的母象，以及群聚的長毛犀牛。此外，原牛、牛等各種有蹄動物也湧到這裡準備度過秋天，數量成千上萬，有些正角鬥比高下，爭奪交配權。馬也成群移動，前往冬季吃草之地。海風吹颳，愛拉望著廣闊冰冷的南海，知道很快即將換季。

他們找到康納迪本人和他提到的交易者，經他介紹後開始進行交易。愛拉編織的籮筐簍籃成了最搶手的貨物。對於攜帶器具旅行的人來說，編織良好的容器是迫切需要的，尤其交易者。紮營第一天，愛拉連夜趕工編織籮筐簍籃，喬達拉製作的燧石尖刃與工具也很受歡迎。此刻，威洛馬豐富的交易經驗，更是大派用場，他將大家組合起來，連同康納迪在內，成為一個交易集團。

首先，他把貨物搭配交易，比如把肉乾放進簍籃，變成一組貨品。他換得許多貝殼，再以貝殼交換珠子，也多虧有愛拉的簍籃，才得以裝下大量珠子。他也幫愛拉交易到鹽巴，又幫瑪桑那交易到貝殼蒐集者製造的項鍊，還交易到他沒向人透露的其他貨物。

交易完畢後，他們啟程返回，回程比來時快得多。一來是路況熟悉，二來也不像來時在各地停留，參觀洞穴壁畫，何況變化中的氣候也讓他們不得不趕路。再者，他們有充足的補給品，途中不必停下來獵食。但他們還是再去探望了卡茉拉，她得知齊莫倫改變主意，與配偶一起留在娘家，非常失望。她與喬德坎談到齊莫倫時，好像會永遠失去他似的。直到首席開導他們，說他確實打算回來。

一群人抵達大河邊，由於一場暴風雨，他們沒法渡河，必須等待。這個時節，困在河這一邊對他們極為不利，大家都焦慮難安。終於，水勢稍歇，不顧水流湍激，他們還是行動了。大家迫不及待渡河，可惜沒有筏子，即使有，要逆流划向上游也很吃力，他們只好沿河步行走上去。

這群旅人終於望見第九洞穴那巨大的石造庇護所，一個個興奮地打算狂奔回去。然而，瞭望等候的前哨早已發現他們，點燃烽火將信息回傳。他們不必奔跑回洞，因為全洞穴的人都出來迎接他們了。

第二十九章

愛拉用前額上的紮帶，吊著裝木柴的背簍，爬上陡峭山徑抵達崖頂。她把背簍卸在斑駁的玄武岩柱附近，這岩柱位在石灰岩崖頂邊上，看來搖搖欲墜。佇足放眼望去，她刻畫日月升沉的紀錄也有一年之久。即使多次在此登高遠眺，每一次仍然被眼前寬廣遼闊的視野和景物感動。俯瞰從北往南蜿蜒的河流、瞭望跨大河東向的山巒峰巔，在烏雲環抱下稜線模糊。她想，明天破曉時分，山巒稜線會更清晰，她得拿今天日出之地的天候與昨天相比。

她向另一邊望過去，令人目眩的太陽正在西下，不久便會出現絢爛的夕陽，天邊的浮雲會化作片片彩霞，組成一幅美好的景致。她繼續在地平線搜索，只見西邊無雲，景物清晰，反倒令她悵然若失。她走下山徑返回第九洞穴時，心想，今晚沒有藉口不上崖頂了。

她回到石炭岩庇護所的住處，四下空蕩冰冷。喬達拉和喬愛拉大概是去波樂娃那兒，要不就在瑪桑那住處吃晚餐。她本想隨後去找他們，不過今晚她得上山，找到他們又能怎麼樣呢？

她找出火絨、燧石、打火石，在冷卻的火堆旁生火，待火旺起來，便把幾塊烹煮石丟入火堆。她檢查水囊，發現已裝滿水，心裡很慶幸。她拿木碗裝了一點水準備泡茶，又在火堆周圍找到一個織工綿密、外圍塗了一層膠泥防漏的籃子。這是近兩年婦女編織的籃子，裡頭還有剩下的冷湯。她用羊角製的長柄杓子，舀起湯裡的沉底物，用手指捻起冷肉片和泡脹的植物根莖，吃了幾口。然後把鍋子拿到火堆旁，用曲木鉗夾了些火炭圍在鍋子四周。

她往火堆裡添了兩根柴，便盤腿坐在軟墊上，一邊等待石頭燒熱，以便煮開水泡茶。趁這空檔閉目養神再好不過，她實在累壞了。過去一年對她而言特別辛苦，因為夜裡她大多必須保持清醒。即使挺直身體坐著都會累得打瞌睡，但只要頭一下垂，她又立刻驚醒。

她用手指往烹煮石彈了幾滴水，看著水滴在嘶嘶聲中蒸發，於是用曲木鉗燒焦的一端夾起石頭，丟進盛水碗裡。水滾了冒出團團蒸氣，她再往水裡丟一塊燒燙的石頭，待滾水平靜下來後，她才伸出小指沾水試溫度。水很燙，但還不到她要的熱度。她又丟第三塊燒燙的石頭進去。水終於夠燙了，她舀起一大杯冒著蒸氣的水，再從火堆附近的架子取下籃子，拿出一些乾葉子放進杯裡，蓋緊杯口等茶葉泡開。

支柱上釘了一枚木釘，上頭掛著皮囊。她檢查皮囊，有兩片扁平的鹿角殘片，還有一支燧石鑿刀，她就是用這鑿刀在鹿角片的邊刃上刻鋸齒。她仔細檢查這把工具的鋸齒是否鋒利，拿東西銼一銼，隨即有屑屑刨落。她把獐鹿角煮軟後，將銼刀的另一端插進去，等它乾硬，即成了好握的把柄。另一片扁鹿角上，一面有她刻畫日出日落，月升月沉的紀錄，另一面記錄月圓周期的天數，這些記號有圓月、缺月、半圓月等形狀。她將皮囊繫在細皮腰帶上，然後用長杓舀些熱湯到木盤裡，就著盤直接喝湯，吃到肉塊時咀嚼一番。

她從睡覺的石室裡拿了一件有兜帽的無袖毛皮大衣披在肩上，夏季的夜晚還是很冷，一切都穿戴好之後，拿起那杯熱茶離開了居所。她再度來到岩洞後方突岩邊上的陡峭山徑，往上爬登，心裡想著沃夫上哪去了。每當她裹著暖衣坐在崖頂熬夜時，經常趴臥在她腳邊陪伴的就是沃夫。

來到小徑岔路時，她迅速啜了一口茶，快步繞過那些山溝。雖然山溝位置每年都會有些許改變，但都離不開那個區塊。她很快解完大便，急忙回到山徑，走另一條陡峭岔路，直上崖頂。

離那塊斜插崖上的怪石柱不遠，有個用石塊連綴的圓圈，裡面有堆滿木炭的黑色圓形火爐，還有一些從河裡撈上來的圓滑烹煮石。它旁邊有塊露出地面的岩石，岩石旁脆弱的石灰岩上挖了一個坑。一片乾草編織的巨大遮板，斜搭在怪石上擋雨，草板下則有兩個盤子，其中一個是煮食物用的。此外，還有一個皮囊裝了燧石刀、茶包、肉乾等零碎雜物。皮囊旁有一捲毛皮，裡頭另包著一個皮袋，裝了生火材料、一盞石燈、一些燈芯和幾根火把。

愛拉將皮袋擺在一旁，她要等月亮升上來才起火。她把毛皮攤開鋪好，習慣地以露出地面的岩石當靠背，舒適地坐下去，背向大河，向西邊極目遠眺。她拿出鹿角片和燧石鑿刀，細看她刻畫記錄的日落次數，隨後抬頭看西邊地平線上的景色。

昨晚太陽落在小坡左邊，她自言自語，瞇著眼睛避開耀眼的陽光。灼熱炫目的白色太陽躲進靠地面的薄霧裡，變成一個紅色大圓球，圓得像滿月。兩者都是正圓形球狀天體，在她所處環境唯一圓滿的東西。隔著薄霧的太陽比較好直視，也可以將它落下的位置與地平線上的山巒稜線相連。趁著昏暗餘光，她在鹿角板上加刻了一道記號。

她轉身面向東方，大河的對岸。黑暗的天空裡，第一批星星已經出現了。她知道，不久月亮也會露臉，雖然有時它也會在日落前現身，有時在白晝藍天也會露出蒼白的臉。她觀察日出日落、月升月沉將近一年了，很不願意每日此時丟下喬達拉和喬愛拉，但為了觀察天體運行只好忍痛，畢竟這段時日所得的知識令她著迷。不過今夜，她心裡感到不安。她想回到居所，爬進毛皮被子裡陪喬達拉，讓他摟抱撫摸，享受那種只有他能給予的感覺。她站起來又坐下去，想要坐得更舒服點，好讓自己挨過孤獨的漫漫長夜。

為了打發時間也讓自己保持清醒，她專心一志重複低哼著許多歌謠的部分歌詞，以及有節奏地吟唱她承諾要熟記的悠久歷史傳說。雖然她有很好的記憶力，但要學的實在太多。她不知如何唱出優美的旋律，也沒努力學習許多齊蘭朵妮亞那種唱法，不過齊蘭朵妮說過，唱歌並非必要，只要她記得歌詞，了解意思就行了。那隻狼似乎很享受她那有韻律的單調輕哼，往往聽著聽著，就在她身邊打起瞌睡。然而今夜，連沃夫也沒有陪在她身邊。

她決定背誦一段歷史，就是有「時間」之前的故事，這也是她最難理解的部分。背誦時，她老是分心，想起以前被齊蘭朵妮稱為「扁頭」的那些人，那些人是她的族人。這個故事盡是名字，而且都是她不熟悉的，所說的事情對她也不具意義，講述的觀念她也不甚明白，或者說，她不以為然。她老想起自己的往事，自己的歷史，早年在部落裡的生活。也許她應該改講傳說，這些更容易講述。部落裡的人常常講一些有趣或悲傷的事，這些事說明了風俗，或者形成了風俗與行為。

她聽到微弱的喘息，一回頭看到沃夫走上山徑，蹦跳著走向她，顯然很高興。她也同樣開心：「你好，沃夫，」她向牠打招呼，用力搓揉牠頸上的厚毛，捧著牠的頭含笑與牠四目相投。「看到你，我好高興！我今晚很需要有伴。」牠伸出舌頭舐她的臉，又輕囓她的下巴。牠鬆口後，她也輕咬牠那毛茸茸的口鼻。「我想你看到我也很高興。喬達拉和喬愛拉大概回家了，她可能睡了。沃夫，我不在她身邊時，知道有你幫忙看顧她，我好放心。」

狼在她腳邊趴下，她用無袖大衣緊裹著身體，靠回去坐著等待月亮升起，努力收心專注思想齊蘭朵妮氏列祖列宗的其中一段歷史。然而，思緒還是飄走了，岔到差點失去沃夫的一段旅程。那一次她與沃夫冒險渡河，暴漲的河水將牠沖散。她猶記得當時顧不得身上又冷又溼，拚命尋找沃夫，生怕就此失去牠。但找到之後，一顆心更往下沉，擔心昏迷不醒的牠就這樣死去。喬達拉隨後找到她和沃夫，認為牠太過溼冷，盡一切方法救牠。她當時全身發冷，筋疲力竭，什麼都不能做。喬達拉支起帳篷，將她和淹得半死的狼抱進帳內，又看見馬匹，便一併照顧了。

她硬把思緒拉回當下，感覺非常需要喬達拉。也許是因為那些數字，她心想。於是開始數「一、二、三、四，」想起喬達拉第一次對她講解數字的情景。她對這種抽象概念立即領悟，在她岩洞內數東數西。她有個睡覺的地方，有一、二匹馬，一、二……喬達拉的眼珠好藍啊！

我必須停止胡思亂想，她暗忖。愛拉起身走向那塊向崖邊傾斜、看似岌岌可危的柱形岩石。去年夏天有幾個男人認為這石柱可能會帶來危險，曾經嘗試合力將它推下懸崖，沒想到它竟難以撼動。她記得與喬達拉抵達這裡的第一天，在下方舉目仰望時，第一眼看到的就是這塊岩石，襯著天空現出獨有的輪廓。她依稀記得在夢裡曾看到這幅景象。

她伸手按著這塊大岩石靠基座的部位，突然又縮手。她的五指指尖觸碰到岩石時，好像顫了一下。她再仔細一看，朦朧月光下，覺得岩石有些微地移動，更向崖邊傾斜，岩石是不是長大了？她往後退，目不轉睛瞪著這塊怪石。一定是我在胡思亂想，她暗忖。閉上雙眼甩了甩頭，她睜開眼睛再看，這塊岩石看來與任何岩石沒兩樣。她伸手再摸一次，感觸到的就是岩石，但她的手按在上面時，這塊岩石好像又抖了一下。

「沃夫，我想今晚的夜空不需我陪伴了。」她說：「我開始看到不存在的東西。你看！月亮已經升高，我卻沒看它上升的過程，今晚守在這裡也沒用了。」

她本想點火把，最後決定不要花太多時間生火，月光已經夠亮了。她讓沃夫帶路，就著月光小心翼翼走下山徑。但忍不住又回頭看了那塊岩石一眼，它似乎還在長大，她心想，也許是我太常觀看太陽的緣故，齊蘭朵妮曾經提醒我小心。

岩洞裡陰暗得多，她從洞頂反射燃燒的火，知道今晚這裡生起共用的大火堆。愛拉悄無聲息進入居所，大家都睡著了，只有一盞小燈發出昏暗光芒。那是他們為愛拉點亮的，若是一片漆黑，她需要更久時間才能入睡。地衣燈芯被融化的脂肪浸透後，可以點燃好一陣子，這對於深夜回家的愛拉大有用處。喬愛拉原本該睡在隔間，緊鄰喬達拉旁，但她爬過來跟父親擠在一起。看著這對熟睡的父女，她臉上泛起微笑。她走向喬愛拉的床鋪，不想吵醒他們，隨即佇足搖搖頭，走向他們的床鋪。

「愛拉，是妳嗎？」喬達拉帶著睡意說：「已經早晨了？」

「還沒，喬達拉，我今晚回來得早。」她一邊說一邊把女兒抱回自己床鋪，親了親她臉頰，然後回到與喬達拉的雙人床鋪。等她來到床鋪前，喬達拉已經醒了，用一隻手肘支撐，斜臥在鋪上。

「怎麼提早回來了？」

「我好像不能專心。」她給他一個性感的微笑，脫了衣服爬到他身旁。那個位置還有她女兒留下的餘溫。「記得有一次你對我說，任何時候我想要你，只需要這麼做。」愛拉講完，給了他一個愛的長吻。

他很快就有回應。「這句話仍然算數。」他竄升的性欲導致嗓子沙啞。這些日子以來，對他而言也是夜夜漫長又寂寞。愛拉的女兒喬愛拉長得可愛，又一副小鳥依人的模樣，他愛她，然而她只是個小姑娘，而且是他配偶的女兒，並非他的配偶。這個小女孩無法激起他的情欲，到目前為止也不能滿足他的激情。

他飢渴地一把抓住愛拉，吻她的嘴、頸項，然後像餓漢一般狂吻她的身體。她也同樣飢渴、火熱，沒命地探索他的身體。他從她身上再回到嘴巴，這次將舌頭伸進嘴裡探索，然後吻她的頸項，同時伸手撫摸她的酥胸，再將嘴巴移過去含住乳頭吸吮。她感到一股令人顫抖的美妙快感，貫竄全身。他們已經很久沒有探索大媽賜予的交歡恩典。

他熱情地連番吸吮她的乳頭，手也不肯閒地在她雙峰游走撫弄。她感到那股激情直往裡鑽，逗得她裡面想要他想得發疼。他的手游移到她的小腹，停在那裡輕輕揉搓。他喜歡她柔軟微鼓的小腹，那使她散發濃濃的女人味。他的手游移到長了柔軟陰毛的小圓丘上，他以一根手指撥弄丘下的縫，然後在兩片肉唇間輕輕畫圈，她感覺自己彷彿融入一池歡愉。當他的手指碰觸到會通電使她顫抖的點上時，她禁不住哼出聲來，躬起身體求索。

他再向下探，找到了她那又燙又溼的穴順勢滑入了進去。她張開雙腿相迎，讓他更加深入。他坐直身體在她兩腿間移動，然後彎身品嘗她的滋味。那是他熟悉也是他最愛的「愛拉滋味」。他用兩手掰開兩片肉瓣，伸出溫熱的舌頭舔舐，探索裡面的縫隙，直到尋找到那顆變硬的小肉球。他的動作將她的欲火撩撥得愈加熾熱，感到美妙舒爽得不能自已。此刻，她的意識裡，除了喬達拉以及被他情挑高漲的欲望，已經不在乎其他事了。

他的男人工具飽脹堅挺，亟欲發洩。她的嬌喘聲中帶著悶哼，就在呻吟中突然達到高潮，她感到小腹下滿溢出來。他感到她裡面又熱又溼，將男人工具一抽一送，隨著她迎上來的動作插得更加深入。她已經翹起身體，準備好讓他長驅直入。他感到自己的器官滑進她那迎上來的熱井，極大地快感使他禁不住哼出聲來。好久沒這種感覺了，那似乎是很久以前的事。

她將他整個迎入體內，使他感到被她的熱團團包圍。他忽然想對大媽感恩，因為大媽指引他找到這個女人。他幾乎忘記他倆配對是那麼完美，他再一次深深插入，停在裡面享受快感，然後再次抽送。她把自己交給他，在他挑起的激情中盡情歡樂。突然間，一切來得太早了，他們的快感紛紛沖向頂峰，不斷上升，終於快感如火山爆發般將他們吞沒，他們忍了一下然後狂洩。

狂洩後，雙雙靜止歇息，但那股對彼此的欲求、飢渴還沒得到滿足。他倆又做起愛來，不遺餘力地撫摸、揉搓彼此，一直強忍到爆發點，才意猶未盡地洩光體內的熱能。愛拉在溫暖的毛皮被子裡，依偎在喬達拉身旁，入睡前她從遮避物的縫隙依稀看到晨曦。她不只是滿足，而是狂放奢侈地滿足了肉體欲求。

她看著喬達拉，只見他雙目緊閉，臉上泛著幸福輕鬆的笑容，她也閉上眼睛。她心想，交歡的事為什麼要等這麼久？他們究竟有多久沒交歡了？她努力地回想。突然間，她的眼睛睜得好大。糟了，草藥！上次服草藥是什麼時候？之前她還在餵母奶倒不要緊，她知道那段時間交歡不太可能懷孕，可是喬愛拉斷奶有幾年了。

她已經養成喝避孕草藥茶的習慣，不過最近她一直都不當心。她有幾次忘了喝避孕茶，但她確信沒有男人就不會有新生命，她一直都在崖頂過夜，沒有和喬達拉交歡，也就不在意有沒有喝草藥。

她正在接受助手訓練，訓練過程要求學徒遵守禁食、禁睡的時段，有些行動也受到限制，包括一段禁欲期。她徹夜不眠觀察天體將近一年，不過嚴格的訓練即將過去。為期一年的夜空研究，在晝長夜短的夏季來臨時便告結束，到時候她就會成為正式助手。至於訓練醫病療傷，那需要很長時日，雖然她本來就會醫治，卻也從未停止學習。

只要訓練一結束，她就可能成為齊蘭朵妮，只是透過什麼方式，她並不知道。她必須蒙受「呼召」成為齊蘭朵妮，每一位齊蘭朵妮也都經歷過這種神祕過程，但誰也說不清楚。當一個助手聲稱聽到「呼召」時，必須經過其他齊蘭朵妮亞審查質問，由審查者決定是否認同這個聲明。如果通過審問，這位新任的大媽侍者會被安排職位，按照風俗，就是當一位齊蘭朵妮的助手。如果聲明不通過，那就得繼續當助手，審查者也會說明不通過的原因，以便下次感受「呼召」時可以說得更清楚。有些助手一輩子做不到齊蘭朵妮，卻也能安於現狀，不過大多數都想蒙召。

她回味著交歡的激情和快感準備入睡。她是唯一相信他們在一個女人裡面生出新的生命。她若是懷孕，以後可能要忙新生兒的事，無暇顧及「呼召」。算了，到時候再說吧，現在沒必要擔心會不會懷孕。而且就算再生一個，會有那麼糟嗎？生個娃娃也許會更好，愛拉左思右想。她閉上眼睛再度放鬆，把矛盾的心情帶入夢鄉。

第三洞穴施放烽煙信號。一個小男孩率先發現，他指給媽媽看，媽媽又指給鄰居看，然後他們一道去約哈倫的居所。他們到達前，又有幾個人看到烽煙。波樂娃和愛拉一出庇護所便遇上趕來的人群，她們抬頭一看，也頗感意外。

「煙是從雙河石冒出來的。」其中一人說道。

「第三洞穴發的信號。」另一人幾乎同時說。

約哈倫站在他的配偶後方，他走到岩架邊緣。「他們要派一個快跑人來。」他說。

沒多久，快跑人抵達了，有些氣喘吁吁。「許多客人！」他說：「來自南方齊蘭朵妮氏第二十四洞穴，當中還有他們齊蘭朵妮主祭。他們是來參加我們的夏季大會，也想沿路順便拜訪其他洞穴。」

「他們從遠方來，」約哈倫說：「需要住宿的地方。」

「我去告訴首席，」愛拉說。不過今年我不會跟大家去了，她暗忖，一邊往齊蘭朵妮的居所走去。我必須等候夏季的長晝，唉，真難過。希望這些訪客不會太早離開大會，不過他們大老遠跑來，可能得早點走，趕在冬季來臨前回到家。要是見不到他們，真可惜呀。

「我去另一頭的大集合場看看。」波樂娃說：「那地方正好適合讓他們住，對了，還要供應水和木柴。他們有多少人？」

「大概是一個小洞穴的人口。」快跑人答道。

那可能多達三十人，甚至更多，愛拉思忖，她用受訓時學到的心算，可以數算較大的數目，也比數手指或腳趾來得簡單。當然，與齊蘭朵妮相關的事，大都比這個複雜，可能代表完全不同的意思，畢竟所有符號都不止一個意義。

向首席稟告後，愛拉帶著額外柴火，前往另一端的大岩架。供應生火燃料的工作，需要持續關注，大夥兒也得一起努力，包括兒童在內，每個人都要收集能燃燒的東西：諸如木頭、樹、草，以及草食動物的乾糞便。除此之外，他們獵殺的任何動物也要善加利用，包括隨機獵殺的食肉動物脂肪。在寒冷的環境生活，火是絕對不能少的，照明的光和保暖的熱都得仰賴火，而用火煮熟的食物，也容易咀嚼、消化。有些脂肪被用於烹煮，但大部分脂肪都是用來點燈照明。要保持火不熄滅是很費事的，人類即使生活在更暖和的氣候，若想進化，遊走世界各地，非得有火不可。

「愛拉，妳來得正好！我本來想讓訪客住在泉水溪旁、第九洞穴與下游的中間地帶，但又考慮到那些馬。牠們活動的地方正好靠近客人的落腳處，要不要把牠們帶開？」波樂娃說：「客人也許會因為附近有馬而不安。」

「我也在考慮這件事，不只是客人不安，有太多生人在附近，馬兒也會不高興。我想暫時帶牠們到木谷去。」愛拉說。

「那是安頓牠們的好地方。」波樂娃說。

訪客抵達，與主人相見彼此介紹，在臨時居住的地方落腳。主客一夥人用過餐後，分成兩個組群。一個是齊蘭朵妮亞組，有首席和愛拉、訪客中的齊蘭朵妮和她的助手，還有第三、第十四、第十一洞穴的齊蘭朵妮亞；另一組則是其餘人。客人進食前，場上已經堆過木柴、生過火，有人再度點燃火堆，把一個大容器盛滿水，將烹煮石放進火裡。大家拿出個人的杯子，等待品嘗新泡的熱茶，繼續天南地北閒聊。

訪客談的是他們的旅程，地主則與客人交換儀式和醫藥觀點。當首席談到避孕飲料時，引起眾人很大回響。愛拉介紹那些藥草，特別仔細描述某些藥草的形狀，以免與相似的植物混淆。她也稍稍提了從猛獁象獵人地界到此地的旅程，客人才明白她是從遠方來的外地人。她的口音並沒有引起訝異，因為他們自己也有不同腔調，他們原本以為愛拉帶的是北方齊蘭朵妮氏的腔調。愛拉則認為他們講話的方式，類似她在朵妮侍者之行遇到的人，有幾個語詞很像齊莫倫的配偶貝拉朵拉，但不完全一樣。

晚上的聚會接近尾聲，來訪的齊蘭朵妮說：「愛拉，能夠認識妳，我很高興。妳的事蹟甚至傳到我們那裡，我們可能是住得最遠而且仍然自命為朵妮兒女的人，也承認侍奉大媽的首席侍者。」她對身軀龐大的女人補了一句。

「妳應該是南方齊蘭朵妮氏中被稱為第一的，我是相隔太遠了。」

「在我們當地，我是第一侍者，不過我們仍然承認這裡是我們家鄉，而妳是首席。首席在我們的歷史、傳說和教導上都有記載，這也是我們要來這裡，與你們建立關係的重要原因。」

「進一步決定要不要維持這個關係。」首席如此忖道。她一直在觀察訪客，注意到有些人露出不屑或懷疑的神情，也聽到有人竊竊私語，操的可能是南部方言，對北方齊蘭朵妮的某些作法有意見，有個年輕男子更是不以為然。他可能認定這裡沒人聽懂他們的齊蘭朵妮氏方言，因為一路上遇到的人幾乎都聽不懂。不過首席年輕時走過不少地方，最近又同愛拉走了一趟。此外，她也接待過來自遠方各地的訪客，很擅長分析語言，尤其齊蘭朵妮氏各地的方言。她瞄了愛拉一眼，她知道她在語言的理解上有一種不可思議的訣竅，對於陌生語言的領會，比她所見過的任何人都要靈敏。

愛拉領會恩師的眼色，要她注意那個年輕人，她不動聲色只是微微頷首，示意她了解他私下的言語。針對這事，她們打算待會兒討論。

「我也很高興認識妳，」愛拉說：「也許將來我們可以拜訪妳。」

「歡迎妳來，妳們兩位。」這位齊蘭朵妮說，眼睛望著首席。

身軀龐大的女人露出微笑，暗想自己還能夠旅行多久，尤其長途旅行，更懷疑是否回得來。「妳帶來一些吸引人的新觀念，我聽了很高興，謝謝妳。」身軀龐大的女人說。

「我很高興學到妳用的藥草。」愛拉補上一句。

「我也學到很多。尤其感激能夠學到如何不讓大媽的祝福臨到一個女人。有些女人就是不該繼續生小孩，為了她的健康和家人著想。」來訪的齊蘭朵妮說。

「這是愛拉帶來的知識。」首席坦誠不諱。

「那麼我也用一種知識回報她，也答謝妳，首席侍者。我調配了一種很特別的藥，打算送給妳們試用。」南方第二十四洞穴的朵妮說：「我本來不打算送人，只隨身帶了一小皮囊，不過我回去以後可以再配製。」

她打開旅行背簍，拿出她獨特的藥箱，從裡面取出一個小皮囊。她將皮囊遞過去：「我想妳們會認為這藥很有意思，也許很有用。」首席示意她遞給愛拉。「藥性很強，試用時要小心。」她提醒著，一邊遞給年輕女人。

「這要熬煮，還是煎泡服用？」愛拉問道。

「那要看妳的需要，」那女人回答：「熬煮、煎泡會產生不同的藥性。待會兒我給妳看成分，說不定妳自己都能弄清楚。」

愛拉迫不及待想知道有哪些成分。她先檢查皮囊，那是用軟皮製成，以一根細繩束口，她認為那是馬尾長毛所編。她解開細繩上的有趣繩結，細繩還穿過軟皮囊口上的幾個小孔。愛拉打開囊口一看。

「有一種成分可以確定，」她用鼻子嗅了嗅說：「薄荷。」那氣味使她想起造訪南方齊蘭朵妮氏某一處時，喝過的濃茶。愛拉用她自己的打結方式，把囊口束紮起來。

女訪客微微一笑。薄荷只是她用來區別這個特別的配方，它的藥性遠比薄荷這種無害的藥草強猛，她真希望有人試用時，她還在這裡。那將是對北方齊蘭朵妮亞在藥草醫術和知識上的考驗，她暗忖道。

愛拉對齊蘭朵妮微笑。「我也許又有一個要來了。」她們在談論小孩，而且是首席帶出來的話題。

「我看不是吧，妳並沒有發胖，像我這樣。當然，妳永遠不會像我這麼胖。不過……妳有些部位似乎更豐滿了。月事幾個月沒來了？」

「一個多月，應該說這個月延遲了幾天。我並沒有不舒服，只是早上有時覺得噁心。」愛拉說。

「依我的揣測，妳可能要生第二個娃娃了，妳高不高興呀？」齊蘭朵妮問道。

「高興啊。雖然我幾乎沒空照顧現在這個，但我還想要一個。喬達拉對喬愛拉那麼好，我很開心。」

「妳跟他說了沒？」

「沒有，我認為還早，說不定會有變化。我知道他喜歡多一個小孩在他的火堆地盤，我不想讓他先興奮然後失望。即使身體有變化了，也還要等很久小孩才會出生，沒必要讓他太早期待。」愛拉想到她提早走下崖頂那夜，這對他們兩人都是件大喜事。接著又想起她第一次與喬達拉交歡的過程，臉上漾出了微笑。

「有什麼好笑的事？」齊蘭朵妮問道。

「我只是想起在我的河谷裡，喬達拉第一次帶我享受交歡恩典。直到那時，我才知道做這件事應該是歡喜的。就算是歡喜的，當時我幾乎無法與他交談。他一直教我講齊蘭朵妮氏語言，但是他的語言太多，他大多數的方法對我來說也非常陌生。伊札做了母親該做的事，她認為我大概永遠用不到，但還是告訴我，部落的女人是擺什麼樣的姿勢來挑逗男人。

「我一直對喬達拉作那種姿勢，可是對他一點作用也沒有。後來他又向我求歡，因為他想要，而不是我想要。我心想，假如我又想要他，他還是看不懂我的姿勢代表什麼意思。最後我按照部落的規矩，低頭坐在他面前，表示請求對他說話。他還是不明白，我擺出這姿勢是要等他准許我說話，後來我只好直接開口用說的。等他弄懂我的意思，他以為我馬上要他，當時我們剛剛交歡完畢。他好像說，不知道他能不能再繼續，不過他會努力。結果他完全沒問題。」愛拉說，為自己的天真感到莞爾。

齊蘭朵妮也露出微笑：「這傢伙一直都那麼熱情。」

「我第一眼看見他就愛上他了，那時我根本不認識他，但是他對我很好，齊蘭朵妮，尤其是他讓我明白大媽所賜的交歡恩典。有一次我問他，怎麼會了解我身體上連我自己都不懂的部位，他承認有一個比他大的女人教過他，但我看得出他為此非常困擾。他真的愛過妳，妳也知道，」愛拉說：「他仍然用他的方式愛妳。」

「我曾經愛他，現在仍然用我的方式愛他。但我也認為，他從來沒有用愛妳的方式愛過我。」

「我有太多時候外出，尤其夜裡，想不到還會懷孕。」

「愛拉，也許妳沒算到他的元精會在妳體內跟妳的混合。也許新生命是從大媽挑選一個男人的靈魂，與妳的混合而產生。」齊蘭朵妮說，臉上露出苦笑。

「不是，我知道是怎麼產生的。」愛拉微笑道：「有天晚上我提早回去，我就是無法專心，而且也忘了泡我特製的茶。現在我開始喜歡下雨了，特別是夜晚下雨，反正下雨時什麼也看不見，只好回去了。這一年的觀察期結束，我會很高興。」年輕女人對恩師察言觀色後，提出她想問的事：「妳說妳也曾經考慮配對，為什麼後來一直沒配對呢？」

「沒錯，有一次我幾乎要配對了，可惜他出外狩獵時意外死了。他死了以後，我全心投入訓練，此後沒有人使我想配對，除了喬達拉。有一陣子我考慮跟他配對，他當時是那麼執著，而且很有說服力。但是妳知道嗎？我是他的朵妮女，若與他配對就犯了禁忌，何況他比我小太多了。我們若是勉強配對，勢必要離開第九洞穴，另找棲息地。那會很困難，我覺得對他不公平，他一直很重視他的家族。他與達拉納同住已經很為難了，」齊蘭朵妮說：「而且我也不想離開洞穴。妳知道嗎？在我成為女人之前已經被揀選受訓，要當齊蘭朵妮亞。當時我認為當齊蘭朵妮亞比配對更重要，現在回想也不知是對還是錯。這樣也好，我從來都得不到朵妮的祝福，只怕會是一個不能生小孩的配偶。」

「我知道第二齊蘭朵妮有兒女，但我從來沒見過懷孕的齊蘭朵妮。」愛拉說。

「有些懷孕的，」齊蘭朵妮說：「她們通常會在最初兩個月內，在胎兒太大之前流掉。有些會把小孩生出來，然後送給別的女人養育，通常是給不能生育又很想要小孩的女人。那些配對的通常會留下小孩，但女齊蘭朵妮亞配對的很少。對男齊蘭朵妮亞來說就好辦了，他們可以把養育小孩的事丟給配偶。

妳知道，對一個已配對的女人，特別是當媽媽的來說，要養育小孩又要盡齊蘭朵妮亞的職分，兩者常常衝突，好難分身。」

「是，我知道。」愛拉說。

第九洞穴所有人興奮不已。他們明天就要啟程參加夏季大會，人人都忙著收拾行李，打包準備出發。愛拉也幫著喬達拉和喬愛拉打包，看看哪些東西要留，哪些要帶，一方面也藉這個機會與他們多聚一聚。瑪桑那也和他們在一起，這是她生平第一次不能和自己洞穴的人參加夏季大會，她已經不能長途跋涉了。她想在他們收拾行李時在場，以免感覺被冷落。愛拉雖然希望自己不必留守，但她又放心不下瑪桑那，也很高興能留下來照顧她。

瑪桑那的警覺性依然敏銳，但身體愈來愈衰弱，而且關節炎使她跛得很厲害，有時痛得幾乎不能走也無法編織。我可以晚一點，等過了夏季的長晝才去，愛拉暗忖。她愛這個女人，當她是朋友也是母親，欣賞她熟慮的智慧，也安於她偶爾不甚文雅的詼諧。這是個難得的機會，可以有更多時間和她相處。愛拉把陪伴她視為錯過夏季大會的補償，何況也只是錯過前半段。旅行回來時，她曾下決心多陪伴家人，可是她若不能在今年完成日月運行的紀錄，明年又得從頭來過，而她只要撐過這晝長夜短的夏季，一切便大功告成。去年她還提早回來，進行這個計畫呢。

記錄日月運行最難挨的就是冬季，有時冬天的暴風遮掩了太陽和月亮。但冬季晝短、春秋晝夜等長，這期間日月明亮清晰，是好的徵兆。齊蘭朵妮在秋季晝夜等長時曾幫她作紀錄，她倆一起熬過好幾個晝夜，用特製燈芯點上神聖的燈，以測量前後兩天日出日落的時間是否同樣長。愛拉於第二年春季晝夜等長時，在齊蘭朵妮的監督下，做了同樣的測量。由於她很幸運在寒冷季節裡，曾看到一些最重要的運行，因此不願半途而廢。

「有時候我真希望我們沒有馬和拖橇。」喬達拉說：「如果我們只需要操心自己能背負多少行李，那就輕鬆多了。我們不必受親戚朋友委託，幫他們運載一些行李，因為這一些、那一些，加起來就是一大包。」

「今年你沒有嘶嘶同行，所以得告訴那些人，你能運載行李的空間不多。」愛拉說。

「我跟他們說了，但他們看到自己的東西只占『一點點』空間，而我們有兩匹馬，一定有足夠空間。」喬達拉說。

「你要跟他們說不行，」喬愛拉說：「任何人拜託我，我都會這樣回答。」

「好主意，喬愛拉。」瑪桑那說：「不過妳不是要幫莎什娜載一些東西嗎？」

「可是奶奶，她是我的親表姊，又是我最好的朋友。」喬愛拉口氣有些不悅。

「第九洞穴的每一個人都是我最好的朋友，或者想把我當好朋友，」喬達拉說：「要拒絕是很難開口的。往後我也有請別人幫忙的時候，到時他只會記得我拒絕幫他運載那一點點東西。」

「既然東西不是很多，他們為什麼不能自己背呢？」喬愛拉問道。

「問題就在這裡，其實並不是一點點，通常是大而重的東西。如果要自己背，他們可能不會帶去了。」喬達拉說。

第二天早晨，愛拉騎著嘶嘶送第九洞穴的人一程。「妳什麼時候可以來找我們？」喬達拉問道。

「等過了夏季晝夜等長，但我不確定要等多久。」愛拉說：「我有點擔心瑪桑那，等多久得看她的情況，以及誰回來接替我照顧她。你認為威洛馬幾時會回來？」

「這要看大家決定在什麼地方舉行夏季大會。參加過妳的朵妮侍者之行，他沒有出過什麼遠門，他打算今年走遠一點。他說，他想盡可能多拜訪一些偏遠的齊蘭朵妮氏人和其他人。有幾個人跟他去，他還要在沿途的洞穴再挑幾個人隨行。這也許是他最後一趟長途巡迴交易了。」喬達拉說。

「他上次參加我的朵妮侍者之行，好像也這麼講。」愛拉說。

「他每年都這麼講，好幾次了。」

「我以為他終於要立新的交易大師，卻拿不定主意挑選哪個徒弟。他要在這一趟旅程觀察他們。」喬達拉說。

「我認為他應該把兩個徒弟都立為交易大師。」

「我儘量設法回來一趟，不過我會很忙。我必須擴大我們的住處，好讓瑪桑那和威洛馬搬來跟我們過秋季。」

愛拉轉向女兒，互相擁抱：「喬愛拉，要聽話，照顧喬達拉，也要幫波樂娃做事。」

「媽媽，我會的，真希望妳跟我們一起走。」

「我也希望啊，喬愛拉。我會想念妳。」愛拉說。

她和喬達拉吻別，在他懷裡依偎了一會兒。「我也會想你，喬達拉。連快快和灰灰都會讓我想念。」她輕拍兩匹馬兒道別，抱住牠們的馬頸，又說：「嘶嘶和沃夫也會想念你們。」

喬愛拉拍拍嘶嘶，搔牠最感舒服的部位，然後彎腰擁抱沃夫。狼高興地扭動，舔她的臉。「媽媽，我們可以帶沃夫去嗎？我會很想念牠。」喬愛拉問道，最後一次懇求。

「喬愛拉，那樣我就會想念牠。不行，牠最好是留在這裡，妳會在夏季的尾聲見到牠。」愛拉說。

喬達拉抱起喬愛拉讓她騎上灰灰。她現在已經六歲，如果旁邊有岩石或樹樁墊腳，她甚至可以自己騎上馬，但在空地上還是要大人抱著上馬。喬達拉騎上快快，牽著灰灰的韁繩，很快趕上其他人。愛拉帶著嘶嘶、沃夫站立目送喬達拉和喬愛拉放馬離去，忍不住流下眼淚。

愛拉終於回神，躍上她那匹黃褐色的母馬，騎了一小段路，又回頭眺望離去的第九洞穴隊伍。他們穩定地行進，隊伍參差不齊。她看到喬達拉和喬愛拉騎著他們的馬，拉著拖橇走在大隊後面。

夏季大會的地點一直都在愛拉初來時舉行的地方。她喜歡那個地點，如果沒有人搶先，她希望約哈倫帶領第九洞穴的人能在老地方紮營。約哈倫一向喜歡熱鬧，但紮營地點離大會主要活動地有點遠，這幾年來，他都找邊緣地帶紮營，以免馬匹被人群包圍，他也逐漸喜歡開闊的空間。如果他選擇老地方紮營，就會有很大的空間，比一般洞穴開闊，馬兒也可以好好活動。她可以閉目想像牠們在那裡的情景。愛拉目送隊伍離去，又佇足望了一會兒，才掉轉嘶嘶，招呼沃夫返回第九洞穴。

愛拉沒料到大岩洞會這麼冷清。有些訪客從附近岩洞前來居住，但洞裡許多人都走了，徒留一片寂寞。大多數居所都靠得很近，人走了就顯得荒涼。工作場上的工具器械都已拆卸，收拾的收拾，帶走的帶走，場上空空蕩蕩，只剩下瑪桑那的織布機和幾件器械。

愛拉邀請喬達拉的母親瑪桑那搬來和他們同住。一旦她需要幫忙，尤其夜裡，愛拉可以就近照顧她。婦人答應得很乾脆，她和威洛馬本來就打算在秋季搬來和他們住，瑪桑那也可以趁機挑出哪些東西是她要的，哪些要送給別人，她不可能把所有家當搬到更小的居所。她們有很多話可聊，愛拉又懷孕了，對瑪桑那來說是家有喜事。

留下的大多是老邁或行動不便的人，包括斷了一條腿的獵人、被發狂公原牛的角刺傷正在修養的人，還有一個孕婦，曾三度流產，被叮囑必須腳不落地，否則休想懷孕到足月。她的母親和配偶也留下來照顧她。

「愛拉，我很高興這個夏季妳留下來。」孕婦的母親潔菲娃說：「潔拉妲上次懷胎已經快六個月，直到馬卓曼來了才出事。他教她要運動，我認為那次會流產都要怪他。妳對懷孕的事多少有些了解，因為妳也生過小孩。」

愛拉望著瑪桑那，揣測她是否知道馬卓曼醫治了潔拉妲，因為這件事她沒聽人說過。馬卓曼去年遷返第九洞穴，帶了許多行李，似乎打算長住，卻在一個多月前匆匆離開。另一個洞穴的快跑人請愛拉去醫治斷手的患者，因為她接骨的本事已聲名遠播。她去了兩天，回來時馬卓曼已經走了。

「潔拉妲懷孕多久了？」愛拉問道。

「她的經期不規則，曾經有一些經血，我們不確定她是不是懷孕，所以沒特別注意。她的肚子比上次流產時更大，不過也許這只是我的期望。」潔菲娃說。

「我明天去幫她檢查，試試我能看出什麼，但不確定能看出多少。齊蘭朵妮在她前三次流產時說過什麼嗎？」愛拉問道。

「她只是說潔拉妲的子宮很滑溜，容易流產。上次的胎兒似乎沒什麼不對勁，只是太早出生罷了。他出世後還活了一天，後來就斷氣了。」婦人講完，別過臉拭淚。

潔拉妲伸出手臂摟住母親，她的配偶將她們母女擁入懷中。愛拉看到這個小家庭為了舊時悲傷擁抱在一起，衷心希望他們這次能夠順利如願。

約哈倫指派兩人留下，為第九洞穴獵捕食物，並盡力幫忙，約莫一個月後再派人替換。還有一個志願留下的獵人，他就是孕事不順的潔拉妲配偶喬克羅丹。其他兩人則是因為在頭目安排的競賽中落敗，被指定留下，年紀較大的是羅利根，年輕的名叫弗瑞森。他們都為此大呼倒楣，不過明年他們有豁免權，不必再參加留守競賽，這才願意接受留守安排。

愛拉經常和這兩個男人一起狩獵，並且樂在其中，也時常獨自騎著嘶嘶帶著沃夫出去。她已經有好一陣子沒打獵了，不過狩獵功夫並沒有退步。弗瑞森很年輕，剛開始他懷疑這位朵妮助手的狩獵本領，認為她只會礙事，尤其她堅持帶沃夫同行。年紀較長的羅利根只是微笑不語。第一天狩獵結果，年輕小伙子對她使用標槍投擲器和拋石索的精準熟練，佩服得五體投地，對於那隻狼能充分配合狩獵也大感詫異。回程中，年長的獵人告訴小伙子，發明標槍投擲器的是她和喬達拉，兩人旅行回來後把這個技能傳給大家。弗瑞森這才恍然大悟，卻也尷尬不已。

大部分時間，愛拉都待在大岩洞裡。留守者通常會一道用饍，刻意要大家圍著火堆，不讓大岩洞顯得太過空蕩。由於今年有位高明醫治者照顧，年老和體弱者樂不可支，安全感倍增。從前，被指定留守的大都是身體強壯或擅長打獵的人，最了不起也許是個助手，因為像愛拉一樣要觀察天體而留下，但通常不會有她那等功夫和技能。

愛拉有了固定的作息模式，上午睡得很晚，利用下午探訪每一個人，聽他們訴苦抱怨，給他們服藥或敷藥，盡力使他們舒服好過些。如此一來，她也能打發時間。大家愈來愈熟悉，便開始述說自己的生平或聽來的故事。愛拉趁機練習講述耆老傳說，以及她聽來的歷史故事，也講講她早年的生活經歷，這些都是大家愛聽的。她說話仍然帶著異常口音，不過大家都已習慣，見怪不怪，反而是她的故事具有一種異域的神祕感，添增了吸引力。大家已經完全接受她，當她是自己人，不過還是喜歡對別人轉述她不平凡的經歷，因著轉述而覺得自己也很特別。

接近傍晚時分，大夥兒齊聚在溫暖的太陽下，愛拉的故事尤其受歡迎。她擁有那麼精采的人生，大家總喜歡纏著她問穴熊族的事，或是問穴熊族的某些話、某種觀念，百聽不厭。他們也喜歡聽那些陪伴他們長大的熟悉歌謠和故事。許多年紀大的人和她一樣，聽過那些傳說，一旦發現錯誤便會指正。由於有其他洞穴的年長者，往往各有各的說法，有時引起討論，有時會爭辯哪種說法更正確。愛拉不以為意，她對各種說法都感興趣，這些討論能幫助她記得更牢。這是一段悠閒緩慢的時光，那些負責採集蔬菜、水果、堅果和季節性種子的人，由於時間充裕，採集的成果足以供應大家三餐無虞，還能夠冬藏。

每天日落前，愛拉會帶著扁平的掌形鹿角爬上崖頂，在角上作記號。她已習慣在晚上留下沃夫陪伴瑪桑那，教她需要幫忙時，如何比手勢，示意沃夫去找她。愛拉看著太陽那幾乎察覺不出的運行差異，每天往地平線西落的落點愈來愈偏右。

在齊蘭朵妮派給她這項差事之前，她從未如此留意天體運行。她只注意太陽從東方升起、西方落下，至於月亮則是從圓滿到黑暗、再轉為圓滿。和大多數人一樣，她注意到夜裡的球體偶爾會在白天出現，大家雖然看見了，卻因為它太過蒼白而不在意。那是一種很特別的顏色，幾乎透明的白色影子，只比被水沖洗過的沉積高嶺土稍白一些。

現在她懂得更多，也嘗試觀察地平線日落之處某些星宿的排列，以及月亮起落的時間差異。眼前是圓月，在冬季晝短或夏季晝長時不難看到圓月，但也不算太平常。由於月圓總在日落時才上升，因為夏季裡太陽高掛天上，圓月一整夜都留在低空。然而這情形也許每十年會有一次不一樣的巧合。她面向南方坐下，左顧右盼，記錄月亮和太陽的運行。

第一夜日落的地點似乎與昨夜一樣，有沒有看錯？她無從確定。是不是在地平線右邊一樣遠的地方？天數的計算正確嗎？時間到底對不對？她問著自己。她注意到某些星宿和月亮，決定等第二天夜晚繼續觀察。當太陽又落在同一個地方，她興奮莫名，巴不得齊蘭朵妮跟她在一起，分享她的發現。

第三十章

愛拉好不容易等到第二天清早。她迫不及待告訴瑪桑那，現在是夏季晝長時期。婦人的反應憂喜參半，她一則為愛拉高興，但也知道愛拉要不了多久就會前往夏季大會，丟下孤零零的自己。當然，她知道自己並不會真的孤身一人，因為其他人都在。只是有愛拉作伴，日子過得很美好，好得令她幾乎忘了她所愛的人都不在身邊。就連導致她不能參加夏季大會的孱弱身體，都因為愛拉而大有起色。年輕女人不僅配藥高明，包括特製的茶、外敷用藥、按摩及其他方法也相當有效。瑪桑那覺得身體好多了，她真捨不得愛拉離開。

日頭似乎靜止不動了，一連七天幾乎都落在同一個地點，但愛拉只能確定中間那三天是在同一地點。最初兩天，太陽落下的地點似乎有些移動，最後兩天也不算正常，而且還有令她驚訝的事：她看到太陽落在相反處。觀察到日落方向起了變化真令人興奮，進而得知：原來，日落地點會依原路折返，直到冬季短晝時。

上一次冬季短晝，她曾經與齊蘭朵妮和另外兩人一同觀察。雖然觀察所得對大多數人來說非常重要：短晝現象應許了寒冬即將結束，溫暖的夏季就快來臨，大家都熱烈慶祝，但愛拉卻沒現在這麼興奮。

夏季的長晝，對愛拉極其重要，她曾經親自觀察證實，頗有成就感，而且如釋重負，因為這代表一整年的觀察期已結束。她會再觀察兩天，繼續作紀錄，只為看日落地點是否有變化，以及如何變化。不過，此刻她心裡開始盤算參加夏季大會一事了。

第二天夜裡，愛拉在山崖頂上再度證實太陽落在反方向後，整個人顯得煩躁不安。她已經神經緊繃了一整天，認為可能是身孕所引起。當然，也可能察覺到自己不必再孤獨望天，度過許多孤寂長夜，如此的身心釋放，令她激動難安。她努力使自己平靜下來，藉由反覆誦念大地母親之歌以安撫情緒。大地母親之歌仍然是她的最愛，只不過這回她竟愈念愈緊張。

「我怎麼會心神不寧呢？我在擔心暴風雨嗎？它有時候確實會讓我緊張……」話才剛脫口，她意識到自己正在自言自語。也許我應該沉思默想，她暗忖：「那能使我放輕鬆，不如先泡杯茶喝吧。」

回到坐處，她挑旺火堆，拿起水囊往煮食小容器倒些水，再伸手到腰間藥囊，從各種藥草中摸索一束一束曬乾的葉子。那些藥草以各類手捻的粗線捆紮，末端分別打了好幾種結，好讓她分辨不同的藥草。這方法是伊札教她的。

她伸手在皮囊裡摸索，即使有火堆與月光照耀，光線還是太暗了，肉眼很難分辨。然而愛拉只靠觸摸和聞味，便能分別各種藥草。她想起自己的第一個藥囊，那是伊札送給她的，用整具未割且防水的水獺皮製成。她曾經仿照做了幾個，先從頸部開口掏出內臟後再製成皮囊。不過她仍然保留伊札送的藥囊，即使已磨損破舊，她也捨不得丟棄。她想過再做一個新藥囊，但伊札製作的畢竟是部落專用藥囊，顯示出製作者的獨特能力。甚至齊蘭朵妮第一次看見這藥囊時也為之動容，因為光是它的造型就很特別。

愛拉從藥草中挑選了兩束。她的藥草大多是醫療用，只有少數性質溫和，可以沖泡休閒飲料，諸如薄荷、洋甘菊，能消除腸胃不適、幫助消化，而且各具風味。她決定用薄荷配方，加上能使她放鬆的藥草。她摸一摸藥草束，聞了一下，確定是薄荷後，便往手掌心倒了一些，加進熱氣蒸騰的開水裡浸泡一會兒。她給自己倒了一杯，為了解渴而一口氣喝完，接著又倒了一杯慢慢啜飲。味道似乎淡了點，她心想，得再採集新鮮薄荷了，不過味道不算差，何況她仍然感到口渴。

喝完薄荷茶，她設法讓自己安定下來，依照她所學的方式開始深呼吸。緩慢、深長地呼吸，她告訴自己，我要冥想「清澈」：冥想一種清澈的顏色，清澈的泉水流過卵石，冥想萬里無雲、陽光清朗的天空，冥想空虛無物。

她拉回思緒，意識到自己不自覺正盯著月亮，上次觀察時，月亮大小不到現在的四分之一，如今它又大又圓，高懸在夜空。不久，月亮似乎長得更大，填滿了她的視界，她感覺被月亮拉了過去，而且速度愈來愈快。她使勁把目光從月亮拉開，站起身來。

她緩步走向崖邊傾斜的大圓石。「這石頭正在發光！不對，我又胡思亂想了，這只是月光下的幻覺。這塊大圓石與其他石頭不同，也許只是因為圓月的光芒，照得它更明亮。」

她閉上雙眼，似乎過了許久許久。她張開眼睛，不料月亮又將她吸引，大大的圓月正在拉她過去。她四下環顧，赫然發現自己在飛行！她翱翔在無風無聲中，低頭俯瞰，懸崖與河流消失不見了，底下是一片陌生的陸地。她突然想到她會墜落，感到一陣暈眩，天搖地動，周遭景物不斷地旋轉。鮮豔的彩色形成閃爍旋轉的光芒環繞著她，速度愈轉愈快。

飛行中的愛拉戛然停止，瞬間又回到懸崖頂上。她意識到自己正在注視月亮，它大大圓圓、正在增長、正在充滿她的視界。她再度被它拉過去，然後又飛了起來，從前她協助馬木特時也是如此飛行。往下一看，她見到那塊石頭，石頭居然活了起來，發出螺旋形的光衝。她被拉過去，覺得自己在那一刻被抓攫。她瞪大眼睛，地上冒出一條條力源，纏繞這塊危險平衡的圓石柱，隨後消失在柱頂的月華中。她正飄浮在這塊發光的石頭上方，張大眼睛俯瞰著它。

它比月光更明亮，將四周景觀照得亮晃晃。此刻並沒有颳大風，甚至沒有一絲徐徐清風，樹上的枝葉靜止不動，然而地面上及她周遭的空氣卻活躍地動了起來，布滿各種形狀的暗影，眼前一片浮光掠影，如無形的亂箭四射，發出淡淡能量，類似圓石柱發出的光芒。在她屏息觀察下，這些躍動有了形狀、有了意向——那些暗影竟衝向她，追趕她！她感到一陣刺痛的激情，頭髮豎立。忽然間，她在陡峭的山徑上行走，腳步踉蹌打滑，走得膽戰心驚。待她到達岩洞時，她奮力奔向月光照亮的石廊。

奉命趴在瑪桑那臥鋪旁的沃夫，抬頭低嗥。

愛拉越過石廊奔向下游地，抵達河邊並沿著岸上的小徑奔跑。她感到渾身是勁，現在已不是被追趕，而是跑得滿心歡喜，也感覺有一股莫名的吸引力拉著她跑。她在渡口處涉水過河，繼續奔跑，似乎打算永遠這麼跑下去。她正奔向一道突出的高崖，看來十分眼熟，實際上卻是完全陌生的地方。

她來到一處傾斜小徑，開始往上爬，急促的呼吸撕裂她的咽喉，使她氣喘吁吁，可是奔跑的腳步卻怎麼也停不下來。小徑頂端出現石洞的黑暗孔穴，她快步奔入石洞，裡頭一片漆黑，幽暗的濃度幾乎可以用手抓攫。就在這時，腳下一個踉蹌，凹凸不平的地面絆得她重重摔倒在地，頭部硬生生撞上了石壁。

她醒過來時，四下無光，發現自己置身在又長又暗的隧道裡，還好眼睛約略能夠視物，只見石壁上的潮氣閃著淡淡虹彩。她坐直身體，頭部撞得劇痛難忍，這會兒她只能看到紅色。隧道石壁彷彿疾馳掠過她身邊，而她卻一動也不動。這時又見虹彩閃爍，洞穴裡不再黑暗了。岩石洞壁散發出綠色螢光、紅彤，以及耀眼的藍和發亮的白，斑斕中帶著一股陰森，令人顫慄。

她起身靠石壁站好，讓自己安定下來，順著前進時，察覺石壁上的冷滑和潮濕轉變成冰冷的藍綠色。她所在的地方已不是岩洞了，而是深入冰川的陡峭裂隙。廣大的平面上反映的掠影浮光，奇形怪狀、千變萬化。她頭頂上有深藍帶紫色的天空，耀眼的太陽使她目眩，她的頭還在痛。陽光照亮了裂隙，才一轉瞬，她所在的地方又變了，不再是冰川裂隙。

她置身一條有漩渦的河裡，在激流中載浮載沉。從她身旁流過的漂流物，都困在旋轉的迴流裡，漩渦愈轉愈快。她自己也在漩渦裡，被帶著轉呀轉，愈旋愈進去，愈來愈往下沉。在垂直旋轉直下的情沉，河水使她滅了頂，眼前漆黑一片。

她陷入深沉、空虛中。她在飛行，飛行速度快得超乎她所理解。終於，速度慢了下來，她發現自己被濃霧團團圍住，發光的霧團向她逼近，抵達她面前時豁然散開，展現出奇異的景觀。眼前閃爍著綠色螢光、紅彤與湛藍的幾何圖形；一些陌生結構體高聳直入雲霄。地面有寬闊的白色寬帶攤開來，發亮的白寬帶上有各種幾何形狀疾馳，在她後面追趕。

她嚇得動彈不得，腦海邊際一陣酥癢，似乎有東西正在探索她，而且對方好像認識她。她使勁把自己拉回來，扶著石壁盡速前進。到了走投無路的盡頭，又是一陣驚惶。她墜落地上，摸索到前方有個很小的孔洞，她必須爬行穿過。她的膝蓋被粗糙的地面磨破，卻沒注意到小孔愈縮愈小，使她進退不得。緊接著，她又在虛空裡狂飆，速度之快，快得使她失去移動的感覺，時空彷彿靜止了。

她並沒有移動，幽暗包圍她，愈逼愈近，逐漸將她籠罩，幽暗正在吞沒她。她發現自己又置身河裡，被激流帶走。她已筋疲力竭，任憑激流拉著她直奔大海，碰觸到暖暖的海水。她感到身體裡面一陣劇痛，鹹而溫暖的海水在她四周洶湧。她吸了一口帶鹹的空氣，那是海水的味道，感覺自己在溫暖帶鹹的液體上平靜地漂浮。

然而那不是水，而是泥漿。她氣喘吁吁，拚命想爬出泥淖，這時那隻曾經追趕她的野獸抓住她，壓得她直不起身來，痛得大聲慘叫。野獸將她拖進泥濘的深坑，她在泥漿裡拚命掙扎，她得爬出去，必須脫身。

終於，她如願從泥坑脫身，爬到一棵樹上，在枝椏間擺盪，又因乾渴而奔向海邊。她縱身一跳，擁抱海水，身體愈長愈大，擁有更大浮力。她直立在海中，放眼望見廣大的草地，涉水走了過去。

但海水竟拖住她不放，她奮力擺脫浪潮的攔阻，直到力氣使盡，頹然倒地。拍岸的海浪沖刷她的雙腿，將她拉回海裡。她感到被拉扯，感覺撕裂擰絞的劇痛，那股拉力彷彿要將她由裡到外翻轉過來。迸出一股熱呼呼的液體之後，她放棄了掙扎。

她使出殘存的氣力爬行了一小段，靠在石壁上，閉上雙眼，看到一片肥沃的草原，因春花綻放而美麗燦爛。一隻穴獅以優雅的慢動作向她騰躍奔跑而來。她在一處狹小岩洞裡，蹲伏在小斜坡上。這會兒，她隨著擴張的岩洞增長，眼看就要塞滿整個岩洞了。洞壁呼吸、擴張、收縮，原來她在子宮裡——地底深處一個又大又黑的子宮。然而，她並不孤獨。

那些形狀是模糊、透明的，隨後合併成可辨識的形狀。她認出是動物，各種各類，全是她見過的，包括鳥、魚、昆蟲等等，也有些是她從未看過的。它們結隊遊行，沒有秩序或模式，隨意從一種形狀流變成另一種，比如從四足動物變成鳥或魚，抑或化作另一種鳥、另一種野獸、昆蟲等等。她看見一隻毛蟲演變成蜥蜴，再化為一隻鳥，又從鳥變成穴獅。

穴獅站著等候她跟上來，與她一同走過通道、隧道、走廊。她和穴獅接近時，石壁開始變得有形、有狀、有厚度，直到她們通過，那些形狀又轉為半透明，逐漸淡化。有一列長毛猛獁象穿越遼闊的草地，發出隆隆腳步聲，接著又有一群牛踏蓋過象群行走的地點，形成牛群隊伍。

她看到兩隻馴鹿走向對方，只見牠們鼻頭碰鼻頭，母鹿前腿一屈跪了下去，公鹿低頭舔牠。如此溫柔的情景令愛拉深受感動。接著，有兩匹馬一公一母，引起她的注意。發情的母馬走到公馬前，方便公馬從後方跨騎辦事。

她轉向另一邊，跟隨穴獅走下另一條長廊，長廊盡頭有個相當大的圓形壁龕，形狀像子宮。她聽到沉重的腳步聲由遠而近，一群牛出現並塞滿壁龕，隨即歇腳吃草。

腳步聲並沒有因此停止，石壁仍然發出緩慢而有節奏的震動，似乎傳到她腳下堅硬的岩石，變成地底深處的聲音，起初很微弱，她幾乎察覺不到。聲音愈來愈響，她認出來了，是馬木特伊氏的「傳話鼓音」。她唯獨和猛獁象獵人一起時，聽過這樣的鼓聲。

這種鼓是以猛獁象的骨頭製成，鼓槌則以鹿角加工做成。敲打時，鼓會發出多種音調共鳴，如果快速在象骨不同部位敲打，還會發出近似語詞的聲音。雖然這些斷續的敲擊音與人的聲音並非全然相似，但都是語詞，的確可以用來傳話。這些含混顫抖的音，也增添了神祕感和深長的意味。

鼓音發出的語詞節拍，聽在愛拉耳裡，愈聽愈熟悉。接著她又聽到高亢共鳴的笛音，伴隨甜美的高音歌唱，像是弗萊莉的聲音，她是愛拉認識的馬木特伊氏女人。當時弗萊莉懷了孩子，情況一度危急，她差點流產。雖然愛拉幫她保住胎兒，還是免不了早產。幸好她生的女兒活下來了，而且長得健康強壯。

坐在圓形壁龕裡，愛拉發現自己滿臉淚水，彷彿遭遇慘重損失，哀哭抽泣得好厲害。鼓音愈來愈強，蓋過她的啜泣聲，於是她開始辨識鼓音代表的語詞。

「在黑暗之中，一片渾沌之時，

莊嚴的大地母親誕生於一陣旋風之間。

甦醒過來的她，了解生命的寶貴，

一片空無的黑暗，哀悼大地母親。

大地母親獨自一人，寂寞難忍。」

原來是大地母親之歌！她出神地欣賞聆聽，宛如她從未聽人唱過似的。假如她有一副好歌喉，她也會那樣唱出來。歌聲低沉時，如發自地底深處；高亢時，又似奏鳴的笛音。如此充滿活力的歌聲，迴盪在又深又圓的壁龕內，久久不停息。

歌聲唱出的語詞，充塞她的腦海，她不只聽見，還能感受到，而她所感受的遠遠超過了詞義本身。每一句歌詞尚未唱出前，她已經在期待，等到唱出來，詞義更顯得豐富有說服力，也更加深刻動人。歌聲似乎會這麼永遠唱下去，待接近尾聲時，她又捨不得歌聲停止，因而深感憂傷。

「大地母親很滿意她創造出的男女，
他們配對時，她教他們關愛與互相照顧。
她使他們渴望與對方結合，
交歡恩典來自大地母親。
在她完成之前，她的孩子已學會愛彼此。」
正當愛拉不期待有更多歌詞時，歌聲卻沒有停止。

「她最後賞賜的知識，就是男人也有參與。
新生命開始前，男人必須滿足他的需要。
男女成雙是對大媽的尊崇，
因為交歡之後女人會懷孕。
大地兒女蒙祝福，大地母親也可安息。」
大媽賜下這段歌詞，如此蒙受祝福，減輕了她的悲傷。大媽是在告訴她，她的看法正確，她一直都是對的。她從來都知道，但現在獲得了證實。她又開始啜泣，悲痛仍然不止息，悲痛中也夾雜著喜悅。這段歌詞在她腦海裡反覆一遍又一遍，令她悲喜交集而哭泣不已。

她聽到一隻穴獅低沉的吼聲，看見她的圖騰之靈穴獅轉身而去。她努力想起身，可是卻軟弱無力，於是向那隻穴獅呼叫。

「寶寶！寶寶，不要走！誰來帶我離開這裡？」

穴獅跑跳著下了隧道，停頓了一下然後向她直奔而來，但衝過來的卻不是穴獅。突然間，那隻動物縱身撲到她身上舔她的臉。愛拉擺頭閃躲，全身發抖，不知所措。

「沃夫？是你嗎，沃夫？你怎麼來的？」她驚喜地說著，將這隻大狼擁入懷裡。

她抱著沃夫坐在壁龕，壁龕裡的牛幻象消失，回復為漆黑幽暗。不僅如此，隧道石壁上的景物也愈發模糊。她伸手扶著石壁穩住身體，然後摸著岩石走出壁龕。她坐在地上闔起雙眼，想要抑止天旋地轉的暈眩。她試著睜開眼睛，不確定暈眩是否停止。隧道裡一片漆黑，不論睜眼或閉目都是黑暗，她感到背上有如針刺，一股恐懼襲上了背脊。現在，她擔心的是能不能找到出洞的路？

這時她聽見沃夫低嗥，感覺牠的舌頭在她臉上游移。她向牠敞開雙臂，緊張的心情頓時緩和下來。她再度伸出雙手摸索身旁的洞壁，不料竟摸了個空，只好向前繼續摸索，肩膀因此不小心撞到岩石。原來有一面石壁下方凹了進去，形成一個空間，由於太靠近地面而沒留意到。然而，摸索前進的她，手碰觸到的竟然不是石頭。

她趕緊縮手，又覺得那是一種熟悉的手感，忍不住再次伸手觸摸。洞裡比黑夜更幽暗，她嘗試憑手感探索，感覺摸到軟麂皮，似乎是仔細處理過的鹿皮。她拉出一束皮革包裹的東西，拿在手裡檢查，摸到一根像細皮帶的物品，解開之後找到一處開口。那似乎是個手提袋之類的，是個有帶子的軟皮囊。原來她找到一個空水囊，這才意識到自己口渴了。她也從手感和氣味判斷，水囊裡頭裝著某種吃剩的食物。接著，她摸到手提袋裡另有東西，質料像毛皮，也許是件無袖大衣。

她束好開口將手提袋掛在肩上，便扶著石壁站起身來，挨著洞壁熬過一陣暈眩和噁心。她感覺腿的內側有一股熱氣，原來是沃夫被吸引前來舔她，不過她很早以前便訓練牠放棄這種習慣，因而直覺地推開牠探索的鼻子。

「沃夫，我們得找出去的路。快，我們回家吧。」她對著狼說。正當她摸著潮濕石壁開始舉步時，發現自己軟弱乏力。

地面不僅凹凸不平，黏滑的表面泥層上也有散落碎石，包括石筍形成的石柱，有些細得像樹上的嫩枝，有些則粗如古老的大樹幹，彷彿是從地上長出來的。她不經意摸到石柱頂端，濕漉漉。原來岩洞壁頂吊著鐘乳石，這些岩石冰柱有石灰質的水滴，恆久不變地滴在地面上與位置相對的石柱上。有了頭部撞擊鐘乳石的經驗，她更加小心翼翼。她不知自己如何在這岩洞裡走了這麼遠。

狼走在她前頭，隔了一小段距離，隨後又回到她身邊。有一回遇上岔路，牠阻止她轉彎，免得她走錯方向。當她感覺地面呈上坡時，明白洞口已在不遠處。畢竟她來這岩洞的次數足以讓她熟悉此地，但費力攀爬那塊大落石，卻也累得她暈頭轉向地跪了下來。這段距離似乎比她記憶中的更長，她必須停下來休息兩次，才到達狹小的洞口。儘管整個岩洞都是聖地，裡頭卻有一道天然的岩石屏障，將洞內較平凡的前段與深奧神聖的內堂分隔開來。眼前這個小洞，正是進入大媽幽靈世界的唯一入口。

一過了那道屏障，她立刻察覺洞裡的溫度比外頭稍高，這也使她意識到寒冷而打起哆嗦來。轉了個彎，她似乎看見前方有微光，打算走快一點。走到第二個轉彎處，她終於確定有光線了。她看見質地潮濕的洞壁在閃爍，前頭帶路的狼正往微弱光線處慢跑過去。轉過那道彎，已有洞外照射進來的昏暗亮光，雖然她眼睛因為先前適應黑暗的關係，覺得這亮光太過炫目，但還是高興迎了上去。看見前方的洞口時，她幾乎要飛奔過去。

愛拉踉蹌走出岩洞，眨著她飽含淚水的眼睛。這一眨，淚水在布滿泥污的臉頰上沖洗出兩道淚痕。沃夫向她挨近。當她終於看清日頭高掛天空，發現有幾個人瞪著她時，這才意識到此刻已是大白天，令她頗感意外。那幾個人是獵人羅利根和弗瑞森，以及懷著身孕的潔菲娃。他們乍見她時嚇了一跳，有些退縮不前，打招呼時顯得遲疑而勉強，但見她不支倒地，又急忙衝上前去，攙扶她坐起來。她看到他們臉上關懷的神情，大大鬆了一口氣。

「水，」她說：「我好渴。」

「拿點水給她。」潔菲娃說著，注意到愛拉小腿和衣服上的血污，但沒多說什麼。

羅利根解開他的水囊遞給她。她貪婪地喝水，由於喝得太急，水從口裡滿溢了出來。水從來不曾如此甘美，她終於停下來了，面帶笑容，依然緊抓著水囊不放。

「謝謝你，我本來打算舔一舔石壁上的水。」

「這種感覺我也有過幾次。」羅利根含笑說道。

「你們怎麼知道我的下落？而且算準了我會從這裡出來？」愛拉問道。

「我看見狼朝這個方向跑，」弗瑞森朝沃夫的方向歪頭示意：「當我告訴瑪桑那時，她說妳可能在裡面，還叫我們過來等妳，說妳也許需要幫忙。從那時起，我們就分批輪流守在這兒，潔菲娃和羅利根正好來接替我。」

「我看過一些齊蘭朵妮亞經歷『呼召』之後回來的情形，有些累到不行，路都走不動了，有些卻沒有回來。」潔菲娃說：「妳覺得怎樣？」

「好累，」愛拉說：「口還是渴。」她又喝了一口水，這才將水囊遞還給羅利根。愛拉垂下手臂，她在洞裡撿到的手提皮袋也從肩膀上滑落，她早已忘了有這個軟皮袋。現在有了亮光，她看見上頭畫了獨特圖案，於是將它拿起來給大家看。「這是我在洞裡撿到的，你們知道這是誰的嗎？也許有人帶著它進去，忘了帶出來。」

羅利根和潔菲娃對望了一眼後，羅利根說：「我看過馬卓曼提著它。」

「妳看過裡面裝了什麼？」潔菲娃問道。

愛拉微笑說道：「我沒有燈火，看不見，只用手摸過。」

「妳摸黑在洞裡走？」弗瑞森一副難以置信的表情。

「別理他，」潔菲娃說，一邊噓他：「這不關你的事。」

「我想看看裡面有什麼，」羅利根說，向潔菲娃使了一個眼色。愛拉將手提袋遞給他。他從袋子裡掏出一件無袖大衣抖了開來，這是用不同野獸毛皮製成，有些是三角形，有些呈方形。這件縫綴的皮裘還拼出象徵齊蘭朵妮亞助手的圖案。

「這是馬卓曼的沒錯。去年他來這裡教潔拉妲如何保住胎兒，我看過他穿這件皮裘。」潔菲娃用不屑的口氣說道：「那次她懷胎快六個月了。他說她必須進行各種儀式來安撫大媽。可是當齊蘭朵妮看見她在洞外不停地繞圈子，馬上催她回洞穴裡躺下。齊蘭朵妮說她需要休息，要不然會提早把胎兒給搖出來。朵妮侍者說她的毛病就是子宮太鬆，很容易讓胎兒掉下去。果真，她失掉了那個胎兒，而且是個男孩。」潔菲娃看看羅利根問道：「袋子裡還有什麼？」

他伸手從袋子掏出空水囊給大家看，不發一語，然後看看袋子裡面，把其餘物件倒在無袖大衣上。有吃剩的肉乾、一塊旅行的乾糧餅、一把燧石小刀和一塊火石，餅屑中還混雜了少許木頭碎片和幾塊木炭。

「馬卓曼他們出發參加夏季大會之前，不是誇口說他蒙受呼召，今年終於要成為齊蘭朵妮了嗎？」羅利根舉起那個水囊說：「我認為他從洞穴出來時，並不是很渴。」

「愛拉，妳打算去參加夏季大會，是嗎？」

「我原本想過兩天出發，現在也許得再等一陣子，」愛拉說：「不過我確定參加。」

「那妳應該帶這個袋子去。」潔菲娃說完，小心翼翼用無袖大衣將吃剩的食物、木頭碎片、打火用具和水囊包好，塞回手提袋，說道：「告訴齊蘭朵妮，妳在什麼地方撿到這東西。」

「妳走得動嗎？」年紀較大的獵人問道。

愛拉嘗試站起來，只覺暈頭轉向，眼前一黑，又跌坐了下去。沃夫低嗥著舔著她的臉。

「妳就別動了。」年紀較大的獵人說：「羅利根，走，我們去弄一副擔架抬她。」

「我只要休息一會兒，應該走得動。」愛拉說。

「不行，妳不要自己走。」潔菲娃說完，對兩個獵人說：「我在這裡陪她，你們趕緊回去拿擔架。」

愛拉靠岩石坐下，對這個安排充滿感激。回第九洞穴這段漫長的路，她也許走得動，但她很高興不必自己走回去。「潔菲娃，妳是對的，我好像很容易頭暈。」

「難怪會頭暈。」潔菲娃自言自語，聲音比鼻息還低。剛才愛拉勉力站起來時，她發現那塊岩石上有新鮮血跡。她暗想，愛拉在洞裡流產了。要當上齊蘭朵妮，犧牲還真大，但她不像馬卓曼用欺騙的手段。

「愛拉？愛拉？妳醒了嗎？」

愛拉睜開眼睛，朦朧中看見瑪桑那關切的神情俯視著她。

「妳覺得怎樣？」

愛拉想了想。「我受傷……結束了。」她低語，聲音沙啞。

「希望沒把妳吵醒。我聽到妳說話，也許是說夢話。先前齊蘭朵妮曾經提醒我，可能發生這種事，她沒想到妳會這麼早發生，但她說過，是有這個可能。她叫我別攔阻妳，而且別讓沃夫跟妳去。不過，她也給了我一些茶葉，等妳回來時泡給妳喝。」她將手裡那杯冒著蒸氣的飲料放下，扶愛拉坐起來。

熱騰騰的茶，還好並不十分燙口，當熱茶通過愛拉喉嚨時，她心中滿是感激。她仍然口渴，但實在累得不能久坐，只好先躺下。她已回到自己的居所，躺在自己的床榻上，四下張望，見沃夫正在瑪桑那身邊。沃夫發出關注的低嗥走向她。她伸手摸牠時，牠舔了舔她的手。

「我怎麼到這裡的？」她說：「出了洞穴以後的事，我記得不多。」

「那兩個獵人用擔架把妳抬回來，他們說妳嘗試站起來走路，但是頭暈得很厲害。妳從觀察天空的地點跑下來，顯然是跑進了噴泉石的黑洞裡。當時妳簡直變了一個人，手上沒有火把，什麼東西都沒帶。弗瑞森來告訴我，妳出來了，我卻不能親自去接妳。這是我這輩子覺得自己最沒用的一次。」瑪桑那說。

「瑪桑那，我還是很高興有妳在這兒陪我。」愛拉說完又閉上了眼睛。

她再次睜開眼睛時，只有沃夫陪在她床邊，通宵守衛。她對牠微笑，伸手拍拍牠的頭，撫弄牠下巴。牠前爪搭在床上，想靠近舔她的臉。她笑了笑將牠推開，打算自己坐起來。這個動作痛得她忍不住哼出聲來，瑪桑那從外頭聽見，急忙進來探視。

「愛拉，妳怎麼了？」她問。

「我不曉得身上會有這麼多部位同時痛起來，而且好痛喔。」愛拉說道。瑪桑那一臉關切，誇張的神情近乎滑稽，逗得年輕女人莞爾地說：「不過我還死不了啦。」

「妳全身上下不是瘀青就是破皮，幸虧沒有任何骨頭折斷。」瑪桑那說。

「我在這裡多久了？」

「超過一天了。妳昨天下午天黑前到這裡，現在太陽不久前下山。」

「那我去了多久呢？」愛拉問。

「我不知道妳什麼時候進那個黑洞。從妳離開這裡到回來，超過三天，將近四天了。」

愛拉點點頭：「我完全不知道過了多久，只記得一些片段，也對其中一些事很清楚。我感覺好像是做夢，可是又不像夢。」

「妳餓不餓？口渴嗎？」瑪桑那問道。

「口渴，」愛拉回答後，感覺口乾得好厲害，彷彿這句話使她察覺自己嚴重脫水，於是又補了一句：「我口好渴。」

瑪桑那出去拿了水囊和水杯進來，詢問：「妳要坐起來喝？還是讓我扶著妳的頭呢？」

「我試試坐起來。」

她轉身側臥，儘量壓低哼聲，以一隻手肘撐起身體，卻因此造成肘部結痂傷口迸裂，但還是勉強在床台邊坐了起來。剛起身時，她感到暈眩，隨即又消失，令她更吃驚的是自己受了內傷。瑪桑那將水倒入愛拉雙手捧的杯子，愛拉一口氣喝完，立刻將杯子遞出去，示意要加水。她似乎想起剛出洞見到日光時，捧著水囊大口喝水的情景。第二杯水也喝下肚，不過喝得比第一杯稍緩些。

「妳餓不餓？妳一直沒吃東西。」瑪桑那十分關切。

「我肚子痛。」愛拉說。

「我想也是。」瑪桑那說著，目光從她身上移開。

愛拉眉頭一皺，問道：「為什麼我的肚子會痛？」

「愛拉，妳下體流血了，可能肚子絞痛，痛得很厲害。」

「流血？我怎麼會流血呢？我已經三個月沒來了，我有身孕……哇，不要！」愛拉喊道。「我的胎兒是不是流掉了？」

「我認為是，愛拉。這種事我雖然不是很懂，但女人都知道，懷孕時不可能流血，就算有，也不會流那麼多。妳走出洞時下體正在流血，而且流了很多。依我看，妳的體力要等好一陣子才能恢復。愛拉，我很難過，我知道妳想要這個孩子。」瑪桑那說。

「大媽更想要她……」愛拉說道，聲音乾澀單調，悲痛欲絕。她仰身躺下，瞪視石灰岩架的底部，不知不覺睡著了。

愛拉醒來時，急著想小解。顯然現在是晚上，屋裡點了兩盞燈。她四下一望，看見瑪桑那睡在床台旁一床墊子上。沃夫待在老婦人身旁，正抬頭望著她。她心想，這下牠得看顧兩個人，同時為我們擔心。她翻身側臥，緩緩將身體撐起來，在床台邊坐了一會兒才嘗試站起來。她全身僵硬而且又痠又痛，不過感覺體力好些了。她小心翼翼將身體重心移到雙腳，沃夫見狀立刻站了起來。她比手勢命令牠坐下，然後走向擺在入口附近的夜壺。

她真希望隨身多帶些有吸收性的墊片，她的下體血流不止。就在她舉步走回睡覺處時，瑪桑那帶著她要的乾淨墊片過來了。

「我不想吵醒妳。」愛拉說。

「妳沒有，是沃夫，不過妳應該叫醒我。要不要喝點水？如果妳想吃東西，我還煮了一些肉湯。」瑪桑那說。

「喝水很好，也許來點肉湯。」愛拉說完，回到夜壺那邊換乾淨墊片。如此來回走動，身上的痠痛反而減輕了。

「妳要在哪裡吃？床上嗎？」婦人一邊問，一邊跛行到煮食區。她也是渾身僵硬痠痛，主要是因為她睡覺的地方和她的睡姿，都加重了她的關節炎。

「不了，我還是去桌子那邊吃吧。」愛拉走向煮食區，往小盆裡倒了一些水，然後用水沖手，再以一小片有吸收性的零碎皮革擦臉。她相信瑪桑那幫她稍微擦洗過，但她真想好好游個泳，用皂根徹底把自己洗得乾乾淨淨。她心想，也許明天一大早就去游泳。

肉湯是冷的，不過很可口。愛拉才吃了兩口，便想著多吃幾碗。她雖然這麼想，肚子卻提早撐飽了。瑪桑那泡了熱茶走到桌邊，喝著茶陪伴愛拉。沃夫趁兩個女人起床時，到外面溜達了一會兒，沒多久便轉回來。

「妳是說，齊蘭朵妮料到我會有一些舉動？」愛拉問道。

「她不是真的預料到，只是認為有這個可能。」

「她預料的是什麼？我真的不了解在洞裡發生的事。」愛拉說。

「我想齊蘭朵妮可以更清楚告訴妳，真希望她在這裡。不過我認為妳已經是齊蘭朵妮了，我想妳就是他們所講的，蒙受呼召。妳還記得在洞裡發生的事嗎？任何一件事？」瑪桑那問道。

「我記得一些事，而且會忽然想起別的事，只是好像怎麼也理不出頭緒來。」愛拉眉頭緊皺。

「妳先別擔心這些，等妳跟齊蘭朵妮談過再說吧。我相信她能夠解釋這些事，幫助妳了解。現在當務之急是妳得先恢復體力。」瑪桑那說。

「也許妳說得對。」愛拉同意，也因為有理由撇下這些傷腦筋的事而鬆了一口氣。其實她根本不願想這些事，然而一旦起了頭，卻又忍不住想到流產的胎兒。她不明白，大媽為什麼要帶走她的胎兒？

愛拉睡了幾天，除了睡覺很少做別的事。有天她醒來時飢腸轆轆，一連兩天，她似乎怎麼吃也吃不飽，覺得肚子像個無底洞似的。她走出居所，加入這一小群夥伴，大家見到她時肅然起敬，甚至敬畏中帶著畏懼。他們都知道她經歷了一番嚴酷考驗，也相信這趟經歷改變了她。大家相當引以為榮，畢竟這段經歷發生時，他們也在場，這層關係使眾人覺得自己也沾了光。

「妳覺得怎麼樣？」潔菲娃問道。

「好多了，」愛拉說：「只是肚子好餓！」

「來，跟我們一道吃，這裡有好多食物，都還是熱的。」潔菲娃說。

「好，我要吃。」她邊說邊在潔拉妲身旁坐下，潔菲娃正拿著盤子為她盛食物。「妳怎麼樣？」愛拉問潔拉妲。

「好無聊！」潔拉妲說：「不是坐就是躺，真受不了，我好希望胎兒現在就出世。」

「我認為時候差不多了，現在妳走動一下不會有事的，而且還可以催生，妳只要等待，讓胎兒覺得自己準備好了。上次我幫妳檢查時就這麼想，」愛拉說：「不過我想等一等再說，後來我被別的事分心了，很抱歉。」

那天晚上瑪桑那猶豫了一下，說道：「愛拉，希望我沒做錯。」

「什麼意思？我不懂。」

「齊蘭朵妮說過，如果妳真要走，她要我別攔阻。那天早上妳沒回來，我很擔心，沃夫比我更焦急。妳叫牠留下來陪我，但牠一直低嗥著要走。光是從牠看我的眼神，就知道牠很想去找妳。我不想讓牠妨礙妳，於是用繩子套住牠脖子。我是學妳的，有時妳為了要牠待在一個地方，妳也會這麼做。可是過了兩天，牠看起來好難過。我很擔心，因此放牠走。繩子一鬆，牠立刻跑出去了。我放走牠，有沒有做錯呢？」這婦人問道。

「沒有錯，瑪桑那，我認為沒錯，」愛拉說：「我不知道當時自己是不是在幽靈世界裡，如果不是牠進去找到我，我不曉得自己已經從靈界回來了。沃夫幫我找到出洞的路，至少也讓我感覺走對了方向。洞裡一片漆黑，幸虧通道狹窄，我才能夠一直扶著石壁走。也許我能自己找到出路，但要花更長時間。」

「我不知道一開始該不該拴住牠，我有沒有資格決定這麼做……愛拉，我知道自己老了，老得不能做這樣的決定。」曾經也是頭目的她，搖頭對自己表示不滿後，繼續說道：「幽靈世界的事，我向來都使不上力。妳被抬到這裡時很虛弱，也許她認為妳需要一個幫手。或許大媽要我放走那隻狼，好讓牠找到妳、幫助妳。」

「我認為妳所做的事都沒錯，事情都是按照大媽的意思發生。」愛拉說：「現在我要做的，是到河裡游泳，游個痛快，順便好好洗個澡。齊蘭朵妮有沒有留下蘿莎杜那氏那種潔淨泡沫？就是我教她用脂肪和灰燼做的那種？她喜歡用它來清潔，特別是給挖墓者洗手。」

「我不知道齊蘭朵妮有沒有留下來，不過我倒是有一些。」瑪桑那說：「有時我喜歡用它清洗編織的東西，甚至洗我那些大盤子，就是放肉和乾淨脂肪的盤子。那也可以洗澡嗎？」

「蘿莎杜那氏人有時會用它來洗澡，它很厲害，能把皮膚洗得紅通通。通常我喜歡用皂根或其他植物洗，但現在我想洗得乾淨、徹底一點。」愛拉說道。

「要是附近有朵妮的醫治熱水井，」愛拉一邊走向主河，一邊自言自語：「那該多好呀！不過眼前有這條主河，也可以啦。」沃夫跟隨身旁，聽她念念有詞，抬頭望了望她。牠一直緊跟著她，打從她這次回來，牠的視線一刻也不肯離開她。

她走下小徑，前往游泳的地方，炎熱的太陽晒得身上好舒服。她用泡沫塗滿全身，也用來洗頭，然後身體一縮，沒入水中，把頭髮沖洗之後，順勢來個長泳。她爬上一塊平坦岩石，一邊休息，一邊梳頭，也讓頭髮晒乾。她心想，這太陽曬得人好舒服，於是攤開晾乾的鹿皮，放鬆地躺在上面。我第一次躺在這塊岩石是什麼時候？那是我到這裡的第一天，那時喬達拉和我一起游泳。

她想到喬達拉，腦海裡出現他全身赤裸躺在她身旁的情景。他那一頭金髮和暗褐色鬍子……不對，那是夏季，他把鬍子刮得很乾淨。他又寬又高的額頭上，因為對事情專心或關注時，習慣性的皺眉動作而留下皺紋。一雙靈活的藍眼睛，透著愛欲的眼神凝望著她……他鼻梁挺直，堅硬有力的下巴配上一張性感的嘴。

她的念頭一連上他的嘴，幾乎能感覺得到它。他寬闊的雙肩、肌肉發達的雙臂、大而敏感的雙掌。那雙手在燧石上一摸便知道要剖成幾片，同樣一雙手，撫摸她的胴體時也知道她會如何反應。他有一雙強健的長腿，靠近男人工具的鼠蹊部位有一道疤，那是他與她的穴獅寶寶初遇時所留下的爪痕。

光是想到他，愛拉便興起對他的欲望。她好想見他！她還沒把懷孕的事告訴他，此時她已沒有胎兒，也沒什麼好說了，一股憂傷襲上心頭。我要那個胎兒，但是大媽比我更想要，想到這裡，愛拉眉頭皺了起來。大媽知道我還要一個小孩，但我認為：我不要的小孩，她也不會想要。

經歷嚴酷考驗之後，她第一次想起大地母親之歌，認知中夾著一股寒意，想起那段新歌詞。新歌詞帶來了新的知識賞賜：新生命的開始，必須有男人參與。

「她最後賞賜的知識，就是男人也有參與。
新生命開始前，男人必須滿足他的需要。
男女成雙是對大媽的尊崇，
因為交歡之後女人會懷孕。
大地兒女蒙祝福，大地母親也可安息。」

這我早就知道了，現在大媽告訴我真是這樣。她為什麼把這種知識賞賜給我呢？好讓我分享，告訴別人嗎？所以她才要我的胎兒。她先告訴我，說她要給我最後的大賞賜，但我必須配得這份賞賜。這代價很高，也許必須如此。大媽要收取很貴重的東西，好讓我懂得珍惜這賞賜。賞賜不是白白給與，必須付出貴重的代價。

我是不是蒙受呼召？現在我成為齊蘭朵妮了嗎？我犧牲了我的胎兒，大地母親也對我說了話，賜給我大地母親之歌的其餘歌詞，讓我分享它，將這份奇妙的賞賜帶給她的兒女。現在喬達拉將清楚的知道喬愛拉是他的，也是我的。我也將知道想要新的小孩時，該如何開始。所有男人都將知道不只是靈，也是他自己、他的元精——他的兒女是他的一部分。

可是，假如女人不想再多要一個小孩呢？也許身體太虛弱，也許已有太多小孩而不想再生呢？那麼她將知道如何停止！女人一旦還沒準備好，或是不想再生，她將知道如何可以不生育。她不必問大媽，也不必吃任何特別的藥，她只要停止交歡就不會再生小孩。女人第一次可以掌控自己的身體、自己的生活。這是大有權力的知識……但還有另一方，男人會怎麼樣呢？

要是他不肯停止交歡？或是他知道小孩從他而來，他想要小孩，那怎麼辦？如果他不想要小孩，又該怎麼辦？

我還要一個小孩，我知道喬達拉也想再要一個。他和喬愛拉處得很好，和那些跟他學敲燧石的少年徒弟也處得很好。我很抱歉失掉他的孩子，一想到流產的胎兒，我的眼淚就在眼眶裡打轉。但是我可以再生，要是喬達拉在這裡，我們現在就可以再有一個，可惜他去參加夏季大會，而我還在這裡。就算我想告訴他失掉胎兒都不可能。他若知道會難過，我知道他會，他會再要一個小孩。

我為什麼不去呢？我不必再觀看天空，也不必再熬夜，我的訓練結束了。我已經蒙受呼召，我是齊蘭朵妮了！我必須告訴其他齊蘭朵妮亞。大媽不只呼召我，她還給我大賞賜，這賞賜要分享給每一個。我必須去，把大媽這項奇妙的新賞賜，向所有齊蘭朵妮氏宣布。我也可以告訴喬達拉，也許我們能再有一個孩子。

第三十一章

躺在岩石上的愛拉迅速起身，穿上乾淨衣物，再將換下的髒衣服和晾乾鹿皮收拾好，便呼哨召喚沃夫，循山徑快步走回去。她走向庇護所的岩石前廊時，想起第一次和喬達拉游泳後，瑪羅那和她那些朋友要送一些新衣服給她。

儘管愛拉對於用詭計作弄她的女人，已磨練得愈來愈容忍，卻一直無法消除對瑪羅那的厭惡，總是避免和她接觸。瑪羅那對她也深惡痛絕，不但如此，對喬達拉從旅途帶回的女人，她從沒打算努力與她和好。愛拉和喬達拉配對的夏季，她也二度配對，但最近又有一次婚配，顯然第二次配對仍然不美滿。梅開三度之前，她搬回第九洞穴和親戚同住了一年。這幾次配對的結果，她始終沒生下小孩。

愛拉真受不了這女人，卻不知道為什麼會想到她。她甩掉腦海裡的瑪羅那，將心思集中在喬達拉身上。我很高興終於要參加夏季大會了，她心想，我可以騎嘶嘶去，要不了多久就可抵達，如果一路上馬不停蹄，最多一天就到了。

今年的夏季大會在北方約三十公里，主河的沿岸舉行，那是她最喜歡的地點。在那裡，她和喬達拉第一次參加齊蘭朵妮氏夏季大會，並且完成婚配。舉辦這種大會通常會耗盡附近資源，倘若讓土地修生養息，得到大地母親醫治，假以時日，這地區便能恢復活力，再度舉行大會。

年輕女人衝進居所，渾身是勁，滿懷熱情地整理她的衣服和物品。瑪桑那進來時，她正哼著自己熟悉的單音調子。

「妳怎麼突然這麼興奮？」年長女人問。

「我要去參加夏季大會，不必再觀察天空。我的訓練結束了，沒有理由不去參加呀。」愛拉說。

「妳確定有足夠的體力嗎？」瑪桑那的口氣透著失落。

「妳一直把我看護得很好，我覺得好極了！我真的很想念喬達拉和喬愛拉。」

「我也很想念他們，可是這段路要一個人走恐怕太遠了。妳可以等替換照顧我們的獵人回來，妳再跟弗瑞森一道去。」瑪桑那建議。

「我騎嘶嘶去，要不了多久，可能只要一天，最多兩天。」愛拉依舊難掩興奮。

「也對。我忘了妳要騎馬，還要帶沃夫去。」瑪桑那說。

愛拉終於注意到瑪桑那的失望，突然意識到這女人也非常想去，而她也很關心她的健康。「妳覺得怎樣？妳要是不舒服，我也不想去了。」

「不，不要為我留下來，」瑪桑那說：「我好多了。如果季節一開始我的狀況有這麼好，我可能會考慮參加。」

「妳怎麼不跟我去呢？妳可以坐在嘶嘶背上，雖然要多花點時間，也不過是多一兩天罷了。」愛拉說。

「不要！我是很喜歡這匹母馬，卻不想騎在牠背上，老實說，我有點害怕。不過妳說得對，妳得去一趟，告訴齊蘭朵妮妳已經蒙受呼召。想想看，這是多大的驚喜。」

「反正夏季時間也不長了，要不了多久，大家都會回來的。」愛拉儘量減輕滋生不散的離愁。

「我對這事有兩種想法，」瑪桑那說：「我好希望夏季大會結束，第九洞穴的人回來，但我又不希望冬季再來。我想，人老了大概都會這樣吧。」

愛拉準備動身的第二步是尋找羅利根和弗瑞森。她很清楚喬克羅丹與潔拉妲一起，幾乎所有人都圍坐在火堆旁用餐。

「愛拉，快來，一道吃吧！」潔拉妲熱情招呼：「快，吃點東西，食物還很多，而且是熱的。」

「好，這兩天我一直都很餓。」愛拉說。

「我了解，」潔菲娃說：「妳覺得怎樣？」

「需要再多休息，」愛拉答道，然後微笑說：「我決定儘快去參加夏季大會，我已經完成觀察天空的任務，沒有理由留下來。不過我認為離開前，我們應該再打一些獵物，分給留下來的人，也讓我帶一些去參加大會。大會營地附近的動物現在只怕快獵光了，那些沒被獵殺的，可能也逃走了。」

「妳不會在我的小孩出生前離開，是嗎？」潔拉妲問道。

「如果過兩天妳還沒生，我就得走了。」愛拉說：「不過我真想看這個健康的小孩出世。妳有沒有多走動啊？」

「有，我有。我好希望妳在這裡幫我。」

「有妳媽媽在，還有幾個女人也懂得生小孩的事，更別說喬克羅丹也陪著妳。潔拉妲，放心吧，妳不會有問題的。」愛拉說完，目光投向那三個獵人。「明天早上，你們願意跟我去打獵嗎？」

「我本來沒打算這幾天打獵，不過沒關係，」羅利根說：「我可以明天去，尤其妳快離開了。說實話，我已經習慣跟我們這小群狩獵團體一起打獵，包括那隻狼。我覺得我們合作得很好。」

「妳要走哪條路？」喬克羅丹問道。

「我們有一陣子沒往北走了。」弗瑞森說。

「我一直避開那個方向，因為不知道夏季大會的狩獵範圍多大。現在大會營地四周的動物一定愈來愈少了，所以我要帶一些獵物去。我有齊蘭朵妮乘坐的拖橇，可以拖載巨大的獵物。」愛拉說道。

「這樣安全嗎？」潔菲娃說：「會不會引來獵食的野獸？也許妳不該一個人去。」

瑪桑那也在場，但什麼也沒說。如果愛拉已經決定，再說什麼她也聽不進去。

「沃夫會提前警告我，我認為憑我和牠，能夠打跑任何四條腿的獵食動物。」愛拉說。

「包括穴獅？」潔拉妲建議：「也許妳應該等那些獵人跟妳一起走。」

愛拉知道她在找理由留她，好幫她接生。「妳忘啦？我們曾經圍住一群穴獅，獵殺牠們。當時牠們在第三洞穴附近做窩，對住在那裡的人來說太危險了，小孩和老人都會成為獵物，我們必須趕走牠們。我們殺死那頭雄獅和兩隻母獅之後，其他獅子都離開了，妳記得吧？」

「記得，可是那次有一大群獵人，而現在只有妳一個人。」潔拉妲還是不肯放棄。

「不對，沃夫會跟著我，還有嘶嘶。獅子喜歡追殺孱弱的獵物，我們三個加起來的氣味，會讓牠們搞不清楚是什麼，我也會貼身帶著標槍投擲器。而且我若是一大早出發，應該可以在天黑前到達。」愛拉說完，又對幾個獵人補了一句：「明天，我們就往西南方向打獵去。」

瑪桑那刻意保持距離，在後頭聽他們交談。這位前任第九洞穴頭目心想，她將是個好領袖，指揮起來果斷明快，而且揮灑自如，我認為她會是很強的齊蘭朵妮。

第二天，這群獵人拖了兩頭大赤鹿回來，鹿頭上長了可觀的叉角。愛拉原本想帶嘶嘶去幫忙拖獵物，但其他獵人根本不考慮，就地將兩頭鹿開膛破肚，把腸子掏出來丟棄，只留下其他內臟，然後抓住鹿角拖著走，他們習慣親自把獵物拖回家。

過了兩天，愛拉準備出發了。她將所有東西打包，搬上齊蘭朵妮的大拖橇，包括一頭用草席包裹的全鹿，那張草席是瑪桑那幫她編織的。愛拉打算隔天一早啟程，預計天黑前抵達夏季大會營地，這樣可以避免嘶嘶太過疲累。然而，愛拉的行程還是耽誤了，但也不全然出乎意表。潔拉妲在夜裡開始陣痛，這一來愛拉反而高興。整個夏季，她一直在檢查她的身孕，在她即將臨盆之際，她並非真要丟下她不管。只是她無法確定這女人的生產時間是幾天，還是一個月。

這一次潔拉妲運氣不錯，她在中午時分產下一名女嬰。她的配偶和母親跟她一樣歡喜興奮。用過餐，產婦舒服地歇息下來時，愛拉開始坐立不安了。一切都已就緒，何況鹿肉擱置得愈久氣味愈重，再拖延下去，氣味會更糟，至少她不喜歡那種味道。打包啟程不太費事，她可以馬上動身。但如果現在就走，她恐怕得獨自一人在野外過夜。不管怎樣，她還是決定啟程。

與眾人道別後，愛拉又對潔菲娃、潔拉妲、瑪桑那交代一番才出發。她喜歡獨自騎乘嘶嘶，讓沃夫小跑步跟隨左右，這兩隻動物似乎也樂在其中。天氣相當炎熱，幸虧嘶嘶背上有墊毯，騎起來還算舒服，何況女人和馬的汗水也會被毯子吸收一部分。她穿了一件束腰短上衣和纏腰布，她和喬達拉在炎熱夏季旅行時，也是這麼穿著。她不禁想起他們的旅程，因而更加思念他。

回顧這兩年，愛拉缺少運動，身體稍胖，後來在岩洞裡經歷嚴酷考驗，瘦了下來。她的乳房在她哺育喬愛拉時，因飽含奶水而膨脹，再度懷孕初期，乳房又恢復原來大小，而她的肌肉仍然結實。儘管她已二十六歲，體型始終緊實窈窕，她想，自己的身材與十七歲時沒兩樣。

她一路騎馬趕路，日落時分在主河岸邊紮營歇息。棲身小帳篷裡，獨眠的她忍不住又想著喬達拉。她爬進毛皮被裡閉上眼睛，卻仍然看到那個高大男人、他那雙令人興奮的藍眼睛，真希望他此刻能將她擁入懷裡，用嘴唇親吻她的唇。她翻身側臥，閉上雙眼，再度嘗試入睡，卻翻過來側過去，怎麼也睡不著。這時，伏臥她身旁的沃夫發出了低嗥。

「沃夫，我吵得你也睡不著了嗎？」愛拉說。

牠坐起來，從帳篷封口下的縫隙伸出鼻子，喉嚨發出低沉吼聲。小帳篷的三角形正面，有一道垂直開口，以帶子鬆垮垮繫著，牠貼地從帳篷下沿底部挪動，鑽了出去。牠的吼聲愈來愈凶猛。

「沃夫！你上哪兒去？沃夫？」

她迅速解開帶子打算追出去，又回身拿了投擲器，帶了二根標槍。月光暗淡，只依稀看見反射出來的物體形狀。她看見拖橇，又發現嘶嘶正在離開拖橇。即使就著有限月光，她仍然看出這匹母馬十分緊張。沃夫蹲低身形，朝著拖橇位置挪動，位置略偏拖橇後方。就在一眨眼的瞬間，她瞥見一個身影，圓形頭上長了兩隻豎立的耳朵，耳尖有一簇毛。

那是猞猁！

她記憶中有這種大貓，一身黃中透白的斑紋毛皮，尾巴粗短，耳朵有一簇毛，四條長腿跑得飛快。這是愛拉與猞猁的第一次接觸，激起她使出快速連投兩枚石子的決心，以免投出一枚石子後失去威嚇力。她將標槍套裝上投擲器，檢查自己是否確實多帶了標槍，蓄勢待發。

她看見猞猁的身影潛行走向拖橇。

「啊噫……」她長喝一聲，邊奔向那隻大貓邊喊道：「走開！那不是你的！滾開！快滾！」猞猁嚇得騰空彈起，倏然飛奔竄逃。沃夫隨後追趕，只追了一會，愛拉便呼哨發聲。沃夫放慢腳步，隨後停止，待她再度呼哨時，牠終於掉頭走回來。

火堆裡的炭已熄滅，那是她睡覺前生的火，用來煮水泡茶，搭配旅行乾糧餅。她拿出生火用具重新起火，點燃引火柴後先拿在手上當火炬，到四周找更多柴火。這裡是開闊的平原，主河穿越流過，附近有幾棵樹，樹上滿是綠枝，不好當柴用。幸虧地上的草是乾的，還有一些乾掉的動物排洩物，她想，可能是牛或原牛的糞便，這足夠讓小火堆燃燒好一陣子。她在火堆旁攤開鋪蓋捲，鑽了進去。沃夫在她身旁，嘶嘶也挨近愛拉，在火堆旁休息。

夜裡她小睡了一會，睡得很不安穩，一絲細微聲響都會吵醒她。她怕麻煩，因此沒再生火。天剛破曉，她便啟程趕路，途中只稍稍停歇，讓馬、狼還有她自己喝點主河裡的水。路上她又吃了一塊乾糧餅，不到中午已瞥見營地上的炊煙。愛拉騎馬拉著拖橇沿主河前進，向幾個朋友揮手打招呼。她先往上游走，那是第九洞穴上一次紮營的地方。

她直接前往樹木環繞的山谷，映入眼簾的簡單木造圍欄使她綻露笑容。馬匹先聞到氣味發出嘶聲、沃夫跑過去與快快碰鼻子，牠還是幼狼時就是快快的朋友。至於灰灰，牠則是看著這匹小母馬出世的，牠要保護灰灰的程度僅次於愛拉。

除了兩匹馬，營地上似乎空無一人。沃夫在一座熟悉的營帳裡東聞西嗅，愛拉拿鋪蓋捲進帳時，看見沃夫在喬愛拉的毛皮鋪蓋旁。牠看著她，發出急切的低嗥。

「沃夫，你想去找她是嗎？去呀，沃夫，去找喬愛拉！」她比出手勢，讓牠自由行動。沃夫立刻衝出帳篷，在地上嗅聞，要從許多氣味中找出喬愛拉獨有的體味，然後跑一小段，有時停下來嗅一嗅地上。大家看到愛拉抵達，在她還沒來得及卸下鹿肉，親戚朋友已經前來打招呼了。約哈倫是第一個，波樂娃緊跟在後。

「愛拉！妳終於來了！」約哈倫說著，衝到她跟前環抱她。「母親好嗎？妳不知道她有多麼讓人掛念！其實，妳們兩個都是。」

波樂娃第二個擁抱她，問道：「是呀，瑪桑那好嗎？」她停下來，等待愛拉回答。

「好多了。她說，如果大家啟程時，她的身體有現在這麼好，她也許會跟來。」愛拉說。

「潔拉妲好嗎？」波樂娃繼續追問。

愛拉微笑著說：「她生了一個女孩，就是昨天的事。嬰兒看起來很健康，我認為她沒有早產。母女都很好，潔菲娃和喬克羅丹也很高興。」

「妳帶東西來了。」約哈倫朝著拖橇示意。

「羅利根、弗瑞森、喬克羅丹，我們幾個小小圍了一場獵，」愛拉說：「我們在青草河谷遇到一群赤鹿，打了兩隻大公鹿。我留下一隻，想必夠讓他們吃一陣子，出發前我們已吃了一些。他們都很好，已經貯存脂肪準備過冬了。我帶了另一隻來，我想，這時候營地可能需要新鮮的肉。」

又有幾個第九洞穴的人和其他人前來。約哈倫和其中兩人開始工作，忙著卸下拖橇上的東西。

喬達拉的第一個徒弟瑪塔根雖然跛腳，還是一拐一拐跑過來，熱烈歡迎她。「大家一直在問妳什麼時候來，齊蘭朵妮說妳隨時會到，但誰也想不到妳中午就來了。」費羅本說：「喬達拉確定妳會在晚上或深夜抵達，他說妳決定來的時候，可能會快馬加鞭，趕在一天之內到。」

「他說得對，我本來打算這麼做。可是潔拉妲半夜陣痛，拖到中午才把孩子生下來。我已經等不及了，當天下午立刻出發，昨天晚上在外面紮營。」愛拉解釋。她看了看四周，問道：「喬達拉呢？還有喬愛拉？」

約哈倫和波樂娃互相瞥了一眼，又迅速將目光移開。「喬愛拉和同齡女孩在一起，」波樂娃說：「齊蘭朵妮亞有事讓她們做。她們要參加大媽侍者安排的特別慶祝儀式。」

「喬達拉在哪裡，我就不清楚了。」約哈倫說，皺眉頭的模樣像極了他弟弟喬達拉。他抬頭望著愛拉背後，微笑說：「不過這裡倒是有人很想見妳。」

愛拉轉身朝約哈倫示意的方向看去，只見一個高大男人，頂著一頭火紅頭髮，滿臉絡腮的紅鬍子，看得她兩眼圓睜。

「塔魯特？塔魯特，是你？」她大喊著衝向這位身材魁梧的大漢。

「不，愛拉，我不是塔魯特，我是達弩格。不過塔魯特要我代表他，給妳一個大大的擁抱！」小伙子邊說邊將她擁入懷裡，友善地抱舉起來。她並沒有被壓碎的感覺，因為達弩格早就學會小心控制他那驚人的力氣。實際上，光是這個男人的體型，已足以將人籠罩、壓倒得喘不過氣來。他比喬達拉還高大些，肩寬足足是常人的兩倍，手臂與常人的大腿一般粗。她張開雙臂也無法將他環抱，但他的腰圍在比例上卻相當修長，大、小腿肌肉也很發達。

愛拉認識的人之中，只有一個人體型能跟達弩格相比，那就是塔魯特。他和達弩格的母親配對，也是馬木特伊氏獅營的頭目。如果說他們之間有什麼差異，那就是這個小伙子更加壯碩。

「我說過，總有一天要來妳這裡做客。」他一邊放下她，一邊說：「愛拉，妳好嗎？」

「噢，達弩格，」愛拉眼眶含淚說道：「看到你，我好高興！你來多久了？怎麼來的？你怎麼長得這麼魁梧？我覺得你比塔魯特更壯！」她輕易地改講馬木特伊氏語，雖然她的語詞讓人聽得懂，但問話卻顯得語無倫次。

「我也認為他比較壯，可是我從來不敢跟塔魯特講。」

愛拉轉向聲音來源，見到另一個小伙子，看來似乎很陌生，仔細再看，發現他長得很像粗壯矮短的巴澤克，就是與獅營高大的女頭目圖麗配對的男人，只不過眼前這人比巴澤克高大。圖麗是塔魯特的姊姊，個頭幾乎與他不相上下。這小伙子與他們有相像之處。

「德魯偉？」愛拉說：「你是德魯偉？」

「哈哈，達弩格那個傻大個確實不難認出來。」這個小伙子對著達弩格微笑，說道：「但是想不到妳居然認得出我。」

「你的樣子變了，」愛拉擁著他說：「但是我在你身上看到你母親和巴澤克的樣子。他們好嗎？還有妮姬、狄琪和所有的人，大家都好嗎？」她熱切看著他們兩人：「我說不出有多想念每一個人。」

「他們也很想妳。」達弩格說：「不過我帶了一個人來，一個很想認識妳的人。」

緊貼他們後面，有個高大的小伙子，一頭褐色鬈髮，帶著靦覥笑容。他在兩個馬木特伊氏小伙子催促下，走上前來。愛拉知道自己從未見過他，奇怪的是，對方有些眼熟，只是怎麼也說不上來。

「馬木特伊氏人愛拉……現在是齊蘭朵妮氏……我想應該是了，見過沙木乃氏的艾達諾。」達弩格引見。

「沙木乃氏！」愛拉說。突然間，她明白了他看來眼熟的原因，他的衣服，特別是他的襯衫！剪裁和裝飾都是沙木乃氏的樣式，獨一無二，而她和喬達拉在旅程中，情非得已造訪了那一族。往事一古腦兒湧上來，這族人曾經抓走喬達拉，應該說是沙木乃氏的阿塔蘿的屬下活捉了喬達拉。愛拉帶著沃夫和幾匹馬，追蹤足跡找到他們。不過她並非第一次看到那種樣式的襯衫，那個馬木特伊氏男人，她差點要配對的雷奈克，也有一件，那是他用雕刻品交易得來的。

愛拉猛然意識到她和他正在對望。她收斂了思緒，走向這個小伙子，伸出雙手歡迎道：「奉朵妮、又稱為木乃的大地母親之名，歡迎你，沙木乃氏的艾達諾。」

「我奉木乃之名感謝妳，愛拉。」他露出羞怯的笑容說道：「妳也許是馬木特伊氏或齊蘭朵妮氏人，但妳可知道在沙木乃氏人心目中，妳是『沙』愛拉，天狼星的母親，奉命來消滅邪惡的阿塔蘿。有許多關於妳的故事不斷流傳著，以前我不相信妳是真實的人，認為只是傳說中的人物。達弩格和德魯偉在我們營地歇腳時，說要啟程來拜訪妳，我請求跟他們同行。現在我才相信我真的見到妳了！」

愛拉微笑地搖搖頭。「我不知道什麼故事或傳說，」她說：「大家往往相信他們想相信的事。」她私忖，這小伙子的笑容很和善。

「愛拉，我有東西要送給妳，」達弩格說：「請妳進來，我拿給妳。」她隨達弩格進入一個相當小的皮頂結構，顯然是他們的旅行帳篷。只見他在一包東西裡翻找，終於找出一件仔細包裹的小物。「雷奈克叫我把這個當面交給妳。」

愛拉解開這個小包裹一看，不由得睜大雙眼，驚訝地喘了一口氣。那是用猛獁象牙雕刻的馬，小巧得讓她得以握在手裡，細膩的雕工讓馬栩栩如生。馬首向前伸出，猶如逆風而行；鬃毛豎立、短毛濃密，雕刻的線條既能呈現馬皮上的紋理，又不掩蓋小小草原馬的矮壯身形。馬身塗上如枯草般的赭黃色，正好是一匹她所熟悉的馬，以黑色襯托出四條馬腿的下半截和背脊。

「啊，達弩格。真是美極了！這是嘶嘶，是不是？」愛拉微笑說道，眼裡淚光閃爍。

「是的，當然是。妳一走，他就開始雕刻這匹馬了。」

「我這輩子最為難的事，就是告訴雷奈克，我要離開去找喬達拉。達弩格，他好嗎？」

「他很好，愛拉。那個夏季末，他和崔西配對了，就是那個生娃娃的女人，那孩子可能是來自他的靈，妳知道吧？她現在有三個小孩了。她脾氣很壞，不過對他來說，她還算是個好女人。她會衝著一些小事發火，他只是微笑，說他愛她的靈。而她也擋不住他的笑容，她是真心愛他。不過我認為，他永遠忘不了妳。這件事起初曾經帶給他們一些麻煩。」

愛拉皺起眉頭問道：「什麼麻煩？」

「這個嘛，他幾乎什麼事都讓她。開始的時候，因為雷奈克很容易退讓，崔西得寸進尺，以為他很軟弱而經常欺負他。後來她開始要這個、要那個。他好像把這種事當作遊戲，不管要求多麼過分，他總是想辦法弄到她要的東西，而且帶著他特有的笑容送給她。妳知道那種笑容吧？」

「是，我知道，」含淚微笑的愛拉回憶著說：「是那種贏了比賽、充滿機伶、對自己很滿意的笑容。」

「然後她又把所有事物弄反、弄亂，」達弩格接著說：「包括弄亂他工作的地方、他的工具、他的收藏和安排的事物等等，他卻任由她胡來。我以為他只是要看她會做些什麼，但那天我剛好在他屋裡，她硬要把這個馬雕像丟掉時，把他惹火了，我從沒見過他發那麼大脾氣。他並不是大吼大叫或做什麼，只是叫她把馬雕像放回去。她嚇了一跳，可是卻沒動靜。我猜想，她並不相信他是認真的，因為他總是順從她。他又再說了一遍，叫她放回去，她還是不聽。他一把抓住她的手腕，勁道相當大，硬是從她手裡奪過來。雷奈克告訴她，永遠不要再碰馬雕像，如果她再動它，他就要毀掉配對關係，付出毀婚的代價。他說他愛她，但他心裡有一塊地方是她永遠得不到的，如果她無法接受，大可以離開。

「崔西哭著跑出屋外，而雷奈克只是把馬雕像放回去，然後坐下來開始雕刻。她終於回來了，那已經是晚上。他們的火堆地盤就在我們隔壁，聲音傳過來，我不能不聽。好吧，應該說我想偷聽。她說，她要和他在一起，說她愛他，一直都愛著他，即使他仍然愛著妳，她也要和他在一起。她答應永遠不會再碰那個馬雕像，她真的做到了。我認為這雕像使她對雷奈克產生尊重，也讓她認清她對他的真情。他很幸福，愛拉。我認為他永遠忘不了妳，但是他很幸福。」

「我也永遠忘不了他，有時還會不自覺想起他。要不是有喬達拉，我會和他過得很幸福。我是真的愛過他，只是我更愛喬達拉。你能不能講一講崔西的小孩？」她說。

「他們的靈混合生出來的很有趣，」達弩格說：「老大是男的，妳也見過不是嗎？崔西曾經帶他參加夏季大會。」

「是啊，我見過。他皮膚很白，現在還是一樣嗎？」

「最白的，我從沒見過有人皮膚像他那麼白，只是長滿了雀斑。崔西有一頭紅髮，皮膚也白，但就是沒有他那麼白。他的眼珠是淺藍色，一頭橙紅色鬈髮。他不能晒太陽，一晒就會灼傷，而且光線太強也會傷到他的眼睛。不過除了膚色不同，他和雷奈克長得可真像！他們兩人一起出現時，總讓人覺得怪異，雷奈克是棕色，他是白色，面貌卻一模一樣。他不但有雷奈克的幽默感，而且更搞笑。他能逗得大家呵呵大笑，他也喜歡旅行。將來他若是成為講故事的旅行者，我一點也不意外。他巴不得趕快長大，可以獨自出門，這一趟他很想跟我們來。如果他再大一點，我會帶他來，他應該是個旅行的好夥伴，有他在，氣氛熱鬧、歡笑不斷，絕不空虛無聊。

「崔西的小女兒是個美女，皮膚黝黑，卻不像雷奈克那種棕色。她頭髮像夜色一般黑，又柔又捲。眼珠是黑色，眼神端莊。她很安靜，嬌美可愛。我發誓看到她的男人都會為她著迷，她要找配偶一點也不難。那個小嬰兒長得跟雷奈克一般黑，雖然現在還很難說，我認為他會愈長愈像崔西。」

「達弩格，看起來崔西給獅營加入了好種，我真希望能看到她的兒女。我也有一個小女兒，」愛拉說完猛然想起，要不是為了蒙呼召深入洞穴，她很快會有第二個孩子。她暗忖，我想告訴他，生小孩不只是靈的混合。

「我知道，我見過喬愛拉了。她長得很像妳，只有眼睛像喬達拉。我希望可以帶她回去跟大家見面。妮姬會很愛她。我已經愛上她了，就像我小時候愛上妳一樣。」達弩格爽朗地笑道。

見愛拉一臉愕然，他笑得更加放肆。她可以從達弩格的笑聲中，感覺到塔魯特豪放的大笑。「愛上我？」

「妳沒發現，我並不意外。當時，光是雷奈克和喬達拉已經夠妳傷腦筋了，不過我還是忍不住要想妳，我常常夢到妳。愛拉，其實我仍然愛著妳，想不想跟我回獅營？」

他臉上的笑容燦爛、兩眼發亮，看得出他心中有一絲期盼，而且是一廂情願的，因為他明知這個盼望永遠不會實現。

她轉向別處看了一會兒，改變話題說道：「談談其他人吧。妮姬、塔魯特、拉蒂和魯琪都好嗎？」

「我母親很好，只是更老了。塔魯特正在掉頭髮，他厭惡死了。拉蒂已經配對，生了一個女兒，還是喜歡講馬的事。魯琪正在找配偶，應該說是那些年輕人想找她當配偶。她已經行過初夜禮，圖絲也是，兩人同時舉行。對了，狄琪生了兩個兒子，她要我問候妳。妳從來沒見過她哥哥塔內格吧？他的配偶生了三個小孩。他們在原來的土屋附近又蓋了一間土屋，妳知道，狄琪和塔內格都是頭目。圖麗很開心，幾乎每天都能看到孫兒孫女。她又配對了，巴澤克說她太有女人味，只配過一個男人太可惜了。」

「這個人我認識嗎？」愛拉問道。

達弩格笑道：「沒錯，妳認識，就是偉麥茲。」

「偉麥茲！你是說，在雷奈克火堆地盤的男人，喬達拉崇拜的燧石匠？」愛拉大吃一驚。

「是啊，就是那個偉麥茲。我們也覺得意外，我認為圖麗自己也想不到。馬木特已經去了另一個世界。我們有一個新來的馬木特，不過第三火堆地盤的人很難適應別處來的人。」

「我聽了很難過，我愛那個老人家。我一直在接受訓練，服侍大地母親，不過這件事起頭的是他。我的訓練快結束了。」愛拉說。她沒和齊蘭朵妮談過之前，不想講得太多。

「喬達拉也這麼說。我一直認為妳會服侍大媽。如果馬木特沒有這種想法，他決不會收妳當女兒。曾經有一陣子，獅營的人認為老馬木特離開這個世界後，妳可能會當他們的馬木特。愛拉，妳或許會當這裡的齊蘭朵妮，但妳仍然是馬木特伊氏人，是獅營的一份子。」

「聽你這麼說，我很高興。不管我有什麼名聲或跟什麼連接，我心裡永遠自認是馬木特伊氏的愛拉。」她說道。

「妳的確有名聲，在妳的旅途上一路留下許多事蹟，」達弩格說：「不只沙木乃氏傳講妳，我還聽到一些從沒見過妳的人滔滔不絕講妳的故事。他們對妳有各種傳說，從醫術高明的醫治者、擁有控制靈界的驚人能力，到大地母親的化身活瑪塔，在這裡應該叫朵妮，是來幫助大媽的子民。一頭金髮的喬達拉是她英俊的配偶，這裡的人說他是：她那白亮的情人。甚至沃夫也成了天狼星的化身，牠有各種傳說，從復仇動物到照顧嬰兒的可愛夥伴。那幾匹馬也有故事，說牠們是神奇動物，偉大的馬之靈允許妳控制牠們。還有一個傳說出自艾達諾的族人，說這幾匹馬會飛，馱著妳和喬達拉飛回你們在另一個世界的家。我開始覺得奇怪，這些傳說到底是不是講相同的人，但是和喬達拉談過之後，我認為你們兩個都有動人的冒險經歷。」

「大家都喜歡把故事誇大，加油添醋，講得更精采動人。」愛拉說：「一旦故事裡的人物不在了，誰來證實這些錯誤的傳說呢？我們只是旅行回到喬達拉的家鄉。毫無疑問，你也有自己的冒險經歷。」

「可是我們並沒有帶著兩匹神奇的馬和一隻狼旅行呀。」

「達弩格，你知道這些動物並不神奇，你看過喬達拉馴服快快。我把幼小的沃夫抱回土屋時，你也在場。牠只是因為從小和人在一起，習慣與人相處罷了。」

「對了，那隻狼在哪兒？不知道牠還記不記得我。」達弩格說道。

「我們一到這裡，牠就跑去找喬愛拉了。」愛拉說：「她一定是和同年齡夥伴幫齊蘭朵妮亞做事。不過我還沒見到喬達拉，他有沒有說要去打獵？」

「他沒跟我說過，」達弩格說：「不過我們三個並沒有常常來這裡，我們是遠方來的外地人，只是喬達拉介紹時說我們是妳的親戚，因此以親戚名義被接待。大家都想聽我們的故事，問我們族人的情形。我們也被邀請行初夜禮，連我這個大塊頭也受邀。我還被問到有沒有和年輕女人交歡的經驗，我想我被一兩個朵妮女考驗過。」年輕大漢高興笑道：「起初是喬達拉當我們的翻譯，不過我們一直在學齊蘭朵妮氏語言，我現在講得相當不錯了。大家都對我們很好，一直要送東西給我們，但妳知道，旅行帶太多東西很累的。事實上，我帶了妳留下的一件東西來，我已經交給喬達拉。還記得妳離開時，塔魯特送妳一片象牙嗎？上面刻了地標，幫助妳找到正確的出發點。」

「記得，我們怕它占地方，所以沒帶走。」

「拉度尼要我把它交還給妳。」

「喬達拉看到了一定很高興，那是他最想保有的東西，紀念他在獅營待過的日子。」

「這個我了解，沙木乃也送我一件一定會保存的東西，我拿給妳看。」他掏出一個猛獁象，是用很硬的奇異材料製造。「我不曉得這是什麼石頭，艾達諾說，這是他們製造的。我不知道該不該相信他的話。」

「他們的確會製造這種石頭，先用粘土塑像，接著在密閉空間，比如土裡的火爐，用很熱的火燒烤，直到燒成石頭為止。我曾經看三姊妹營的沙木乃燒製，就是她發明製造這種石頭的方法。」愛拉頓了一下，目光投向遠方，似乎在探索一段回憶。「她本人並不邪惡，不過有一陣子阿塔蘿倒是把她引到錯誤方向。沙木乃氏這個族真的很有意思。」

「喬達拉把你們倆的遭遇告訴我了，不過艾達諾屬於另一個營。我們曾在三姊妹營停留過夜，那裡居然有那麼多女人，我覺得很奇怪，不過他們非常好客。我和喬達拉談過才明白，要不是你們先經過那個地方，我可能無法脫身來到此地，現在回想起來還會發抖呢。」達弩格說道。

遮掩入口的皮革被掀開，達弩格和愛拉抬眼一看，只見達拉納探頭望進來。「小伙子，早知道你要把她留給自己，當初我會再想想，該不該帶你來參加夏季大會。」達拉納故作嚴厲，接著便微笑說道：「其實也不能怪你，我知道你已經好久沒見到她。但是，還有許多人也想和這個年輕女人講話。」

「達拉納！」愛拉說著，起身鑽出小帳篷前去擁抱他。他是上了年紀的人，但相貌仍然很像喬達拉，她一見到他備感親切溫暖。「達弩格和其他兩人是跟你來的嗎？他們怎麼找到你的？」

「說是湊巧還是注定，這要看妳問誰了。我們有些人去打獵，附近有一個河谷吸引許多獸群經過。他們看到我們，表示想加入，和我們一起狩獵。有三個健壯的年輕人要幫忙，我們當然高興得不得了。本來我一直在想，如果來一次大有斬獲的狩獵，不但會有足夠肉儲存過冬，還有多餘的肉供路上吃，這麼一來我們也許可以參加今年的齊蘭朵妮大會。

「有他們幫忙果然不一樣，我們獵殺了六隻牛。直到那天晚上，這個年輕人才問起妳和喬達拉，打聽如何尋找齊蘭朵妮氏人。」達拉納說完，示意就是剛從帳篷裡出來的紅髮大漢。

「語言溝通上當然有問題，達弩格只會說『齊蘭朵妮氏第九洞穴的喬達拉』。我想盡辦法告訴他，喬達拉是我火堆地盤的兒子，但不是很順利，」年長的男人繼續說道：「後來艾丘札剛巧從燧石礦回來，達弩格用手語對他說話，結果艾丘札竟然看懂了，出乎他意料。但是艾丘札看見達弩格和德魯偉用手語跟他交談，更是驚訝。艾丘札問他們在哪裡學這手語，他就講他弟弟的故事，那是他媽媽收養的男孩，已經死了。愛拉，他說是妳教他學會用手語交談的。

「起先我們就是這樣溝通。達弩格和德魯偉用手語告訴艾丘札，他翻譯出來。於是我決定告訴達弩格，我們要參加齊蘭朵妮氏的夏季大會，而且要帶他們一道去。第二天，威洛馬和他的隊伍正好到達，他真厲害，就算語言不通，也可以交談得那麼好。」

「威洛馬也來了嗎？」愛拉問道。

「是呀，我在這裡。」

愛拉急忙轉身，交易大師赫然出現眼前，樂得她滿臉笑容。兩人歡喜地熱烈擁抱。「你也是和蘭薩朵妮氏人一道來的？」

「不，我們只是跟他們一起到，」威洛馬說：「我們這一趟還在其他幾個地方停留，兩天前才到這裡。我正準備去第九洞穴營地。」

「其實今年我們來得早了點，」達拉納說：「我知道第九洞穴會在什麼地方紮營，所以我們就靠近他們紮營。」

「第九洞穴的人到達時，我剛好看到。」達努格說：「愛拉，我老遠就看到馬匹，知道那一定是妳那個洞穴的人。等到發現妳沒跟他們一道時，我好失望。不過見到喬達拉，我還是滿高興，起碼他會講馬木特伊氏語。我也立刻看出喬愛拉是妳的女兒，特別是看到她騎著那匹白馬。要是妳不來，我會跟第九洞穴的人回去，讓妳驚喜一下，結果反而是妳讓我們驚喜了。」達努格說道。

「達努格，你本身就是最受歡迎的驚喜，你還是可以來第九洞穴作客呀。」愛拉說完，轉向達拉納：「我很高興你跟齊蘭朵妮氏一道來。潔莉卡有沒有跟你一起來？瑪桑那要是見不到你們大家，會很失望的。」

「聽說她不能來，我好難過。潔莉卡也盼望見到她。她們到後來會成為好朋友，真是奇妙。瑪桑那好嗎？」

「不算是完全好，」愛拉搖搖頭說道：「她總是喊關節痛，但不只關節有毛病，胸口也會痛，她一使力就喘不過氣來。我一直想儘快趕來參加大會，可是又不忍心丟下她。不過我離開時，她已經好多了。」

「妳真的認為她好多了？」威洛馬問道，眼神變得嚴肅起來。

「她說第九洞穴的人出發時，她要是覺得有現在這麼好，也許會一道過來，不過我認為她無法走一整天的路。」

「有人可以扛著她來呀，」達拉納說：「荷查曼死亡之前，曾經有兩次，我扛著他一路走到西方的大水。」達拉納轉向達弩格說道：「荷查曼是潔莉卡母親的配偶，他們從東方的無盡海長途旅行來這裡，他的眼淚和西方大水的鹽結合，不過那是喜樂的眼淚。他最大的心願就是：地有多遠就走多遠，要比任何人都走得更遠。我沒聽說過有誰比他走得更遠。」

「達拉納，我們記得那個故事，想要扛她來。」愛拉說道：「但是她不要騎在喬達拉的肩膀上，大概她認為那太沒尊嚴了，她也不想騎嘶嘶。我出發之前又問了她一次，要不要騎馬，她還是不要。她喜歡這幾匹馬，但一想到騎牠們，她會害怕。」愛拉注意到卸在地上的拖橇，那是兩根平行竿子兜著一張墊毯。「我在想……威洛馬，你認為她會在意乘坐拖橇嗎？」

「說到這個，可以找幾個人輪流用轎子抬她，」達拉納自告奮勇：「四個人，分別扛四個角，那會很輕鬆，她並不重。」

「她可以坐直，不必向後看。我很想叫喬達拉回去接她，但我還沒見到他。達拉納，他沒有跟你在一起嗎？」愛拉問道。

「沒有，我一整天都沒看到他。他可能到處跑，妳知道參加這種大會都會這樣。」達拉納說：「我也一整天沒見到波可凡了。」

「波可凡？喬愛拉和艾丘札在這裡嗎？上次和喬愛拉引起大騷動，艾丘札說過再也不來了。」愛拉說。

「我們好不容易說服他。潔莉卡和我都認為，他應該為了波可凡來。他總有一天需要找配偶，蘭薩朵妮氏的人數還不夠多。部落裡所有少年男女都像兄弟姊妹一樣被扶養，妳知道一起長大的小孩不會把對方當作可能的配偶。我告訴艾丘札，只有少數幾個人會反對，但他不相信。一直到大馬木特伊、他的堂兄弟和朋友要來，他才決定一起來。他們幫了大忙。」

「他們做了什麼嗎？」

「他們什麼也沒做。妳知道大家初次見到艾丘札，幾乎會很不自在。妳卻跟別人不一樣，從來不會不舒服，」達拉納說：「所以他一直都是特別喜愛妳。達弩格遇到他也不會不自在，開始用手語跟他交談。這個年輕的沙木乃氏人好像也沒對艾丘札不耐煩。顯然他們不像有些齊蘭朵妮氏，對那些靈魂混合者那麼有敵意。」

「這倒是實話，」愛拉說：「混合的情形在他們中間似乎更多，雖然不是所有人，但是有更多人接納，尤其是像艾丘札那樣有很明顯的穴熊族長相。他即使在他們那邊也會有問題。」

「跟艾達諾在一起就不會，那三個年輕人對他就像對其他人一樣，很容易接納。他們不當他是例外，也沒特別努力要對他好。我認為這會使艾丘札知道，並不是每個人都厭惡或是反對他。他可以交朋友，波可凡也可以交朋友。其實和你們同時配對的那一對年輕人，喬德坎和樂薇拉，他們一直帶著波可凡，只差沒有領養。他整天都和他們的少年男女玩在一起，其他兒童總是在他們營地上跑來跑去。有時我在想，他們怎麼能忍受那麼多小孩整天吵吵鬧鬧。」達拉納說。

「樂薇拉是非常有耐性的，她的耐性沒有底線，」愛拉說：「我也認為她喜歡熱鬧。」她轉向達弩格說道：「你要跟我們一起回第九洞穴，是不是？我們還沒有談獅營每一個人的情形。」

「我們是想去妳那邊過冬，我回程之前想到西方看大水。何況我認為在春季來臨之前，我們沒辦法叫艾達諾離開這裡，那時候可能還是不行。」達弩格看著他的朋友含笑說道。

愛拉不解地問：「為什麼？」

「等妳看到他在喬達拉妹妹身邊那副德性，妳就明白了。」

「弗拉那？」

「對，弗拉那。他絕對是一下子就愛上她了，整個人完全為她瘋狂傾倒。我看那兩個人八成情投意合，至少她不介意和他一起消磨時間。」達弩格說的雖然是馬木特伊氏語，口裡卻嗤嗤笑著。他的語言相似，而且一路上學會了不少馬木特伊氏語，而弗拉那的名字不管用什麼語言念都一樣。愛拉看到艾達諾的臉紅了起來，她眉頭一揚也露出微笑。

身材修長、姿態優雅的弗拉那，不論到哪兒都引人矚目。她兼有母親的高雅氣質和威洛馬的親和魅力，喬達拉從她小時候就看出這個妹妹長大是個美女。她並不像喬達拉少年時，有完美無瑕的五官和髮色，甚至很多部位到現在依然完美。她嘴巴稍大，兩眼之間的距離寬了些，一頭淡棕色頭髮色澤也嫌太淺，然而這些小瑕疵反而使她更容易親近、更吸引人。

弗拉那絕非乏人追求，只是從未有人滿足她在感情上的期待。也因此她對選擇配偶一事總是意興闌珊，害得她那急著想抱孫子的母親只得在一旁乾著急。愛拉經過長時間和瑪桑那相處，對她更加了解，知道弗拉那如何看待這個沙木乃氏年輕人，會對瑪桑那產生很大影響。最大問題是，艾達諾決定留在齊蘭朵妮氏嗎？或者弗拉那要隨他回沙木乃氏？愛拉思緒一轉，當下明白：瑪桑那必須在這裡。

「威洛馬，你有沒有注意到弗拉那對這個沙木乃氏年輕人有意思？」愛拉問道，一邊對那個害羞臉紅的客人微笑。

「妳這麼一提，我倒想起來了！打從我到這裡，他們兩人確實有很多時間膩在一起。」

「威洛馬，你了解瑪桑那。如果弗拉那開始對小伙子認真起來，她一定也想在場，尤其有人想帶她女兒回他的家鄉。我相信她如果能夠來，絕對不願缺席。」

「妳說得對，愛拉，可是她身體挺得住嗎？」

「達拉納，你曾經提到用轎子抬她。依你看，找幾個強壯的年輕人跑回第九洞穴接她來，需要多少時間？」

「有好的快跑人去接她的話，要不了兩天，也許四天就能把她接來。不過，她需要多久時間準備呢？還有，妳真的認為她挺得住？」達拉納說道。

「如果是約普拉雅，潔莉卡挺得住嗎？」愛拉問道。

達拉納點頭表示明白。

「我出發時瑪桑那的身體似乎好多了，只要她別讓自己太勞累，我認為她來這裡一樣會很好，這裡就像在第九洞穴，會有很多人幫助她。她喜歡那幾匹馬，看看牠們、拍拍牠們，在這種情形下，她甚至會願意乘拖橇來這裡。不過我相信她若是坐轎子來，一路上可以和抬轎的人聊天，那會更舒服。我會先問喬達拉，可是我到處都找不到他。威洛馬，能不能請你和達拉納、約哈倫先安排這件事？」

「沒問題，愛拉，我們可以安排。妳說得也對，如果弗拉那對配對的事認真起來，尤其是要配外地人，她母親必須在場。」

「媽媽！媽媽！妳來了！妳總算來了，」一陣幼嫩的呼叫聲打斷了談話，那是愛拉喜歡聽到的聲音。她含笑轉身，兩眼發亮，對一個奔向她的小女孩敞開雙臂，一匹狼蹦蹦跳跳跟隨在女孩身邊。她的女兒飛奔投入她的懷裡。

「我好想妳喲！」愛拉緊緊摟住她，然後拉開距離看看她，再擁入懷裡，說道：「喬愛拉，想不到妳長大這麼多！」她邊說邊將她放下。

齊蘭朵妮腳步緩慢，隨著小女孩回來，她洋溢著熱情的微笑走近愛拉。兩人擁抱打招呼之後，她說：「妳的觀察結束了嗎？」

「是的，結束了，真好！看到太陽停止後又回來，我能親自記錄，感覺很興奮。只可惜當時沒有真正了解的人在場，和我一起分享，我老是想到妳。」愛拉說道。

齊蘭朵妮仔細端詳這個年輕女人，見她別有一番氣象——愛拉不一樣了。婦人想要找出她不一樣的地方，愛拉瘦了，她生病了嗎？她的身孕應該明顯了，但她的腰圍變瘦，乳房也縮小。朵妮啊，她心裡暗叫：糟了，她的身孕沒了！她一定是流產了。

但改變的不只這點，她的態度也透著一股前所未有的信心，對流產的不幸坦然接受，儀態優雅而自信。她知道她是什麼，她是齊蘭朵妮！她曾經蒙受呼召。她一定是在那時候流產的。

「愛拉，我們必須談談，是不是？」首席齊蘭朵妮說，特別強調她的名字。她可以叫她愛拉，但是她已經不是愛拉了。

「是。」年輕女人答道，她已不必多說什麼，她知道首席大媽侍者心裡明白。

「我們應該早點談。」

「是，我們應該談。」

「愛拉，我也很難過，我知道妳想要那個孩子。」她平靜地說。愛拉還來不及反應，已有更多人圍了上來。

幾乎所有親朋好友都擁到營地跟她打招呼，除了喬達拉，大家好像都不知道他的下落。通常有人要離開大會營地，不論單獨或是跟一兩個朋友一道，都會把去向告訴某個人。雖然愛拉開始擔心，其他人似乎毫不在意，大多數人留在營裡照樣吃正餐、享受點心。他們講述一些發生過的大事、談論著誰要配對、誰又生了小孩、誰懷孕、誰決定解除配對或是二度配對等等，也講一些善意的閒話。

下午時分，大家紛紛散去，各自從事其他活動。愛拉把鋪蓋捲攤開，把其餘物件一一擺好。她很高與早先將幾匹馬放在樹林裡的低草地上，那裡已豎立起圍欄，用意不是怕馬兒跑出去，而是阻止人類接近牠們。馬群在低草地上活動一般來說很正常，但大家都知道第九洞穴帶了幾匹馬前來，想弄清楚這些是不是那幾匹特別的馬兒。儘管喬達拉和喬愛拉經常帶幾匹馬去大草原，或騎馬、或放馬吃草，但無論何時，一旦他們不在馬兒身邊，總會有人駐足在柵欄外觀看。

喬愛拉、齊蘭朵妮，還有沃夫，回到齊蘭朵妮亞的營區，完成特別晚會的細節安排。嘶嘶載著愛拉趕路，一身塵土，她決定幫牠好好刷一刷毛，於是帶著軟皮革和起絨草做的刷子，到圈馬的低草地。她也順便刷了快快和灰灰，幫牠們搔搔癢，關懷一下。

愛拉望著那條流淌在河谷草地邊緣的小溪。見它直奔主河傾瀉而去，她想起了上一次大會就在此地舉行。她記得遠處的上游地有個水塘可以游泳。那兒距離大會營地相當遠，取水並不方便，因此知道的人不多。那時她與收留她的這個族並不熟稔，當她和喬達拉想遠離人群時，經常去那兒消磨時間。

她想，這時候游個泳會很舒服。眼前的河水由於太多人使用，河水被攪得渾濁不堪。她動身朝小溪上游的水灣走去，溪流在水灣外沿附近切開一個較深的水塘，在水灣內沿形成一條帶狀草灘，岸邊布滿了鵝卵石。想到她和喬達拉過去在溪邊常做的事，不覺莞爾一笑。她一直想念著他，想念他帶給她的感覺。她想像他的撫摸時，兩腿中間部位甚至濕了起來。她心想，嘗試再造一個胎兒會很有趣吧？

正當接近游泳的水塘時，愛拉聽到水濺聲，接著是人聲，她差點掉頭回去。她心想，聽這聲音，顯然已有別人發現這地方，我可不想打擾找地方獨處的配偶。不過也可能不是一對，而只是想游泳的人。她走近時，聽到一個女人聲音，然後是男人聲。雖然聽不清楚講什麼，那聲音卻令她渾身不舒服。

她悄悄移動，就像提著拋石索潛近獵物時那般安靜。她聽到更多聲音，接著是一陣深長放縱的笑聲。她熟悉這笑聲，只是有好一陣子沒聽見了，畢竟那樣的笑聲很少有。隨後她又聽到那女人說話，也認出是誰的聲音。她隔著小河灘上的矮樹叢，透過葉縫望過去，胃裡有股奇怪的感覺直往下沉。

第三十二章

愛拉望著樹林，看見喬達拉和瑪羅那雙雙浮出水面，她感到一陣椎心的刺痛。瑪羅那把臉轉向喬達拉，將手攬在他身上，赤裸的身軀貼近他並踮起腳來，作勢要吻他；喬達拉彎下腰與她接吻。愛拉怔怔看著他的手開始愛撫她身體。她已經感覺過幾次那雙溫柔的手？

愛拉想逃，但雙腳卻不聽使喚。兩人彼此又靠近了幾步，移往一張攤在前方草地上的皮革。她可以感覺到喬達拉並沒有真的很興奮。然而打從她來到夏季大會，他整天不見人影，也沒有人看過他。對愛拉來說，很明顯的，他們已經用過這條皮毯，至少一次。瑪羅那再次貼近他，給他深情一吻，彷彿充滿飢渴般，然後緩慢地躺在他面前。瑪羅那發出無力、會意的一笑，接著便用嘴含住他軟弱的下體，喬達拉站著俯視她。

在他強烈的愉悅表情中，愛拉看出他愈來愈亢奮。對他做那種事時，她從沒看過他的臉，他看起來就像那樣嗎？當瑪羅那有節奏地前後移動時，他的器官開始腫脹，把她推得更遠些。

撞見他們兩人在一起，愛拉非常痛苦，幾乎無法呼吸，胃部絞痛，頭部有如受到猛烈撞擊。她以前從未有過這種感覺，難道這是痛苦的嫉妒？她心想，當初我和雷奈克交歡時，喬達拉也有這種感覺嗎？他怎麼沒跟我說呢？我當時不知道，我從來沒有忌妒的感覺，而他也沒告訴我。他只說我有權選擇我愛的人。

這也表示他有權和瑪羅那在一起嗎?!

淚水滾滾奪眶而出，她受不了了，必須馬上離開這裡才行。她轉身，盲目地在小樹林奔竄，但被一條突起的樹根絆倒，整個人摔跌地上。

「是誰？發生了什麼事？」愛拉聽見喬達拉喊叫。喬達拉把草叢推開，她趕緊站了起來，打算離開。「愛拉？愛拉！」他驚訝、震驚地叫著，問道：「妳在這裡做什麼？」

愛拉轉身面對追逐過來的男人。「我無意干涉你們，」她說，試圖使自己鎮定下來：「喬達拉，你有權跟任何你想要的人上床，甚至是瑪羅那。」

瑪羅那穿過叢林，來到喬達拉身邊，身體貼著他。「沒錯，愛拉，」她狂笑後又說：「他可以和任何他想要的人上床。當他的對象忙著服侍他時，妳期望男人會做什麼呢？我們經常做愛，不只這個夏天。妳以為我搬回第九洞穴的目的是什麼？他不讓我告訴妳，但既然妳已經知道了，妳可能想知道整件事的來龍去脈。」她說完再度狂笑，接著不懷好意嘲笑著說：「愛拉，妳從我身邊將他偷走，但妳無法留住他。」

「我沒有從妳身邊偷走他，瑪羅那，我來到這裡之前，甚至不認識妳。喬達拉是在自由意志下選擇了我。現在他也可以選擇妳，如果他要的話。不過請告訴我，妳真的愛他嗎？或者妳只是想惹麻煩？」愛拉說完轉身，努力維持自己的尊嚴，快步離開。

喬達拉把肩膀一晃，甩開了瑪羅那，大步追上愛拉。「愛拉，等等！讓我解釋！」他喊道。

「這還有什麼好解釋的呢？瑪羅那沒錯。我怎麼能妄想其他事情？你正在『辦事』啊，喬達拉，你為什麼不回去把事情辦完呢？」她離開前又補上一句：「我很確定瑪羅那會再次讓你興奮，她很能滿足你。」

「如果我可以擁有妳，我就不需要瑪羅那了，愛拉。」喬達拉忽然好怕失去她。

瑪羅那驚訝地望著他。她了解，自己在他心目中根本沒有任何地位，一向都是如此，從未改變過。她自動送上門，而他覺得她可以滿足自己的欲求，這也不錯。瑪羅那憤怒地瞪著他們兩人，但喬達拉根本沒注意她。

他眼裡只有愛拉，現在他覺得很後悔，不該屈服於瑪羅那的誘惑，不該隨便跟她交歡。他的心思全放在愛拉身上，試圖想解釋些什麼，說出他此刻的感受，甚至沒留意到剛才和他交歡的女人抱著衣服氣沖沖從身邊跑過。但愛拉注意到了。

喬達拉離開達拉納回來後，選擇一個又一個女人，但從未付出真心。世上沒有任何東西比得上初戀的濃烈情感，那段刻骨銘心的記憶，經過索蘭那和他的緋聞及恥辱後，變得更加強烈。她曾是他的朵妮女，教導他男女之間的相處之道，但他不可以愛上她，她也不允許他這麼做。

他相信自己再也不會愛上任何女人了，他甚至做出最後決定，接受大媽懲罰他的年輕魯莽，他再也不會愛上女人——直到遇見愛拉。他長途旅行，在一個完全不同的陌生環境裡找到她。他愛愛拉勝過他的生命，他無法自拔，願意為她做任何事、去任何地方，即使犧牲性命也在所不惜。如今，能讓他感受如此強烈、但性質不同的愛，是另一個女人——喬愛拉。

「她總是在那裡滿足你的需求，你應該很感激才對，喬達拉。」愛拉說著，仍然覺得很受傷，她試圖掩飾這份痛苦：「從現在開始，我會更加忙碌。我受到召喚，我會依照大媽的期望做事，我是齊蘭朵妮。」

「妳被召喚了？愛拉，什麼時候？」他的聲音充滿慌亂和焦慮。他曾見過一些齊蘭朵妮亞第一次完成召喚後回來，但他也發現有些一去不返。「我應該去那裡，我可以幫助妳。」

「不用，喬達拉，你幫不上忙，沒有人能幫忙，我必須單獨前往。我曾活下來，大媽賜給我一個『能力』，但我必須有所犧牲。她想要我們的孩子，喬達拉，我把他留在洞穴裡。」愛拉儘量維持尊嚴。

「我們的孩子？什麼孩子？喬愛拉當時和我在一起啊。」

「那一天，我很早從懸崖上回家，當晚就懷了這個孩子。我想，我應該為自己慶幸，你那晚沒跟瑪羅那在一起，否則我就沒有孩子可以用來交換。」她的聲音既空洞又悲痛。

「妳被召喚時懷孕了？喔，大媽！」他一陣驚慌，他不要愛拉離開，他必須說些什麼，好把她留在那裡，讓她不斷說話。「愛拉，我知道妳認為新生活就是那樣開始的，但妳並不是很確定。」

「不，我很確定，喬達拉。大媽告訴我，那就是我用小孩生命交換的『能力』。」她的話帶有椎心刺骨的痛，但又說得如此肯定，不容置疑。「我們也許可以試著再生一個，不過我看得出來，你好像忙得沒時間跟我在一起了。」她說完立即走開，留下他吃驚地站在那裡。

「喔，朵妮，大媽，我到底做了什麼？」喬達拉痛苦地叫喊。「我讓她不再愛我了，喔，為什麼她會看見我們？」

他踉蹌地追趕她，忘了帶走自己的衣服，他雙腳跪地，用眼睛目送她離去。他心想，看看她，她這麼消瘦，一定吃了不少的苦！有些新手因為撐不下去而死去。如果愛拉死了呢？我甚至沒好好幫助她。為什麼我不待在那裡支持她？我應該知道她幾乎準備好了，訓練差不多快結束，但我想來參加夏季大會。我沒料想到她會發生什麼事。我只想到自己。

愛拉從視線消失了，他向前拱起身子，閉上雙眼，雙手摀住臉，彷彿不敢面對他的所做所為。

「為什麼我要跟瑪羅那交歡？」他大聲呻吟。他想，從雷奈克之後，從我們離開馬木特伊氏之後，愛拉除了我之外，沒有跟任何人交歡。即便在紀念大媽的儀式和慶典上，幾乎大家都選擇其他人，她依然只選擇我。所有人都在談論這件事，多少男人忌妒地看著我，暗想我一定讓她享受了無比的歡愉，所以她才不選擇別人。

「為什麼愛拉會看見我們？」

我從沒想過她白天會在這裡，我以為她需要花上一整天時間騎馬，到這裡也晚了，所以才以為白天這裡很安全。我從未想要帶給愛拉痛苦，她的苦已經夠多了。現在，她失去一個孩子。我甚至不知道她想再生，可是她失去了這個機會。

真的是那晚開始的嗎？那真是個奇妙的夜晚。我幾乎不敢相信她來到我床上，把我叫醒。我們還會再那樣嗎？她說大媽想要我們的孩子。那是我們的孩子嗎？做為交換朵妮送給她的禮。愛拉從大媽那裡收到一份禮？大媽告訴她，那是我們的孩子，我和她的孩子。

「愛拉失去了我的孩子？」喬達拉皺著眉說。

她為什麼會來這裡？她說想再生一個孩子。她想找我嗎？上次在這裡舉行大會時，我們總是抽空來這水池游泳，我應該想到的。我不該帶瑪羅那來這裡。尤其是瑪羅那。我知道愛拉發現是她，會有什麼感覺，所以才要瑪羅那發誓絕不說出去。

「為什麼她會看見我們？」他向空無一人的樹林懇求，想知道答案。「難道我已經習慣她不會選擇別人，我已經忘記那是怎樣的感覺？」他想起當她選擇雷奈克時，他所感到的痛苦和寂寞。我知道她看見我和瑪羅那在一起作何感想；就好像雷奈克要她上他的床，她去的時候，我所感受到的，但她當時並不知道，她覺得她應該跟他去。如果她現在選擇別人，我會怎樣？

我曾試圖趕她走，因為我受傷太深了，但她仍然愛著我。即便她對雷奈克有所承諾，還是為我做了一件婚配服。喬達拉想到失去她的悲慘痛苦，正如她當初投身雷奈克懷裡時，他所感受到的痛苦。只不過這次情況更糟，這次他傷了她的心。

愛拉不顧一切往前衝，淚水模糊了視線，卻洗不掉她的悲痛。她在第九洞穴朝思暮想的都是喬達拉，一路上心裡繫念的人也是他，這股強烈的思念把她帶到這裡。她無法再回到營區面對所有人，她想一個人獨處。她把嘶嘶牽出來，迅速跨上馬背，奔向廣闊的草原。

嘶嘶雖然因先前的旅途有些疲憊，但在愛拉驅使下，仍奮力在草原上奔馳。愛拉無法將瑪羅那和喬達拉拋諸腦後，她腦子裡滿滿都是他們兩人，已裝不下其他東西，不久她就忘記指揮馬兒方向，任由牠載著自己往前衝。過了一會兒，馬兒感覺愛拉不再主動導引牠，速度便慢了下來，轉身並緩慢走回營區，還不時停下來吃草。他們抵達營區時，天色逐漸暗了起來，氣溫也快速下降，但愛拉除了內心深處麻痺的冰冷外，什麼也感覺不到。他們抵達樹林並看見許多人，馬兒這才感覺主人又重新取得控制。

「愛拉，大家都在關心妳跑哪兒去了，」波樂娃說：「喬愛拉過來找妳，吃完飯還等不到妳回來，於是跑去樂薇拉家，和波可凡玩。」

「我剛才去騎馬。」愛拉說。

「喬達拉最後出現了，」約哈倫說：「他不久前走錯地方來到營區，我告訴他妳在找他，但他嘴裡只說些沒頭沒腦的話。」

愛拉走進營區時目光呆滯，她從齊蘭朵妮旁邊經過也沒打招呼，甚至正眼都沒瞧她一下。

齊蘭朵妮眼尖，馬上察覺事情不對勁。「愛拉，自從妳來後，我們就很少看到妳。」身為朵妮侍者的齊蘭朵妮說，對自己快言快語有些驚訝。

「不會吧。」愛拉說。

對齊蘭朵妮來說，愛拉顯然心不在焉。即便她並不了解喬達拉「沒頭沒腦的話」，但他的行動已經夠清楚了。她也看見瑪羅那從樹林走出來，披頭散髮，而且不是走在第九洞穴的一般路上。她從不同方向來到他們營區，直接走進她和其他人共住的帳篷，然後開始打包行李。她告訴波樂娃，第五洞穴有朋友要她搬過去一起住。

打從一開始，齊蘭朵妮就知道喬達拉和瑪羅那有一腿。最初她想，那不過是玩玩而已，無傷大雅。她知道喬達拉唯有對愛拉是認真的，和瑪羅那只是一時心血來潮，當愛拉有其他要事且必須遠行時，用來解放自己一下而已。但她一直不敢指望瑪羅那的迷戀會放他一馬，讓他回愛拉身邊，或利用巧妙方式擄獲他的心。他們對彼此身體的吸引力相當強烈。即便在過去，這也是他們關係的主要焦點。有時齊蘭朵妮懷疑，這是他們兩人唯一擁有的共通點。

齊蘭朵妮猜想，愛拉可能還沒從洞窟的嚴峻考驗完全恢復過來，不必看愛拉眼睛，光是從她消瘦的身子及凹陷的臉龐便可略知一二。齊蘭朵妮見過太多從召喚或洞穴回來，或在大草原流浪回來的新手，他們不知道考驗的危險。她自己也曾差點喪命。由於愛拉這回又失去一個孩子，她可能患有大多數女人在產後會有的憂鬱症狀；如果是小產，情況更為嚴重。

但首席親眼見過比愛拉所經歷的洞穴折磨更多，她見過痛苦、因忌妒而產生的痛徹心扉，以及背叛、憤怒、懷疑和恐懼。從前名為索蘭那的她回想，愛拉愛他太深，以致無法自拔。首席過去幾年來不時覺得納悶，一個齊蘭朵妮怎麼會如此愛某個男人，不過愛拉的天分是令人畏懼的。儘管她深愛這個男人，但她的愛不容忽略。

她雖然愛他，但喬達拉是個精力充沛的男人，要他不這樣還真難，尤其社會並沒有限制和規範。像瑪羅那如此親密熟悉的人，更是無所不用其極，會利用各種能力來鼓勵和誘惑他。當愛拉忙碌時，為了不打擾她，他很容易養成找瑪羅那的習慣。

齊蘭朵妮知道喬達拉從沒提過任何有關他與瑪羅那的事，關心他們的人也多半會本能地保護愛拉。她們希望愛拉別發現，但她知道，如果喬達拉想繼續下去，這根本是妄想。他自己也應該知道的。

愛拉已經學會齊蘭朵妮的方式而且似乎很融入，但她並不是天生就會。她們的方式對她來說並不自然。此時此刻，齊蘭朵妮恨不得夏季大會趕快結束。她想確定這個年輕女人是否一切安好，不過大會每到最後階段，對首席來說都是相當忙碌的。她留心觀察這個年輕女人，試圖看出她發現喬達拉與瑪羅那幽會時的感覺，以及會有什麼影響。

在波樂娃強烈要求下，愛拉勉強接受了一盤食物，不過她只是將它推來推去，然後倒掉，把盤子洗乾淨，放回去。「我希望喬愛拉回來，妳知道她會去多久嗎？」愛拉說。「很抱歉，她來的時候，我不在這裡。」

「妳可以去樂薇拉家找她。」波樂娃說：「如果妳去她家，樂薇拉一定很高興。我沒看到喬達拉去哪裡，他八成也在那兒。」

「我真的很累，」愛拉說：「恐怕不能再陪你們了，我要早點上床。對了，喬愛拉回來時，妳可以請她過來嗎？」

「愛拉，妳還好吧？」波樂娃關心地詢問，很難相信她現在只想上床睡覺。她一整天都想找喬達拉，現在卻連幾步路也不想走過去找他。

「我很好，只是累了。」愛拉說著，走向其中一棟環繞主火堆的大型圓形建物。

一面結實的垂直鑲板牆，以許多蒲葉重疊做成，用來遮風避雨，鋪在打入地下、形成圓圈的長柱外面。第二層鑲板內牆則是用扁平的紙莎草稈編織成，附在長柱內部，留下一個通風空間，做為額外的絕緣，好讓室內冬暖夏涼。屋頂是以厚厚一層蘆稈鋪成，從中央長柱開始下傾，並由細長的赤楊木桿捆紮成的圓形架子支撐，煙霧則從靠近中心的洞口飄出。

這個結構提供了相當大的室內空間，可以成為空曠場所，也可用幾塊可移動的內部鑲板區隔成數間。睡墊攤在紙莎草、高蘆稈、蒲葉和乾草等編成的草席上，環繞著主火堆。愛拉衣服沒脫完就爬進睡墊，不過她還沒打算入睡。她闔上眼睛，只看見喬達拉和瑪羅那在一起，大腦不斷盤旋，想著其中的意涵。

愛拉知道，身為齊蘭朵妮的一員，忌妒是不會被原諒的，不過她倒是不了解，那些激起忌妒的行為更不被接受。眾人認知忌妒存在，也明白箇中原因，更重要的是，了解忌妒的殺傷力以及造成的影響。

然而，在冰川時期冷冽襲擊的惡劣土地上，生存有賴彼此互助合作。任何行為一旦損害了這個共識所必備的善意，那麼社會習俗自有不成文的苛刻批評，大家也會嚴格執行。

在酷寒的不利條件下，孩童特別容易遭遇危險，許多孩子很早便夭折。雖然社會對每個人的生活安全極其重要，但親近、相互關懷的家庭則被視為不可或缺。大多數家庭是以一男一女開始，但他們可以透過任何方式擴展。不只祖父母、阿姨、叔伯及堂表兄弟姐妹，只要相關的人同意，女人可以選擇一個以上的男人，男人也可以選擇兩個女人，甚至更多。唯一的例外是，嚴禁近親配對，比如兄弟姐妹不可成為夫妻，那些被視為「近親」，包括堂表兄弟姐妹也不行。至於年輕男人和朵妮女，則受到強烈反對，但沒有明確嚴禁。

家庭成立後，傳統上都會支持它的延續性。由於忌妒不利長期關係，因此有各種措施來減少忌妒的負面影響。一夜情會受到姑息，只要透過社會認可的大媽慶典進行；婚外情如果節制謹慎，則通常會被忽略。

若另一半的吸引力減少或移情別戀，第三者可以加入，不需分道揚鑣。如果再也無法挽救，到了必須分手的地步，則會針對一方或相關人等有某種懲罰，以阻止分離，尤其是有小孩時。

懲罰包括持續一段時間為家庭提供協助和支持，有時會搭配禁止在同期間與其他人交往。或者，懲罰也可能一次給付，尤其是一人或多人想要搬走。這些並沒有硬性規定，每種情況都由公正人根據一般傳統做出判決；所謂公正人，不僅與當事者沒有直接利害關係，也必須具備智慧、公正和領導能力等特質。

舉例來說，如果一個男人想要和另一半斷絕關係，離開家和另一個女人在一起，這就需有一段等待期，時間長短則取決於若干因素，包括另一個女人是否有孕在身。在等待期間，他們會受催促加入家庭，而不是斷絕關係。如果另一半堅持反對新的女人加入，這時男人才可斷絕目前關係，但他必須依照指定的時間，協助並支持原來的家庭。或者，可以支持儲存食物、工具、用具，或是可出售、立刻收現的東西。

女人當然也允許離開，尤其有小孩且住配偶洞穴，她可以回到出生的洞穴或搬到另一個男人的洞穴。假如全部或部分小孩留給另一半，或者男人生病失能時，女人想離開，她可能得支付罰金。倘若他們是住在她的原生洞穴，她可以要求討厭的另一半離開，這時男人的生母洞穴就得接受他。通常女人需要提出一個理由，即便並不是真正的理由，例如男人虐待她或小孩，或者太懶惰且未適當供養家庭。真正原因可能是，他不夠在乎她或者她移情別戀，也可能只是因為她不想再和他或其他男人住在一起。

有時，一方或雙方只表明他們不想住在一起。但一切考量以小孩為主，如果小孩可以獲得供養或成長，眾人選擇的任何安排都是可被接受的。如果沒有小孩涉入，也沒有其他情有可原的情況（例如某個家庭成員生病），則男人或女人可以相當輕易斷絕關係，通常只要剪斷一個象徵性的繩結，隨後即可搬出。

在那些情況中，忌妒是最容易導致感情破裂的，但無論如何那不被容許，必要時，洞穴會介入。只要是可接受且不引起洞穴之間的問題，或者破壞別人的關係，幾乎都可以做他們想要的安排。

當然，如果直接打包一走了之，就沒有任何辦法可以讓不負責任的人接受處罰，不過其他洞穴遲早會得知實情，而且會毫不猶豫地施加社會壓力。雖然他或她不會受到驅趕，但會變得很不受歡迎。他可能得獨居或搬到遠處以避免懲罰，而大多數人非常不願獨居或與陌生人住在一起。

以達拉納為例，他很願意支付他的罰金。他沒有別的女人，實際上仍愛著瑪桑那，他只是無法忍受繼續和她生活在一起，因為她耗費太多時間和精力照顧第九洞穴的需求。他賣掉所屬物品，好儘快支付全部罰金並離開，但他並沒有遠走高飛的打算，他想搬離純粹是因為情況令他痛苦到無法留下。他離開後，不斷地走，在東邊一段距離外的山腳下看見燧石礦坑，然後留在那裡。

喬愛拉和沃夫進入帳篷時，愛拉仍相當清醒。她起身幫她女兒準備上床睡覺。她關照了一下，沃夫很快便待在她用毛毯為牠鋪好的地方，她還向其他剛進來的人打招呼。這棟建物不大，只能容納幾人睡覺，或在雨天時幫他們遮遮雨。

「妳跑去哪裡了，媽媽？」喬愛拉說：「我和齊蘭朵妮回來時，妳不在這裡。」

「我騎嘶嘶出去了。」愛拉解釋。對這個喜歡騎馬勝過一切的小女孩來說，這樣的解釋已經足夠了。

「我明天可以跟妳一起去嗎？我已經很久沒有騎灰灰了。」

「有多久？」愛拉笑著問。

「有這麼多天了。」喬愛拉一手伸出兩根手指，另一隻手伸出三根手指。她現在還沒有算數概念，尤其用手指代表天數。

愛拉笑著說：「數那麼多天，妳要怎麼說呢？」她用手碰喬愛拉的每根手指來幫助她。

「一，二，四……」

「不，三，然後才是四。」

「三，四，五！」喬愛拉終於數完了。

「好棒喔！」愛拉說：「好，我想明天我們可以一起去騎馬。」

小孩和大人一起生活，定期而且有組織地受教導，他們大部分經由觀察與嘗試成人活動來學習。小孩大多時候和負責照顧的成人在一起，直到他們表現出想自行探索為止。當他們想嘗試某事，通常會收到一個工具，同時也有人教導他們操作方式。有時，他們會找到適合自己的工具並試圖模仿某人。如果他們果真表現出某種才能或欲望，大人會製做適合他們大小、具有全部功能的工具，而這並不是玩具。

唯一的例外是玩偶。要製做小型但具有全部功能的玩偶不容易。男孩和女孩如果想要，是會收到各種大小和形狀的人形玩偶。此外，小孩經常由較年長的兄姊照顧，通常也會有大人留心關照。

社區活動大都會包括小孩，他們鼓勵小孩報名參加歌舞，歌舞是各種慶典的一部分，表現不錯的人還會受到嘉獎。心智概念，如計數，通常會透過說故事、遊戲、會話等方式傳授。有時，齊蘭朵妮亞中一人或多人會帶領一群孩子離開，說明或顯示一些特殊概念和活動。

「我通常和喬迪一起騎馬，」喬愛拉說：「他也可以來嗎？」

愛拉遲疑了一下，說：「我想，如果他要來也可以。」

「喬迪在哪裡呢？」喬愛拉問，環顧四周，忽然發現喬達拉不在。

「我不知道。」愛拉回答。

「以前我要睡覺時，他都會在這裡啊。我很高興妳在這裡，媽媽，但我更喜歡你們兩個都在。」喬愛拉說。

愛拉在心裡回應這個想法：是的，我也想，但他要跟瑪羅那在一起。

隔天早上愛拉醒來，花了些時間才認清自己身在何處。室內的擺設很熟悉，她也經常睡在類似的空間。接著她才想到，她現在正參加夏季大會。愛拉的眼睛瞄向女兒睡覺的地方，喬愛拉已不見人影。這孩子通常會忽然醒來，三兩下便下床，一溜煙跑出去玩耍。愛拉微微一笑，然後看看身邊喬達拉的睡處，他不在那裡，顯然他整晚都待在外面。突然間，愛拉的思緒又轉向他可能在那兒過夜，眼裡頓時充滿淚水，幾乎要溢了出來。

愛拉知道這裡的傳統習俗，聽聞不少相關故事和傳說，但她並非在這個文化土生土長，骨子裡也沒有所謂的「適合」行為。她知道一般人對忌妒的態度，但喬達拉年輕時太過魯莽衝動，她感覺自己必須盡力管理好情感。

她在洞穴裡的經驗，不論身體或情感上，都是痛苦的折磨，她沒法清楚思考。她害怕向任何人尋求幫助，害怕會和喬達拉一樣，也變得無法自制。但她身心交瘁，下意識地想要反擊，以其人之道還治其身，讓他痛苦、後悔。她甚至考慮回到洞穴，請求大媽接納她，目的只是讓喬達拉遺憾終生。

她強忍淚水，心想，我不哭！打從很久以前，和這個部落一起生活，她便學會了忍住淚水。她想，反正沒人會知道我的感覺，我會表現得好像什麼事都沒發生。我會找朋友、參加活動、看看其他學徒……做一切該做的事。

愛拉鼓起勇氣從床上爬起來，面對嶄新的一天。我會告訴齊蘭朵妮發生什麼事，畢竟要瞞她可不容易，她就是會知道。但我千萬不能告訴她忌妒的感覺。

所有和他們同住帳篷的人，都知道愛拉和喬達拉之間不大對勁，多數人也猜到大概是怎麼回事。雖然他認為自己很小心，但大家都知道他和瑪羅那交歡一事，因為瑪羅那太喜歡炫耀了。他們很高興看見愛拉回來，以為一切可以恢復正常。但愛拉整個下午都不在，瑪羅那又衣衫不整地從另一條路溜回來，然後打包行李匆匆離開，而喬達拉回來後，很明顯心神不寧，那晚也沒回來，所以要下定論並不難。

愛拉起床時，許多人正在外頭圍著營火享用早餐。時間還很早，比她想像的早。愛拉加入他們。

「波樂娃，妳知道喬愛拉去哪兒了？我答應今天要帶她去騎馬，但我得先跟齊蘭朵妮說。」愛拉說。

波樂娃仔細瞧了瞧她，發現她今天狀況好多了，不了解她的人可能不知道事有蹊蹺，但波樂娃可是比大多數人了解她。

「喬愛拉又去樂薇拉家了，她喜歡待在那裡，樂薇拉也很高興。我那個小妹就喜歡她身邊圍繞著一堆小孩。」波樂娃說：「對了，齊蘭朵妮要我跟妳說，如果妳可以，她想儘快見到妳，她整個早上都有空。」

「我吃完就去，但我可能會在路上順便跟馬爾夏佛和樂薇拉打個招呼。」愛拉說。

「他們會很高興的。」波樂娃回應。

愛拉走進營區，聽見小孩大聲吵架。「所以你贏了，我不在乎！」喬愛拉對一個身材比她稍壯的男孩大吼。「你可以贏走所有你要的東西，你可以全都拿走，但你不能生小孩，波可凡。等我長大以後，我要生很多很多小孩，但你一個也不能生。所以，拿去！」

儘管身材小一號，喬愛拉可是咄咄逼人。沃夫徘徊在兩個小孩身邊，耳朵往後，表情有些迷惑，不知要保護誰。雖然男孩長得比較高大，但年紀卻較小，像是身材大一號的小小孩。他粗短的腿微彎，身子在比例上顯得太長，胸膛下方突出了大大的肚子。沃夫一看見愛拉，立刻跑上前，愛拉用雙手圈住牠，使牠鎮定。

愛拉注意到，波可凡的肩膀比她女兒還寬厚，他的大鼻子從臉中央伸出，下巴縮進，鼻子因而更為突出。他的前額平直、沒有傾斜，但眼睛上方卻有骨脊，不是太大，但很明顯。

對愛拉來說，毫無疑問，他擁有這個部落的特徵，包括他黝黑、水亮的眼睛，只差眼睛形狀異於部落多數人的特徵。他像媽媽一樣，因為些微的內眼角贅皮，眼睛看來有些偏斜。此時，這雙眼睛充滿了淚水。愛拉認為他是個長相奇特但英俊的孩子，不過許多人倒不這麼想。

男孩跑向達拉納。「達拉納！」男孩叫喊，語帶控訴地說：「喬愛拉說我不能生孩子，告訴她這不是真的！」

達拉納一把將他抱起，放在大腿上。「這恐怕是真的，波可凡，」達拉納說：「男孩不能生小孩，只有女孩長大以後才可以。但以後你可以和女人生，然後幫忙帶小孩啊。」

「但是我也要生孩子！」波可凡說著，又開始哭了起來。

「喬愛拉，妳剛才那樣說很殘忍喔。」愛拉責備她，又說：「過來這裡，跟波可凡說對不起。妳讓他哭得這樣，太不應該了。」

喬愛拉有點後悔，她真的無意把他弄哭。「對不起，波可凡。」喬愛拉說。

愛拉本來想告訴波可凡，他長大以後可以幫忙生小孩，後來想想覺得不說比較妥當。畢竟她還沒跟齊蘭朵妮說過，而且波可凡是絕對不會了解的，不過她還是很同情這個小男孩。她在他面前蹲了下來。

「你好，波可凡，我叫愛拉，我一直想見見你，你媽媽和艾丘札都是我的朋友喔。」

「跟愛拉打招呼啊，波可凡？」

「妳好，愛拉，」波可凡說完，害羞地把臉貼在達拉納肩膀上。

「我可以抱抱他嗎？」

「我不知道他要不要讓妳抱，他很怕生。」達拉納說。

愛拉把雙手伸向波可凡；他看著她，認真思考著。波可凡黑亮、偏斜的眼睛看來既深邃又水汪汪的，非常可愛，但她覺得其中還透露著其他情感。波可凡也將雙手伸向她，愛拉從達拉納懷裡將波可凡抱過去。哇，他真重！愛拉對他的重量感到吃驚。「你快要長成大人了，波可凡，你知道嗎？」愛拉抱著波可凡說道。

「我很驚訝他願意讓妳抱，」達拉納說：「他從不給陌生人抱。」

「他現在多大了？」她問。

「剛滿三歲，但長得比他的實際年紀更大。那可能會造成困擾，尤其是對男孩來說。大家會誤以為他比真實年齡大，用大孩子的標準來要求他。我年輕時長得很高，喬達拉也是。」達拉納說。

愛拉心想，為什麼一聽到喬達拉的名字，就讓人心痛？她必須克服這點。畢竟，如果她現在要成為齊蘭朵妮，她就得表現出鎮定的樣子。她曾經透過各種訓練，控制自己的心理狀態，為什麼現在卻無法控制呢？

愛拉抱著波可凡，同時跟樂薇拉和馬爾夏佛打招呼。「我知道喬愛拉經常來打擾你們，似乎她比較喜歡這裡，真謝謝你們照顧她。」

「我們很高興和她在一起，」樂薇拉說：「她和我的女兒是好朋友，不過我很高興妳今年終於來了。夏季大會已接近尾聲，我們不確定妳會不會來。」

「我先前計畫要來，但總有事情耽擱，一時走不開。」愛拉說。

「瑪桑那好嗎？大家都很想念她。」樂薇拉說。

「她似乎好多了……這讓我想起一件事。」她看著達拉納。

他搶先說了：「約哈倫昨天下午派一些人去接她，如果她能配合，應該這幾天就會到。」她看見樂薇拉臉上露出疑問的表情。「如果她同意，他們會用擔架把她抬來這裡。這是愛拉想到的辦法。弗拉那和年輕的艾達諾似乎經常往來，她認為如果他們認真起來，瑪桑那會想來這裡一趟。我知道如果是約普拉雅，潔莉卡會有什麼反應。」這對年輕夫婦微笑點頭。「妳見過潔莉卡或約普拉雅了嗎，愛拉？」達拉納問。

「還沒見過，不過我正要去找齊蘭朵妮，我也答應喬愛拉，我們會一起去騎馬。」

「晚上妳可以來蘭薩朵妮營區吃個便飯，如何？」達拉納說。

愛拉笑說：「好啊！」

「喬達拉也可以一起來，妳知道他在哪裡嗎？」

愛拉的微笑忽然消失。達拉納注意到了，感覺有點擔心。

「不知道，不好意思。」愛拉說。

「哦，夏季大會事情可真多啊！」達拉納趕緊將話題轉開，同時從她手上把波可凡抱過來。是的，沒錯，愛拉一邊想，一邊往齊蘭朵妮的集會所前進。

第三十三章

「沒有人會笨到以為可以那樣欺騙齊蘭朵妮亞。」身材壯碩的女人說。她和愛拉坐在一棟大型建物裡，這裡專供齊蘭朵妮亞使用。「謝謝妳把這些東西帶給我。」她停頓了一下，又說：「妳真的知道是馬卓曼帶給我和喬達拉這些困難的嗎？他年輕時，我擔任他的朵妮女？」

「喬達拉跟我說過這件事。這不就是馬卓曼失去了幾顆前排牙齒的原因嗎？因為他被喬達拉揍？」愛拉說。

「喬達拉不只揍他，更糟的是他變得相當暴力，需要好幾個人才能制服，當時他只不過是個孩子。那就是喬達拉被送走的主要原因。他現在已經學會控制自己了，但他的情感、憤恨和暴怒是令人無法忍受的。我認為他甚至不知道自己對馬卓曼的所作所為，他簡直像中了邪一樣，魂魄被驅趕，讓他無法控制自己的身體。」以前名為索蘭那的女人閉上眼睛，深深吸了一口氣，無奈地對這件陳年往事搖了搖頭。

愛拉不知道要說什麼，但這件事讓她心神不寧。她看過喬達拉忌妒和煩心，卻從沒見過他那麼生氣。「最好是某人將這件事提出來，讓齊蘭朵妮亞注意，我已經讓情況愈變愈離譜了。」首席說：「但馬卓曼並沒有做，因為這件事是對的。他暗中觀看我們並做了，因為他忌妒喬達拉。但妳能了解為什麼我開始懷疑，是我讓個人情感干擾了我的判斷。」

「我相信妳不會那麼做。」愛拉說。

「我希望不會。有段時間我對馬卓曼有所存疑。我認為他缺少……某種東西……服侍大媽所需的某種特質，但他在我成為首席前獲准加入訓練。當初我質疑他的召喚，覺得他的說法太過雕鑿做作。有許多人也這麼認為，可是有些齊蘭朵妮亞想給他所有好處。他已經當學徒這麼久，打從一開始就渴望成為齊蘭朵妮，這就是為什麼我覺得最好從非正式詢問開始，他還沒通過最後測驗。妳提出的這些事可能有助於了解真相，那也是我要的。他可能會提出很好的解釋，如果是這樣，那麼他當然會被接受。但如果他的『召喚』是假裝的，那麼我們就有必要知道。」

「如果他說的不是真的，妳要怎麼處置他呢？」

「我們能做的不多，除了禁止他使用當學徒所獲得的任何知識，並告訴他的洞穴這件事。他會受到屈辱，懲罰很不好受，但不會有罰金。實際上除了說謊之外，他確實沒有傷害任何人或犯下任何不法。或許說謊應該受到懲罰，但這樣一來，恐怕每個人都會受到懲罰。」齊蘭朵妮說。

「部落的人不會說謊，他們不會。從他們說話的樣子，很容易可以知道是不是說謊，所以他們從來不知道怎麼說謊。」愛拉說。

「妳以前也這麼說。有時我希望我們也是如此，」齊蘭朵妮說：「這也是我們接納新齊蘭朵妮時，齊蘭朵妮亞從來不允許學徒在場的原因之一。這種情況不常發生，但偶爾還是有人想走捷徑，只是從來沒成功過。我們總有辦法找出來。」

她們說話時，許多齊蘭朵妮亞已經進入集會所，包括從南方來此造訪的幾位齊蘭朵妮亞。他們對於這些齊蘭朵妮亞之間的距離所產生的相似和不同處，感到好奇與著迷。他們抓緊機會閒聊，直到所有人到齊為止。身材高大的女人站起來，走到入口並和一對新加入的齊蘭朵妮亞說話。這兩個學徒正在看守夏日集會所，確保沒有人試圖走近偷聽。愛拉四處走動，看看這棟大型夏日住所。

這是以垂直鑲板蓋成的雙牆圓形結構，將空間整個封閉起來，與睡覺小屋相似，但更大些。可移式的內板被堆疊起來，位置靠近外牆；中間架高的睡覺處環繞著大空間，形成一個單一大型場所。鋪在地板上的草席編著美麗複雜的圖案，各種墊子、枕頭及坐凳散置各處，靠近數張大小矮桌。許多矮桌用簡單的油燈裝飾，油燈則以砂岩或石灰岩做成，日夜點亮著這處沒有窗戶的集會所。

齊蘭朵妮關緊出入門板，並坐回團體中央架高的板凳。「由於夏季已接近尾聲，妳的召喚相當出人意料，我認為選擇應該在妳，愛拉。妳想先接受非正式的詢問嗎？這樣的開始比較簡單，只是讓妳習慣程序。或者，妳想要完全正式的測驗？」首席問。

愛拉閉上眼睛、低下頭。「如果今天只是非正式的談，將來我還得再說一次，對吧？」她問。

「是的，當然。」

她想著失去的孩子，忽然悲從中來。她真的一點也不想多談。「那……太痛苦了，」她說：「我不要一而再、再而三地說。我認為我受到召喚，如果不是，我也希望大家知道的和我一樣多。我們可以直接進行了嗎？」

壁爐朝向大型圓形空間後方、有些偏離中央，裡面的火熊熊燃燒，煙霧則自動從中央孔排出。一個獸皮水袋伸展在架子上，直接放在爐火上方，水袋裡的水正在蒸發。這塊來自某大型動物的皮革相當不防水，也有部分硬化，滲出一些水，剛好讓它不會燃燒起來。烹調水袋因為使用過，外面變黑，底部略為收縮變形，主要是被內部沸騰的水及外部的火烹煮，但它是很實用的壺，放在壁爐內高溫煤炭上方，可讓裡頭的液體慢慢燒開。

首席從編織碗裡抓出一把乾燥的綠色植物，放進慢煮的水中，接著又抓進三把。它蒸發時發散出一股腥臭味，愛拉相當熟悉。這種藥草是曼陀羅，伊札使用過；伊札是照顧她的部落女巫醫，曾經訓練過她。此外，這種藥草也被莫格烏爾用在許多特殊儀式中，與部落男人一起使用。愛拉很了解它的效用，也知道他們現在的區域並不太常用。那表示這種藥草應該來自遠方，因而如此珍貴罕見。

「那種東西，用齊蘭朵妮氏的語言，叫什麼名字？」愛拉指著這種乾燥植物詢問。

「它在齊蘭朵妮氏語中沒有名字，至於外來名稱，音很難發，」首席說：「我們直接稱它為『東南茶』。」

「你們從哪裡取得的？」

「從東南洞穴來訪的朵妮們，也就是第二十四洞穴。實際上，給妳藥草讓我們一起試驗的人，也來自那裡。他們居住在靠近另一族領域邊境，經常與鄰近部落往來，次數多過與我們交流。他們甚至交換配偶。我很驚訝他們還沒決定結盟，但他們相當獨立，也自豪於他們的齊蘭朵妮傳承。我甚至不知道這種植物長什麼樣子，也許是一種以上的植物。」首席說。

愛拉笑說：「我知道，那是我最早向伊札學到的其中一種植物，我聽過它有好幾個名稱，曼陀羅、臭葉等等，馬木特伊氏人取的名字，意思是有刺的蘋果。它長得高大粗糙，葉子很大，而且味道強烈。花朵又大又白，有時是紫色的，形狀像是向外展開的漏斗，果實是圓的，還帶刺。這種植物的各部位都有用處，包括根部。如果使用不當，會讓人行為怪異，還有，它具有致命的毒性。」

所有與會的齊蘭朵妮亞突然興趣大增，尤其是訪客。他們很驚訝在夏初遇見的這名年輕女子對植物懂這麼多。

「妳在這裡看過它嗎？」第十一洞穴齊蘭朵妮問。

「沒看過，」愛拉說：「不過我一直在找。我來這裡時帶了一些，但用完了，我想補充。這種植物的用處很大。」

「妳怎麼使用呢？」訪客急切想知道。

「它是一種催眠劑；用某種方式製做，可以當成麻醉藥；用另一種方式製做，則能讓人放鬆，不過具有危險性。部落裡的莫格烏爾也在神聖儀式使用它。」愛拉說。正是這樣的討論，讓她喜歡與齊蘭朵妮亞相處。

「這種植物的不同部分具有不同用途或不同效果嗎？」第三洞穴齊蘭朵妮問。

「我認為我們現在應該將這些問題擺一邊，」第一洞穴的齊蘭朵妮突然插話：「我們來這裡另有目的。」

大家都坐了回去，那些急於提問的人則有些尷尬。首席倒出一杯液體，放在一旁冷卻，其餘則傳給其他人，每個人都少量喝了一些。當那杯冷卻時，首席將它遞給愛拉。

「這種試驗不用喝也可以做，利用冥想，不過需要花更久時間。這種茶似乎可以幫助我們放鬆並進入適當的心理狀態。」齊蘭朵妮解釋道。

愛拉喝下了這杯微溫且有臭味的茶，然後和大家一樣，採取最適合冥想的姿勢，接著開始等待。愛拉最感興趣的，是她有意識地察覺這杯茶正在影響她。她想著自己的胃有什麼感覺，呼吸受到什麼影響，以及是否能注意到手臂和腿部放鬆。但這些影響相當微妙，她沒留意自己的意識何時飄走，開始想一些完全不相關的事。最讓她驚訝的是，首席正以低沉的聲音跟她說話。

「愛拉，妳想睡覺嗎？很好，只要放鬆，讓自己覺得想睡，非常想睡。放空妳的心，好好休息。除了我的聲音之外，什麼都不想。只聽我的聲音……讓自己覺得舒服。放鬆，只聽我的聲音……」齊蘭朵妮沉沉呢喃：「現在，告訴我，愛拉，當妳決定進入洞穴時，妳人在哪裡？」

「我當時在懸崖頂。」愛拉開始說話，接著又停了下來。

「繼續說，愛拉，妳當時在懸崖頂，妳在做什麼？慢慢來，用妳的方式把整件事說出來，不急。」

「『短日』已經被標示出來，這表示太陽已經迴轉，準備進入冬天，但我想我會多標示幾天。時間已經不早，我也累了，決定把火撥一下，煮些茶。我在醫藥袋裡找薄荷。天色很晚，但我找不到正確的袋子。最後，我找到有強烈薄荷味道的袋子。泡茶時，我決定練唱『大地母親之歌』。」於是愛拉開始吟誦這首歌。

「在黑暗之中，一片渾沌之時，
莊嚴的大地母親誕生於一陣旋風之間。
甦醒過來的她，了解生命的寶貴，
一片空無的黑暗，哀悼大地母親。
大地母親獨自一人，寂寞難忍。」

「在所有傳奇和歷史中，這是我最喜歡的故事，所以我在喝茶時，會不斷重複唱這首歌。」愛拉說，繼續吟唱以下詩句。

「自她誕生的塵土中，她創造了另一個人，
一位蒼白、耀眼的朋友，一位同伴、一位兄弟。
他們一起長大，學習愛與關懷，
待她準備好時，他倆決定成雙成對。」
「她那白皙耀眼的愛侶，圍在她身邊打轉。」

「開始她和她的伴侶在一起很快樂。
然而大地母親開始煩躁不安，不明白自己的心意。
她愛她那白皙的朋友，她親愛的配偶。」
「但她若有所失，她的愛無止境。她是大地母親，她需要的不只如此。」

「她迎戰無盡的空虛、渾沌與黑暗，
尋找冒出生命火花的冰冷源頭。
旋風令人懼怕，四周是無邊的黑暗，
渾沌的世界冰冷刺骨，攫住她的心跳。」
「大地母親勇氣十足，困難危險消失無蹤。」
「她從冰冷的渾沌中擷取創造來源，
懷著生命力逃走。
她體內的生命不斷長大，
她發散出愛與驕傲的光芒。」
「大地母親身懷六甲，她將生命分享。」

在她心裡，一切歷歷在目，彷彿又回到那個洞穴。「我也懷孕了，和體內成長中的生命力分享我的生命。我感覺如此靠近大媽。」她夢幻般地笑著。

幾個齊蘭朵妮面面相覷，然後看著首席。壯碩的女人點點頭，表示她知道愛拉有孕在身。「接著發生了什麼事，愛拉？懸崖上發生了什麼事？」

「月亮看起來很大、很亮，幾乎要占滿整個天空。我感覺自己被它吸上去。」愛拉繼續說著，描述她如何離地騰空，石柱如何閃爍，接著她受到驚嚇，跑到第九洞穴，然後跑向下游地，再轉向主河。她說，她沿著一條像主河卻又很不一樣的河流走了很長一段時間。日子似乎過了好幾天，但太陽始終沒露臉，每天都是暗夜，只有又大又亮的月亮照耀著。

「我想，她閃耀的愛人、她的朋友正在幫我找路，」愛拉說：「最後，我來到了聖泉之地，看見通往洞穴的小路閃耀著她光亮朋友魯米的光芒，我知道他是要告訴我走那條路。我開始走著，但路愈走愈長，我不知道是不是走對了。忽然間，我人已經在那裡。我看見洞穴黑暗的入口，但我不敢走進去。然後我聽見一個聲音：『她勇敢地尋遍浩瀚的空虛、渾沌、黑暗』，我知道自己必須勇敢，像大媽一樣，不怕黑暗。」

愛拉繼續說著她的故事，在場的齊蘭朵妮亞完全沉迷其中。只要她稍微停頓或猶豫太久，齊蘭朵妮就會以低沉、鎮靜、不疾不徐的聲音，催促她繼續說下去。

「愛拉！拿去，喝喝看這個！」齊蘭朵妮說，但聲音聽起來好遙遠。「愛拉！坐起來，喝喝看這個！」這個聲音現在帶有命令意味：「愛拉！」

她感覺自己被扶起來。她睜開眼睛，看見壯碩熟悉的女人拿一杯東西靠近她嘴唇。愛拉啜飲了一口才發覺自己很渴，所以又多喝了些。霧氣開始散去，她被扶著坐起來，意識到周圍的說話聲輕輕柔柔，雖然小聲，卻可以感受到話中的興奮。

「感覺好一點了嗎，愛拉？」首席問。

「有點頭痛，口還是很渴。」她回答。

「喝這個茶，會讓妳感覺好一點。」第九洞穴的朵妮侍者說：「再多喝點。」

愛拉把茶捧起來喝。「現在我想上廁所。」她笑說。

「屏風後面有一個夜壺。」一位齊蘭朵妮指出方向。

愛拉站起來，感覺有點暈眩，但一會兒就好了。

「我們讓她平靜一下，」愛拉聽見首席說：「她經過了許多事，但我想幾乎沒有疑問的是，她將成為下一任首席。」

「我相信妳說得沒錯。」她聽見另一個聲音說。接著，她又聽見許多齊蘭朵妮相互討論，但無法聽得仔細。他們的意思是什麼呢？她不確定自己喜歡聽他們討論有關「下一任首席」。

愛拉回來時，第九洞穴的齊蘭朵妮問：「妳記得曾經告訴過我們的一切事情嗎？」

愛拉閉上眼睛，皺著眉，集中注意力，最後才說：「我想我記得。」

「我們想問妳幾個問題。妳現在有力氣回答嗎？還是要再休息一會兒？」

「我想我已經清醒，也不累了，不過我想多喝些茶，我的嘴還是很乾。」愛拉說完，有人把茶注滿她的杯子。

「我們的問題可以幫助妳詮釋妳的經驗，」這位朵妮侍者說：「真的沒有其他人可以。」愛拉點點頭。「妳知道妳在洞穴裡待多久了嗎？」首席問。

「瑪桑那說將近四天，」愛拉說：「但從我出洞穴後，我記得不多。有些人在那裡等我。他們用擔架扛我回去，接下來幾天就不太記得了。」

「妳可以解釋一些事情給我們聽嗎？」

「我試試看。」

「妳提到了冰牆，如果我記得沒錯，妳曾經告訴我們，妳在通過冰川的路上掉進一個裂縫裡。不過因為某些奇蹟，妳掉在一個壁架上，喬達拉把妳拉了上來，這是真的嗎？」首席問。

「是的。他丟給我一條繩子，叫我綁住腰部。他將另一頭綁在他的馬兒上，然後把我拉上來。」愛拉澄清說。

「很少人掉進去縫隙還能幸運出來。妳那時候和死神很接近。對新手來說，受到召喚後，再度經歷接近靈界，並非罕見。妳認為冰牆可以解釋這件事嗎？」

「是的，」愛拉說，然後看著首席：「我以前從沒想到，但那也可以解釋一些其他事情。在我來這裡的路上，通過一條暴漲的河川，差一點死掉，我確定我看見阿塔蘿的臉。如果不是沃夫救了我，她一定會把我殺了。」

「我確定那多少可以說明這些幻覺。雖然我沒聽說妳到這裡的來龍去脈，但很明顯大多數人已經聽過了。」到此參訪的齊蘭朵妮繼續說：「不過那個黑色空間是什麼呢？它是指涉『大地母親之歌』或有其他意涵？妳幾乎要把我嚇壞了。」這段話引來一些竊笑和微笑，但也有些人點頭表示同意。

「關於溫水海，以及挖土和鑽樹的動物呢？這些事都很奇怪，」另一個人說：「猛獁象、馴鹿、野牛和馬就更不在話下了。」

「一次請提出一個問題，」首席說：「我們大家都想知道許多事，但請不要急。對於這些事，妳有什麼詮釋呢，愛拉？」

「我不需要詮釋，我知道這些事是什麼，」愛拉說：「不過我不了解它們。」

「那它們是什麼東西？」第三洞穴的齊蘭朵妮問。

「我想大多數人知道，當我和穴熊族住在一起時，像媽媽一樣照顧我的女人是巫醫，她教導我有關治療的知識。她有一個女兒，我們都住在她哥哥克雷伯的家。這個部落的人都知道克雷伯是獨一無二的莫格烏爾。『莫格烏爾』是指通曉靈界的人，『獨一無二的莫格烏爾』則像首席一樣，在所有莫格烏爾中擁有最大權力。」

「那他像是一個齊蘭朵妮囉？」參訪的齊蘭朵妮問。

「就某方面來說沒錯。不過他不是治病的人，巫醫才是。巫醫懂得使用藥草和治療方式，但只有獨一無二的莫格烏爾才能召喚靈界來協助治療。」愛拉說。

「所以這兩個部分是分開的？我一直以為它們是不可分離的。」一個愛拉不認識的女人說。

「有一件事妳可能也會覺得很驚訝——只有男人才可以跟靈界相通，他們是莫格烏爾，而只有女人才能夠治病，她們是巫醫，」愛拉說。

「真令人驚訝。」

「我不認識其他莫格烏爾，但獨一無二的莫格烏爾擁有特殊能力可以召喚靈界，他能回到最初狀態並指引他人。他甚至帶我回去過一次，不過他是不應該這麼做的，我認為他事後覺得後悔。在那之後他變了，他失去了某些東西。我真希望這件事從沒發生過。」

「事情是怎麼發生的？」首席問。

「他們使用一種樹根，只應用在特殊儀式，那是所有莫格烏爾都參加的部落集會。這種樹根必須用特別方式處理，只有伊札世系的巫醫才知道怎麼做。」

「妳的意思是說，他們也有夏季大會？」第十一洞穴的齊蘭朵妮問。

「並不是每年夏季都有，而是七年才舉行一次。有一次部落集會時間到了，伊札卻生病了。她無法參加，而這種樹根必須由女人處理，她女兒年紀太小。雖然我不了解這個部落，但伊札一直訓練我成為巫醫。他們決定選我代替伊札。伊札教我該如何咀嚼樹根，把它吐到特製碗裡。她要我注意，我咀嚼時千萬不能吞食任何汁液。當我們抵達部落集會場，那些莫格烏爾不願讓我處理，因為我是異族人。還好最後克雷伯來解圍，他告訴我去準備。

「我進行了儀式，但對我來說很困難，結果我吞下了一些汁液，而且也做得太多了。伊札說，這種東西很珍貴，不能浪費。那時我腦筋不清楚，把碗裡剩下的全部喝光，以為這樣就不浪費了，而且我是因為沒經驗才會做得太多，並不是故意浪費。我走進附近的洞穴，在洞穴很深的地方看見了那些莫格烏爾。原本女人是不准參加男人儀式，但我已經在那裡，而且還吞了一些汁液。

「我真的無法解釋後來發生了什麼事。克雷伯不知為什麼，居然知道我在那裡。我跌進一個又深又黑的空洞裡，以為會永遠被關在裡頭，是克雷伯跑來把我救出來。我很確定他救了我一命。部落的族人擁有一種我們沒有的特質，就好像我們也擁有他們沒有的特質一樣。他們擁有特殊記憶，可以記得祖先知道的事，他們不需要學習想知道的事。他們只需要知道，或『被提醒』記得。他們也可以學習新事物，但這對他們比較困難。

「他們可以記得很久以前的事，有時可以回到他們的最初，非常久遠以前，久遠到人類還沒出現，大地也不太一樣。或許回到大地母親開始孕育萬物，用生命之水使大地變成綠色。克雷伯能帶領其他莫格烏爾回到那個時期。他救了我之後，也帶領我和其他莫格烏爾回到部落記憶裡。如果你可以回到古早以前，我們都會擁有相同的記憶，他幫助我找到我的記憶。我和他們分享了這個經驗。

「在這個記憶裡，大地和現在不一樣，很難想像是多久以前，當時沒有人類，那些動物住在深海。海水乾了，牠們擱淺在泥巴裡，開始改變並學習住在陸地上。在那之後，動物又改變了許多次。因為有克雷伯，所以我能和他們一起回到那裡。對我和他們來說，情況不太一樣，不過還是能到達。我看見齊蘭朵妮第九洞穴以前的樣子，也認出我剛來時看見的墜石。接著我去了某個克雷伯無法到達的地方，他擋住其他莫格烏爾，所以他們不知道我在那裡。然後他要我離開洞穴，以免被他們發現。他從沒告訴他們我在那裡，如果被他們知道，我必死無疑。不過後來他變得不一樣了。」

愛拉說完後，現場一片寂靜。首席齊蘭朵妮最先打破沉默：「根據我們的歷史傳說，大地母親孕育萬物，然後才有人類來紀念她。有誰能說朵妮是如何塑造我們的？又有哪個小孩記得他在子宮裡的情形？出生前，胎兒透過羊水發育，出生時掙扎著呼吸空氣。我們都見證過生命完全成形前的情況，尤其是早產。在初期階段，胎兒很像魚，後來又像動物。愛拉可能是記得她出生前在子宮裡的情形。愛拉對與她所謂部落的早期經驗，不但不違背這些傳奇或『大地母親之歌』，還可以解釋它們，成為它們的一部分。不過對於長久以來我們視為動物的扁頭如此了解大媽，並且在他們的『記憶』裡擁有這些知識，倒是令我驚訝。但是，他們卻不認得大媽。」

幾位齊蘭朵妮鬆了一口氣。愛拉的說法如此可靠、具有說服力，最初看來像是基本的信念衝突，幾乎可以另創一派，但首席一直試圖解決這個問題並將它們揉合在一起。她的詮釋增加——而不是撕裂——他們信念的強度。或許，他們可以接受所謂的「扁頭」本身很有智慧，但齊蘭朵妮必須堅稱那些人的信念仍然低他們一等，因為扁頭並沒有承認大地母親。

「所以就是那個樹根，才會有黑色的虛空和怪異的動物。」第五洞穴的齊蘭朵妮說。

「那是效力強大的樹根。我離開部落時，身上帶了一些。我不是故意帶走，只是隨手放在醫藥袋。後來我成為馬木特伊氏後，我告訴馬木特有關樹根的事，還有我在洞穴內和克雷伯相處的經驗。馬木特年輕時曾在旅途中受傷，一位部落女巫醫治療他。他和他們相處了一段時間，學習他們的生活方式，並參加部落男人儀式至少一次。他要我一起試試這個樹根，我認為他覺得如果克雷伯可以控制，他應該也可以，不過部落的人和異族之間有些差異。和馬木特在一起時，我們不會回到過去的記憶，而是去到別的地方。我不知道那是什麼地方，那裡很奇怪而且可怕。我們通過那個虛空，差點回不來……但某人……強烈要求我們回來，他的需求勝過所有一切。」

愛拉低頭看著手：「他的愛這麼強烈……那時候。」她低聲說。她抬起頭來時，只有齊蘭朵妮注意到她眼裡的痛苦。「馬木特說，他絕不會再使用那個樹根了，他害怕會迷失在那個虛空裡，永遠回不來，永遠找不到下一個世界。馬木特還說，如果我再使用那個樹根，應該先確認我有強力的保護，否則我可能永遠回不來。」

「妳手上還是有一些樹根吧？」首席問道。

「是的，我在靠近夏拉木多伊氏的山上找到更多，在那之後，就沒再看過了。我認為這地區可能沒有這種樹根。」愛拉說。

「妳手上的這些樹根，仍然有效用嗎？距離妳上次旅行已經有很長一段時間了。」首席緊接著問。

「伊札說，如果適當曬乾，放在遠離陽光的地方，樹根濃度會隨著時間增加。」愛拉說。首席點點頭，但似乎是對她自己而不是別人。

「我強烈感覺妳臨盆時承受了很大的痛苦。」來訪的齊蘭朵妮說：「妳生產時，有感覺快要死了嗎？」

愛拉對首席說過，她第一胎生產時痛得死去活來，那是她「混合靈」的兒子。首席認為那可以解釋愛拉在洞穴裡痛苦生產的一部分，但她覺得沒必要告訴大家。

「我認為最重要的問題，是我們大家一直在閃避的，」首席插話：「『大地母親之歌』可能是最古老的耆老傳說。不同洞穴、不同傳統，經常會有細微的差異，但意義永遠不變。妳願意為我們朗誦嗎，愛拉？不需要整首，只要最後一部分。」

愛拉點點頭，閉上眼睛，想著從什麼地方開始。

「一聲巨響，她的核心裂成碎片，
從地底深處裂開的大洞穴裡，
她的穴狀空間中再次誕生生命，
從她子宮裡生出大地之子。」
「這孤注一擲的母親生下了更多孩子。」

「每個孩子都不同，有的巨大，有的渺小，
有些能走，有些能飛，有些會游，有些會爬。
但每個形體都很完美，每個靈都是完整的，
每個都是能複製的原型。」

「大地母親滿心歡喜，綠色大地充滿生氣。」

「生下來的鳥、魚和所有動物，
這一次再也不會離開大地母親，使她哀痛。
每種動物都住在誕生地附近，
分享大地母親廣袤無垠的大地。」
「牠們和她在一起，不會離去。」

愛拉臨時起意開始朗誦，但隨著她逐漸深入，聲音變得更有力道，風格也更加確立。
「牠們都是她的孩子，她為牠們感到驕傲，
然而牠們卻耗盡了她內在蘊含的生命力。
她的力氣只夠創造最後一個生命，
是個孩子，她記得誰創造了自己。」
「這孩子懂得尊重，學會保護自己。」

「世上的頭一個女人誕生了，她生下來便已完全長成，充滿活力，
大地母親賜與她賴以維生的贈禮。
生命是第一項贈禮，就如同大地母親，」
她睜開眼睛，便了解生命的無價。」
「第一個與她同類的女人已經成形。」

「其次是洞察力、學習力、求知欲與辨別能力的贈禮。
大地母親賜予第一個女人知識，
幫助她生存，並將知識傳遞給她的同類。」
「第一個女人擁有知識，知道如何學習，如何成長。」

「她的生命力即將耗盡，大地母親筋疲力竭，
她一心想使生命的靈繼續繁衍。
她讓她所有的孩子再一次創造新生命，
那女人也受到祝福，得以產下新生命。」
「但女人獨自一人，寂寞難忍。」

「大地母親想起她自己的寂寞，
以及她朋友的愛與無微不至的呵護。
用最後的力氣，她開始分娩，
她創造了第一個男人，與女人共享生命。」
「她再次生產，世上又多了一個生命。」

愛拉朗誦得相當流利，大多數人幾乎不再注意她的口音。他們已經習慣她說某些字詞及聲音的方式，似乎見怪不怪了。然而，當她重複熟悉的詩句時，她的特殊語調顯得更加奇特，帶有一些神祕感，

讓這些詩句彷彿來自其他地方，或許是超凡脫俗之地。

「她將大地賜給她生下的這對男女，當作他們的家園，
她賜給他們水、土地，以及所有她的創造物。
小心地使用這些資源是他們的責任。」
「大地是供他們使用的家園，他們不能濫用。」

「大地母親將生存的贈禮賜給大地之子，
接著她又決定，
賜給他們交歡恩典與彼此分享，
以配對的喜悅榮耀大地母親。」
「大地母親的贈禮是應得的。她的榮耀獲得回報。」

「大地母親很滿意她創造出的男女，
他們配對時，她教他們關愛與互相照顧。
她使他們渴望與對方結合，
交歡恩典來自大地母親。」
「在她完成之前，她的孩子已學會愛彼此。」

通常這首歌就在這裡結束，愛拉遲疑了一下，不知是否繼續朗誦。她吸了一口氣，將她腦子裡的詩句一一朗誦出來，韻律在洞窟裡迴盪著。

「她最後賞賜的知識，就是男人也有參與。
新生命開始前，男人必須滿足他的需要。
男女成雙是對大媽的尊崇，
因為交歡之後女人會懷孕。
大地兒女蒙祝福，大地母親也可安息。」

愛拉結束時，現場有一股不安的寧靜，那些有權勢的男人和女人都不知要說些什麼。最後，第十四洞穴的齊蘭朵妮開口了：「我從沒聽過這幾句詩或之類的。」

「我也沒聽過。」首席說：「問題是，那是什麼意思？」

「妳認為是什麼意思呢？」十四洞穴的齊蘭朵妮問。

「我認為意思是，女人無法單獨創造新生命。」首席說。

「當然沒有辦法。我們一直都知道，男人和女人的靈魂必須融合在一起，才能創造新生命。」第十一洞穴齊蘭朵妮抗議道。

愛拉說：「這幾句詩並沒有提到『靈魂』，而是說愉悅分享的時候，女人才會受孕。男人的靈魂還不夠，如果男人的精力沒有耗盡，新生命就不會開始。孩子是男人和女人的，是他們兩人的骨肉，只有男人和女人結合之後，新生命才能開始。」

「妳的意思是說，結合不是為了愉悅？」第三洞穴齊蘭朵妮用難以置信的口吻問道。

「結合是一種愉悅，這一點沒有人會懷疑。」首席露出挖苦的笑容，又說：「我認為意思是，朵妮給予的不只有愉悅而已，還有生命。我想這幾句詩應該是這個意思。大地母親創造男人的目的，不只為了和女人分享愉悅，還供應她和孩子生活一切所需。女人是獲得祝福的朵妮，因為她帶來新生命，男人同時也獲得祝福。沒有他，新生命無法開始。沒有男人，沒有愉悅，所有生命都無法延續下去。」

現場忽然發出興奮的聲音。「當然，還有其他詮釋，」來訪的齊蘭朵妮說：「似乎太多、太難令人相信。」

「請給我其他詮釋，」首席反問道：「妳聽到我說的話了，妳的解釋是什麼呢？」

這位齊蘭朵妮遲疑了一下，回答：「我得想想看，我需要時間思考、研究。」

「妳可以思考一天、一年或好幾年，但詮釋並不會改變。愛拉在召喚時被賜予能力，她獲選從大媽那兒傳承了生命的知識。」首席說。

現場又引起另一陣騷動。「但賜予必須有交換物，收到一件東西，就必須給予一件等值的東西做為回饋。」第二洞穴的齊蘭朵妮說。這是他第一次說話。「愛拉有什麼等值的東西可以回饋給大媽呢？」大家看著愛拉，默不吭聲。

「我把我的孩子給了她。」她心裡了解這是她和喬達拉的結晶。我還會再懷喬達拉的孩子嗎？她想著。「懷那個孩子時，大媽覺得很榮幸。我非常想要這個孩子，想要的程度，不是言語能形容。即便是現在，我什麼都沒有了，這令我痛苦萬分。將來我還會再生孩子，但我永遠也不可能擁有那個孩子。」

愛拉強忍淚水：「我不知道大媽對於她送出的孩子給予多少評價，但我知道沒有任何東西勝過我給予我孩子的評價。我不知道為什麼她要我的孩子，但在我送走孩子後，大媽讓我腦子裡充滿了她送給我的話。」愛拉眼裡閃著淚水，但她儘量忍住不讓它流出來。她低下頭來，靜靜地說：「我希望能退還她送的東西，要回我的孩子。」

許多人倒抽了一口氣。大媽送的東西絕不可等閒視之，也不可公開說要退回。愛拉可能犯了大忌，但誰又知道她能怎麼做呢。

「妳確定妳懷孕了嗎？」第十一洞穴齊蘭朵妮問。

「我月事三個月沒來，而且還有其他徵兆。是的，我很確定。」愛拉解釋道。

「我也很確定，」首席說：「我出發參加夏季大會時，已經知道她懷了身孕。」

「那她一定是流產了。這就是為什麼我在她的話裡感覺到臨盆的痛苦。」來訪的齊蘭朵妮說。

「我認為很明顯她流產了。我相信當她在洞穴裡，流產讓她瀕臨死亡。」首席說：「那就是大媽想要她孩子的原因。犧牲是必須的，這樣才能讓她到另一個世界和大媽說話，讓大媽傳授知識的詩句。」

「很抱歉，」第二洞穴的齊蘭朵妮說：「失去孩子是很可怕的負擔。」他的話相當真誠，讓愛拉有點驚訝。

「如果沒有異議，我想是進行儀式的時候了。」首席說完，許多人點頭示意。「妳準備好了嗎，愛拉？」

愛拉環顧四周，蹙起眉頭。準備好什麼？一切似乎來得太突然。朵妮侍者看出了她的苦惱。

「妳說過，妳想參加正式的測驗。我們的理解是，如果妳讓齊蘭朵妮亞滿意，妳就可以晉級，不必再當助理，從這裡走出去就成為齊蘭朵妮了。」首席解釋道。

「妳是說現在嗎？」愛拉問。

「第一個認可標記，是的。」首席說著，拿起一支銳利的燧石刀。

第三十四章

「當妳擔任齊蘭朵妮並面對眾人時，會有一個更公開的儀式，但標記表示認可，只在私下針對齊蘭朵妮亞。一旦妳晉級，標記也會增加，標記必須由齊蘭朵妮亞和助理在場見證才能做，不能公開進行。」首席說，顯露出她尊貴的地位與權勢，她問道：「妳準備好了嗎？」

愛拉吞了口口水，蹙起眉頭。「準備好了。」她回答，並希望自己真的準備好了。

首席的目光掃視所有人，確定大家都注意她之後，開始說道：「這個女人受過履行齊蘭朵妮亞所有義務的完整訓練，服侍大媽的首席在此認證她的知識。」

有些人點頭或發出聲音，表示認同。

「她曾被召喚並經測試，我們之中有人質疑她的呼召嗎？」齊蘭朵妮問。

沒有人提出異議，這從來不會有任何疑問。

「大家同意接受這個女人擔任齊蘭朵妮，成為我們階級的一份子嗎？」

「我們同意！」大家異口同聲回應。

愛拉看著大家，這時第二洞穴的齊蘭朵妮走上前來，拿出裝著深色東西的碗。她知道那是什麼，在參加儀式的同時，她心裡也在想著。山梣木，又稱為花楸，它的樹皮已預先用祭典的火燒過，然後透過風，把樹皮篩成精細的灰色粉末；花楸樹皮的灰燼味道苦澀，具有防腐效果。接著，某位來自遠方洞穴的陌生齊蘭朵妮取來一種冒著熱氣的紅色液體，這是去年秋天的乾花楸漿果，熬成濃縮汁液並濾過。愛拉知道它嘗起來酸酸的，具有療效。

首席齊蘭朵妮拿起一碗鬆鬆軟軟的白色凝結油脂，以歐洲野牛油脂經煮沸製成，她在粉末灰燼中加入少許，又加入一些冒蒸氣的紅色花楸汁液。她拿了木製雕刻小抹刀拌勻，再加入更多油脂和汁液，直到她滿意為止。隨後，她面向愛拉，拿起銳利的燧石刀。

「妳紋上了標記就永遠無法移除。它向所有人宣告，妳認同並接受擔任齊蘭朵妮的任務。妳準備好接受這個責任了嗎？」

愛拉深吸一口氣，眼見首席拿刀走近她，明白接下來會發生什麼事。她感到恐懼的痛苦，用力吞了吞口水，然後閉上眼睛。她知道會受傷，不過她並不害怕。她恐懼的是一旦完成後，再也不能反悔。這是她改變心意的最後機會。

忽然，她想起自己曾經躲在一個淺洞，試圖將自己擠進後面的石壁。她看見穴獅銳利的彎爪伸進來，當她左腿被耙出四道平行傷口時，她痛苦地大叫。她緩緩蠕動上半身，發現側邊有個狹小空間，趕緊將腳挪移位置，離開可怕的爪子。

她受穴獅圖騰選擇並做上標記的記憶，從未如此清晰、強烈。她反射地將手伸向左腿，觸摸四條平行爪痕。當年她被接納進入布倫的部落時，這些爪痕被視為部落圖騰標記，不過傳統穴獅圖騰會選擇男性，而非女性。

她這輩子被畫上了多少標記？除了保護圖騰靈的四條標記外，當她變成「狩獵女人」時，莫格烏爾在她喉嚨底部畫上痕跡。她獲得部落狩獵護身符——猛獁象象牙紅斑橢圓形物，以顯示她雖然身為女人，但被接受成為部落獵人，而且只允許使用拋石索。

如今，她身上不再戴著護身符或其他標記的避邪物，可是她卻希望它們在身邊，而不是藏在第九洞穴石灰岩壁龕內女人形朵妮雕像的後方。

愛拉觸碰著喉嚨上的小標記，然後摸向手臂的傷痕。那是塔魯特畫出的標記，並用染血的刀刻出他戴的象牙徽章，從一條奇特的琥珀、穴獅齒爪項鍊垂懸下來，以彰顯她被接受進入獅營，並由馬木特伊氏人領養。

她從未問過為何總是她被選擇，而且每次認可，她總要被畫上標記，而傷痕會跟隨她一輩子。這是她必須做的犧牲。現在她又被選擇了。她還是可以拒絕，但如果此刻不拒絕，她就要終生承諾了。她心想，這些傷痕會隨時提醒她被選擇的後果，以及接受後的責任。

她看著首席的眼睛。「我接受，我會成為齊蘭朵妮。」愛拉試圖發出堅定、有自信的聲音。

她閉上眼睛，感覺某人從她坐椅後面走來，用溫柔但結實的雙手將她往後拉，靠在一個女人的柔軟身體上做為支撐，然後握住她的頭部並轉動，露出右前額。她感覺某個又軟又溼的東西倒出液體，淋過她的前額，從味道辨識出是鳶尾花根——她經常用這種溶液來清潔傷口。愛拉感受到體內有一股焦慮的壓力湧上來。

「喔！啊！」鋒利的刀口迅速畫過，她不自覺叫出聲來，然後在第二刀、第三刀時，努力克制喊叫的衝動。溶液再次塗抹上，傷口乾了，擦上另一種藥膏。頓時，一股如燙傷般的刺痛感襲來，不久藥膏裡某種成分麻痺了這種刺痛。

「妳可以張開眼睛了，愛拉，完成了。」首席說。

愛拉睜開雙眼，看見一個相當模糊、不熟悉的人影。一會兒，她才了解看到的是什麼。某人拿起一面反射鏡和燃燒的油燈，讓她可以在砂光、染黑並上油的木頭上看見自己。她很少用反射鏡，甚至家裡也沒有，因此總對自己的臉感到驚訝。這時，她的眼睛被吸引到前額上的標記。

在右太陽穴的正前方，有一條短短的水平線，兩端各有一條等長的垂直線向上延伸，像是一個ㄩ字形或沒有蓋的盒子。三條線都是黑色，邊緣還滲出血來。這些線條相當顯眼，相較下，臉上其他特徵不再那麼引人注意。愛拉完全不確定自己是否喜歡臉被畫成那樣，不過她也無可奈何，這些黑色標記將留在她身上一輩子。

她開始伸手去感覺它，但被首席阻止。「現在妳最好別碰它，」她說：「雖然不流血了，但傷口還是很新。」

愛拉掃視其他齊蘭朵妮，他們前額也都紋上各種不同標記，有些比別人更為複雜，大多數都是ㄩ字形，但也有其他形狀，有許多人還填滿顏色。首席的標記是所有人中最精緻的。她知道這些標記代表齊蘭朵妮亞的階級、地位。不過她也注意到，黑色線癒合後，會變成藍色刺青。

他們終於將反射鏡拿開，她很高興，因為她不喜歡看著自己。想到那個奇怪、模糊的面容是她，她便渾身不自在。她寧願看見別人的反應和表情：當女兒看到她時的幸福模樣，她關心的人，例如瑪桑那、波樂娃、約哈倫和達拉納，他們看見她所表現出來的快樂。而當喬達拉看見她時，眼裡盡是愛意，不過再也沒有了……。最後一次他看見她時，他被嚇到，表情是震撼和驚慌，而不是愛。

愛拉閉上雙眼，阻斷即將流出的淚水，努力控制她的落寞、失望和痛苦。當她睜開眼睛並向上看時，所有齊蘭朵妮亞都站在她前面，包括新來的一男一女，他們先前一直在外面警衛著。全部人都露出期待和歡迎的微笑。首席說：

「妳走了相當遠，探訪過許多人，但妳的雙腳總是帶領妳走在大媽為妳選擇的道路。是妳的命運讓妳早年失去家人，被一名醫治者和男人收養，他們遍遊妳所謂部落那些人的靈界。當妳被馬木特伊氏的馬木特收養到榮耀大媽的猛獁象火堆時，妳的方向是被『孕育之母』引導，妳的命運已注定要服侍她。

「齊蘭朵妮氏第九洞穴的愛拉，許配給第九洞穴的喬達拉。喬達拉是瑪桑那的兒子，瑪桑那則是齊蘭朵妮氏第九洞穴的前頭目。喬愛拉的母親，受到祝福的朵妮，來自齊蘭朵妮氏第九洞穴，出生在喬達拉的火堆地盤；馬木特伊氏的愛拉，東方猛獁象獵人獅營的一員，猛獁象火堆地盤的女兒，馬木特伊氏的齊蘭朵妮；愛拉，被穴獅之靈選中，受穴熊族保護，妳的名字和關係很多，不過現在都不需要了。妳的新名字代表它們全部，和大媽的所有創造是一體的，妳的名字是齊蘭朵妮。」

「妳的名字和大媽的所有創造是一體的，歡迎齊蘭朵妮！」在場所有人齊聲說。

「來，和我們一起歌頌『大地母親之歌』，第九洞穴的齊蘭朵妮。」首席說罷，所有人開始同聲歌唱。

「在黑暗之中，一片渾沌之時，
莊嚴的大地母親誕生於一陣旋風之間……。」

當他們唱到最後一句時，首席用她美麗、圓潤的聲音繼續唱著。

「大地母親很滿意她創造出的男女，
他們配對時，她教他們關愛與互相照顧。
她使他們渴望與對方結合，
交歡恩典來自大地母親。」

「在她完成之前，她的孩子已學會愛彼此。」

所有人同唱最後一句，然後期待地看著愛拉。愛拉一會兒才意會過來，接著她用奇特的聲音和重音單獨朗誦，而不是用唱的。

「她最後賞賜的知識，就是男人也有參與。
新生命開始前，男人必須滿足他的需要。

男女成雙是對大媽的尊崇，
因為交歡之後女人會懷孕。」
「大地兒女蒙祝福，大地母親也可安息。」
所有人合唱最後一句，又靜靜站了一會兒才解散休息。有人拿出裝滿茶水的大容器，眾人則各自拿出自己的杯子。
「現在的問題是，我們怎麼告訴其他齊蘭朵妮最後的知識呢？」首席說完，若無其事地端坐凳子上。
這個問題引起了一陣騷動。「告訴他們！」「我們不能告訴他們！」「他們可能不接受。」「想想看，這會打亂一切。」
待混亂平息，首席凶狠地瞪著所有人。「你們以為朵妮公布了這件事情，只是為了讓你們知道，而不讓大媽的其他子女知道？你們以為愛拉承受那些痛苦，或者被要求犧牲她的孩子，是為了讓齊蘭朵妮有爭論的話題嗎？齊蘭朵妮的任務是服侍大媽，我們沒有資格決定她的子女該不該知道，而是要想出辦法，決定如何告訴他們。」
現場一片悔悟的靜默。接著，第十四洞穴的齊蘭朵妮說：「這需要一些時間來規畫適合的儀式，或許我們應該等到明年。這個季節就快結束，大家不久都要回家了。」
「是的，」第三洞穴的齊蘭朵妮立刻附和，又說：「或許最好的方法是讓每個齊蘭朵妮告訴自己的洞穴，用自己的方式，讓他有時間想清楚再做。」
「儀式三天後舉行，愛拉會告訴他們。」首席明確宣布：「愛拉才是被賦予這個任務的人，所以她才有義務和責任告訴其他人。她在夏季受到召喚，因此被派來參加夏季大會。」首席瞪著其他朵妮。之後，她的表情開始柔和，以循循善誘的語氣說：「現在就把事情做一做不是比較好嗎？這個季節已經接近尾聲，在我們離開前，不會有時間處理太多問題，而問題一定會出現，這樣一來，我們會有整個冬天可以慢慢處理，讓我們的洞穴接受這個想法。到了下一季，應該就不會有問題了。」

首席真希望自己說的是事實。不同於其他齊蘭朵妮，首席多年來思考過男人對創造新生命的貢獻，甚至早於和愛拉談話之前。愛拉能說出和她相似的結論，這正是首席要她成為齊蘭朵妮的理由之一。首席的觀察太過敏感，超越了齊蘭朵妮氏從小灌輸給她的觀念。

這是為什麼聽到愛拉說出自己在洞穴的經驗後，首席便決定趁大家還聚在一起，必須立即公布這個想法。當齊蘭朵妮亞還被它弄迷糊的時候，首席已經有具體的腹案，如果來得及安排，儀式將在隔天舉行。齊蘭朵妮亞開始擬定計畫，首席等待並觀看一陣子，似乎無視於周圍的情況，正如她休息或冥思時一樣。起初大家只是隨意提議。她聽到第十一洞穴說：「也許好的方法應該是複製愛拉的經驗」。「我們不用說出她全部的經驗，只要重點呈現。」第二十三洞穴說。「如果我們有一個夠大的洞穴，會有幫助。」第二洞穴的齊蘭朵妮建議。「我們會讓夜晚的黑暗做為洞穴的牆壁，」第五洞穴說：「如果中間只有一堆火，那會幫助每個人集中注意力。」

很好，首席想著，同時傾聽他們發表意見。他們已經開始思考如何規畫儀式，而不是盡想著反對。

「我們應該用鼓聲來配合『大地母親之歌』。」

「還有歌聲。」

「第九洞穴的齊蘭朵妮不會唱。」「她的歌聲沒有特色，有跟沒有一樣。」「我們可以在背景唱出歌聲，不需要歌詞，只要聲音就好。」

「如果我們可以讓鼓聲的節奏慢下來，『大地母親之歌』會有更大影響，尤其是最後她說的幾句話。」

更多針對她的建議陸續提出來，但愛拉似乎沒注意到，過了一會兒，她才開始加入這些安排。「來自馬木特伊氏的訪客，兩個年輕男子達弩格和德魯偉，他們知道怎麼打鼓，讓鼓聲好像說話一樣，很神奇，但又非常神祕。我想，如果他們把鼓帶來，或用某些類似的材料代替，他們可以讓鼓說出最後幾句話。」

「我想先聽聽看。」第十四洞穴齊蘭朵妮說。

「當然。」愛拉答。

愛拉對於眾人的表達相當有洞見，超過她自己的了解，甚至比她知道的更為複雜和有見識。首席齊蘭朵妮促使齊蘭朵妮亞建立儀式的手段，也被愛拉看了出來。不論是潛意識或完全清楚的情況下，她已經見識過首席如何將大家形塑成她要的樣子。首席迅速發揮自己的優勢，知道何時該咆哮，何時該威脅，什麼時候又該誘騙、哄騙、批評、讚美——畢竟齊蘭朵妮亞不容易帶領。他們是一群相當聰慧、精明的團體，經常冷嘲熱諷，而且整體來說，比大多數人更有才智。愛拉記得喬達拉曾問齊蘭朵妮，是什麼原因使齊蘭朵妮成為首席？即便在當時，她也只比其他人更懂得什麼時候該開口，什麼時候該閉嘴。

首席顯然放鬆了下來，因為大家已逐漸投入，而且踴躍討論。大多時候，她的提問只是避免他們走得太偏。這次，她想要讓他們依照自己的想法試試看，場面愈盛大愈好。如果讓他們辦得夠大、夠精緻，他們就不會有時間想其他事，直到儀式完成為止。

儀式的雛形逐漸出現，大多數齊蘭朵妮對這個盛會愈來愈熱情。這時，首席齊蘭朵妮給了他們另一個驚喜。

她起身想要多拿些茶，表面上看來是不經意說出幾句評論的話。「我想儀式完成後，我們還得規畫一、兩天營區大會，以回覆必然浮現的問題，我們會一次將它們全部解決。到時候，我們就可宣布男人和他孩子之間的關係名稱，並告訴他們，男人從現在開始會為男孩取名。」她說。

這番話讓在場的齊蘭朵妮大為驚恐，他們還沒時間思考這些新知識會帶來什麼改變。

「但是一直以來，我們都是母親為自己的孩子取名啊！」其中一人說。

首席齊蘭朵妮看見許多尖銳的眼神，那是她一向害怕的，他們之中一些人將開始思考。如果小覷齊蘭朵妮這個團體，那相當不智。

「要是我們不讓男人有一些參與，他們怎麼會了解自己的重要性呢？」首席問道。「這不會真的改變什麼。交歡仍是一種愉悅，男人不會因此開始生孩子，他們還是需要供應帶回自己火堆地盤的女人和她的孩子，尤其當她有小孩必須照顧，不能離家太遠的時候。給男孩取名只是一件小事，女人還是會為女孩取名。」首席誘導著。

「在部落裡，莫格烏爾為所有孩子取名。」愛拉說。大家都停下來看著她。「我很高興能夠為我的女兒取名。我既緊張又興奮，也覺得自己很重要。」

「我想男人也會有同樣感覺。」首席說，內心感激愛拉未經事先商量好的支持。

有人點頭，有人發出贊同聲。沒有人提出其他異議，至少到目前為止。

「關於這個關係的名稱呢？妳已經想到了嗎？」第二十九洞穴的齊蘭朵妮語帶懷疑。

「我得要好好想一下，看看能不能為這些也參與生孩子的男人，想到孩子要怎麼叫他們，以便和其他男人區別。或許我們應該都來想一想。」首席說。

首席認為，當齊蘭朵妮亞現在仍無所適從時，她得推他們一把。實際上，在他們開始思考可能的後果之前，這麼做對自己並不利，因為他們可能提出真正的異議，讓她無法用咆哮來混淆視聽。她很確定，這個剛獲得的生命知識，可能會比她想像的具有更深遠影響，它甚至會改變一切。但她無法完全確定的是，她是否喜歡後續的發展。

首席齊蘭朵妮是相當敏銳的觀察者，也是聰穎的女人。她自己沒有生孩子，但那反倒是個優勢，她不會被孩子分心。不過，從她手上接生過的孩子倒是多得數不清，她也曾幫助許多小產的婦人。因此，首席對夭折胎兒的發展階段，比任何生過孩子的女人更了解。

朵妮也幫助一些女人在懷孕足月前打胎。至於嬰兒，他們生命最不穩定的時期是頭兩年，許多小孩在那時夭折。即便有配偶、年邁雙親或其他親戚幫忙，大多數母親一次無法照顧太多小孩，讓他們都活下來。

養育小孩極為辛苦，往往會讓女人不想再生下一個，因此，一旦孩子度過幼年期，有時便需要對不預期的懷孕進行流產。比方說，女人病得很嚴重，或是她的小孩接近長大成人，或在過去有一次以上的難產經驗，那麼再次懷孕可能會讓小孩失去母親。如果不進行這類流產，小孩的死亡率會明顯提高。當然，女人想要流產，可能還有其他理由。

儘管弄不懂懷孕是怎麼回事，但女人很快便知道自己有孕在身。從前，女人會注意到經血的間隔一旦太久，可能是個徵兆，或者在認出某些症狀前，她也有方法得知自己是否懷孕。這些知識都被傳承下來，所有女人邁入成年都會被告知。

最初，當女人了解她懷有身孕時，可能會回想這是怎麼發生的，是因為她吃了某種食物嗎？是她在某個特殊水池洗澡嗎？她和某個特定男人發生關係？她跨越了某條特別的河流？她在某棵獨特的大樹蔭下睡覺？

如果女人想要生小孩，她可能會試著重複一些或所有她猜測的活動，或許會變成某種儀式。但她最後會發現，不論她做多少次，她還是不見得會懷孕。接著，她可能懷疑是不是需要同時做好幾種活動，或是和順序有關係，又或許是一天、周期、季節或一年的某個時機。說不定，懷孕只是想要生小孩的強烈欲望，或幾個人的共同願望造成的；也可能是某種未知的促因、石頭的放射、來自另一個世界的精靈，或第一個母親大媽。

如果她住在已經發展出合理解釋的社會裡，甚至不合理的解釋但卻能解答她觀察不到的問題，由於大家都接受了，她也就很容易認同。

但有些人具有很強的觀察力，開始做各種聯想和推理，因而逐漸接近真相。由於特殊的經驗，愛拉已經有這樣的結論，不過她必須克服一股衝動，去相信別人所相信的，而不是她自己的觀察和推理。即便和愛拉說話前，首席已開始懷疑懷孕是怎麼回事，而愛拉的想法和解釋，正是她需要說服自己的最後資訊。有一段時間她覺得人，尤其女人，應該知道新生命如何開始。

知識就是力量。如果女人知道什麼原因讓她懷孕，她就能控制自己的生活。不只發現自己懷孕，不論她是否想要孩子、時機是否適當，也不論她的情況夠不夠好，或者孩子已經很多了，她都能擁有自主權。如果是因為與男人發生關係而懷孕，而不是外在無法掌控的事物，那麼她可以決定是否要生孩子——只要選擇要不要和男人享受魚水之歡。當然，女人要做出選擇不見得容易，齊蘭朵妮根本不知道男人的反應會如何。

明知可能會反彈，但她想要族人知道孩子是男人和女人交歡的結晶，其中最強而有力的理由是：事實的確如此。男人也需要知道，因為他們長期以來被視為是生產過程的「配角」，他們應該知道正確的觀念：男人也是創造生命的「主角」。

齊蘭朵妮相信，這些人已經完全準備好了。愛拉曾經告訴喬達拉她的想法，他幾乎被說服了，而且想要相信。這是個適當的時機，如果齊蘭朵妮已經猜測到，而且愛拉可以想出來，別人也可以。首席只希望告訴大家後，後果不會太嚴重。但如果齊蘭朵妮亞現在不告訴他們，不久之後一定還是會有其他人說。

當首席聽見愛拉朗誦「大地母親之歌」最後幾句時，她當下就知道，真相必須現在揭露。不過，要讓大家接受，可不能透過不經意或零碎的方式，而是需要產生戲劇性的影響。首席是個聰明人，她了解助理受「召喚」過程中所發生的事，其實是他們自己心裡所想像的結果。一些較年老的齊蘭朵妮，則是對這整個過程抱持懷疑。儘管如此，還是有些未知或看不見力量引發無法解釋的事件。

也正是因為那些事件，才會有真正的召喚。在愛拉談到她在洞穴經驗之前，首席從未聽過真正的召喚。尤其是「大地母親之歌」最後幾句。愛拉對語言的直覺和記憶力不但異於常人，而且說故事和傳奇的技巧精湛，令人拍案叫絕。不過，她以前從未顯露出創作詩詞的能力，她表示，這些詩詞都在她的腦袋裡，她完全是聽來的。如果她能用同樣的信念對眾人解釋，她的話就會令人信服。

對首席來說，當一切都變得欲罷不能時，她終於宣布：「天色不早，這個會也開很久了，我想我們應該散會，明天早上再繼續。」

「我答應喬愛拉，今天會和她騎馬，」愛拉解釋：「但沒想到會議開了這麼久。」

波樂娃心想：難怪，她眼睛瞅著愛拉前額上的黑色標記，不過話到喉嚨又吞了回去。「喬達拉聽到喬愛拉對我說，要跟妳一起去騎馬，想知道妳人在哪裡，被什麼事耽擱這麼久。達拉納試著對她解釋妳在開一個很重要的會，沒有人知道要開多久，然後喬達拉就說要帶她出去。」

「我很高興他這麼做，」愛拉說：「我不想讓她失望。他們走很久了嗎？」

「已經走了大半個下午，大概就快回來了。」波樂娃說：「達拉納要我提醒妳，蘭薩朵妮氏今晚想見妳。」

「對了！他確實問過我什麼時候去開會。我想先去換衣服，休息一會兒。真不可思議，在會議上才坐一下子，竟然這麼累。喬愛拉到這裡時，可以請妳讓她進來找我嗎？」

「當然，我會的。」波樂娃說。我很確定這不只是一個會議而已，她心想。「妳想要吃東西嗎？喝一些茶如何？」

「好啊，我很想，波樂娃，不過我想先清理一下自己。我好想去游泳……但應該等一下再去，我得先去看看嘶嘶。」

「他們把牠帶出去了。喬達拉說，牠想跟其他馬兒一起去，反正跑一下不礙事的。」

「他說得沒錯，嘶嘶可能也會想念牠的孩子。」

波樂娃看著愛拉走向睡覺小屋。她確實看起來很疲累，波樂娃心想。這並不令人驚訝，看看她的遭遇、流產，現在成為我們最新的齊蘭朵妮……並且受到召喚，不論那真正的意思是什麼。

波樂娃看過太接近靈界的後果，大家也都見過。舉例來說，任何時候，只要有人受到嚴重傷害，或是更可怕的——染上原因不明的重大疾病，她就知道他們已經接近另一個世界。某人故意要與那個世界相通，以便服侍大媽的想法，簡直令她無法理解，波樂娃不禁發了個冷顫。她很感激她從來不必經歷這種痛苦經驗。雖然她知道每個人最後都會到那個可怕的地方，但她一點也不想加入那些齊蘭朵妮。

她和喬達拉也有問題，波樂娃心想。他一直在躲避她。他看見她時，我看到他立刻走另一條路。我很確定他的問題是什麼。愛拉看到他和瑪羅那交歡，他覺得很丟臉，現在沒臉見她。可是他不該現在躲避愛拉，因為她需要大家的幫助，尤其是他。

如果他不想讓愛拉知道有關瑪羅那的事，他就不該和她重燃舊情，即便是她用盡一切手段來挑逗他。他知道愛拉對她會有什麼感覺。如果他真的想，大可以找其他女人。這並不是因為他在整個營區中挑不到任何女人，而是因為瑪羅那有她的長處，她夠主動夠大膽，大家都知道，他也不例外。

儘管波樂娃很關心他，但有時她另一半的弟弟真令她惱火。

「媽媽！媽媽！妳終於回來啦？波樂娃說妳在這裡。妳不是說今天要去騎馬嗎？我等了好久好久，還是等不到妳。」喬愛拉說。沃夫跟在她後面跳了進來，一樣興奮得很，想引起愛拉注意。

她給喬愛拉來個大抱抱，然後抓抓沃夫的頭，並用她的臉去摩擦牠的臉，弄得她的標記又痛起來，只好改成抱抱。沃夫嗅了嗅她的傷口，但被她推開。牠轉頭看著盤子，發現波樂娃留了一根骨頭，於是把它叼到牠休息的地方。

「對不起，喬愛拉，」愛拉說：「我不知道和齊蘭朵妮開會要花這麼久時間。我保證我們改天再騎，不過明天可能不行。」

「沒關係，媽媽，齊蘭朵妮亞真的需要很久時間。他們花了一整天教我們唱歌、跳舞，帶我們站在哪裡，教我們腳步要怎麼踏。但我還是有去騎馬，是喬迪帶我去的。」

「波樂娃告訴我了。我很高興他帶妳去，我知道妳真的很想去。」愛拉說。

「那會痛嗎，媽媽？」喬愛拉指著愛拉的前額問。

愛拉驚訝了一下，沒料到女兒已經注意到了。「不會，現在不痛了。剛開始有點痛，但不會很嚴重。那個標記有某種特殊意義……」

「我知道是什麼意義，」喬愛拉說：「那表示妳現在是齊蘭朵妮了。」

「答對了，喬愛拉。」

「喬迪告訴我，妳獲得齊蘭朵妮標記後，就不會經常出去不在了。那是真的嗎，媽媽？」

愛拉還不了解女兒有多麼想她，不過她很感激喬達拉一直幫忙照顧她，還解釋事情給她聽。她伸出手來抱女兒。「是的，沒錯。有時我還是需要出去，只是不需要這麼常。」

也許喬達拉也很想念她，但為什麼他要去找瑪羅那？即便她發現他們做了那樣的事，他說他愛她，不過如果他真的愛她，為什麼現在要跟她保持距離呢？

「妳為什麼哭呢，媽媽？」喬愛拉問：「妳確定那個標記不會痛嗎？看起來很痛呢。」

「我只是很高興看到妳，喬愛拉。」她把女兒放開，雖然對著她笑，不過眼裡充滿淚水。「我差點忘了告訴妳，我們要去蘭薩朵妮氏營區，今天晚上跟他們一塊兒吃飯。」

「跟達拉納和波可凡嗎？」

「沒錯，還有艾丘札、約普拉雅、潔莉卡以及大家。」

「喬迪會來嗎？」

「不知道，不過我想不會，他得去別的地方。」愛拉忽然將臉轉開，看見喬愛拉的置衣籃，順勢把手伸進去，她不想再讓女兒看見她流淚。「天黑後會變冷，妳想換上暖一點的衣服嗎？」

「我可以穿弗拉那為我做的那件新上衣嗎？」

「好主意，喬愛拉。」

第三十五章

有個熟悉的身影，沿著營區之間已磨損的主要道路，遠遠地向愛拉走來，他似乎還帶著某樣東西。那身高、體型，以及走路的樣子，讓她以為是喬達拉，她感覺胃快要打結了。等到他走近時，才看清楚來人是達拉納，他帶著波可凡。

當他們一靠近，達拉納看到她額上明顯的黑色標記。愛拉注意到他一看到她時，先是感到驚訝，隨即試圖刻意不看她的額頭，記住那個標記。

達拉納心想，這就是喬達拉的行為如此奇怪的原因嗎？當他邀請喬達拉、蘭薩朵妮氏還有愛拉和喬愛拉一起用餐時，達拉納對喬達拉的遲疑感到驚訝，接著喬達拉拒絕這項邀約，只說已答應要去別的地方，但是，他看起來十分心煩而尷尬，彷彿要找藉口在今晚避開他們。這讓他想起他曾離開某個心愛女人的理由。但這個有點年紀的男人心想：喬達拉不會因為愛拉成為齊蘭朵妮而感到苦惱，他似乎總對她具有治療技巧而感到驕傲，也對她處理燧石和訓練學徒感到滿意。

「波可凡，你願意讓我背你一下，好讓達拉納休息一會兒嗎？」愛拉說完便將手臂伸向他，並且露出微笑。波可凡猶豫了一下，這才向她張開雙臂。她記得將他抱起來時有多重。愛拉帶著波可凡，和達拉納一起走著；達拉納則握著喬愛拉的手向營區走去，沃夫跟在後頭。

沃夫現在走過有許多人的大營區，似乎已十分自在，沒人會特別擔心牠的存在。不過，愛拉注意到，齊蘭朵妮氏人對訪客或陌生人不習慣看到狼自由自在地和大家在一起的反應，感到特別有趣。

當他們抵達時，約普拉雅和潔莉卡出來迎接她，愛拉注意到她們驚訝的表情，以及蹩腳的想忽略她額上的新標記。對這位年輕又漂亮的黑髮女子（喬達拉的表妹），愛拉還是感到些許悲傷，但她也注意到，當約普拉雅帶著兒子一起時，她臉上散發著微笑，而那充滿生氣的綠色眼眸也露出溫暖的愛意。約普拉雅似乎更為放心，也更能接受她的生活了，看見愛拉真令她感到高興。

潔莉卡也很熱情地迎接愛拉，「讓我帶波可凡吧！」她說著，便將小孩從他媽媽懷裡抱起來：「我已經準備好一些食物給他吃。妳和愛拉可以到處看看。」

愛拉直接對波可凡說：「我很高興遇見你，你會來看我嗎？我來自第九洞穴，你知道在哪裡嗎？」

他望了愛拉一會兒，然後很認真地用童稚的聲音回答：「我知道。」

在波可凡被潔莉卡帶走前，愛拉不禁注意潔莉卡、約普拉雅和波可凡三人之間的異同。潔莉卡長得矮又壯，動作迅速有活力。她的頭髮曾經和夜空一樣黑，現在則出現條紋般的灰髮。她的臉蛋又圓又平，顴骨嫌高了點，皺紋比較多，不過，她黑色、偏斜的眼睛依舊閃爍著魅力和機智。

愛拉記得荷查曼，就是和潔莉卡的母親在一起的那個男人。他曾經是個旅人，另一半選擇跟他浪跡天涯，潔莉卡就是在旅途中出生的。愛拉記得達拉納提過這個沙木乃訪客，他說荷查曼從東邊的無盡海，一路旅行到西邊的大水，非常驕傲呢！她想，即便事實本身就相當奇特，但正是那樣的故事，才會被一說再說，而且每說一回就加油添醋一番，直到變成傳奇或神話，跟原來的版本大相逕庭。

達拉納發現燧石礦後，遇到了潔莉卡。他對這帶有異國風味的女子一見鍾情，立即墜入情網。當荷查曼和潔莉卡抵達達拉納的營區時，許多人聚集在他和他的燧石礦周圍——洞穴的核心開始形成，後來被稱為蘭薩朵妮氏。

潔莉卡的母親數年前過世了。她們長相相當獨特，顯然來自遠方。達拉納從未見過長得像潔莉卡這樣的人，和大多數女人相比之下，潔莉卡個頭嬌小，但卻相當聰穎，而且意志堅強。達拉納被這個外族女子迷住了，就是要這麼不平凡的人，才終於讓他忘卻對瑪桑那的深情愛意。

約普拉雅在達拉納的火堆地盤出生。愛拉現在知道她一直相信的事果然是真的；約普拉雅是達拉納的孩子，也是潔莉卡的孩子。但直到喬達拉和約普拉雅都進入青少年時期，喬達拉才搬去和蘭薩朵妮氏同住。他們兩人從小並不是以兄妹關係一起長大，雖然喬達拉是「近親表哥」，不可做為配偶，但約普拉雅已經無可救藥地愛上了他。

愛拉認為約普拉雅和弗拉那一樣，都可說是喬達拉的妹妹；愛拉想要弄清楚這層新關係的意義：喬達拉和弗拉那都是瑪桑那的孩子，喬達拉和約普拉雅都是達拉納的孩子。

喬達拉可說是年輕版的達拉納，而約普拉雅顯然受母親影響較多，但她像達拉納一樣長得很高，其他也有些細微處像達拉納。她的髮色極深，夾帶有淡亮的部分，不像潔莉卡那麼光澤閃亮。約普拉雅的臉蛋具有達拉納族人的輪廓，還擁有母親的高顴骨。但是，最令人訝異的是她的眼睛，既不像她母親的黑色，也不像達拉納（和喬達拉）的藍色，她的眼睛是令人驚豔的綠色，特點為淡褐色，像她媽媽的外形和眼角贅皮，不過比較不明顯。潔莉卡一看就是外族人，但在許多方面，因為太像了，使得約普拉雅比她媽媽更具有異國風格。

約普拉雅已決定和艾丘札配對，因為她知道可能永遠也無法得到她愛的那個男人。她曾告訴愛拉，她選擇艾丘札，是因為她知道再也找不到有人會像他那麼愛她。她是對的。艾丘札屬於「混合靈」，他的母親曾經是部落的人，許多人認為他和約普拉雅兩人各在醜和美的兩端。但愛拉可不這麼想，她確信艾丘札長大後，外表會和她的兒子一樣。

波可凡全然展現出他不凡的背景。來自艾丘札族人的體格，搭配他母親的身高，還有達拉納，一切已經很明顯。他的眼睛只有稍微偏斜，幾乎和潔莉卡的眼睛一樣呈現深色，但是不全然是黑色，些微淡淡的陰影或反射光線，讓他的眼睛看起來很鮮明，她從未在這般深色眼眸中看過，不但和一般人不同，而且引人注目。她感覺波可凡某些地方很特別，希望蘭薩朵妮氏可以住更近些，她想要看著他長大。

波可凡的年紀只比她上次看見她兒子時稍小，他讓她聯想到許多有關杜爾克的事，幾乎讓她受到傷害。愛拉想知道他以後會有怎樣的想法。他會擁有一些部落記憶會藝術創作，具有說話的能力嗎？也會和達拉納與潔莉卡的族人一樣？愛拉也經常以同樣的方式思索有關兒子的事情。

「約普拉雅，波可凡是個很特別的孩子，」愛拉說：「等他再大一點，我希望妳可以考慮把他送到第九洞穴，和我住一陣子。」

「為什麼？」約普拉雅問。

「因為他擁有某些特質，以後可以讓他成為齊蘭朵妮亞，這妳可能會想要知道；更重要的是，因為我想要更了解他。」愛拉說。

約普拉雅露出微笑，然後猶豫一下，問道：「妳會想要將喬愛拉送到蘭薩朵妮氏，和我住一陣子嗎？」

「我從沒想過，」愛拉說：「不過這個想法不錯……再過幾年……如果她自己想去的話。為什麼妳想要她去呢？」

「我沒有女兒，也不會再生。生波可凡時，實在太辛苦了。」約普拉雅說。

愛拉記得她生杜爾克時很痛苦；她聽說過約普拉雅的問題。「約普拉妳確定嗎？一次難產，不代表每次都會那樣啊！」

「我們的朵妮侍者說我不應該再試，她怕我會失去生命。我生波可凡時就只差那麼一點。我現在正吃妳給齊蘭朵妮的藥，媽媽想要確定我有吃藥。我這麼做只是為了讓她高興，但我想即使沒吃藥，也不會怎麼樣。我想，我不會再懷孕了。雖然有媽媽在監督，但我曾經停用一段時間，因為我想再生一個，但朵妮不願意給我祝福。」約普拉雅說。

愛拉不想探聽這些事，但身為齊蘭朵妮，她覺得她應該要問，尤其是現在。「妳經常榮耀大媽嗎？

如果妳要大媽給妳祝福，妳就要適當榮耀她，這可是很重要的。」

約普拉雅露出微笑。「艾丘札是個親切又可愛的男人，他可能不是我想要的男人，愛拉……」她停頓一下，臉上驀然浮現孤寂的表情。愛拉覺得自己和她處境相似，只不過理由完全不同。「不過，當我說沒有人會比艾丘札更愛我時，我是對的，我真的關心他。起初，他幾乎不敢碰我，怕會傷害到我，因為他不太相信他可以這麼做。雖然他有時還是很拘謹，我還得逗逗他才行，不過我們已經過了那個階段了。他甚至在學著取笑他自己。我想大媽應該有受到適當的榮耀。」

愛拉想了一下，問題可能不是出在約普拉雅，而在艾丘札。他是半個穴熊族人，穴熊族人或只是部分穴熊族人，在與其他族的人生小孩時，可能會遭遇到一些問題。生一個小孩可能只是運氣，不過有人可能會覺得厭惡，而不是運氣。她不確定穴熊族人是否經常和其他族人通婚，或者這些人有多少後代存活下來——或是被允許存活下來。

大家都知道有關這些混合靈，但她沒有看過很多。她停止想那些人，包括她的兒子杜爾克、部落集會上遇到的烏拉、馬木特伊氏獅營的萊岱格、阿塔蘿以及沙木乃氏許多人都是族人混血。艾丘札是混血，當然還有波可凡。布魯克佛的母親也是混血，所以他才擁有特殊的外表。

她想問在蘭薩朵妮氏的儀式和節慶中，大媽是如何被榮耀的。他們仍然只是一個小團體，不過，她知道一直有些謠傳說，他們可能在以後會建立第二個洞穴。她想到，或許她應該先向他們的齊蘭朵妮請教。畢竟，她是齊蘭朵妮亞的一份子，應該和另一位齊蘭朵妮討論這類事情。也或許，她應該向首席請益。愛拉認為她對這件事有些看法。

艾丘札抵達營區後，話題就改變了。愛拉很高興有這個機會暫停扮演齊蘭朵妮的角色，而只是當個朋友。他給她一個大大的微笑，但在這麼有部落的人特色的臉上，多少還是讓她有點驚訝。在她成長的部落中，露齒的表情具有不同的意涵。

「愛拉，看見妳真好！」艾丘札說這話時，與愛拉相互擁抱。他也注意到她額上的新標記，雖然他了解標記代表的意義，但由於他是被達拉納的族人扶養，所以對他影響比較沒那麼大。他知道她是一個助理，期望她某天成為一位齊蘭朵妮。他本來想評論，但由於自己也因外表關係受到太多評論，所以他還是忍住，不去提他人的外表。

他說：「原來這就是沃夫。」當沃夫在他身上嗅聞時，他感覺有點憂慮。蘭薩朵妮氏對這種動物比較不熟，雖然還記得牠，但他還是得花一點時間，才能習慣沃夫自由的與大家生活在一起的想法。艾丘札說：「我聽說牠在這裡，才知道妳已經來了。我很怕妳長途跋涉到這裡後，我們無法見到妳。我們有些人甚至考慮在離開前，先去第九洞穴找妳。妳的馬木特伊氏親戚和他們的沙木乃氏朋友，肯定想要去，有些蘭薩朵妮氏想要自行前去。」

愛拉心想，艾丘札看起來更有自信也更輕鬆自在，達弩格和德魯偉很容易就接受他，達拉納在這件事上是對的。他叫什麼名字，艾達諾？她很確定，喬達拉也很歡迎他，還有許多親朋好友也是。喬達拉實在有一套，他很快就讓艾丘札感到自己受歡迎；但是，他卻連一句歡迎愛拉的話都沒有。自從她來到夏季大會，唯一一次看到他是在小樹林裡，和瑪羅那赤裸裸站在一起。愛拉必須移開視線，以抵擋喉嚨突如其來的緊縮，以及眼淚即將落下的刺痛，這種感覺最近似乎不時在毫無預警的時候向她襲來。她只好推說有東西跑進眼睛裡去了。

「只因為我來到夏季大會，並不表示你不能來第九洞穴，」不久之後，愛拉說：「距離這裡也不遠，既然離你不遠，來也無妨。對於喬達拉訓練學徒製作燧石的方式，我想達拉納和約普拉雅應該會很有興趣。他現在有六個學徒。」愛拉說話的聲音聽起來幾乎是很正常。她終究忍不住要與達拉納和約普拉雅討論喬達拉的事。「我想要多看看波可凡，當然，還有你們大家。」

達拉納說：「我想，那個小傢伙已經完全把愛拉迷住了！」大家呵呵大笑，但毫無惡意。

「他會成為一個大人物，」艾丘札說：「我要教他成為一個好獵人。」

愛拉對艾丘札露齒而笑。她想像著艾丘札是部落的男人，以火堆地盤的這男孩為傲。「他長大後可能不只是個大人物，艾丘札。我認為他是個非常特殊的孩子。」

「喬達拉在哪裡？」艾丘札問：「他今晚不是應該過來和我們一起吃飯嗎？」

「中午過後，我看到他帶著喬愛拉一起牽著馬兒出去，他說可能趕不及。」達拉納說著，感覺有點失望。

「我正要帶喬愛拉出去，但齊蘭朵妮會議花掉比我預期的時間還久。」愛拉說話時，大家的眼睛都掃向她的前額。

「他有說為什麼不能來嗎？」艾丘札問。

「我不知道，好像因為與其他計畫有關，不過他答應在愛拉來之前會趕到。」

愛拉感到胃抽了一下，她想：我可以想像他做出什麼承諾。

當愛拉堅持要走時，天色已經快暗了。艾丘札跟著她、喬愛拉及沃夫走回去，手裡握著火把。

「艾丘札，你看起來很高興的樣子。」愛拉說。

「我是很高興，不過我還是很難相信約普拉雅是我的伴侶。有時候晚上醒來，我只是就著火光望著她，她好美、好漂亮，心地善良，善解人意。我覺得好幸運，竟可以擁有這樣一個好女人。」

「你知道嗎？她也很幸運。我希望我們可以住近一點。」

「好讓妳可以多看看波可凡嗎？」他說。她看見他露出牙齒微笑。

「真的，我想多看看波可凡，也想多看看你和約普拉雅，還有大家。」愛拉說。

「妳有考慮過搬回來和我們一起住，度過這個冬天嗎？」艾丘札問：「妳知道嗎，達拉納說，歡迎妳和喬達拉隨時來。」

愛拉蹙眉望向黑暗。對啊，當然囉！喬達拉……她心想。「喬達拉不會想離開他的學徒，這是他的承諾，而且冬天是磨練技巧的最佳季節。」她說。

艾丘札走了幾步，靜默無語，接著說：「當然，妳可能不想整個冬季都與喬達拉分開，自己帶著喬愛拉和沃夫過來。儘管約普拉雅喜歡波可凡，但我知道她想把喬愛拉留在身邊。她和波可凡在樂薇拉營地待了一些時間，應該認識她。」

「我……我不知道。我倒是從沒想過。我一直忙於齊蘭朵妮亞訓練……」愛拉說著，眼睛四顧，找尋沒跟上來的女兒。「可能在路上看到什麼東西吸引她吧！」愛拉心想。

「我們絕不反對有另一個朵妮侍者。」艾丘札說。

愛拉對他微笑，然後停住。「喬愛拉，為什麼妳落後我們這麼多？」

「媽媽，我很累，」喬愛拉發牢騷說：「妳可以背我嗎？」

愛拉停步將女兒抱起來，用一邊腰臀做支撐。小女孩的雙臂繞在她的脖子上，感覺很棒。愛拉很想念喬愛拉，所以把她的小小身軀抱得更緊些。

他們在沉默中繼續往前走，過了一會兒，他們開始聽到吵鬧聲。他們看到前方極為濃密的樹叢後方有營火的火光。當他們走近時，愛拉猜想那不是一般的洞穴地點。視線穿過這樹叢，愛拉注意到幾個男人圍著營火坐著，顯然是在賭博。他們喝著裝在小型水袋裡的東西，水袋是用動物的胃做成的。她認識當中的許多人，有幾個來自第九洞穴，但其他人好像來自其他不同洞穴。

勒拉瑪也在那裡，這個男人以製作烈酒聞名，只要可以發酵的東西，他幾乎都能做成酒類飲料，雖然釀得沒有瑪桑那的精純，但喝起來還不錯。其他事他也不太做，而「技術」也已練到爐火純青的地步。不過，他重視的是品質，許多人經常喝太多而發生問題。此外，他為人所知的事，就是他有一窩蓬頭垢面的小孩，以及邋遢的配偶，而且還相當醉心於他做的東西。愛拉與洞穴裡其他人對這些小孩的照顧，甚至比勒拉瑪或楚曼達還來得多。

現在楚曼達最大的女兒拉諾卡已跟拉尼達爾配對，並生了自己的小孩，這對年輕夫妻還收養了她的弟弟妹妹。她的哥哥博洛根也和他們一起住，幫忙照顧小孩外，也和喬達拉及其他人幫忙他們蓋新家。當她的媽媽楚曼達和勒拉瑪想找個所謂的「家」時，有時也會來和他們一起住，兩個人表現得好像那是他們的家一樣。

除了勒拉瑪，愛拉注意到有個男人額上有明顯的齊蘭朵妮標記，但當他微笑時，她看見他掉了門牙的缺口並蹙起眉頭，便知道他是馬卓曼。他已獲接納進入齊蘭朵妮亞並且紋身了嗎？她不這麼認為。她再看他一眼，注意到花紋邊緣被塗掉了。他一定有再抹上，利用某些人用來為特殊節日暫時裝飾臉部的顏色，但她以前從未見過任何人用齊蘭朵妮標記做為裝飾。

愛拉看到他，想起在洞穴內發現並拿給首席的背包。雖然馬卓曼總是笑笑的想跟她說話，但她總覺不自在。他想接近她，卻用錯了方法。

她看見許多年輕人大聲談笑，其中也有不同年齡的人。從她認得的那幾個人來看，他們都沒受影響。有些不是很聰明，就是很容易被牽著鼻子走。其中某人把大部分時間用來喝勒拉瑪釀的酒，晚上很少回家，經常可看到他躺在路邊不醒人事，渾身酒臭味和嘔吐物。另一個傢伙則過於殘忍，尤其是對他的伴侶和孩子，齊蘭朵妮亞討論過仲裁方法，只等他的伴侶前來求救。

愛拉幾乎躲在陰暗角落裡，她看見布魯克佛獨自坐在稍遠處，背部靠著一根高聳、尖狀的樹幹，喝著水袋裡的酒。他的脾氣還是很讓她擔心，不過他是喬達拉的堂弟，對她一直都不錯。她不喜歡看到他落魄的樣子。

當她正要轉身離開時，聽到沃夫喉間發出低沉怒吼。在她背後，有人大聲的說：

「哦？是誰啊？愛動物的人，兩隻動物呢。」

愛拉轉身後，令她驚詫。她想：「兩隻動物？但我只有沃夫……」一下子她明白了，原來對方把艾丘札也當成動物，這令她怒火中燒。

「我看到這裡唯一的動物是狼……」愛拉反擊：「莫非你想到你自己？」

有些人聽到她這麼說，立刻捧腹大笑，但她看見這個男人蹙眉並且說：「我不是說我是一隻動物。」

「很好，」愛拉說：「我也不會把你歸為和沃夫同類，因為你不配！」

其他人將草撥開，看看發生了什麼事。他們看見愛拉將女兒背在背後，腳橫在沃夫前制止牠，艾丘札則舉著火把。

「她偷偷摸摸在瞄我們。」那男人辯稱。

「我剛才原本走在大路上，後來才停下來看看是誰這麼吵。」愛拉說。

「她是誰？」一個愛拉不認識的年輕人問：「為什麼她說話的樣子這麼好笑？」年輕人接著很驚訝地說：「那是隻狼！」愛拉幾乎忘了自己的「口音」，大多數認識她的人也都忘了，但偶爾有陌生人會讓她注意。從這個男人的襯衫圖案以及戴的項鍊設計來看，她猜他是來自北方另一條河上的洞穴，他們不常參加夏季大會，一定最近才來。

「她是第九洞穴的愛拉，是喬達拉帶回來的。」馬卓曼說。

「她是個可以控制動物的齊蘭朵妮，」另一個男人說。愛拉認為他是來自鄰近第十四洞穴。

「她不是齊蘭朵妮，」馬卓曼以屈尊俯就的態度說：「她是個助理，還在訓練中。」

他顯然還沒看過她的新刺青，愛拉心想。

「但她來時就已經能控制那隻狼和幾匹馬。」來自第十四洞穴的那個男人說。

「我跟你說，她是個愛動物的人。」第一個男人嘲諷的口吻說，故意朝艾丘札的方向看。

艾丘札不甘示弱瞪回去，並走向愛拉要保護她。這群男人為數不少，他們喝了勒拉瑪釀的酒下肚有一陣子了，據說勒拉瑪的酒會誘發出人們最惡劣的本性。

「你是說來自搭帳篷區域、在上游那個洞穴的那些馬嗎？」這個陌生人說：「那是我來這裡時，被帶去的第一個地方。她就是控制馬的人？我還以為是那個男人和女孩呢。」

「我的馬是灰色的。」喬愛拉大聲說。

「他們都是同一個火堆，」布魯克佛說著，緩慢走進火光中。

愛拉的視線從布魯克佛掃到艾丘札，一眼就看出他們的相似之處。布魯克佛明顯是修改版的艾丘札，只不過他們兩人都不是完全的部落人。

「我認為你應該讓愛拉繼續上路，」布魯克佛繼續說：「我想以後我們的聚會最好離主要步道遠一點。」

「是啊！」忽然出現另一個聲音說：「我認為那個主意不錯。」約哈倫和其他幾個人，走進艾丘札手上火把的火光下。有幾個人拿著還沒點燃的火把，便從艾丘札的火把引燃，顯出他們人數眾多。

「我們聽見了你們的聲音，來看看發生了什麼事。勒拉瑪，有許多地方可以喝酒聚會，你們的人最好不要騷擾在兩營區間主要步道來往的人。或許你現在就該把聚會場所移到別處，我們不希望小孩在早上撞見你們。」

「他憑什麼叫我們去哪裡，我們就去哪裡！」一個含糊的聲音大喊。

「沒錯，他憑什麼！」第一個看見愛拉的人說。

「沒關係，」勒拉瑪把幾個沒有塞住的酒袋撿起來，放在後方架子上，說：「我寧願找一個不會被打擾的地方。」

布魯克佛也開始幫他。他將視線瞄向愛拉，兩人四目相接。愛拉對他微笑，感激他伸出援手並提議更動聚會地點。他也報以微笑，不過持續微笑的表情讓她有些迷惑，然後他蹙眉並把視線移開。那些人走開後，她把喬愛拉放下來，並蹲下來拉住沃夫。

「艾丘札，我剛才正要去蘭薩朵妮氏營區跟達拉納說話，」約哈倫說：「你何不和我一起走回去，愛拉可以和索拉邦以及其他人一起走。」

愛拉很好奇，有什麼事這麼重要，約哈倫一定得立刻跟達拉納說，不能等到早上。在黑暗中，哪裡也不能去。然後，她注意到原本圍繞火堆坐著的那幾個男人，有幾個從叢林後方走出來，往其他人走的方向移動，他們轉頭看了一下艾丘札、約哈倫和其他幾個人離開。她蹙眉感到憂慮，事情似乎有點不對勁。

「我從未見過齊蘭朵妮亞有這種事發生，」約哈倫評論說：「你聽說過任何有關特殊儀式的事，大家說他們正在計畫嗎？愛拉已經有標記，不過他們還沒正式宣布。他們通常會立刻進行才對，愛拉有對你說什麼嗎？」

「她一直在忙齊蘭朵妮亞的事，我不常見到她，」喬達拉說。不過這不完全是真的，他不常見到愛拉是沒錯，但並非因為她很忙，而是因為他才是經常不在的人，他的哥哥知道。

「哦，看起來好像他們在計畫什麼大事。齊蘭朵妮花了很長時間跟波樂娃說話，她告訴我齊蘭朵妮們想要一個大型、精緻的宴會。他們甚至跟勒拉瑪討論有關供應酒釀給慶典的事。我們正在籌畫一個狩獵派對，可能去個一兩天，你要來嗎？」約哈倫問。

「好！我很樂意。」」喬達拉回答得太快，他哥哥給了他一個質疑的表情。

如果他的想法很直，喬達拉應該還記得第一次看見愛拉時，愛拉對他說了一件事，但自從那件事之後，除了愛拉發現他和瑪羅那在一起外，他一直未能想到任何事。在這樣的情況下，他根本沒辦法讓自已直接鑽進獸皮被裡，睡在她身旁。他甚至不知道她會讓他睡在身邊嗎？他可以確定的是，他已經失去她了，只是他害怕去證實這件事。

如果波樂娃問起這件事，他認為他已經找到隔夜不回營的好藉口。實際上，他睡在馬場附近，用馬毯以及他和瑪羅那在水池旁的地毯來保暖。但他想，如果繼續外宿，可能會引起整個營區的好奇。狩獵之旅頂多只能解決問題一兩天，他甚至不敢想那之後的事了。

雖然愛拉想要表現得好像什麼事都沒發生過一樣，喬達拉也認為自己逃避愛拉的行為不會有人注意，實際上整個營區已經知道他們之間出了問題，而且許多人已經猜到是什麼事了。他和瑪羅那的「祕密」幽會並不像他所想的那麼祕密，對大多數人來說，他只不過是謹慎而已，他們也刻意忽略這件事。即使瑪羅那已經搬到不同的營區，但愛拉來了之後，這對先前恩愛的伴侶也不再睡同一張床了，這個消息不脛而走。

眾人最喜歡說那些八卦。愛拉已經有齊蘭朵妮的標記，但還沒被立即宣布；重大儀式的規畫正在進行——這些事只會讓大家加油添醋。眾人猜想盛會可能與最新的齊蘭朵妮有關，不過沒人百分之百肯定。有些齊蘭朵妮會讓某些事傳到愛談八卦的人耳裡，但這次他們沒這麼做。有些人說，雖然助理表現得好像他們知道一樣，但其實也不知道舉辦這個盛會的真正原因。

喬達拉對於大家在籌畫的慶祝大會一無所悉，直到約哈倫邀他一起參加狩獵派對時，他也都無所謂。接著，那變成一個暫時逃離的藉口。他見過瑪羅那幾次。她一聽到愛拉和喬達拉失和的傳聞，就故意要去找他，但他對她已完全失去興趣。當她跟他說話時，他只是禮貌性地冷淡應對。但不是只有她想知道他們的感情破壞到何種地步，布魯克佛也來到了第九洞穴營區。

雖然布魯克佛跟第九洞穴一起來參加夏季大會，但他一直睡在「法洛吉」，也就是環繞夏季大會營區周圍所建造的偏屋。有些屋子最近才讓剛成年的年輕人使用，有些則給沒有伴或與伴侶分開的年長男子使用。

布魯克佛從未有過伴侶，因為內心一直害怕被拒絕，所以從沒問過任何人，而身邊的女人似乎都對他不怎麼感興趣。由於他沒有直系親屬或兒女，在主營區裡讓他感到不自在，甚至在第九洞穴也是一樣。一年一年過去，大多數同齡男子都已找到伴侶，他也就更常避開一般活動和熟人，慢慢和一些遊手好閒的人混在一起，他們依附著勒拉瑪及他釀的酒，經常藉杯中物消愁。

布魯克佛在夏季大會試用過幾個不同的男人帳篷，最後安住在有許多來自第九洞穴、他認識的人的帳篷，他們也都愛好勒拉瑪釀的酒。勒拉瑪大部分時間都睡在那裡，而不是回去伴侶和子女的住處。最近他的子女不是很好客，尤其是拉諾卡和那個手臂無力的男孩配對後。勒拉瑪認為她已經長成一個亭亭玉立的美女，應該可以跟更好的男人配對，不過他聽說那個男孩會打獵。馬卓曼也經常選擇男人帳篷，而不是齊蘭朵妮亞專用的又大又舒適的住所，雖然他宣稱曾受召喚，但他在那裡還只是個助理。

布魯克佛不是很喜歡他選擇一起住的那些男人，因為他們是一群沒有志氣的傢伙，不但沒能力，更不懂得尊重人。他知道他比他們大多數人聰明而且有能力，他和那些經常成為領導人的家庭有關係，他從小和負責、聰明、才華橫溢的人一起長大。和他同住偏屋的那些男人，基本上是一群懶惰、意志不堅，也不懂得知恩圖報的人。

那些人為了提升自我價值好做為沮喪的出口，他們滿足彼此的虛榮心並且自欺欺人，對於那些地位較低等的動物，他們就高談闊論，表現出不屑：那些所謂「扁頭」、骯髒、愚蠢的動物。他們告訴彼此，雖然他們不是人類，但他們很狡猾。因為扁頭和真正的人類很像，他們有時相當聰明，可以混淆靈魂，使女人懷孕，讓她生出怪胎，讓人無法忍受。由於個人因素，布魯克佛與共住的那些男人有個共同點，那就是對扁頭恆久不變的仇恨。

那些男人有的是殘忍的惡霸。剛開始，有一兩個試著拐騙、取笑布魯克佛，說他有一個扁頭母親。

他幾次衝動的展現蠻力之後，就沒人敢再惹他，大多數人對他更為尊重。此外，由於他認識許多洞穴頭目，對他們有些影響力，還曾站出來為一兩個惹上大麻煩的男人講話。因此愈來愈多人將他視為某種領導人，洞穴裡一些人也是如此。他們覺得，他具有約束大家的影響力。在仲夏之前，住在那裡的人有誰特別討人厭，他們就會跑去跟布魯克佛告狀。

當他出現在第九洞穴的主營區時，表面上好像是來一起吃午餐，與洞穴裡的人見面，這樣的舉動卻引起一些猜測。愛拉很早就去了，她極為投入齊蘭朵妮亞活動。實際上，這些女人大多數都已經走了。擁有良好動員能力的波樂娃，將她可以找得到的所有人聚集起來，分配給他們各種工作，開始準備盛宴，以供應整個夏季大會。營區裡少數幾個女人則出去打獵。

波樂娃留下一些食物給獵人當午餐，他們聚集在第九洞穴營區。狩獵隊在路上得靠自己想辦法，大多數人攜帶曬乾的食物，也帶了各種設備、帳篷和鋪蓋捲，不過大多時候他們還是希望能吃到現宰或採摘到的新鮮食物。

由於布魯克佛是個優秀獵人，約哈倫邀請他一起打獵，他只猶豫了一下。他想知道愛拉和喬達拉兩人之間的情況，或許在狩獵過程中，他可以找到答案。

布魯克佛永遠忘不了愛拉把他們所有人比下去的樣子，當時瑪羅那騙她穿著毫不得體的衣服參加她自己的歡迎會——他注意到，現在所有女人都穿那類服裝。他記得，當他們初見面時，愛拉對他有多麼親切，她微笑的模樣，彷彿她早就認識他似的，完全沒有大多數女人的遲疑或含蓄。他夢想著她穿著漂亮、非凡的結婚禮服，然後親自把這些衣服脫下來。這些年來，他依然作著白日夢——如果他是喬達拉，和她一起躺在柔軟的皮被上，會是怎樣的情況。

愛拉對他總是很客氣，但在那第一個晚上之後，他感覺到和她的距離感，與初次見面時的熱情歡迎已然不同。這幾年來，布魯克佛更是退縮到自己的世界裡，但在他們不知道的情況下，他知道相當多有關喬達拉和愛拉在一起的生活，甚至是親密的細節。譬如，他知道喬達拉跟瑪羅那上床已有一段時間，還有其他女人。他也知道愛拉沒有跟大家一起活動，甚至是大媽慶典，因為她不知道有關喬達拉和瑪羅那的事。

布魯克佛回到法洛吉拿打獵工具，他很期待打獵。自從和那些男人住在一起、共用小屋睡覺以來，他並未真正參加過。通常，大多數狩獵隊領導者不會邀請那裡的男人加入他們，那些男人也很少自組狩獵隊。不過，布魯克佛經常自己去，也學會打獵與覓食技巧。

其他男人通常從一個洞穴走到另一個洞穴乞討，也經常回到自己洞穴的營區。馬卓曼對三餐倒不怎麼擔心，他經常和齊蘭朵妮亞一起用餐，他們通常有洞穴供應的食物，吃得還不錯；他們是以提供一般服務來做交換，偶爾也配合特殊請求。勒拉瑪也有自己的生財之道，他賣酒為生，而且主動上門的顧客還不少呢。

最年輕的男人經常待在自己的屋子取得食物，或從一個營區到另一個營區取得膳食，不過他們通常會做些回饋，例如打獵或加入其他聚落工作或食物採摘活動。不過，這些最近才變成成人的男人，也不時會捅出一些樓子，一般都會歸因於「年輕氣盛」，而且大家都容忍下來，尤其是老一輩人，回想起自己年輕時也是如此，通常比較寬容。然而，如果他們闖了大禍，洞穴頭目可能會找上門來並祭出懲罰，最嚴重時，會被驅逐出夏季大會營區。

大家都知道，住在被大家稱為「布魯克佛法洛吉」的男人年紀都不輕，有工作做時，他們連個人影都看不到。不過夏季大會從來不缺食物，在用餐時現身，沒人會被驅趕，即使最討厭的人也一樣。那個地方的男人大多相當聰明，他們不常出現在同一營區，通常會打散，以免全部的人一次出現在同一個地方。不過如果知道哪裡要舉辦一場豐富的盛宴就例外了，有時一兩個營區會舉辦大型集體餐會。但是，由於這些人聚在一起時很吵，有時甚至大打出手，行為散漫，又毫無貢獻，會讓一些男人忍無可忍。

不過，那裡是布魯克佛唯一可以用勒拉瑪的酒來麻痺自己不為人知的罪惡感以及痛苦的地方。在酒精的麻痺下，他的意識無法再主宰自己，他就能自由、恣意地想念愛拉。他想起她驕傲面對第九洞穴笑聲時的模樣，想起她對他綻放的美麗笑容、她的大笑和微醺，和他打情罵俏，跟他聊天，把他當成一個普通人，甚至是個迷人帥哥，而不是又醜又矮的傢伙。大家都叫他「扁頭」，不過那不是事實，絕對不是。「我不是個扁頭。」他心裡這麼想。這只是因為我又醜又矮的關係。

藏身在黑暗中，喝足了杯中烈酒，他夢想著愛拉穿著特別的、異國情調的外衣，金黃色的秀髮貼著臉龐灑下，黃褐色的珠寶緊貼著她堅聳的裸露雙乳，他幻想著可以握住那對豐滿的乳房，撫弄著乳頭，含在口中盡情吸吮著。這個幻想會讓他勃起，滿足他的需求。

然後他再爬進空盪的被窩裡，夢想著他是站在齊蘭朵妮前面的人，愛拉在他身旁，而不是他的喬達拉——那個擁有黃髮、炯炯有神的藍眼男子，不是每個女人都想要的那個完美男子。但布魯克佛知道他不是這麼的完美。喬達拉一直跟瑪羅那上床，他沒跟愛拉說，試圖隱瞞大家。他也有祕密的罪惡感，現在愛拉一個人睡。喬達拉一直睡在外面馬房內，蓋著他們的馬墊。愛拉已經不愛喬達拉了嗎？她發現瑪羅那已經不再愛布魯克佛夢想成為的那個完美男子了嗎？這個男人和布魯克佛愛她勝過愛自己生命的女人上床。她現在需要別人來愛她嗎？

即使愛拉不再愛喬達拉，他知道她也不會選擇他，但她還是對他微笑，似乎距離並沒有那麼遙遠。由於達拉納和蘭薩朵妮氏到訪，他想起有些女人確實會選擇醜男人。他不是個扁頭，他討厭想像自己和扁頭有任何相似性，但他知道艾丘札——那個混血的醜八怪，他的母親就是個扁頭，他和約普拉雅在一起，也就是大多數人認為擁有美麗異國風情的那個女孩，所以這是有可能的。他試著不讓自己期望太高，但如果愛拉真的需要某人——某個從來沒有跟任何人上過床的人，從來都沒有，這輩子從來沒有愛過任何人的人，他絕對是不二人選。

第三十六章

「媽媽！媽媽！瑪桑那來了！奶奶終於來了！」喬愛拉大叫著，趕緊跑進屋子裡宣布這個消息，然後又跑出去。沃夫也跟著她跑進跑出。

愛拉停下來想著，那天她請某人去找瑪桑那，到現在，已經多少天過去了。她碰著腳趾頭數每一天，但只能數到四。瑪桑那一定很想來，因為愛拉知道如果能找到路把她帶來，她會來的。當她走出小屋時，四個身高相當的年輕男人正把瑪桑那坐的轎子從肩上放下來，其中有兩個人是喬達拉的助手，另外兩個則是朋友，當需要人手幫忙抬轎時，他們正好在旁邊。

愛拉看著轎子把瑪桑那抬到夏季大會。這個轎子的兩根木桿是用平直的赤楊樹做成，互相平行，對角用堅固的繩索綁緊，變成菱形。在兩根長桿之間，有短木穿過繩索，增加穩定性。愛拉確定瑪桑那是個經驗老到的編織工，一定也有參與製作。瑪桑那坐在幾個墊子上，靠近後面，愛拉伸出手扶她站起來。瑪桑那感謝這幾個年輕人以及其他人。他們前一晚待在第五洞穴小山谷裡，和開完會的幾個人一起，還有他們齊蘭朵妮的一名助理。他們都對瑪桑那乘坐的轎子相當感興趣，有幾個人在想，也許他們可以找到幾個年輕人把他們抬到夏季大會。他們多半想參加，因為他們無法徒步走這麼遠的距離，感覺像被遺忘了。

當喬達拉的助理把轎子抬進屋裡時，愛拉想到可能還需要他們幫忙。「哈塔藍，如果瑪桑那在營區裡需要你們抬，你和札恰達及其他人願意幫忙嗎？從這裡走到齊蘭朵妮亞住的屋子和一些營區，對她來說可能有點太遠。」愛拉說。

「妳需要我們時，直接跟我們說一聲就可以了，」哈塔藍說：「最好是事先讓我們知道，不過大多時候，我們可能至少會有一個人在附近。我會跟其他人說說，看能不能想個辦法，讓某個人在這裡，隨時可找到幫手。」

「你人真好。」瑪桑那說。當她走進入口時，她聽見愛拉的請求：「但我不要讓你無法參加活動。」

哈塔藍說：「現在也沒很多事可做了，有些人計畫去打獵，或拜訪親戚，或趕快回家。這些儀式和慶典大多已經結束，除了齊蘭朵妮亞現在正準備新的配對典禮以及大型活動外，最近似乎沒人能找得到喬達拉，但他在冬天總有許多訓練。把妳抬著到處走很好玩，瑪桑那。」哈塔藍露齒而笑，又說：「妳可能不相信，只要我們和妳走進營區，就有好多人注視我們呢！」

「哦？我好像已經變成某種新娛樂了，」瑪桑那也回給他一笑：「只要你不介意，我可能不時會上門請你幫忙。我會告訴你真相，短距離我走得更好，但即使有一根枴杖，我還是無法走很遠，我討厭自己拖累大家的速度。」

「媽媽！原來妳在這裡！有人告訴我妳來參加夏季大會，我甚至不知道妳要來。」弗拉那突然衝進來，她們擁抱並互碰臉頰。

「妳應該感謝愛拉。」瑪桑那說：「當她聽說妳可能已找到妳真正在乎的人時，她建議叫人去找我。如果年輕女孩正在考慮某件很認真的事，一定要有她媽媽在身邊才行。」

「她說得沒錯！」弗拉那笑得很燦爛，讓瑪桑那知道這個可能性是真的，又問道：「但妳是怎麼來的呢？」

「我認為那也是愛拉的想法。」瑪桑那說：「她告訴達拉納和約哈倫，也許我可以請幾個壯丁用轎子抬我來這裡，所以有幾個人就來接我。當愛拉來時，她要我一起來，雖然我喜歡馬，但騎在馬上卻會把我嚇個半死。我不知道怎麼控制馬，年輕男人還比較容易控制呢，我只要告訴他們我要什麼，什麼時候想停，一切就都沒問題。」

弗拉那抱著她哥哥的伴侶：「謝謝妳，愛拉，我確實需要母親在這裡，但是我不知道她是不是好多了，我知道她是沒辦法走到這裡的。」她將頭轉向媽媽，問道：「妳感覺怎麼樣了？」

「愛拉待在第九洞穴時把我照顧得好好的，我感覺比去年春天好很多了。」瑪桑那說：「她真是個很好的醫治者，如果妳仔細瞧，妳會發現她現在可是一個齊蘭朵妮了呢。」

愛拉知道瑪桑那注意到她前額側邊的標記了。因為接受醫治，所以不覺得痛，不過有時會發癢，除非有人提到或瞪大眼睛看，否則她幾乎忘了這事。

「媽媽，我知道她是齊蘭朵妮了，」弗拉那說：「即便他們還沒宣布，但是大家都知道了。不過最近齊蘭朵妮和其他人一樣，非常忙碌，我很少看見她。他們正計畫某種儀式，但我不知道會在配對典禮之前或之後。」

「之前，」愛拉說：「妳會有時間跟母親商量並好好規畫。」

「所以妳對某人是認真的囉？」瑪桑那說完便停頓下來，安靜了一下子，想了一下，然後說：「嗯，這個男孩在哪裡？我想見見他。」

「他現在就在外面等，」弗拉那說：「我去叫他。」

「讓我去看他吧！」瑪桑那說。夏季木屋有點暗，沒有窗戶，只有入口簾幔拉上來綁住，還有屋頂中央有個排煙孔，天氣不錯時，這個排煙孔在白天常會完全打開。雖然瑪桑那的視力已大不如昨，但她還是想好好瞧瞧這個年輕人的模樣。

這三個女人走出門口，瑪桑那瞧見三個她不認識的男孩，他們穿著陌生的衣服，其中一個可以說是個巨人，一頭亮紅色的頭髮。弗拉那先走向他，瑪桑那深吸了一口氣，她希望女兒選的不是他，倒不是因為他有什麼地方不對，而是瑪桑那的審美觀——但這在任何情況都不是絕對的，她始終希望女兒選擇的伴侶可以跟她搭配，互補，那麼大塊頭的男孩會讓身材高挑、氣質優雅的弗拉那顯得格外嬌小。她開始介紹。

「馬木特伊氏的達弩格和德魯偉是愛拉的親戚，他們從大老遠的地方跑來拜訪她。路途上，他們遇見另一個男人並邀他一塊旅行。媽，這位是沙木乃氏的艾達諾。」

愛拉看見一個男孩走出來，他擁有馬木特伊氏黝黑的皮膚和好看的外表。「艾達諾，這位是我母親，瑪桑那，是齊蘭朵妮氏第九洞穴前頭目，與交易大師威洛馬配對……」

當弗拉那開始把她正式介紹給艾達諾，而不是那個年輕的紅毛巨人，瑪桑那這才鬆了一口氣。接著她介紹這年輕男孩陌生的稱謂與關係給瑪桑那。

「以大地母親之名，歡迎你來到這裡，沙木乃氏的艾達諾。」瑪桑那說。

「以大地母親木乃、其子路馬和她的伴侶天空的守護者貝拉之名，我向你們致意。」艾達諾對瑪桑那說著，將雙手舉起，手肘彎曲，手掌朝向她；接著他想起來，趕緊改變姿勢，讓他的手臂伸出，手掌朝上，和齊蘭朵妮氏人所做的一樣。

瑪桑那和愛拉知道，他一定練習過沙木乃氏的問候方式，所以才會用齊蘭朵妮式人的方式來說，讓她們印象深刻。這表示這個年輕人刻意努力示好，她必須承認他長得真的很好看。她現在知道女兒為什麼會喜歡上他，到目前為止，她很滿意女兒的選擇。

愛拉從未聽過沙木乃氏的正式問候方式，她和喬達拉也都未被沙木乃氏正式歡迎過。喬達拉曾被阿塔蘿的狼女俘虜，並和其他男人及男孩一起關在一個用柵欄圍起來的地方。在沃夫的幫忙下，愛拉和馬兒根據他的蹤跡追到了那個營區。

正式問候結束後，瑪桑那和艾達諾開始閒聊。但愛拉發現，雖然瑪桑那表現得很有頭目風範，但同時也問了一些尖銳的問題，盡全力了解女兒想配對的這個陌生人。艾達諾解釋，他遇上達弩格和德魯偉，當時他們來造訪他的族人一段時間。他不屬於阿塔蘿的營區，而是更往北，他為此很感激那裡發生的一些事流傳開來。

對沙木乃氏來說，愛拉和喬達拉已經成為傳奇性人物。故事傳說大媽化身美麗的聖愛拉是一個有血有肉的木乃，和夏日一樣美麗迷人。她的伴侶是身材高挑、金髮碧眼的齊蘭朵，他降臨大地是為了拯救南方營區的人。據說，他的眼睛是冰川水的顏色，而不是天空藍。由於他的明亮頭髮，如果他化成人形來到大地，那麼他的英俊只有閃耀的月亮可比。在大媽兇狠的狼（天狼星的化身）殺死惡魔阿塔蘿之後，聖愛拉和齊蘭朵騎著他們的神馬返回穹蒼。

艾達諾第一次聽到這個神話時就深深喜歡上這個故事了，尤其是來自天空的使者能控制馬匹和狼。他認為這個神話來自一個流浪說書人，那個說書人一定相當有才華，才能想到這個創意十足的故事。當這兩個堂兄弟宣稱這兩個傳奇性人物是他們的親戚，而且正要去拜訪他們時，他無法相信這是真的。這些年輕人相處得不錯，他決定加入他們，一起造訪他們的齊蘭朵妮氏親戚，親眼瞧瞧。這三個年輕人往西旅遊的同時，聽到更多故事。這對天神夫妻不僅騎馬，他們的狼也相當「兇猛」，不過牠讓小狼在牠身上到處爬。

當他們抵達齊蘭朵妮氏夏季大會，他從喬達拉那裡聽到有關阿塔蘿及其營區族人的真實故事時，艾達諾頗感驚訝，這個傳說的事件相當真確。他已經計畫好與達弩格和德魯偉一起回去，告訴大家這個故事的真實性。名為愛拉的女人確實存在於這個世界，和齊蘭朵妮們住在一起，她的伴侶喬達拉身材高挑，有一頭金黃色的頭髮，眼睛出奇的藍，年紀稍大但仍是最英俊的男子。大家都說愛拉也很美。

但，他決定不去了。沒有人會相信他，只有他相信他聽到的故事是千真萬確的。這個傳說具有一些神祕性，所以才會有未知的神話成分在裡頭。此外，喬達拉的妹妹是個天生麗質的美女，她擄獲了他的心。

當艾達諾和瑪桑那談話時，其他人圍在旁邊，靜靜聽著艾達諾說故事。

「為什麼故事中這對情侶名字叫聖愛拉和齊蘭朵，而不是愛拉和喬達拉？」弗拉那問。

「我可以告訴妳答案，」愛拉說：「『聖』是指最受尊敬的人，或『特別的人』。當它用在人的名字前面時，表示那個人受到相當的尊重。」

「那為什麼我們不叫特別的人呢？」喬愛拉問。

「我想我們是被這樣稱呼沒錯。我認為他們的特別是『大媽的孩子』，也就是我們稱呼自己，」瑪桑那說：「或許我們有親戚關係，或很久以前是如此。有趣的是，他們用『齊蘭朵妮』，輕易將它改成意指受到尊敬或『特別的人』。」

「當他們被局限在這個有圍欄的地方，」愛拉繼續說：「喬達拉開始教導男人和小孩一些事情，例如製作工具。他是有辦法讓大家得到自由的人。在旅途中，我們遇到一些人，他經常自稱為『齊蘭朵妮氏的喬達拉』，尤其是有個男孩取前面部分，開始叫他『齊蘭朵』，給予他特別的感覺，因為這個男孩很尊崇、景仰他。我想，他相信那就是他名字的意涵——『聖者喬達拉』。在傳說中，很明顯的，他們也是給我這個尊稱。」

瑪桑那感到很滿意，最起碼到目前為止。她轉向愛拉。「我態度惡劣，不好意思，請把我介紹給妳的親戚。」

「這位是馬木特伊氏，妮姬的兒子；妮姬的伴侶是塔魯特，也就是獅營的頭目。這位是他的堂弟德魯偉，塔魯特妹妹圖麗的兒子，圖麗是馬木特伊氏獅營的共同頭目。」愛拉開始說起：「德魯偉的母親妮姬送給我配對服。妳應該記得我告訴過妳，她本來要收養我，但當時反而是馬木特收養我，讓大家很驚訝。」

愛拉知道瑪桑那對她的配對服印象深刻，她也知道，身為即將配對的女孩的母親，她應該想了解對方的背景，因為這些都將是配對典禮的一部分。

「我知道其他人歡迎你來這裡，」瑪桑那說：「不過我跟他們一樣歡迎你。我可以了解你的族人應該很想念愛拉，她對任何部落都有很大的貢獻，所以請你告訴他們，我們真的很感激她的所作所為。她在我們洞穴中，一直是相當受歡迎的成員。雖然她也會想念馬木特伊氏，我們對她成為齊蘭朵妮抱持相當大的期望。」

「謝謝妳！」達弩格說。身為頭目伴侶的兒子，他了解資訊交換的一部分傳達了社會地位和階級。「我們都很想念她。我媽媽對愛拉的離開感到非常遺憾，她就像是她的女兒一樣，但她了解她的心在喬達拉身上。如果知道愛拉在齊蘭朵妮氏受到這麼熱烈歡迎，她的特質受到如此肯定，妮姬一定會很高興的。」雖然他的齊蘭朵妮氏語不太流利，但達弩格明顯是個能言善道的人，知道如何對他的族人傳達家人的看法。

沒有人會比瑪桑那更了解地位和立場的價值與重要性。愛拉知道地位的概念，即便是對部落也一樣很重要，她正了解齊蘭朵妮如何評價、評等並給予眾人重要性，但她絕無法像瑪桑那同樣憑直覺知道，瑪桑那一出生就在她族裡最高的地位。

在沒有貨幣的社會中，地位更勝於特權，它是一種財富形式。眾人渴望為有地位的人做事，以便獲得回報。要求某人做某事或去某個地方，就會有人情債產生，因為有個心照不宣的承諾——需要以同等價值回報人情。沒有人真的想欠人情債，但每個人或多或少都有這種經驗，而讓社會地位高的人欠你人情，會給你更多地位。

評估地位時，需要考慮許多事，這就是為什麼大家經常說出他們的「名字和關係」。配給價值就是需要考慮的事，跟努力一樣。即便最後成果品質不相同，但如果這個人已經盡了最大努力，人情債就應該被視為已經還清，不過這並無法提升階級。年齡也是一個考量因素，到某個年齡的小孩不會增加人情債。幫忙照顧小孩，甚至是照顧自己的，可以算是還部落人情，因為小孩是傳承的希望。

達到某個年齡變成長者，也會有所差異，可以要求他人幫某些忙，但不會產生人情債或失去地位。但當某人失去貢獻能力時，他還不會失去階級，也不會改變地位。能夠貢獻知識和經驗的長者可以保有地位，一旦開始失去認知能力，他的地位就只能保有名銜——他仍會因過去的貢獻受到尊敬，但他的意見不會再受到諮詢或採用。

這個系統似乎很複雜，但大家都知道其細微差異，就跟學習語言一樣。當他們達到負責任的年齡時，大多數的人就會了解這些細微的差別。任何時候、任何人都確切知道他欠別人什麼以及別人欠他什麼、人情債的性質，以及在所屬部落中的社會階級。

瑪桑那也和德魯偉說話，他的地位和他的堂哥相同，因為他是圖麗的兒子。圖麗是塔魯特的妹妹和獅營的共同頭目，但德魯偉比較沉默。達弩格的體型讓他更為顯眼，雖然開始時有些害羞，但他已經學會更為熱情。溫暖的微笑和積極的談話，有利於減少他體型可能使人引起的恐懼。

最後，瑪桑那對愛拉說：「我的兒子跑去哪裡啦？他相當受到艾達諾族人的尊崇。」

愛拉把臉轉向側邊。「我不知道，」她說，試圖壓抑情感上的衝動，接著又說：

「我一直在忙齊蘭朵妮亞的事。」

瑪桑那馬上察覺有些事不太對勁。愛拉對於能見到喬達拉一直感到相當興奮，現在她卻連他人在哪裡都不知道。

「今天早上我看見喬迪走去河邊，」喬愛拉說：「不過我不知道他睡哪裡，我不知道為什麼他不再和我們一起睡了，我喜歡他和我們住在一起。」

愛拉臉紅耳赤，但她什麼話都沒說。瑪桑那確定事有蹊蹺，她想知道究竟出了什麼事。

「弗拉那，」愛拉說：「麻煩妳和瑪桑那照顧喬愛拉，或是如果妳們要去主營區，請把她交給樂薇拉，並把沃夫帶去，可以嗎？我需要和達弩格與德魯偉談談，可能把他們帶去齊蘭朵妮亞木屋。」

「好啊！沒問題。」弗拉那說。

愛拉抱了一下女兒：「晚上見。」她說完便走向那兩個年輕人，開始用馬木特伊氏語跟他們交談。

「我正在想有關『會說話的鼓』的事，我也向首席提過，你們誰可以讓鼓說話呢？」愛拉說。

「可以，」達弩格說：「我們兩個都可以，不過我們沒把鼓帶來。旅行時，鼓不是必要的裝備。」

「要做好一兩個，需要多久時間？如果你需要的話，我可以找幾個人來幫你們。你們願意表演一兩首詩，做為我們規畫慶典的一個節目嗎？」

兩個男人互看了一眼，聳聳肩說：「如果我們可以找到材料，就不用花很久的時間製作，可能一兩天就能完成。只是將生皮拉伸放在一個圓形架子上，必須拉得很緊，讓鼓在不同音調真的可以產生共鳴。架子必須堅固，否則當生皮收縮時，就會斷裂，尤其是用高溫讓它更快收縮時。」德魯偉說：「這是小鼓，你可以用手指快速演奏。」

「我看過有人用平衡不錯的木桿演奏，但我們是用手指演奏，」達弩格說。

「你願意為慶典演奏嗎？」愛拉問。

「當然！」他們異口同聲說。

「那就和我一起來，」說完，愛拉走向主營區。

在往大型齊蘭朵妮木屋途中，愛拉注意到許多人停下腳步看著他們。雖然她經常碰到這種情況，但這次被瞪大眼睛看的不是她，而是達弩格。這樣的舉動很沒禮貌，不過從某個方面來看，她真的不能怪他們，因為他確實是個大塊頭。

整體來說，齊蘭朵妮氏男人偏高、體格健美，但達弩格的個頭和肩膀比所有人還高，身材比例也不錯。從某種距離來看，他可能只不過是個普通的肌肉男，但是當他站在眾人之中，就顯得鶴立雞群了。

當她抵達營區中心的大型木屋時，兩個年輕女助理走向他們：「妳告訴過我們那個特殊的慶典飲料的成分，我想確定一下我們這裡都有。」其中一個人說：「妳說發酵的樺樹樹汁、果汁，用車葉草調味，再加上一些草藥，對吧？」

「沒錯，尤其是艾草，」愛拉說：「有時被稱為苦艾？」

「我想我對那種飲料不熟。」德魯偉說。

「你來這裡路上，有去造訪蘿莎杜那氏嗎？」愛拉問：「尤其是，你有告訴他們大媽慶典的事嗎？」

「我們中途有停了一下，但沒待很久，」德魯偉說：「我們在那裡時，很不巧，他們正好沒任何慶典。」

愛拉說：「索蘭蒂雅告訴過我怎麼製作，嘗起來會像味道不錯的溫和飲料。但實際上，它是一種濃烈的混合飲料，尤其是用來為大媽舉辦的慶典期間，促進必要的自發性和熱情互動。」愛拉繼續對這兩個助理說：「等妳們做好時，我會先嘗嘗看，讓妳們知道有沒有缺少了什麼。」

當他們要轉身離開時，這兩個年輕女人互相做了些手勢，回頭朝達弩格看了一眼。過去幾年來，尤其是夏季大會期間，愛拉一直在教授所有齊蘭朵妮亞一些基本的部落手語。她認為，這有助相互溝通，至少在基本層級上。如果他們在旅行時，碰巧遇到部落的人時，手語應該會很管用。有些人學得比較快，不過大多數人似乎很喜歡有一種不用說話且別人都不了解的祕密溝通法。這兩個年輕助理不知道愛拉早在與馬木特伊氏一起生活前，就已經教過達弩格和德魯偉一些部落手語。

達弩格忽然望著其中一個女孩並微笑說：「也許妳會在大媽慶典上知道。」他轉向德魯偉，兩個人一起笑。

兩個年輕女孩立刻臉紅起來，先做出手語的那個女孩以暗示性的眼光對達弩格微笑，並說：「也許我會吧，我不知道你會手語。」

「跟愛拉相處很久，怎麼可能不會手語？」達弩格說：「尤其是當我哥哥，我媽媽收養的那個男孩，有一半部落的靈，他不會說話，直到愛拉來我們這裡並教大家這些手語。我記得第一次萊岱格對媽媽做出代表『媽媽』的手語時，她哭了。」

眾人很早就在慶典會場附近閒逛，空氣中明顯感受到令人興奮的氣息。慶典早已經過幾天的準備階段，大家高度期待著，這將是一場特殊、前所未有的盛會。雖然大家都知道，但他們卻不了解內容是什麼。太陽下山後，更增添些許神祕感。參加夏季大會的齊蘭朵妮，從來沒有這麼期待夜幕降臨。

最後，太陽消失在地平線，天色逐漸變暗，當營火生起時，大家開始安靜下來，等待慶典的營火點燃。會場中央有一個自然形成的競技場，大到足夠容納整個營區約兩千人。在夏季大會營區後方和右邊，石灰堆形成一個巨大的淺底碗狀，周邊成弧形，但正面是開口。這些圓弧斜坡的底部聚集在一個小型、相當平坦的場地上。多年來，由於這個地點被做為集會之用，場地已經用石塊和土方填平。

在接近山丘崎嶇山頂的小灌木林，有座小噴泉形成一個小水池。水池裡的水溢出來，流下碗狀斜坡，經過底部會場中央，最後匯入營區裡更大條的溪水。這條依賴泉水供應的小溪不大，尤其是在夏末時，大家可以輕易跨越它，但頂部清澈的冷水池可供飲水。部分碗狀窪地內，有綠草覆蓋的山坡，形成不規則狀漸次隆起。多年來，大家這裡挖挖那裡補補，直到山坡有許多小塊的平坦部分，方便家族甚或整個洞穴的人聚集在一起，享受下方空曠的好視野。

眾人坐在草皮上或將織毯、坐墊或毛皮攤開在地上，點燃營火，火把插入地面，但一些小型火坑圍繞著整個會場，舞台般的場地，接近前方中央有一個大型營火，整個會場有許多火把。不久，當大家在聊天時，背景聲音出現了年輕歌聲。大家降低音量，以便更能清楚聽見。整個營區大多數年輕人遊行徒步走向中央區域，利用量詞，唱著有節奏感的歌曲。當他們來到時，其他人停止談話，只有微笑和眨眼。

以小孩唱歌開場有兩個目的。首先是讓他們向年長者展現他們向齊蘭朵妮亞學習的成果，其次是默示大媽慶典將與盛宴以及全面比賽一起舉行。當他們演唱完畢，小孩會被帶到接近會場邊緣的某個營區，那裡有比賽和大餐，與成人分開，並有多名齊蘭朵妮等人來照顧他們。這些照顧者通常是年長婦女和男人，或是剛當上媽媽或者是月事剛來的女人，也或者是那些當時不想參與榮耀大媽活動的人。

大多數人都很期待大媽慶典，如果大家知道他們晚上可以不用擔心小孩，大多數人就比較會有意願參加。如果小孩也想去，也不會被禁止。年紀較大的小孩確實比較想去，因為他們充滿了好奇心。不過，如果他們心理還沒準備好且沒有被禁止，而去觀看大人談笑、吃喝、跳舞、配對並不是那麼有趣的事。讓小孩待在一旁的用意是，讓他們可以就近觀察所有的成人活動——從出生到死亡。沒有人會爭辯要他們離開，因為這都是生活的一部分。

當小孩表演結束後，大多數人被帶到觀眾席。接著，兩個男人打扮成野牛，裝飾著兩支牛角的大頭往反方向衝刺，然後向對方衝過去，每次都幾乎擦身而過，讓觀眾捏了把冷汗。接著是幾個大人和小孩穿著牛皮和牛角，成群到處遊走。有些動物毛皮是狩獵掩飾的裝備，有些則是專為這個盛會製作的。一個人用獸皮和尾巴裝扮成一頭獅子出現，一邊咆哮並發出呼嚕聲，果真有如獅吼，差點讓許多人嚇破膽，獅子隨即向牛群展開攻擊。

「那個是愛拉，」弗拉那向艾達諾輕聲說：「沒有人的獅吼比得上她。」

牛群到處亂竄，跳過各種物品，還差點衝進人群裡，獅子還在後面猛追。有五個人披上鹿皮，頭上握著鹿角，假裝跳過一條河流，彷彿在逃避某個東西，然後渡河。接著是馬群，其中有一匹馬叫得如假包換，讓遠方的馬兒也聞聲回應。

「那也是愛拉。」弗拉那告訴身旁的艾達諾。

「她真的很行。」他說。

「她說在她學會說齊蘭朵妮氏語前，她就學會如何模仿動物。」

此外，還有其他假扮動物的表演，目的都在展現某個事件或故事。流浪說書人劇團也有參與演出，他們裝扮成各種動物，演技維妙維肖。最後，所有動物大集合。當他們集合在一起時，出現一隻奇怪的動物，四隻腳走路，腳上有蹄，不過外觀有奇怪的斑點，從兩側幾乎延伸到地面，頭部蓋到一部分。頭上裝上兩支直棍，用來代表鹿角或某種動物的角。

「那是什麼東西？」艾達諾問。

「那當然是一隻神獸，」弗拉那說：「但那確實是愛拉的灰灰，也是一個齊蘭朵妮。首席說，她的馬兒和小狼都是齊蘭朵妮，那就是為什麼牠們選擇和她在一起。」

這隻奇怪的齊蘭朵妮神獸帶領所有動物離開，接著幾個齊蘭朵妮和說書人急忙跑回來，開始表演打鼓和吹笛，有些人吟唱古老神話，有些人則朗誦大家熟悉又喜愛的歷史及傳說。

齊蘭朵妮亞可是有備而來。他們利用各種已知技巧來吸引、維持觀眾的注意力。愛拉的臉上塗抹齊蘭朵妮圖案——除了新刺青周圍之外，故意露出、顯示永久認可標記——走到說書人前面，在場兩千人全部屏息以待，準備聆聽她說的每個字並觀看她的每個動作。

鼓號響起，高音笛與緩慢、沉穩、無情的低音交織，有些音調的頻率低於人類的聽力範圍，但可以感覺聲音滲進骨子裡——咚、咚、咚！節奏隨著韻律變化，然後配合熟悉的詩詞格律，觀眾跟著合唱或朗誦「大地母親之歌」的開頭。

「在黑暗之中，一片渾沌之時，
莊嚴的大地母親誕生於一陣旋風之間。
甦醒過來的她，了解生命的寶貴，
一片空無的黑暗，哀悼大地母親。」
「大地母親獨自一人，寂寞難忍。」

首席加入愛拉壯闊、充滿活力的聲音。鼓號和笛子在歌唱者和說話者之間演奏，同時「大地母親之歌」繼續。接近中間時，眾人開始注意到，首席的聲音明顯豐富、特殊，他們停止歌唱並靜下來聆聽。當她唱到最後一段詩詞時，她停下來，只留下愛拉的訪客親戚演奏打鼓。

眾人以為他們差不多可以聽見字詞，接著確定他們可以，但這些字詞是以奇怪、詭異的顫音說出來的。首先，觀眾不是很確定他們聽到的是什麼。這兩個年輕的馬木特伊氏男人帶著他們的小鼓站在群眾前面，以奇怪的斷音節拍演奏「大地母親之歌」最後一段詩。鼓聲彷彿是用震動的聲音在說話，有如某人唱歌時，快速變化呼吸的壓力，只是那不是人的呼吸，而是鼓聲！是鼓在說話！

Th-e-e-e Mu-u-the-er wa-a-a-az pule-e-e-z-z-zed wi-i-i-ith

聆聽者可說是完全寂靜無聲，大家都豎起耳朵，傾聽鼓在說話。愛拉想把她學到的將聲音往前提，讓處在非常後面的那些人也可以清楚聽到她的聲音。她將她一般低音定得稍低，並說得更大聲、更強烈，聲音穿透到只有一個火把點亮的黑暗寂靜中。群眾聽到這個唯一的聲音，似乎是來自周圍的空氣中，跟著鼓的節奏——愛拉獨自朗誦「大地母親之歌」最後一首詩，重複鼓所說的字詞。

「大地母親很滿意她創造出的男女，
他們配對時，她教他們關愛與互相照顧。

她使他們渴望與對方結合，
交歡恩典來自大地母親。
在她完成之前，她的孩子已學會愛彼此。」

「大地之子受到祝福。大地母親終於得以安息。」

鼓聲在不知不覺中慢下來，大家都知道行將結束，只剩一行詩，但不知道原因為何，大家還是執意等待著。那讓他們感覺緊張，也讓情勢更為緊繃。當鼓聲進入詩詞尾端，他們沒有結束，鼓聲繼續不熟悉的字詞。H-e-er La-a-ast G-i-i-ift, Th-e-e……這些人仔細聆聽，仍不是很確定聽到了什麼。接著，愛拉獨自站起來，緩慢地重複朗誦詩詞，並使用重音。

「她最後賞賜的知識，就是男人也有參與。
新生命開始前，男人必須滿足他的需要。
男女成雙是對大媽的尊崇，
因為交歡之後女人會懷孕。」

「大地兒女蒙祝福，大地母親也可安息。」

不是那樣，那是新的！他們以前從未聽過那個部分。它的意義是什麼呢？眾人感到不安。因為任何人都知道或記得，除了細微更動之外，「大地母親之歌」一直都沒有改變。為什麼現在變了呢？這些字詞的意義並未深入人心。增加新字，更動「大地母親之歌」，讓人覺得相當不安。

忽然間，最後的火光熄滅了，頓時陷入一片漆黑，沒人敢動。「那是什麼意思？」某人喊叫。「沒錯，那是什麼意思呢？」另一個人重複問道。

但是，喬達拉沒有問。他知道，心想：「這是真的了。」愛拉一直在說的是真的。雖然他有時間可以好好想想，但他的心還是想知道意涵。愛拉經常告訴他，喬愛拉是他的女兒，是他真正的女兒，不只是他的靈魂，也是他的骨肉。由於他的行動，她才能受孕。這不是他看不見的靈魂，被大媽以某種模糊的方式在愛拉身體內和她的靈魂混合在一起。他辦到了，他和愛拉兩人，他將他的元精給予愛拉，和她身體內的某種東西結合，產生了新的生命。

但不是每次。他將相當多的元精注入她身體裡，也許要很多元精才行。愛拉經常說她不是很確切知道這是怎麼一回事，只知道需要男人和女人在一起，才能讓生命開始。大媽將「交歡恩典」送給她的孩子，讓生命開始。難道讓新生命開始不應該是交歡嗎？那就是為什麼男人要將他的元精注入女人體內的欲望是這麼的強烈？因為大媽要她的孩子生育屬於自己的孩子？

他感覺他的身體現在彷彿有了一個新的意義，彷彿現在以某種形式活了過來。男人是必須的。他是必須的！沒有他，就不會有喬愛拉。如果是別的男人，喬愛拉就不會是喬愛拉。她之所以是她，是因為有他們兩個——愛拉和他。沒有男人，就沒有新生命。

在會場周圍，火把被點燃起來。眾人開始站起來並四處走動。打開的食物擺放在幾個不同地點。每個洞穴或相關洞穴，都有一個享用大餐的地方，不需要大排長龍才能吃得到東西。除了小孩之外，大多數人整天都沒有吃什麼東西，有些人因為太忙，有些人則想留點肚子，好在晚上大快朵頤一番。雖然不是很必要，但在慶典這幾天，大家認為盡情享用食物是極為適當的。

大家邊聊天，邊往食物的方向移動，互相問些問題，仍有不安的感覺。

「來吧！喬達拉。」約哈倫說。

但喬達拉沒有聽到，他完全沉浸在自己的思考中，沒有注意到身旁的人。

「喬達拉！」約哈倫再叫了一次，並搖了一下他的肩膀。

「什麼事？」喬達拉說。

「來吧！他們已經在供應食物了。」

「噢。」喬達拉說完站了起來，但他的腦筋還不斷在轉著。

「你認為這一切有什麼意涵嗎？」約哈倫問他，兩人同時向前走。

「你有看見愛拉走到哪裡去嗎？」喬達拉說，他仍在自己的思緒裡打轉，對其他一切視若無睹。

「我一直沒看見她，但我想她不久就會加入我們。這真是個盛大的儀式，需要很多工作和規畫。即便是齊蘭朵妮亞，也需要偶爾放鬆，吃一下東西，」約哈倫說。

他們走了幾步，約哈倫又問：「喬達拉，你認為那有什麼意涵嗎？『大地母親之歌』最後一首詩？」

喬達拉最後轉向他的哥哥，說道：「它的意涵就是，『男人也有參與』，不只是女人受到祝福。新生命的開始，必須也要有男人才行。」

「你真的相信是這樣？」約哈倫蹙起眉頭，露出額上的皺紋，和他弟弟的一樣。喬達拉露出微笑：「我知道是這樣。」

當他們走到第九洞穴聚集用餐的地方時，正在發放各種濃烈的飲料。有人把不透水的編織杯遞到約哈倫和喬達拉手上。他們嘗了一下，味道似乎超出兩人預期。

「這是什麼東西？」約哈倫說：「我想那可能是勒拉瑪的酒，不錯，但是有點淡。」

喬達拉很熟悉這個味道，他又嘗了一口。他想起曾在哪裡嘗過這個味道，「啊！在蘿莎杜那氏！」

「什麼？」約哈倫說。

「是在蘿莎杜那氏大媽慶典上供應的飲料，嘗起來偏淡，不過可別小看它，」喬達拉警告說：「這東西後勁很強，會讓你措手不及！這一定是愛拉做的。你有看到她在儀式完畢後去哪裡嗎？」

「我想不久前我才看見她從慶典帳篷走出來，她穿著一般的衣服。」約哈倫說。

「你看見她往哪個方向走去嗎？」

「她在那裡，就是他們供應更多新飲料的地方。」

一群人在一個大型有缺口的箱子附近走動，用杯子接取飲料，喬達拉朝他們走去。當他看見愛拉時，她碰巧站在勒拉瑪身旁。她將滴好的一杯飲料遞給他，他說了些話，她露出微笑，也對他笑了笑。

勒拉瑪表情看起來有點訝異，接著斜眼瞧了她一眼，心想：「或許她並沒有那麼差勁。」她以前相當冷淡，幾乎不曾跟他說過話。不過她現在是齊蘭朵妮，他們應該在慶典上榮耀大媽，這個慶典可能非常有趣。喬達拉忽然間出現，讓勒拉瑪臉上浮現失望的表情。

「愛拉，」喬達拉說：「我需要和妳談談，我們離開這裡一下。」他拉著她的手臂並準備走到人比較少的地方。

「有什麼話不能在這裡說？」愛拉將他的手甩開：「我想我在這裡可以聽得很清楚，耳朵還沒聾。」

「但是我需要單獨跟妳談談。」

「以前你有很多機會可以跟我談，但你什麼都不做，怎麼現在這事忽然變得這麼重要了？這是大媽慶典，我要待在這裡好好玩一下。」愛拉說完，轉頭對勒拉瑪挑逗地笑著。

他忘記了！在他興奮獲得深一層的了解後，喬達拉竟然忘了。忽然間，他才記起一切。她看見過他和瑪羅那在一起！這的確是事實，從那時候他再也沒跟她說過話，現在卻換成她不想跟他說話。愛拉看見他的臉色有點發白。他感覺暈眩，好像被某人狠打了一棍，他向後踉蹌幾步，表情看起來如此失望而迷惘。她差點叫出聲，但話到喉頭，又把它吞了下去。

喬達拉昏昏沉沉的到處遊走，沉浸在自己的思緒中。某人把裝著某種飲料的杯子放在他手中，他想都沒想，就一口喝了下去。有人再將杯子填滿。「她沒錯。」他心裡想著。

他先前有很多時間可以跟她說、跟她解釋，為什麼他沒這麼做呢？她來找他，發現他和瑪羅那在一起。為什麼他沒去找她？因為他感覺羞恥，同時害怕失去她。他在想什麼？他曾想對愛拉隱瞞瑪羅那的事。他應該告訴她才對。事實上，他根本不應該和瑪羅那在一起。為什麼瑪羅那這麼有吸引力？為什麼他那時候那麼想要她？只是因為她自動送上門來嗎？他現在對她一點都不感興趣。

愛拉說，她失去了一個小孩。他的小孩！「那個小孩是我的，」他大聲說：「他是我的！」一些經過的人瞪了他一眼，喬達拉搖晃欲倒，自言自語，用力搖頭。

她失去的那個小孩是他的。她受到召喚。他聽過一些有關她經歷過的可怕折磨。他曾想去找她，安慰她。為什麼他沒去呢？為什麼他一直努力想要遠離她？現在換成她不想跟他說話。他能怪她嗎？如果她再也不想看到他，真的不能怪她。

如果真是那樣呢？如果她根本不想再見到他，如果她再也不想跟他交歡？他忽然想到，如果愛拉拒絕跟他交歡，他就永遠不能和她生小孩，他和愛拉也就不會再有第二個小孩了。

那一瞬間，他不願再去想那個人就是他。如果是靈魂讓生命開始，會來的還是會來，任何人任何事也擋不住。但如果是他，是他的元精，而她不要他，他就不會有第二個孩子。他沒想過他可以和另一個女人生小孩，因為他只愛愛拉一個人，她是他的伴侶。他承諾供應她的小孩生活，他不要其他女人。

喬達拉手上拿著杯子，踉踉蹌蹌地到處走，他跟其他參與盛會的人一樣步履不穩地在供應食物和飲料的地方來來回回，有些人大笑並撞上他，那些人才剛把水袋倒滿烈酒。

「啊，不好意思！」其中一個人說：「讓我把你的杯子倒滿，在大媽慶典上，酒杯可不能空著呢！」

從來沒有像這樣的慶典，食物多到吃不完，酒和飲料也多到喝不完。還有菸草可抽，有菇類和特別的料理可吃，沒什麼是被禁止的。有幾個人被抽中或自願不參加盛會的人，則負責幫忙看顧營區，照顧不小心受傷的人，以及看管容易失控的人。由於附近沒有小孩，來這裡尋歡作樂的人不會撞倒孩子。那些人都被集中在營區邊緣，有人看著他們。

喬達拉喝了一口剛倒滿的酒，他沒注意到自己到處走動時，酒也灑出了大半。他沒有吃任何東西，大口大口喝下的烈酒，已開始發揮作用。他的頭開始昏沉，視力模糊，他的心還停留在私事，對眼前一切視若無睹。他聽見跳舞的音樂，不由自主地讓雙腳帶著他往聲音的方向走去。模模糊糊的，他看見舞者在閃爍的火光中，圍成圓圈移動。

接著，一個女人在他身旁跳起舞來，當他聚焦在她身上時，他的視力忽然變清晰了：她是愛拉！他望上去，她正和幾個男人一起跳著舞，她醉醺醺地笑著，搖搖欲墜，她從那個圓圈走出來後，三個男人跟在她後面，他們對她上下其手，撕開她的衣服。她失去重心，和這三個男人跌成一堆。其中一個男人爬到她身上，略微打開她的雙腿，將他腫脹的器官往她身體裡塞。喬達拉認得他，是勒拉瑪！

喬達拉被眼前的景象驚呆了，竟杵在原地動彈不得，看著勒拉瑪移上、移下、移進、移出。勒拉瑪！骯髒、醉鬼、懶惰、無能的勒拉瑪！愛拉根本不想跟他說話，她就在那裡和勒拉瑪在一起。她不想讓喬達拉愛她，跟她交歡，她不願跟他一起生孩子。

如果勒拉瑪跟她生孩子怎麼辦！

喬達拉火冒三丈。在他的熊熊怒火中，只看見勒拉瑪騎在愛拉身上，「他的」伴侶，上下不斷抽動。忽然間，喬達拉怒火沖天，咆哮著：「他在生我的小孩！」

高大的喬達拉，三步併作兩步來到他們面前，他將勒拉瑪一把從愛拉身上拉開，甩了他一巴掌，然後在他驚訝的臉上送上重重的一拳。勒拉瑪立即癱倒在地上，幾乎失去知覺，他根本不知道是誰在揍他，甚至不知道怎麼一回事。

喬達拉跳到他身上繼續揍他，妒火加上怒火，憤恨難消。他的聲音充滿了挫折，音調拉長而且尖銳，尤其是當他嘶吼著：「他在生我的孩子！他在生我的孩子！」他一直不斷重複著這句：「他在生我的孩子！」

幾個男人試圖把他拉起來，但都被他推開。更多人跑過來要把他拉開，但是他發狂了，根本沒人能制止他。

然後，當喬達拉再度將他的拳頭不斷送入一團血肉模糊之中，那根本已經看不出是個人的臉了，這時，一隻粗大的手抓住了他的手腕。喬達拉掙扎著，他感覺自己正被人從那個失去知覺的男人身上拉開，那個男人四肢張開，躺臥在地，早已奄奄一息。喬達拉被那兩隻巨大、強而有力的手臂抓住，試圖掙脫，但徒勞無功。

當達弩格將喬達拉抓住時，齊蘭朵妮大叫：「喬達拉！喬達拉！住手！你會殺了他！」

他認得這個熟悉的聲音，他認識她，她以前名叫索蘭那，他還記得他曾經將一個騎在她身上的男人打得死去活來。接著，他的腦筋一片空白。當幾個齊蘭朵妮衝過來照顧勒拉瑪的同時，魁梧的紅髮巨人達弩格將喬達拉抱在懷裡，像抱個小孩般，將他帶離了現場。

第三十七章

齊蘭朵妮給愛拉一個用稻草緊密編成的杯子，這種杯子是特別為這次慶典而做的，裡面裝滿熱茶，喝了會讓人放鬆。她把另外一杯放在矮桌上，然後坐在愛拉身旁的大凳子上。在偌大的齊蘭朵妮亞住所中，除了她們兩個人外，還有一個不醒人事的男人，他躺在床上，臉用具有療效的糊藥軟皮包住。許多盞燈散放出溫暖柔和的光線，環繞著這個受傷的男人；另外兩盞燈則在一張矮桌上，桌上放有茶杯。

「我從來沒看過他那個樣子，」愛拉說：「他為什麼那樣子，齊蘭朵妮？」

「因為妳跟勒拉瑪在一起。」

「但那是大媽慶典，我現在已經是齊蘭朵妮，應該在榮耀大媽的盛會上，分享大媽給予的恩典，不是嗎？」

「大家都應該在大媽慶典上榮耀她，妳也一直都有參與，但以前除了跟喬達拉外，妳從未跟其他人做過那件事。」身材壯碩的齊蘭朵妮說。

「只因為我以前從未跟其他人做過，那不應該有差別啊！」愛拉說：「畢竟，他一直有跟瑪羅那上床。」齊蘭朵妮注意到愛拉話裡有些防衛的語氣。

「沒錯，但他想要妳的時候，妳都不在。當男人的伴侶不在身邊時，他們經常跟其他女人分享大媽給予的交歡恩典，妳難道不知道嗎？」首席說。

「我當然知道。」愛拉說著，立刻垂下雙眼啜了一口茶。

「想到喬達拉選擇別的女人，會讓妳不高興嗎，愛拉？」

「哦……他從未選擇其他人，就我所知一直是這樣。」愛拉看著首席，眼中帶著真誠的憂慮：「我怎麼會這麼不了解他？我無法相信他的所作所為。如果不是我人在現場，我根本不會相信。首先，他跟瑪羅那偷歡……我發現時，他們在一起已經有一段時間了。然後他……為什麼是瑪羅那？」

「如果是別人，妳會怎麼想？」

愛拉再次往下看。「我不知道。」她抬眼看著齊蘭朵妮，問道：「如果他想要滿足他的需求，為什麼不來找我？我從未拒絕過他，從來都沒有。」

「或許問題就出在這裡。或許他知道妳很累，或正在深入學習某些事情，因為他知道妳不會拒絕，所以不想增加妳的負擔，」齊蘭朵妮說：「有時候，妳必須放棄某些事情一陣子，愉悅、食物，甚至是水。」

「但為什麼他要挑瑪羅那？如果是別的女人、任何女人，我想我可以理解。雖然我可能不喜歡，但是我會理解的。為什麼他偏偏要挑那個女人？」

「也許是因為她自動送上門。」愛拉的表情看起來迷惑不解，齊蘭朵妮繼續解釋：「愛拉，大家都知道妳和喬達拉都不選別人，甚至在大媽慶典上也一樣。在喬達拉離開前，他可是炙手可熱，特別是在那個時候。他精力旺盛，一個女人對他是不太夠的，好像他永遠不會滿足似的，直到他回到妳身邊。他的心回到妳身上不久，女人就罷手。如果妳在他身邊，沒有女人敢自動送上門。大多數女人不喜歡被拒絕。但瑪羅那可不管這麼多。她可以輕易擁有她想要的任何男人，拒絕對她反而是一種挑戰，我想喬達拉對她更是特別的挑戰。」

「我不相信我對他的了解這麼少。」愛拉搖著頭，又啜了一口茶。「齊蘭朵妮，他差點把勒拉瑪殺了，他的臉可能永遠無法恢復原來的樣子了。要不是達弩格在那裡，勒拉瑪恐怕會喪命，沒人制止得了他。」

「我們告訴了大家男人在新生命最初扮演的角色，當時我並未預期會發生這樣的事，而且還發生得這麼快，但這是我曾害怕會發生的其中一種情況。我知道一旦告訴了男人，問題就會出現，但我們會有更多時間來解決。」

「我不了解，」愛拉再度蹙眉問道：「我認為男人應該很高興知道，他們在新生命開始時的角色是和女人一樣地重要，這就是大媽創造他們的原因。」

「他們可能很高興，但是，一旦了解這些意涵，男人可能會想確認，他們火堆地盤的孩子是否都是和伴侶所生的，是否都是他們的親生骨肉。」

「那有什麼關係嗎？以前從未這樣。男人總是供應他們的伴侶和小孩的生活。當伴侶為他們的火堆地盤生孩子時，大多數男人會很高興。為什麼一夕之間他們只想供應自己生的孩子？」

「答案或許跟驕傲有關，他們可能想要占有自己的伴侶和孩子，」首席說。

愛拉喝了一口茶，想了想，蹙起眉頭，又問：「他們怎麼肯定呢？生孩子的是女人啊，毫無疑問，男人只會知道孩子是他的伴侶生的。」

「男人可以確認的唯一方式，就是女人是否只跟她的伴侶交歡，」齊蘭朵妮說：「跟妳的情況一樣，愛拉。」

愛拉的眉頭皺得更緊了：「但是，大媽慶典呢？大多數女人都很期待，她們想要榮耀大媽，與不同男人分享交歡恩典。」

「是的，大多數女人想要沒錯，男人也是，這會增加他們生活的刺激和樂趣。大多數女人也要一個伴侶來幫忙照顧孩子。」齊蘭朵妮說。

「有些女人沒有伴侶，她們的媽媽、阿姨和兄弟會幫忙，尤其是新生兒。甚至洞穴也會幫忙照顧孩子，孩子的生活不會沒著落。」愛拉說。

「沒錯，但事情不是永遠不變的。過去有幾年很辛苦，當時動植物更少，食物不多，有些人不願意一直分享。如果妳的食物只夠一個孩子，妳會想要分給誰呢？」

「我會把自己的食物捐出來，給任何一個孩子。」愛拉說。

「有一段時間是這樣，沒錯。大多數人都會這麼做，但能為時多久？如果妳不吃，妳的身子會變虛弱、生病，然後誰會照顧妳呢？」

「喬達……」愛拉說了一半，忽然停了下來，用手捂住嘴巴。

「是的。」

「但是，」愛拉趕緊搶話說：「瑪桑那也會幫忙，還有威洛馬，甚至弗拉那，整個第九洞穴的人都會幫忙。」

「沒錯，瑪桑那和威洛馬都會幫忙，只要他們有能力，但妳知道瑪桑那身體不好，威洛馬年紀也不小了。弗拉那在稍後的配對典禮會成為艾達諾的伴侶。當她有自己的孩子時，她會先餵誰呢？」

「情況不會永遠那麼糟吧，齊蘭朵妮。春天有時東西會變得比較少，但還是可以找得到東西吃。」愛拉說。

「我希望情況會永遠是那樣，但如果有伴侶可以幫忙，女人通常會覺得更有安全感。」

「有時候，兩個女人分享一個火堆地盤，幫忙照顧彼此的孩子。」愛拉說。她心裡正想著艾達諾的族人、沙木乃氏和阿塔蘿，他們試圖擺脫所有的人。

「他們可能成為彼此的伴侶。最好是身邊有可以幫忙、會關心妳的人，不過大多數女人會選擇男人。大媽就是這樣創造了我們，而妳已經告訴我們原因，愛拉。」

愛拉將視線掃向床上那個男人，問道：「但是，如果妳知道一切即將改變，齊蘭朵妮，為什麼妳要讓它發生呢？妳是首席，妳有能力阻止。」

「也許，一陣子吧。但是如果大媽不想讓她的孩子知道，她不會告訴妳。一旦她決定了，就無可避免。這個祕密不能守。當真相已經準備好公諸於世，時間可以拖延，但不能停止。」齊蘭朵妮說。

愛拉閉上眼睛，心裡想著。最後，她睜開雙眼說：「喬達拉非常……生氣，非常暴力。」淚水驀地湧出。

「暴力一直都存在，愛拉，大多數男人都是這樣。妳知道喬達拉對馬卓曼做什麼事嗎？他那時才不過是個男孩子。然後他才開始學會控制自己。」

「但是他無法停止揍他，幾乎要把勒拉瑪殺了，為什麼？」

「因為妳選擇勒拉瑪，愛拉。大家都聽到喬達拉大喊：『他在生我的孩子！』我很確定沒有人會忘記。為什麼妳選擇了勒拉瑪？」

愛拉低頭，淚水留下雙頰，開始啜泣，最後脫口而出：「因為喬達拉選擇了瑪羅那！」愛拉長久以來忍住的淚水，忽然間開始潰堤，怎麼也止不住了，她哭著說：「噢，齊蘭朵妮，我從不知道嫉妒是什麼，直到我看見他們在一起的那一刻。我那時才失去孩子不久，我一直想著喬達拉，希望能見到他，或許跟他再生一個小孩。但是，看到他和瑪羅那在一起，我的心都碎了，我怒不可抑，我也要讓他嘗嘗那是什麼樣的滋味。」齊蘭朵妮找來一片柔軟繃帶，拿給她擦眼睛和鼻子。

「後來他不願意跟我說話。他沒有說他很遺憾我失去了孩子，也沒有擁抱我或安慰我。他甚至不碰我，一次都沒有，連一句話都沒跟我說過。他不願意跟我說，對我的傷害更深。他連讓我生氣、知道我的感覺的機會都不給我。我甚至不確定他是不是還愛我。」

愛拉吸了一下鼻涕，擦掉更多淚水，接著繼續說：「當喬達拉在慶典上看見我，最後，他過來說他要跟我說話，勒拉瑪剛好在旁邊。我知道喬達拉瞧不起勒拉瑪，最討厭的人就是他。他認為勒拉瑪不只對他自己的伴侶和孩子不好，也讓別的男人這麼做。我知道如果我選擇勒拉瑪，就能激怒他，我知道這樣會傷害他。但是我不知道他會這麼瘋狂，會想殺了勒拉瑪，我真的不知道。」

齊蘭朵妮走向愛拉，在她哭泣時擁緊她，說道：「我以為事情應該那樣。」齊蘭朵妮邊說邊輕拍愛拉的背，讓她盡情哭一場，不過齊蘭朵妮自己心裡卻裝滿全部的細節。

她心裡想著：我應該更注意的，她才流產不久，那種情況往往會產生憂鬱的感覺，我知道喬達拉沒有把事情處理好。他向來不會處理這種事，但愛拉似乎就可以。我知道她對喬達拉很失望，只是我並不了解她究竟有多失望。我應該去了解的，不過她很難評估。她受到召喚讓我很驚訝，我認為她還沒準備好。但當我看見她時，我馬上知道她真的受到召喚。

我認為這對她來說很難，尤其是流產，但她向來都很堅強。我一直都不了解，直到我跟瑪桑那聊到情況已經糟到什麼地步。然後，她在所有齊蘭朵妮亞面前宣布她受到召喚——那也讓我感到措手不及——我知道有些事必須馬上做。我應該先跟她說的，然後我應該知道接下來會發生什麼事，我應該有些時間可以好好想想這些意涵。不過夏季大會總是事情很多。這不是藉口，我應該幫她的，幫助他們兩個，但是我沒有。我必須對這整個不幸事件，負大部分責任。

雖然愛拉靠在首席柔軟肩膀上啜泣，並且讓長久以來忍住的淚水一次潰堤，她仍不斷地思考齊蘭朵妮問過的問題。為什麼我選擇勒拉瑪？為什麼我選擇了整個營區最差勁的男人，而且也許是整個夏季大會最差勁的男人？

她對自己說：這真是個可怕的夏季大會啊。真希望我根本沒有來，而不是趕來這裡，這樣，我就不會撞見他們在一起。如果我沒有看見喬達拉和瑪羅那，而是別人告訴我，這樣可能會好些，雖然我會不高興，但最起碼每次閉上眼睛，我不會看見他們在一起的景象。

或許那就是為什麼我會選勒拉瑪，我會那麼想要傷害喬達拉的原因。我要讓他嘗嘗我當時的感覺——結果就是，想要反擊，想要傷人。這樣還有資格當齊蘭朵妮嗎？如果我這麼愛他，為什麼我會傷害他？因為我嫉妒。現在我知道為什麼齊蘭朵妮亞要防止這個東西了。

愛拉自言自語著：嫉妒是一件很可怕的事。我沒有權利感到如此受傷。喬達拉沒有做錯任何事，如果他要的話，他有權選擇瑪羅那。他沒有切斷關係，他對他的火堆地盤還是有貢獻，仍然供應喬愛拉和我的生活。他不只是做他份內應做的事而已，他照顧喬愛拉的時間可能比我還多。我知道他對於年輕時揍了馬卓曼感到非常後悔，他因此非常討厭自己，他現在一定感覺很糟糕。他會怎麼樣呢？對於差點殺了勒拉瑪，第九洞穴或齊蘭朵妮亞，大家會怎麼處置他呢？

最後，愛拉坐回椅子上，擦了擦眼睛和鼻子，拿茶來喝。齊蘭朵妮希望這樣的放鬆對她有些好處，但愛拉的心一直在旋轉。她心裡想著：「這一切都是我的錯。」當她坐著喝冷掉的茶時，自己幾乎沒發現，淚水又開始流下來。她又想著：「勒拉瑪傷得很重，他的臉可能永遠無法恢復了，這是我的錯。如果我沒有慫恿他、誘拐他，讓他以為我要他，他就不會受傷了。」

她必須逼自己做。她討厭想到他骯髒、流汗的手來碰她，那會讓她的皮膚起雞皮疙瘩，感覺很癢、污穢，她洗不掉。她洗過澡，幾乎把皮刮掉，全身沖洗好幾次。即便她知道很危險，她還是喝了槲寄生葉混合其他藥草的茶，排除任何進入她體內的東西，這讓她想吐，產生痛苦的痙攣。不過不論她做什麼，都無法擺脫勒拉瑪的感覺。

為什麼她要做這件事？傷害喬達拉嗎？是她找不到時間陪他，是她整夜不睡，將大多數清醒時間花在背歌詞、歷史和符號，並計算字數。如果她這麼愛他，為什麼她不找時間陪他？

是因為她喜歡訓練嗎？她確實喜歡沒錯，她喜歡學習所有關於成為齊蘭朵妮的事、所有可被揭露的知識，以及所有被隱藏起來的事物。具有祕密意涵的符號，她可以將符號在石頭上刮出來、在布料上油漆或織到毯子上等。她知道這些符號的意義，所有齊蘭朵妮亞也都知道。她可以將刻有符號的石頭寄給另一個齊蘭朵妮，運送的人根本不會知道這塊石頭符號的意義，但收到的齊蘭朵妮會知悉。

她喜歡整個慶典儀式。愛拉記得第一次參加慶典時，她有多麼的感動，令她印象深刻，只有齊蘭朵妮亞留在洞穴深處。現在她知道如何讓他們印象深刻，她已學會全部技巧，不過那不只是技巧而已，其中有些是真的，令人恐懼的真。她知道有些齊蘭朵妮亞，尤其是年紀較長的，真的不會再相信了。他們做過許多次，已經習慣他們的魔術。他們說，任何人都能做。或許任何人都能，但沒有經過訓練可不行，沒有別人幫忙、沒有魔術藥物也不行。對於已經忘記「不是什麼人都行」或只是純粹興趣或工作的人來說，沒有風仍能飛行、身體仍和齊蘭朵妮亞在一起或在洞穴內仍能飛翔，這句話的意義是什麼？

愛拉忽然憶起某事，當她成為齊蘭朵妮那天，曾聽首席說，她某天會成為首席。當時愛拉沒有理會；她無法想像自己是首席，而且她有伴侶和孩子。成為首席怎能同時有伴侶和家人？有些齊蘭朵妮有家庭，但為數不多。

從小到大，她真正想要的，就是擁有伴侶和小孩，有自己的家。伊札告訴過她，她永遠不會有小孩，因為她的穴獅圖騰威力太強，不過她讓他們驚訝，她有一個兒子。如果布勞德知道，用強迫她的方式，他會給她一件她要的東西，他會不喜歡的。不過當時沒有交歡恩典。布勞德沒有選她，因為他在乎她，討厭她。他逼迫她，目的只在證明他可以對她做任何他想要的事，因為他知道她不喜歡。

現在她卻對她自己這麼做，逼迫自己選擇一個她厭惡的男人，來傷害一個她愛的男人。看看她因為嫉妒，對喬達拉做了什麼事。他差點殺了一個人，這是她的錯。她不配有一個家，她甚至不能在當助理時，照顧好家人。擔任經過完整訓練的齊蘭朵妮，會更加困難。如果沒有她，他會過得更好。或許她應該讓他走，讓他去找另一個伴侶。

但是，她又怎能失去喬達拉？如果沒有喬達拉，她要怎麼活下去？想到這裡，愛拉的淚水不禁又奪眶而出，齊蘭朵妮感到驚訝。愛拉哭得死去活來，愛拉心想：沒有喬達拉，我要怎麼活下去？但是現在，喬達拉要怎麼跟我一起生活呢？我配不上他。只是因為他需要滿足他的需求，我卻差點讓他去殺人，而且顯然我無法滿足這些需求。不論任何時候，只要伴侶想要，部落女人都會做。喬達拉應該得到更好的女人。

但是喬愛拉怎麼辦？她也是他的女兒，他非常愛她，他比我花更多心思照顧她。喬愛拉應該得到比我更好的媽媽。如果我切斷配對關係，喬達拉就可以有新的伴侶。他仍是所有洞穴中最好看的男人，大家也都這麼認為。他再找女人應該不難，甚至是找更年輕的。我已經老了，更年輕的女人才能跟他生更多孩子。如果他想要的話，他甚至可以選擇……瑪羅那。

光是想到她，就讓愛拉很受傷，但是她覺得需要懲罰自己，除了用這個方式來施加痛苦給自己，她實在想不出更好的方法。

那就是我會做的。我會切斷配對關係，把喬愛拉送給喬達拉，讓他找另一個女人，共組新家庭。當我返回第九洞穴時，我不會進去我的家，我會搬去和齊蘭朵妮一起住，或者我會另找一個地方建立家園，或者搬離那裡，成為另一個洞穴的齊蘭朵妮——如果其他洞穴願意接納我的話。或許我應該乾脆離開，去找另一個山谷，一個人生活。

齊蘭朵妮看著愛拉臉上情感的變化，不過她無法完全解讀。齊蘭朵妮心想，有時真是完全猜不到這個女人在想什麼。但毫無疑問的，有一天她將成為首席。齊蘭朵妮從未忘記那天在瑪桑那的住家的事，當時愛拉很年輕，沒有受過訓練，但卻勝過首席堅強的心智，她不得不承認，這件事讓她相當震撼。

「如果妳感覺好多了，我們應該走了，愛拉……第九洞穴的齊蘭朵妮。我們開會別遲到了。大家會有許多問題，尤其是喬達拉和勒拉瑪之間發生那件事之後。」服侍大地母親的首席說。

「走吧！喬達拉，我們要去開會，我想問一些問題。」約哈倫說。

「你先走，我隨後就來。」喬達拉說著，坐在鋪蓋捲上，幾乎沒有往上看。

「不，恐怕不行，喬達拉。有人特別囑咐我，要確保你跟我一起去。」約哈倫說。

「是誰呢？」

「齊蘭朵妮和瑪桑那啊，不然你以為是誰？」

「如果我不想去，會怎樣呢？」喬達拉在測試他的特權。他感覺很悲慘，一點都不想動。

「那麼我想我得請你的馬木特伊氏大力士朋友把你抬到那裡！如同他把你抬來這裡的方式。」喬達拉的哥哥說完，對達弩格冷笑。他們待在達弩格、德魯偉、艾達諾及其他男人所住的木屋裡。由於只有男人使用，所以被稱為「法洛吉」，不過和營區外圍其他法洛吉沒有關係，與第九洞穴一般家庭住所也不同。「從那時開始，你幾乎沒有動過。喬達拉，無論如何，你還是得面對大家。這是一個開放式會議，沒有人會討論你的情況，那稍後才會討論到，在我們了解勒拉瑪的恢復情形之後。」

「他應該梳洗一下，」索拉邦說：「他的衣服上還有血漬。」

「你說得沒錯，」約哈倫望向喬達拉：「你是要自己來呢，還是要別人幫你沖洗一番？」

「我無所謂！如果你們要幫我沖洗，請便。」喬達拉說。

「喬達拉，拿件乾淨的外衣，然後跟我到河邊吧！」達弩格用馬木特伊氏語說。那是讓喬達拉知道，如果不想讓別人知道他說什麼，有人可用其他語言跟他說話。此外，他喜歡輕鬆地說自己的語言，不用勉強說齊蘭朵妮氏語。

「好，」喬達拉說，深深地嘆了口氣，然後站起來：「無論如何，那根本無關緊要。」他真的不在乎會發生什麼事。喬達拉相信，他已經失去了一切重要的東西：他的家人（包括喬愛拉）、朋友的尊重、他的族人等等；最重要的是，他失去了愛拉的愛，不過那是他咎由自取，怨不得人。

達弩格看著喬達拉拖著沉重的步伐跟他往河邊走去，對周圍一切事物視若無睹。這個年輕的馬木特伊氏人以前曾看過類似這兩個人之間的問題，他很關心他們，知道他們深愛彼此，勝過他遇過的任何一對愛人。他希望可以找到某個方式，讓他們看見自己和身邊所有人知道的事，不過如果直接跟他們說一定是行不通的。他們可能會有自己的理解，現在這不只是他們的問題，喬達拉已經把某人傷得很重，雖然達弩格對齊蘭朵妮氏的習俗細節不是很熟悉，但他知道會有後果需要承擔。

首席齊蘭朵妮移動簾幔，將布幕推開，偷瞄齊蘭朵妮亞後方隱藏的大型祕密通道，那正好位在一般入口的正對面。她掃瞄集會區域，集會區從山坡後方往下，開口朝營區方向。整個早上許多人聚集在這裡，幾乎已經擠得水泄不通。

她對問題的看法一直是對的。大家逐漸了解慶典和「大地母親之歌」新詩的意涵，不過他們有不安全感。光是想到可能會發生什麼改變，就讓人覺得不安，尤其是在發生喬達拉那件事之後。她再看了一次，確認某些人已經抵達，然後稍等了一下給最後走散的人一個機會坐定下來。最後，她給某位年輕的齊蘭朵妮一個信號，那個年輕的齊蘭朵妮將「她準備好了」的信號傳給其他人。當一切準備就緒，首席走出來外面。

首席齊蘭朵妮是個體型壯碩的女人，她的身高和體重都相當宏偉，更給人「德高望重」的感覺。她也會運用各種技巧和方法，使大家聚焦在她想強調的重點。她還會運用她所有的天分和學來的技巧，將信心和確定性投射給緊盯著她看的群眾。

知道大家都有很多話想說，她宣布，如果由洞穴頭目或每家一個成員提問，就有助於維持秩序。但是如果有人很想發表，應該也可以提出來。

約哈倫提出第一個問題，這個問題也是大家想要釐清的重點。「那首新詩，我想要確定我的理解，這是否意指傑拉達爾和莎什娜是我的孩子，不只是波樂娃的？」

「是的，沒錯，」首席齊蘭朵妮說：「傑拉達爾是你的兒子，莎什娜是你的女兒，約哈倫，只要他們是波樂娃生的兒子和女兒。」

「而那是來自大地母親的交歡恩典，使女人的身體內開始新生命？」第十四洞穴頭目布拉瑪佛問。

「大媽朵妮給我們的恩典不只是為了交歡，也是生命賜禮。」

「大家經常分享交歡的愉悅，但是女人並不會經常懷孕啊！」另一個人迫不及待搶先說話。

「大地之母仍會做最終的選擇。大媽朵妮並未放棄她的全部知識，也未放棄她的特權。她仍然決定一個女人什麼時候會開始有新生命產生。」首席說。

「那麼利用一個男人的精氣和他身體的元精生小孩，這兩者之間有什麼區別嗎？」布拉瑪佛問。

「很清楚，如果一個女人從未與男人交歡，她就不會生孩子。她不能期望某天大媽會選擇某個男人的靈魂並送給她。她必須以分享交歡恩典方式，來榮耀大媽。男人必須將他的元精釋放到她體內，讓它可以和正在等待的女人的元精混合。」首席說。

「有些女人從未懷孕過。」第十九洞穴的托瑪登說。

「是的，沒錯。我從未生過小孩，雖然我經常榮耀大媽，但我從來沒有懷孕，我不知道是什麼原因，」首席說：「或許因為大媽選擇我是有不同的目的。我知道如果我有伴侶和小孩，恐怕會影響我服侍大媽，但這並不是說齊蘭朵妮亞不可以有小孩。有些齊蘭朵妮亞有小孩，同時可以把大媽服侍得很好；不過如果齊蘭朵妮是個有伴侶和火堆地盤有小孩的男性，工作上會比女人更容易些。男人不用懷孕或教養小孩，但有些女人能夠內外兼具，尤其是當她們的召喚非常強烈時，不過她們的伴侶和家人必須願意配合、幫忙才行。」

齊蘭朵妮注意到，有幾個人望向喬達拉，在第九洞穴稍微上坡的地方，他與馬木特伊氏訪客坐在一起，而不是和他的伴侶在一起。愛拉將喬愛拉抱在大腿上，坐在瑪桑那旁邊，沃夫在她們之間。愛拉坐在靠近第九洞穴的地方，但也很靠近齊蘭朵妮亞階級。大多數人相信，由於她能控制動物和治療技巧，甚至在她成為助手前，愛拉的召喚一定非常強，直到今年夏天，當他們所有的麻煩開始發生，大家都知道喬達拉一直是多麼的關心。

許多人相信，他們所有問題的根源就是瑪羅那——她正和她的表妹薇羅帕，還有來自第五洞穴的幾個朋友坐在一起——但現在問題早已變得更大。雖然傳言勒拉瑪已經恢復意識，但他仍在齊蘭朵妮亞住所內復原，只有他們才知道他受傷多嚴重。

「我的伴侶在大媽慶典及儀式上跟其他男人交歡，不只是我而已。」觀眾裡一個男人說。

現在，問題逐漸變得棘手，齊蘭朵妮心裡想著，口裡說：「慶典和儀式的舉行，是為了神聖的目的；交歡則是神聖的行為，都是為了榮耀大地母親。如果某個小孩是在那時候受孕，那就是大媽的意思，他應該被視為受到恩寵的孩子。請記住，大媽朵妮仍然選擇女人什麼時候會懷孕。」觀眾裡傳來一些稀稀落落、幾乎聽不到的聲音。

第十一洞穴頭目卡拉雅站了起來。「威拉登請我幫他提出問題，不過我想他應該自己問。」

「如果妳這麼認為，那麼他當然應該自己問。」齊蘭朵妮說。

「我的伴侶是一個朵妮女。」這個男人開始說：「某年夏天，當我們交歡後，她的運氣很不好，沒有生孩子，我希望可以用祭品來榮耀大媽，讓我的伴侶可以受孕。這個方法似乎可行，在那之後，她的確有了小孩，接著又生了三個。但現在我想知道，這些孩子是否都是我生的？」

這件事必須謹慎處理，齊蘭朵妮心裡想著。她答道：「你的伴侶生的所有孩子都是你的小孩。」她說。

「但現在我要如何知道，他們是我或其他男人生的？」

「告訴我，威拉登，你的第一個孩子多大？」

「他十二歲了，幾乎是個成人了。」他的聲音裡帶著驕傲。

「當你的伴侶懷他和生他時，你高興嗎？」

「我很高興，我們都希望我們的火堆地盤有小孩。」

「所以你愛他囉？」

「當然，我愛他。」

「如果你很確定知道他是由你的元精所受孕，你會更愛他嗎？」

他看了那個男孩一眼。「不，當然不會，」他蹙著眉頭說。

「如果你知道你其他小孩都是由你的元精受孕而來，你會更愛他們嗎？」

他停頓了一下，思考著首席要強調的重點，然後回答：「不，我已經非常愛他們了。」

「如果使他們受孕的元精是來自你或別人，那會有差別嗎？」齊蘭朵妮注意到，他的眉頭鎖得更緊了。她決定繼續說下去：「我從未懷孕過，也沒生過孩子，不過我曾經想要一個孩子，超過你們想像。我現在很滿足，我知道大媽選擇對我最好的路。但是，那是可能的，威拉登，你我生來都一樣。或許因為某些只有大媽朵妮知道的原因，你的元精在當時不能跟你的伴侶生孩子。但是大地之母運用她的智慧，給你和你的伴侶你們想要的孩子。如果不是你生了他們，如果你發現他們可能是其他男人的元精受孕來的，你願意將孩子還給他嗎？」

「不願意，我一直供應他們的生活。」威拉登說。

「的確，你照顧他們，你愛他們，他們都是你火堆地盤的小孩，那表示他們都是你的孩子，威拉登。」

「是的，他們都是我的孩子，但妳說如果不是我生了他們。妳認為他們有可能是我的元精所生？」威拉登問，有些憂愁。

「有可能是你對大媽的榮耀已經被接受，而且夠了，她讓你的元精生下他們全部。我們不知道，不過如果你已經很愛他們了，威拉登，那會有差別嗎？」

「沒有，我想沒有差別。」

「他們可能是由你的元精所生，也有可能不是，」齊蘭朵妮說：「但他們都是你火堆地盤的孩子，他們都是你的孩子。」

「我們可以確切知道嗎？」

「我不知道我們是否可以。對女人來說，她有或沒有懷孕，這是很明顯的，對男人來說，他伴侶生的孩子永遠是他的小孩。向來都是這樣，從未改變過。沒有男人敢打包票是誰生了他火堆地盤的孩子。」

「喬達拉可以，」觀眾裡出現一個聲音。大家都停下來，望向說話的那個人。他是賈拉丹，來自第三洞穴的年輕人。他和弗拉那的朋友嘉麗雅坐在一起，他們在兩年前結為夫妻。他因為所有人的敏銳注意而忽然臉紅，包括來自首席齊蘭朵妮的嚴厲表情。

「哦，他可以，」他語帶防衛的說：「大家都知道，在昨天晚上之前，愛拉只選擇他。如果孩子都是由一個男人的元精所生，愛拉只跟喬達拉交歡，那麼他火堆地盤的孩子一定都是他的，一定都是來自他的元精。那就是為什麼他昨晚會打架的原因，不是嗎？他揍勒拉瑪時不斷尖叫：『他在生我的孩子！』」

現在所有視線的焦點都聚集在喬達拉身上，他顯得有點局促不安。有些人望向愛拉，但她坐在那裡，僵硬不動，視線往下。

忽然約哈倫語帶誇張、諷刺地說：「喬達拉無法控制自己，他喝了太多，腦袋瓜不清楚了。」

現場有人大笑，有人竊笑。「我敢打賭，當太陽出來時，他的腦袋瓜一定還在宿醉。」另一個年輕人大叫道，聲音裡帶著些許崇拜，彷彿認為喬達拉的暴力行為值得讚揚。

「由於喬達拉和勒拉瑪都來自第九洞穴，這個問題應由第九洞穴自行處理，這裡不適合討論他的行為。」約哈倫試圖結束這個議題。他聽出這些年輕人聲音裡有欣賞的意味，不過他可不要任何人仿效那種行為。

「傑摩拉，」齊蘭朵妮說：「恐怕喬達拉將承受的不是只有宿醉而已。」雖然她很努力，但還是很難認出會議上全部的人。他們的服裝是一個線索，還有他們穿戴的項鍊、皮帶以及其他配件。這個年輕人來自第五洞穴，與他們的齊蘭朵妮有親戚關係。由於從事項鍊製造、買賣，他們比大多數人更愛炫耀，穿戴更多項鍊。他的座位比較接近前面，讓她可以好好看清楚並認出他。

「不過我想我了解他的感受，」傑摩拉堅持：「如果我希望我伴侶的孩子由我所生，會怎樣呢？」「是啊！」另一個男人大聲說：「那會怎樣？」又有另一個聲音補充：「如果我想要我火堆地盤的孩子是我的呢？」

齊蘭朵妮等到騷動安靜下來為止，她環視觀眾，發現大多數意見都是來自第五洞穴。接著，她用嚴厲的眼神瞪著那整個團體。

「你們要你們火堆地盤的孩子都是你們的，傑摩拉，」她眼睛直盯著提問的年輕人，說：「你的意思是說像你的衣服、工具或項鍊，你想要擁有它們？」

「不……不，我……哦……不是那個意思。」這個年輕人講話忽然結巴起來。

「我很高興聽到你這麼說，因為孩子是不能被擁有的，他們不能是你的或你伴侶的。沒有人可以擁有他們。孩子需要我們去愛他們，關心他們，供應他們的生活，教導他們，就好像大媽對我們所做所為，不論他們是來自你或別人的元精，你可以那麼做。我們都是大地母親的孩子，我們都要向她學習。請記住〈大地母親之歌〉：

「大媽將大地賜給她生下的這對男女，

當作他們的家園，
她賜給他們水、土地，以及所有她的創造物。
小心地使用這些資源是他們的責任。」
「大地是供他們使用的家園，他們卻不能濫用。」
幾個齊蘭朵妮加入回應，接著他們繼續說：
「大地母親將生存的贈禮賜給大地之子，
接著她又決定，
賜給他們交歡恩典與彼此分享，
以配對的喜悅榮耀大地母親。」
「大地母親的贈禮是應得的。她的榮耀獲得回報。」
「她供應我們，關心我們，教導我們，為了換取她的恩典，我們榮耀她，」首席繼續說：「大媽朵妮將知識和生命恩典賜給你，不是要讓你擁有降生到你火堆地盤的孩子，然後宣稱他們是你的。」
她看著幾個大聲說話的年輕人，又接著說：「她的目的是要我們知道，不只有女人是受到大媽朵妮祝福的人，男人的目的和女人的一樣。他們不只是提供生活所需和幫忙，男人也是必須的。沒有男人，就不會有孩子。這樣說夠清楚了嗎？你的孩子一定要屬於你的嗎？你一定要擁有他們嗎？」
這幾個年輕人面面相覷，不過齊蘭朵妮不確定他們是不是真的了解。接著，一個年輕女人發言。
「那以前呢？我們知道我們的媽媽和我們的祖母，我是我媽媽的女兒，男人呢？」
齊蘭朵妮無法馬上認出這個年輕女人，但回想時，首席精明的心試圖辨識她。她和第二十三洞穴坐在一起，她外衣的設計和圖案及項鍊，顯示她是那個洞穴的成員，而且她和朋友坐在一起。雖然她穿的服裝顯示她是女人而不是女孩，但她年紀相當小，或許才剛通過她的初夜禮，朵妮心裡想著。

對一個這麼年輕就敢在一大群人面前講話的女子，這顯示她若不是性急、魯莽，就是勇敢、習慣與眾人相處，讓他們說出心裡話，顯示她具備領導能力。第二十三洞穴的頭目是位女性，名叫戴那拉。齊蘭朵妮記得戴那拉最大的女兒是今年接受初夜禮的那一批人，她注意到，戴那拉對那個年輕女人微笑，然後她記起來她的名字。

「什麼都沒變，戴瑞莎，」首席說：「孩子總是男人和女人結合的結果，只是因為我們以前不知道，並不代表一直都是那樣。大媽朵妮選擇現在告訴我們，她一定覺得我們已經準備好接受這樣的知識。妳知道當妳出生時，妳母親的伴侶是誰嗎？」

「知道，大家都知道她的伴侶是誰，他叫喬可藍。」戴瑞莎說。

「那麼喬可藍是妳的父親囉，」齊蘭朵妮說。她一直在等待適當時機提出已經選好的那兩個字。「父親是給予有孩子的男人的名銜。要讓生命開始，一定需要有男人才行，但他不一定在身體內孕育那個嬰孩，他也不需要生他或養他，但男人對小孩的愛可以和母親一樣多，他是一個父親。雖然女人是受到朵妮祝福的人，男人也是受到朵妮寵愛的人。」

台下忽然傳出吵雜的討論聲。在觀眾群裡，愛拉聽到這個新詞被重複了好幾次，彷彿想試試看，習慣它。齊蘭朵妮等待吵雜聲安靜下來才說：

「妳，戴瑞莎，是妳母親戴那拉所生；而妳是妳父親喬可藍的女兒。妳的母親有兒子和女兒，妳的父親也有兒子和女兒。那些孩子叫他『父親』，就好像他們叫生他們的女人為『母親』。」

「如果和我母親上床並生下我的男人，不是她的伴侶？」傑摩拉問，這個年輕男人來自第二洞穴。

「你母親的伴侶，也就是你火堆地盤的男人，他就是你的父親。」齊蘭朵妮毫不猶豫地說。

「但是，如果他沒有生我，他怎能是我父親？」傑摩拉堅持。

那個年輕人將會成為麻煩，首席心裡想著，便說：「你不知道是誰生了你，但你認識跟你和你母親在一起生活的那個男人，他就是最可能是你父親的人。如果你不是很確定其他人，他也可能不存在，所以沒有必要去給予一個不存在的關係命名。你母親的伴侶是承諾提供你生活所需的人，他是關心、愛你、協助扶養你的人。某個男人成為你的父親，不是因為交歡，而是因為他關心。如果你母親的伴侶過世，她後來的伴侶愛你並且關心你，你對他的愛會比較少嗎？」

「但哪一個才是真正的『父親』？」

「你永遠可以稱呼提供你生活的那個男人為『父親』。當你稱呼你們的關係，和在正式介紹中一樣，你的父親是你出生時，身為你母親伴侶的那個男人，你稱那個男人為『火堆地盤的男人』。如果提供你生活的那個人，不是你出生時在那裡的那人，你就會稱他為『繼父』，以在必要時區別這兩個人。」齊蘭朵妮解釋完，她現在很高興，花一個晚上思考這個新知識會引起的所有親屬關係分枝。

首席想要做另一項宣布。「現在可能是提出另一件事情的好時機。齊蘭朵妮亞認為，需要將男人包括在與歡迎新生兒有關的一些儀式和習俗中，讓他們更深一層感覺並了解到他們在創造新生命時所扮演的角色。因此，從現在開始，男人將為在其火堆地盤出生的男孩取名，女人當然繼續為女孩取名。」

她的聲明給人不同的感覺，男人看起來很驚訝，不過有許多人微笑了起來。然而，她可以根據他們的表情了解到，有些女人不想放棄她們為孩子取名的特權。那時候，沒有人想討論這個問題，也未提出問題，但她知道這個想法尚未定案，她很確定可能會有問題。

「沒有伴侶的女人所生下的孩子呢？」一個看起來相當年輕的女人問，但她懷裡抱著一個嬰兒。

第二洞穴，齊蘭朵妮心裡想著，看著她的衣服和珠寶。那可能是去年夏天初夜禮的小孩嗎？

「在有伴侶之前就生下小孩的女人會受到祝福，就像在交歡時身體內已有新生命的女人一樣。懷有小孩的女人證明，她可以懷孕並生出一個健康寶寶，她經常會被揀選成為再度受到祝福的人。直到她交歡前，她的孩子會受到她洞穴家人的供給。他們的『父親』是魯米，大地母親朵妮的伴侶。」

「不會真的改變什麼事，」她對這個年輕女人微笑，並忽然想起她的名字：「謝樂達，這個洞穴專門供有小孩但沒有伴侶的女人生活所需，不論她的伴侶已經到另一個世界去，或者還未被選上。但是大多數男人認為有小孩的年輕女人別具魅力，她通常很快會再有伴侶，因為她能立即為男人的火堆地盤帶來小孩，大媽朵妮特別喜歡小孩。當然，她的伴侶就變成小孩的父親，」首席解釋著，並看著那外表像小女孩的女人害羞地望著來自第三洞穴的一個年輕男人，他正望著她，既癡情又充滿愛慕。

「那真正是父親的那個男人呢？」一個熟悉的聲音說，是來自第二洞穴的那個年輕男人，他問了相當多問題：「以他的元精真正生出小孩的那個男人，不是父親嗎？」

齊蘭朵妮注意到他正望著抱著小孩的謝樂達，而她正看著另一個男人。

「哎呀！現在我了解了。」齊蘭朵妮心裡想。或許不是初夜禮的小孩，而是第一次熱戀。她有點驚訝，她很容易落入小孩出生是由男人和女人交歡所引起的思考模式，現在一切似乎都符合邏輯。

愛拉也知道了，來自第二洞穴的那個年輕男人，並注意到這個年輕女人和這兩個男人之間的三角關係。他認為她生了他的孩子嗎？她很好奇他是否會嫉妒？愛拉了解，她現在更知道不只是這個概念，也了解與嫉妒有關的強烈情感。她自言自語道：我不知道來自大地母親的這個知識賜禮會這麼複雜，我不確定這真的是一個很棒的賜禮。

「如果一個有小孩的女人從未有過伴侶，而她現在的伴侶——承諾供應、照顧小孩生活的那個男人，就變成她小孩的父親。當然，如果一個女人選擇和一個以上男人交歡，他們同樣享有『父親』這個名銜。」齊蘭朵妮試著提出可能的替代方案。

年輕女人又問：「但是女人不一定要跟她不想要的人交歡，那樣對嗎？」

首席注意到，第二洞穴的齊蘭朵妮正朝他洞穴集合山坡前去。「是的，那向來是真的，一直未改變過。」她看見朵妮坐在有很多問題的年輕人身旁，並轉頭記下來自一部分完全不同觀眾的問題。

「請問我的父親的父親怎麼稱呼？」來自第十一洞穴的一個男人問。

齊蘭朵妮悄悄地鬆了一口氣，真是簡單的問題，她答道：「母親的母親就是外祖母，通常稱為外婆。母親的父親則稱為外祖父，或稱外公。父親的媽媽也是祖母，但為區別她們，她會被稱為奶奶。父親的父親稱為爺爺。當你為關係取名時，你母親的母親是你的『近祖母』或稱外婆，你的母親的父親是你的『近祖父』，或稱外公，因為你總是可以十分確定誰是你的母親。」

「如果不知道誰的元精生下你的媽媽，」第五洞穴的頭目問：「或者如果他們在另一個世界，要如何為這個關係命名？」

「如果你知道你祖母的伴侶是誰，他可能就是你的祖父。用同樣的方式也可以找到你父親。即使他在另一個世界，你的父親是由你父親的母親和一個男人所生，就好像你的母親是由一個男人將他的元精注入她母親體內一樣。」齊蘭朵妮小心地解釋。

「不，不！」觀眾裡有人大叫：「那不是真的！她又來了！當我開始要信任她時，她背叛了我。」

大家轉頭看。第九洞穴觀眾外緣，一個男人站了起來。「謊言！一切都是謊言！那個女人試圖欺騙你們。大媽絕對不會告訴她那些事。」他大叫著，指向愛拉：「她是個說謊的邪惡女人！」

愛拉遮擋光線，眼睛往上看，看見了布魯克佛。布魯克佛？愛拉心想：他為什麼那樣對我大叫？我不明白，我對他做了什麼嗎？

「我來自某個男人的靈魂，他被大媽選擇，與我母親的靈魂結合。」布魯克佛尖叫：「我的母親來自某個男人的靈魂，他被大媽朵妮選擇，與我母親的母親的靈魂結合。她不是來自某隻動物，也不是來自任何器官的元精。我是一個人！我不是扁頭！我不是扁頭！」他的聲音無法持續痛苦尖叫著，在最後一個字便沙啞了，以哭泣的哀號做為結尾。

第三十八章

布魯克佛突然跑下山，穿越小田地後繼續跑，頭也不回地離開營地。幾個男人追著他，他們大多來自第九洞穴，約哈倫與喬達拉也在其中。他們想等布魯克佛喘不過氣、停下腳步時跟他談談，好安撫他的情緒，把他帶回去。沒想到布魯克佛奔馳如風，好像有亡靈在追趕他似的。就算不喜歡穴熊族，他還是遺傳到部落祖父的強健體格與耐力。追著他跑的那群男人一開始跑得比較快，眼看就要追上了，終究不敵布魯克佛的耐力，被他甩在後面。

他們終於停下腳步，喘氣、彎腰，有些還在地上滾；試著在全身痠痛、喉嚨也痛的情況下，把氣順一順。「早知道就騎快快去追。」喬達拉的聲音很刺耳，幾乎說不出話來：「他總不可能跑得比馬快吧！」

最後，他們拖著沉重的腳步走回去，大會已是一片混亂。有人站著，有人走來走去，有人在說話。齊蘭朵妮不希望大會如此收場，她想等喬達拉那群人回來繼續開會，也希望他們能帶著布魯克佛回來。結果，布魯克佛還是不見人影，於是她決定速戰速決。

「齊蘭朵妮氏第九洞穴的布魯克佛會有這樣的感受，我們覺得很遺憾。大家都知道他對自己的成長背景很敏感，但是誰也不知道他的祖母發生什麼事。我們知道她失蹤了一段時間，後來回了家，生下布魯克佛的母親。任何人失蹤了那麼久，身心受到煎熬，難免會有些問題。布魯克佛的祖母回來時，精神有點問題。她一直活在恐懼之中，講的話沒有人相信，有些則根本聽不懂。」

「大概是受了這些苦，她所生的女兒身體不是很好。以致懷孕生兒子的過程非常艱辛，到最後命都沒了。布魯克佛的母親辛苦地懷孕生產，可能對他的身材與外貌有些影響，幸好他現在健康茁壯。布魯克佛說他是個男人，我覺得一點都沒錯。他是第九洞穴齊蘭朵妮氏的男人，是個好人，能做出很多貢獻。我想給他一點時間重新考慮，他會回到我們身邊的。我知道他回來的時候，第九洞穴一定張開雙臂歡迎他。」首席說。

首席繼續說：「我想大會開到這裡應該告個段落了。我們有很多事情要討論，大家可以回去跟自己洞穴的齊蘭朵妮商量。」群眾於是起身離開，首席向第五洞穴的頭目打個手勢：「能不能麻煩第五洞穴留下來，跟我到屋子附近？有件跟你們有關的大事需要商量。」首席想，既然事到如今，不如把這個難題一起了結吧。這場大會完全不如她所願。喬達拉在大會前一晚打架，已經是不好的開頭。大會開到末了，布魯克佛又突然離開，搞得大家十分不安。

「抱歉要耽誤一點你們的時間。」首席對著第五洞穴的老老少少說。馬卓曼跟第五洞穴的齊蘭朵妮也在其中。她拿起屋後一張桌子上的背袋，轉身面對馬卓曼：「馬卓曼，你看過這個嗎？」

馬卓曼瞧了一眼，臉色發白，驚恐地瞄著四周。

「這是你的，對吧？上面有你的記號。」

幾個人點點頭，大家都知道那是馬卓曼的。那袋子很特別，他們看過馬卓曼拿著用。

「妳從哪裡拿的？」馬卓曼問。

首席語氣充滿嘲諷：「你被『召喚』進噴泉石深穴，後來愛拉發現這袋子藏在那裡。」

「我就知道是她。」馬卓曼嘟噥著。

「她不是去找東西。她坐在後面的大圓壁龕附近時，剛好發覺牆壁下藏著東西，以為有人把東西忘在那裡了，所以想拿回去還。」齊蘭朵妮說。

「既然東西是藏起來的，她怎麼會認為是有人忘在那裡？」馬卓曼說。他現在不用再裝了。

「因為她當時沒辦法好好思考。她在那個洞穴失去了孩子，自己差點也丟了性命。」首席說。

「怎麼回事？」第五洞穴的頭目問。

「馬卓曼已經當了很久的助手。他想加入齊蘭朵妮亞的行列，不想再等召喚了。」首席把袋子裡的東西全倒在桌上，裡面有吃剩的食物、水袋、燈、生火工具，還有無袖大衣。「他把這個袋子藏在洞穴裡，再假裝聽到召喚。他在洞穴裡有充足的食物、水，還有燈，連保暖衣物都有，在裡面住了兩天左右。把袋子藏好、出來以後，就裝出昏昏沉沉、迷失方向的樣子，說他已經準備好，可以成為齊蘭朵妮亞了。」

「妳是說，他受到召喚是假的？」第五洞穴的頭目問。

「簡單講就是這樣沒錯。」

「要不是她，你們永遠也不會知道。」馬卓曼脫口而出。

「你錯了，我們早就知道，這個袋子只是證實了我們的想法而已。你怎麼會認為你騙得過齊蘭朵妮亞？我們都經過那個歷程，當然知道差異！」齊蘭朵妮說。

「那你們之前怎麼不說？」

「有些人想儘量給你機會。有些人認為你不是有意的，應該說，他們希望你不是有意的。他們想確定你不是想當首席想瘋了才這樣做……後來愛拉拿這個給我們，我們才確定你是故意的。馬卓曼，本來你就算當不上齊蘭朵妮，至少可以繼續當助手，現在不可能了。大地母親不會讓一個騙子服侍。」首席用堅定的語氣說：「齊蘭朵妮亞第五洞穴頭目凱莫丹，你和你們洞穴願不願意作見證？」

「我們願意。」他說。

「我們願意。」第五洞穴齊聲說。

「齊蘭朵妮氏第五洞穴、前任助手馬卓曼。」首席一個字一個字地鄭重宣布：「從今以後，你再也不是齊蘭朵妮亞的一員，不是助手，也沒有任何身分。你再也不能替人治病，不能教導人有關大媽的禮儀，也不能以任何方式執行齊蘭朵妮亞的職責。你了解了嗎？」

「那我現在要怎麼辦？我受的訓練就是這些。我只會當助手，別的都不會！」馬卓曼說。

「馬卓曼，你歸還所有齊蘭朵妮亞給你的東西，就可以回到你的洞穴，學點別的手藝。我沒有要你繳罰金，沒有向整個營地宣布你受罰，你應該很感激了。」

「他們早晚會知道的。」馬卓曼拉高嗓門：「妳永遠不會讓我當齊蘭朵妮，妳一直都討厭我。妳跟喬達拉都是，還有妳那個愛徒愛拉，妳那個扁頭愛將。妳從一開始就想整我……索蘭那。」

第五洞穴有人倒抽一口氣。他們沒有人敢如此不敬，對著首席直呼其名。馬卓曼看到了首席的表情，於是停止謾罵。畢竟首席是個力量無邊的女人。

馬卓曼轉身，跺著腳往偏屋走去，不知道接下來該怎麼辦。他以前曾經和勒拉瑪、布魯克佛一起住在偏屋。他走進偏屋，裡面空無一人。開了這麼久的會，大部分營地都在準備用餐，其他男人也去找東西吃了。馬卓曼突然發現，勒拉瑪、布魯克佛都不會回來了。勒拉瑪需要很長時間才會康復，而誰知道布魯克佛會不會回來。馬卓曼走過去，從勒拉瑪的行囊拿出一小袋巴瑪酒。他坐在鋪蓋捲上，幾大口就把這袋酒喝光了，然後又拿出一袋來喝。他想，反正勒拉瑪也不知道。

都是那個打斷我門牙的大蠢蛋搞的鬼。馬卓曼用舌頭舔嘴裡的空洞。其實這件事情他已經得到賠償，也不再去想了，不過他年輕時傷口會痛，缺了門牙也得不到女人的青睞。後來，他發現有些女人知道他是齊蘭朵妮亞的一份子，就對他有興趣，哪怕他只是個受訓中的助手。這些女人現在沒有一個會理他了，想到自己這麼沒面子，他的臉紅了起來，於是打開了第二袋巴瑪酒。

他對著自己說，喬達拉幹麼非要回來？如果喬達拉沒回來，沒把那個異族女人帶到這裡，她就不會發現我的袋子，齊蘭朵妮亞就永遠不會知道真相了。我才不管那個老胖女人說什麼，我現在真的不想回去第五洞穴，也不想學別的手藝。我幹麼要學？我當齊蘭朵妮，可以表現得跟那些齊蘭朵妮一樣好。他們不是每個人都受到召喚吧？我敢打賭，他們很多也是造假的。誰知道什麼叫做召喚？他們搞不好全都造假，連那個扁頭愛將也造假。她沒了孩子又怎樣？這種事情稀鬆平常，有什麼好大驚小怪？

他又喝了一口，看了布魯克佛的住處一眼，起身走過去。布魯克佛的東西都還在，跟往常一樣地擺放整齊。馬卓曼想，他東西沒拿就走了。沒有鋪蓋捲，晚上睡覺要受凍了。我有沒有辦法找到他呢？我把他的東西拿給他，他應該會很感激。他走回自己住的地方，看著他當助手期間的用品，那個老胖女人要我全部還回去。

我才不要！我要把我的東西全部打包，離開這裡。他停下腳步，看著布魯克佛睡覺的地方。要是能找到他，我們也許可以一起遠行，或者做點別的事，跟其他人一起生活。我可以跟他們說我是齊蘭朵妮，反正他們也不知道。

就這樣辦！我要打包布魯克佛的東西，去找他。我知道他可能會去幾個地方，跟他一起住很不錯，他打獵也比我強。我好久沒打獵了。我也拿點勒拉瑪的東西好了，反正他用不上。他連是誰拿的都不知道，住在偏屋的每個人都有嫌疑。大家都知道他不會回來了。

這都是喬達拉的錯。他先差點把我害死，現在又差點害死勒拉瑪。他以前逃過懲罰，這次也會。我討厭喬達拉，我一直都討厭他，應該要有人把他抓住，狠狠揍一頓，打爛他那張俊美的臉，讓他嘗嘗這種滋味。我也想揍愛拉幾拳。我知道有幾個人想抓住她。馬卓曼臉上浮現奸笑，我還想給她一點別的東西，給她我的「元精」好了！這樣她就踐不起來，再也不能跟別人進行交歡禮了，就算在大媽慶典也不行。她以為她是神，找出我的背袋，拿給齊蘭朵妮亞。就是她害我得離開這裡，要不是她，我就能當上齊蘭朵妮了，我恨那個女人！

馬卓曼喝完第二袋巴瑪酒，又拿了幾袋，開始四處找有什麼東西可以拿走。他找到一套舊衣服，不過還可以穿。他試了試，幾乎完全合身，就拿了。齊蘭朵妮亞衣服很好看，也很特別，但不適合長途跋涉。鋪蓋捲已經舊到該丟了，就不必拿了。勒拉瑪倒是有個不錯的鋪蓋捲，在他伴侶的帳篷裡。他還有幾個不錯的東西，像是獸皮被子。馬卓曼找到一樣真正的寶貝，一套全新的冬衣，那是勒拉瑪最近交換來的。他的巴瑪酒一直很受歡迎，他一向可以用巴瑪酒換到想要的東西。

馬卓曼再走回布魯克佛的地方，把所有東西搬到自己的住處。他換上在勒拉瑪那兒找到的那套衣服。上面有第九洞穴的圖案，不是第五洞穴的，也沒關係，反正這兩個地方他都不待了。他又拿了些食物，並翻遍偏屋裡其他人的東西，拿走食物和幾樣物品。他找到一把刀柄不錯的刀子，一把小石斧，一雙新的保暖連指手套。馬卓曼沒有連指手套，冬天又快要到了。他想，誰曉得我冬天會在哪裡。他又重新整理一兩次，丟掉一些東西。等到打包完成，他已經急著要走了。

他把頭伸出偏屋外面，看看四周。營地還是跟平常一樣擠滿了人，偏屋附近倒是沒人。他提起沉重的背筐，快步出發。他打算往北走，因為布魯克佛是往這個方向走的。快要走出第九洞穴營地附近的夏季大會營地時，愛拉剛好走出住所，看起來心事重重。她抬起頭來看到了馬卓曼，他給了愛拉一個憎恨到極點的眼神，然後繼續往前走。

第九洞穴營地空無一人。大家都到蘭薩朵妮氏營地吃午餐去了，這場宴席已經籌畫很久，不過愛拉說不餓，會晚點到。她坐在住所裡的鋪蓋捲上，萬念俱灰，想著布魯克佛在大會上的大吼。她想，如果她當時做點什麼，就不會那麼尷尬了吧！愛拉覺得齊蘭朵妮應該沒料到布魯克佛的反應會這麼激烈，她自己也沒想到，現在倒是覺得早該想到的。因為她知道，布魯克佛一聽到別人說他有扁頭血統，就變得很敏感。

布魯克佛說扁頭是「動物」，明明就不是啊！為什麼一直有人這麼說？他如果多了解他們所謂的

「扁頭」，想法也許就不一樣了吧？也許根本沒差，很多齊蘭朵妮氏人都這樣想。

首席還提起，布魯克佛的祖母再次回到家鄉時，腦筋不太正常，而且懷孕了。愛拉想，大家說她失蹤的那段時間是跟穴熊族在一起，這也沒錯，誰都看得出來布魯克佛帶些部落的血統，所以他祖母一定是在部落的時候懷孕的，也就是說，部落的某個男人把元精射入她體內。

她突然有個從未有過的想法。會不會是部落的某個男人一次又一次強迫她，就像布勞德一次又一次強迫我一樣？布勞德強迫我的時候，我的精神也不正常。我不覺得他們是動物。他們把我養大，我愛他們。我不愛布勞德，我恨他，在他強迫我之前就已經恨他了，不過我愛部落大部分的人。

愛拉第一次聽到布魯克佛的祖母的遭遇，還沒想到這個，現在想想倒覺得有可能。那個男人可能是太卑鄙，就像布勞德一樣，也可能認為那是對她好，把她當成自己第二個女人，接納她成為部落的一份子。不過對布魯克佛的祖母來說，她絕不會這樣想。她沒辦法跟他們用語言溝通，也不了解他們。對她來說，他們是一群動物。我恨布勞德強迫我，布魯克佛的祖母一定更恨部落的男人強迫她。

伊札說我懷孕了，我很想把孩子生下來，不過心裡很難過。我懷杜爾克的時候，一直都在害喜，生他的時候差點死掉。部落的女人生產都很順利，杜爾克的頭比喬愛拉的頭大多了，也硬多了。愛拉這幾年看著很多女人成為母親，知道她懷喬愛拉、生喬愛拉的過程在異族人眼裡都比她生杜爾克那次正常多了。愛拉搖著頭想，我都不知道我是怎麼把他生出來的。異族的頭比較小，骨頭比較細也比較軟。愛拉看著她的四肢，對自己說，我們的四肢比較長、骨頭比較細。異族的骨頭都比較細。

布魯克佛的祖母懷孕時會不會害喜？是不是跟我一樣，生產過程很不順利？她是不是也是這樣？是不是因為這樣才死去？因為生產太困難了？就連約普拉雅生波可凡都差點死掉。艾丘札只有一半部落血統。異族女人是不是懷了「混合靈」的孩子，懷了部落與異族混血的孩子，生產都會很困難？愛拉突然又冒出一個從未有過的想法。是不是因為這樣，這種小孩才會被稱為「討厭鬼」？因為生他們的母親可能會死掉？

部落和異族有些地方不一樣，也許不會因為不一樣就不交歡生子，不過這種差異對曾經生下頭比較小的異族母親來說還是很難受。部落女人應該不會這麼難受，對她們來說，嬰兒有著又大又硬的頭，以及結實的眉骨很正常。她們生下混血嬰兒大概比較容易。

不過我想不管母親是部落人還是異族人，對孩子來說都不見得是好事。我生杜爾克很辛苦，杜爾克倒是很健康強壯，艾丘札也一樣，他的母親是部落人。波可凡很健康，不過不太一樣。他的父親艾丘札是混血兒，所以他跟布魯克佛一樣，不過約普拉雅還是差點死掉。愛拉發現她用「父親」這個字眼很自然，感覺很合理，她很久以前就了解這種父子關係。

萊岱格倒是身體不好，他的母親是部落人，生產之後就去世了。妮姬從來沒說過她生產不順，我想她應該不是因為生產不順而死，而是被逐出部落，不想活了，而且她一定覺得她的孩子畸形，所以更不想活了。布魯克佛的母親是第一代混血，祖母是異族人。母親身體很差，生下他就死了。布魯克佛不願意承認，但是他知道他祖母的遭遇，所以他在大會裡馬上就了解生命賜禮造成的後果。他有沒有想過，也許他母親身體不好跟混血也有關係？

我想我不該怪布魯克佛恨部落。他沒有母親可以愛他，別人因為他長相不太一樣，就用難聽的話羞辱他，沒有母親可以安慰他。杜爾克也面臨同樣的困境。他長得跟部落的人不太一樣，部落的人以為他是畸形，有些人甚至想置他於死地，不過他至少還有人愛。我應該多關心布魯克佛的感受，我一向認為自己不會錯，一向責怪別人叫部落的人「扁頭」或是「動物」，因為我知道他們不是動物，但是大部分的人並不像我那麼了解他們。布魯克佛會跑掉都是我的錯，我不能怪他恨我。

愛拉起身，不想再坐在屋裡了。屋裡沒有窗戶，昏暗又陰沉，燈也快熄滅了，這樣一來就會更暗。她想出去走走，不想一直想著自己的缺失。她走出屋外，看看四周，發現馬卓曼匆匆忙忙走來，嚇了一跳。他看到愛拉，眼神惡狠狠的，愛拉覺得背脊一陣涼，寒毛都豎起來了。她有不祥的預感，打了個冷顫。

愛拉看著馬卓曼匆匆離開，心裡想，馬卓曼好像不太一樣。後來她發現馬卓曼穿的不是助手的衣服，也覺得那身衣服好熟悉啊！愛拉皺眉細想，發現那是第九洞穴的樣式！馬卓曼明明是第五洞穴的人，為什麼要穿第九洞穴的衣服呢？他這麼趕是要去哪裡？

他看我的眼神。愛拉想起來又打了個冷顫，充滿了恨意！他為什麼這麼恨我？他為什麼不穿助手的衣服……喔……愛拉突然想到了。一定是齊蘭朵妮跟他說他不能再當助手了。他是怪到我頭上嗎？他自己說謊，怎麼可以怪我呢？絕對不是因為喬達拉。他打敗過馬卓曼一次，把他的牙齒打掉了，不過那是因為齊蘭朵妮，不是因為我。他會不會是因為我在洞穴裡發現他的皮袋才恨我？也許他是因為我當上齊蘭朵妮，而他卻永遠當不成才恨我？

愛拉想，現在有兩個恨我的人了，一個是馬卓曼，一個是布魯克佛。若把勒拉瑪算進去，就是三個，他一定也很恨我。他好不容易醒過來，卻說等身體復原，也不想回第九洞穴了。他們覺得他不回去也可以。還好第五洞穴願意收留他。他要是不想再看到我，我也不怪他。我活該被他恨。喬達拉把他打得那麼慘都是我的錯。喬達拉現在大概也恨我。愛拉想著想著，絕望到極點，開始覺得大家都恨她。

愛拉加快腳步，沒留神自己往哪裡走，聽見馬嘶聲，抬頭看去，才發現自己身在馬圈。她這幾天忙裡忙外，都沒看到馬兒，聽見黃褐色母馬歡迎她到來的嘶嘶聲，她頓時熱淚盈眶，眼睛又疼了。她爬過圍籬，抱抱老朋友結實的頸部。

「喔，嘶嘶，看到妳好開心啊！」愛拉說著她跟嘶嘶慣用的語言，那是她好久以前在河谷自創的語言，那時候喬達拉還不認識愛拉，也還沒教愛拉說他的語言。「至少還有妳關心我。」她眼淚奪眶而出：「妳應該也很恨我吧！我這麼久都沒來看妳，還好妳沒有恨我。嘶嘶，妳一直都是我的好朋友。」

愛拉說「嘶嘶」，聽起來很像嘶嘶發出的聲音。「就算我身邊沒有人可以依靠，妳也會守候著我。我乾脆跟妳一起走，我們可以找個河谷一起生活，像以前一樣。」

愛拉的眼淚滴在嘶嘶愈來愈厚的毛皮上，年輕的母馬灰灰，還有棕色的公馬快快也走過來。灰灰用鼻子頂著愛拉的手心，快快用頭碰撞愛拉的背，告訴她「我在這裡」，然後靠在愛拉身上。快快以前常常這樣，把愛拉圍在自己和母親之間。愛拉擁抱、撫摸三匹馬兒，給馬兒抓抓癢，同時找到一根乾燥的起絨草當成馬毛刷，把嘶嘶的毛刷個乾淨。

愛拉替馬兒刷毛、照顧馬兒，好放鬆心情。刷好了嘶嘶，她開始為快快刷毛。快快等得不耐煩，一直推愛拉，想引起愛拉注意。這時，愛拉的眼淚已乾，心情也好些了。在她替灰灰刷毛時，約哈倫和艾丘札前來找她。

「愛拉，大家都在找妳。」艾丘札看到愛拉站在三匹馬兒中間，微微一笑。他看到愛拉和動物相處還是感到吃驚。

「我很久沒來看馬兒了，馬兒的毛需要好好清潔。冬天快到了，毛也愈長愈厚了。」愛拉說。

「波樂娃怕留給妳的東西涼了，她說食物快被吃光了。」約哈倫說：「妳來吃點東西吧！」

「我快刷完了。嘶嘶和快快的毛都刷好了，只剩下灰灰。我還得洗個手。」愛拉把手舉高，給約哈倫看她黑黑的手掌，被油油的馬汗和污垢弄得髒髒的。

「我們等妳。」約哈倫身負重任，一定要帶愛拉回去。

愛拉抵達時，大家已經吃得差不多了，紛紛離開蘭薩朵妮氏營地，展開下午的活動。愛拉發現喬達拉沒有出席，有點難過。不過想要他離開偏屋，得硬拉他起來，把他扛著出門才行。愛拉覺得幸好自己來了。她拿起留給她的一盤疊得高高的食物，跟達弩格、德魯偉聊了一會兒，也多認識艾達諾一些，覺得很開心。其實，她不必急於一時，因為以後有的是時間。

弗拉那和艾達諾將在夏季大會結束之前的配對典禮配對。艾達諾將成為齊蘭朵妮氏人，也是第九洞穴的一份子，這讓瑪桑那很開心。達弩格和德魯偉答應在回程中拜訪艾達諾的營地，並告知他的族人這個好消息，不過那是明年夏天的事了。他們要跟齊蘭朵妮氏人一起過冬，威洛馬答應等他們回到第九洞穴，馬上帶他們跟幾個人去看西方大水。

「愛拉，妳跟我一起去齊蘭朵妮亞木屋好嗎？」首席說：「我有幾件事情想找妳商量。」

「當然沒問題。」愛拉說：「我先跟喬愛拉講一下。」

她發現女兒跟瑪桑那在一起，沃夫當然也陪在旁邊。喬愛拉看到愛拉走過來，說：「妳知道嗎？桑那不只是我的祖母，也是我的外婆呢！」

「我知道。」愛拉說：「妳知道這個是不是很開心？」沃夫看到愛拉很興奮，她伸手摸摸沃夫。自從到了營地，沃夫跟喬愛拉幾乎形影不離，他們之前分開太久，現在像在彌補那段時光。不過沃夫每次看到愛拉都很興奮，急著要她的讚美、寵愛。沃夫心情最輕鬆的時候，就是有愛拉和喬愛拉在身邊，通常這只在晚上。

「我一直都知道我是她的祖母，不過聽到她說我是我兒子的孩子的祖母感覺真好。」瑪桑那說：「愛拉，我一直把妳當女兒看待，現在看到弗拉那終於找到一個不錯的男人配對，也許會在我到下一個世界之前生下我的孫子，還是很開心。」

瑪桑那握住愛拉的手，看著她：「我要再次謝謝妳叫他們來接我。」她對著用轎子抬她到夏季大會的哈塔藍等人微笑，他們也常抬著她在營地走動。「他們一定很擔心我的身體，這是好意。不過只有女人才了解，女兒在安排配對典禮，做母親的總是希望陪在她身邊。」

「瑪桑那，大家看到妳身體沒有大礙，能來這裡都很開心，大家都很想妳。」愛拉說。

瑪桑那刻意不提喬達拉缺席，也刻意不提他缺席的原因。她看到兒子再次失控傷害別人，心裡非常難過。她很擔心愛拉。雖然愛拉看來一切正常，沒有表露出痛苦，但是瑪桑那很了解她，知道她有多煩惱。

「齊蘭朵妮要我跟她一起去齊蘭朵妮亞木屋。」愛拉說：「她想找我商量幾件事。瑪桑那，妳帶喬愛拉回去好不好？」

「沒問題，我也好想念這個小丫頭，不過沃夫大概比我更能保護她吧！」

「媽，妳今天會過來跟我一起睡嗎？」喬愛拉露出擔心的表情。

「當然會，我只是要跟齊蘭朵妮說幾句話。」愛拉說。

「喬迪也跟我們一起睡嗎？」

「不知道，他大概很忙！」

「他為什麼每天都跟偏屋那些男人在一起，不跟我們一起睡？」喬愛拉問。

「男人有時候就是很忙。」瑪桑那發覺愛拉快要控制不住了：「愛拉，妳跟齊蘭朵妮去吧！待會兒見，來，喬愛拉，我們要去謝謝人家安排這麼好的宴席招待我們。等一下他們要把我抬回去，妳跟我一起坐轎子好不好？」

「我可以嗎？」喬愛拉覺得身邊有年輕男人把瑪桑那抬來抬去，高興去哪裡就去哪裡，實在很方便，尤其要去遠一點的地方時，坐轎子就更方便了。

愛拉和齊蘭朵妮一邊往齊蘭朵妮亞木屋走去，一邊聊著這場大會，知識恩典會帶來一些改變，她們商量著該怎麼做才能讓氣氛好一些。齊蘭朵妮覺得愛拉很沮喪，只是愛拉一如往常地掩飾得很好。

她們到達木屋，齊蘭朵妮煮水泡茶。她們發現勒拉瑪離開了，一定是搬到第五洞穴的營地去了。茶泡好，齊蘭朵妮帶著愛拉到安靜的地方，那裡有幾張凳子、一張矮桌。她本來想讓愛拉說說煩心什麼事，想想還是算了。她大概知道愛拉的心事，不過她沒聽見喬愛拉問愛拉為何沒看到喬達拉，也不知道愛拉聽了以後，煩惱更是雪上加霜。她想談點別的，讓愛拉轉移一下注意力比較好。

「愛拉……我該稱呼妳第九洞穴齊蘭朵妮才對。妳之前說的我想再確認一下，妳說你們部落的齊蘭朵妮，你們怎麼稱呼，莫格烏爾是嗎？妳說他在特殊慶典用的植物根妳還有一些？」自從愛拉提起這事，首席對這種根就充滿興趣。「放了這麼多年，還有效嗎？」

「是啊，那種根我還有一些，現在還是有效。只要正確儲存，放得愈久藥效愈強。我知道伊札通常擺整整七年，從一次部落大會放到下一次，有時甚至放更久。」愛拉說。

「妳之前說的我很感興趣。我知道用這種根會有危險，不過拿一點試試看，應該會是個寶貴的經驗。」

「我要想想。」愛拉說：「這種根很危險，我不曉得要怎麼拿一點試試看。我只知道一種使用方法。」愛拉感到不安。

「妳如果覺得太危險那就不用了，沒關係。」齊蘭朵妮不想再讓愛拉煩惱。她喝了一口茶，沉思了一會兒：「我們要一起試的那一袋藥草，妳還帶著嗎？就是從遙遠的洞穴來訪的齊蘭朵妮送妳的那一袋？」

「有，我去拿。」愛拉起身去拿她特別收在齊蘭朵妮亞木屋某處的那袋藥草。那是她的齊蘭朵妮亞藥袋，跟她的部落藥袋不太一樣。

幾年前她曾經用整張水獺皮做了一個部落風格的新藥袋，現在放在第九洞穴營地的屋子裡。那個袋子非常特別，一看就知道不是普通的袋子。愛拉放在齊蘭朵妮亞木屋的這個袋子卻是個簡單的生皮革袋子，跟其他朵妮侍者用的差不多，比裝肉的袋子小一些。不過袋子的裝飾可是一點都不簡單。每個藥袋都是獨一無二，是每個醫治者自己設計、製做的，除了必備的飾品，還有藥袋主人獨特的設計。

齊蘭朵妮邊喝茶邊等著愛拉把藥袋拿來。她打開皮袋，伸手往裡面掏，皺起了眉頭。她把袋子裡的東西倒在矮桌上，找到她要的那包藥草，但沒料到藥草只剩一半。

「妳已經試過啦？」齊蘭朵妮說。

「奇怪，」愛拉說：「我從來沒開過，怎麼只剩一半？」她打開那包藥草，倒了一點在手掌上聞一聞：「味道像薄荷。」

「如果我記得沒錯，送妳這藥草的齊蘭朵妮說裡面混有薄荷，用聞的就能辨別。她的薄荷不會放在這種小包裡，而是放在比較大的編織容器裡，所以裝在小包裡的藥草如果味道像薄荷，那就是混合藥草。」齊蘭朵妮說。

愛拉癱在凳子上，眉頭深鎖看著屋頂，拚命回想。她突然坐直：「我想起來了。那天晚上我觀察月亮升起落下的時候喝了一些。就是我接到召喚的那個晚上。我以為這是薄荷茶。」愛拉突然用手摀住嘴巴：「喔，天哪！齊蘭朵妮，說不定我根本沒受到召喚，是喝了這茶讓我有錯覺！」愛拉震驚不已。

齊蘭朵妮伸手向前，拍拍愛拉的手，微笑著說：「愛拉，沒關係，不用煩惱。妳的確受到了召喚，妳就是第九洞穴的齊蘭朵妮。齊蘭朵妮亞很多人會服用類似的藥草來尋找幽靈世界。服用之後可能感覺自己到了另一個地方，但是受到召喚的人一定是準備好的人。妳經歷的就是召喚沒錯，不過坦白說，我沒想到妳這麼快就受到召喚。可能這個混合藥草有功勞，但這並不表示妳受到召喚是個錯覺。」

「妳知道它的成分嗎？」愛拉說。

「她曾告訴我成分，但是我不知道比例。就算我們想分享知識，大部分的齊蘭朵妮亞還是想保留一點祕密。」首席微笑著說：「怎麼問這個？」

「我想這藥草的藥效一定很強。」愛拉說著，低頭看著手中的那杯茶：「會不會是某一種成分害我流產？」

「愛拉，不要再自責了。」齊蘭朵妮握住愛拉的手：「我知道妳因為流產很難過，這是沒辦法的事情。大媽要妳做這樣的犧牲，也許是因為她要妳靠近下一個世界，妳才能聽見她的指示。這個藥草也許含有導致流產的成分，說不定大媽非這樣做不可。也許是大媽讓妳喝下這藥草，妳喝了，事情就會如大媽所願。」

「我用袋子裡的藥草從來沒出過這種差錯。我太大意了，大意到保不住自己的孩子。」愛拉似乎完全沒把首席的話聽進去。

「妳的確不會犯這種錯，所以，這就更像是大媽的旨意了。大媽總是出其不意地召喚別人侍奉她。第一次獨自前往幽靈世界尤其危險，很多人找不到回來的路，永遠回不來了。也有些人跟妳一樣會失去一些東西。真的很危險。就算妳去過很多次，還是不知道這一次能不能找到回來的路。」

愛拉靜靜啜泣，臉頰閃耀著淚光。

「妳能漸漸釋懷真的很好，這件事壓在妳的心頭太久了，妳需要一些時間撫平傷痛。」齊蘭朵妮起身，拿起她和愛拉的茶杯，走到後面放包紮用獸皮的地方。回來之後又倒了一些茶。「來。」她把軟獸皮拿給愛拉，把茶放在桌上。

愛拉擦了擦眼睛和鼻子，用深呼吸來緩和自己，然後喝了一口微溫的茶，努力控制情緒。她落淚不只是因為失去孩子，雖然這是主要原因。愛拉還覺得自己什麼事情都做不好。喬達拉不愛她，別人討厭她，她甚至糊塗到連孩子都保不住。她聽見了齊蘭朵妮說的話，卻沒有完全理解，心中的痛苦並未稍減。

首席看愛拉心情好些了，就說：「妳現在大概明白我為何對這些植物根那麼感興趣了吧？我們小心戒備，控制整個過程，也許可以找出前往下一個世界的另一個方式，這樣就可以在需要的時候派上用場。這個小包裡的混合藥草，還有我們偶爾使用的其他藥草，可能都有效。」

愛拉一開始沒注意，後來聽到齊蘭朵妮的話，想起了自己再也不願意試驗這些植物根。莫格烏爾懂得控制藥效，愛拉知道自己沒那個本事。她認為只有部落人獨特的頭腦和記憶，才有辦法控制藥效。她認為異族人就算有人在一旁看護著，也不可能控制虛空。

她知道首席很感興趣。馬木特當初對莫格烏爾獨特的藥草也很感興趣，後來跟愛拉一起闖過危險關頭，就說再也不用這種藥草了。馬木特還跟愛拉說，他在虛空中動彈不得，很怕失去靈魂。他要愛拉別再用這種藥草。愛拉回想起洞穴深處，自己走進危險又陌生的地帶的恐怖經歷，驚悚的往事歷歷在目，像夢魘般揮之不去。愛拉知道，恐怖記憶可怕的程度遠不及身歷其境。

愛拉此刻的心境既黑暗又絕望，思路很不清晰。她需要一段時間來平衡自己，但是短時間內發生了太多事情。她受到召喚時在洞穴吃了不少苦頭，又流產，已經身心俱疲。沒料到看見喬達拉跟別的女人在一起，愛拉痛苦、嫉妒又灰心，一顆心劇痛難耐。她好渴望喬達拉雙手熟悉的觸感，渴望親近他的身體，渴望把失去的孩子生回來，更渴望喬達拉的愛能撫平她的傷痛。

如果是一般情況，愛拉也許能泰然處之；當然她不會開心，畢竟他跟她太親近了。不過愛拉了解習俗，知道他們跟部落男人沒什麼兩樣，只要想跟哪個女人在一起，就會去找那個女人。如果是別的女人，愛拉也不會妒火中燒。偏偏跟喬達拉在一起的女人，以前曾經惡意傷害過愛拉。

跟馬木特伊氏一起生活的時候，愛拉知道喬達拉在吃她和雷奈克的醋，只是不明白喬達拉為何差點動粗。雷奈克要愛拉跟他走，在部落長大的愛拉那時並不知道她有權說「不」。

當問題終於解決，愛拉跟隨喬達拉回到故鄉，就下定決心不再讓他吃醋。她知道她可以選擇其他男人，卻從未如此。就她所知，喬達拉從未跟別的女人牽扯不清，當然更不像那些公開跟女人在一起的男人一樣。因此，當愛拉發現喬達拉私下跟女人交往，偏偏是那個女人，而且已經交往很久了，她覺得徹底被背叛。

喬達拉並不是有意背叛愛拉。他瞞著愛拉，是不想讓她傷心。他知道愛拉不會愛上別的男人，而且或多或少也知道原因。他知道如果愛拉愛上別人，他的妒火會有多旺，當然他會盡力克制。他瞞著愛拉，是不想讓愛拉感受妒火中燒的痛楚。知道愛拉親眼看見他跟別的女人在一起，他幾乎發狂，完全不知所措。沒人教過他遇到這種事情該怎麼辦。

喬達拉是個身材健壯、英俊無比的男人，明亮湛藍的雙眼更凸顯他自然流露的魅力。他天資聰穎，且有一雙巧手，操作機械得心應手，小小年紀就展露天分。族人也鼓勵他嘗試各種領域，後來他發現製作燧石、打造工具是他的最愛。他的情感強烈奔放，很少人像他這樣。他的母親，還有關心他的人，都一再告誡他要克制情感。在他還是個孩子的時候，就在乎太多、想要太多、感覺太多；整個人時常陷入憐憫、欲望、憤恨、愛的漩渦中無法自拔。他得到太多恩典，然而很少人了解這是何等沉重的負擔。

青澀歲月時期的喬達拉學會了取悅女人的本領，按他們的習俗來說，每個年輕男人都該學會這件事。然而喬達拉學得很精通，一來是因為別人教得好，二來是因為他天生喜歡取悅女人。年紀輕輕的他知道自己喜歡取悅女人，他不用刻意學習，就懂得如何吸引女人。

如何得到女人的注意，喬達拉從來不用費心，很少男人有這種本事。女人就是會注意他，他也沒辦法。有時他甚至得想辦法逃避。他從來不用擔心認識不到女人，因為女人會無所不用其極的想要認識他，有些女人還會主動投懷送抱。他從來不必挖空心思去想如何跟女人相處，因為女人跟他相處再久也不膩。從來沒人教他如何面對失去、面對女人的憤怒、面對自己闖下的大禍。大家都覺得像他這麼有天賦的人，一定知道該怎麼做。

喬達拉遇到不順心的事就迴避，努力控制情緒，希望問題自動解決。他希望別人原諒他，不計較他的錯誤，通常事情也如他所願。可是，對愛拉看到他和瑪羅那在一起這件事，他完全不知所措；愛拉也跟他一樣沒了主意。

愛拉打從五歲時來到部落，就一直努力想要融入部落，希望大家能接受她，不要把她趕走。部落的人不會因為喜怒哀樂而落淚，也不喜歡看到愛拉掉眼淚，愛拉因此就忍住眼淚。部落的人不把憤怒、痛苦之類的強烈情緒表露出來，認為這樣不禮貌，愛拉就把這些情緒放在心裡。愛拉知道怎麼做個部落的好女人，也表現出好女人該有的行為舉止。以同樣的方式，她努力地融入齊蘭朵妮氏人。

但是現在的她非常迷惘。她覺得在齊蘭朵妮氏人眼中，顯然她不是個好女人。大家都在生她的氣，甚至有些人恨她，連喬達拉也不愛她了。他一直冷落她，她挑釁他，希望他能回應，沒想到他卻用暴力攻擊勒拉瑪。愛拉覺得事情演變至此，完全是她的錯。她和喬達拉跟馬木特伊氏人一起生活的時候，她見識到了喬達拉的同情心和愛，也看過喬達拉如何克制內心澎湃的情緒。她曾經以為自己了解喬達拉，現在卻認定她完全不認識這個人。她完全靠著意志力撐出一切正常的模樣，但是她實在厭倦了數不清的夜晚，因為擔憂、痛苦與憤怒的折磨，輾轉難眠。她迫切需要平靜，需要好好休息。

齊蘭朵妮大概是急著要了解部落的植物根，才忽略了要對愛拉察言觀色，不過愛拉是個異數，要了解並不容易。愛拉和齊蘭朵妮並沒有太多交集，她們的成長背景南轅北轍。齊蘭朵妮才剛以為自己很了解年輕的愛拉，接著卻發現愛拉跟她想的不一樣。

「愛拉，如果妳真的覺得不該聲張，我們就不要聲張，不過我還是想知道這種根要怎麼使用。如果妳願意，我們可以做個小試驗，測一下效果。當然只能讓齊蘭朵妮亞知道。妳覺得怎樣？」齊蘭朵妮說。

愛拉心亂如麻，連那恐怖的虛空，在她看來都是個悠閒寧靜的好地方，可以避開身邊種種紛擾。回不來有什麼關係？反正喬達拉不愛她了。她會想念女兒，愛拉覺得心裡一陣刺痛，接著又想，喬愛拉沒有她大概會過得比較好。喬愛拉很想念喬達拉。愛拉不在了，喬達拉就會回來照顧喬愛拉。喬愛拉有那麼多人喜歡，一定不愁沒人照顧。

「齊蘭朵妮，其實沒那麼複雜。」愛拉說：「就是把根放在嘴裡嚼爛，吐在裝滿水的木碗裡。但是根很難嚼，要嚼很久才會爛，而且嚼的時候絕對不能把汁液吞下去。有可能是因為累積在嘴裡的汁液是個重要成分。」愛拉說。

「就這樣？我想第一次測試的時候只用一點點，就不會那麼危險。」齊蘭朵妮說。

「還要遵守一些部落的規矩。替莫格烏爾咀嚼這種根的女巫醫必須先淨身，用皂根在河裡洗澡，而且不能穿衣服。伊札說這是為了保持純潔、坦然，毫無掩飾，才不會污染莫格烏爾這些神聖的男人。撫養我長大的莫格烏爾克雷伯，用黑色和紅色在我身上畫，大部分在私密部位周圍畫圈圈，大概是要作區隔吧！」愛拉說：「這對部落來說是非常神聖的儀式。」

「我們可以在妳發現的新洞穴做試驗。那是非常神聖的地方，也很隱密，很適合做這種試驗。」首席說：「還有什麼要注意的嗎？」

「沒有了，我跟馬木特一起試過這種根，那時他要獅營的人一直吟唱，我們才有東西可以抓牢，在這個世界才會有牽絆，這樣才能找到回來的路。」愛拉遲疑了一下，低頭看著還握在手裡的空茶杯，淡淡地說：「馬木特說可能是喬達拉把我們拉回來的，只是我不曉得他是怎麼做到的。」

「我們要安排全體齊蘭朵妮亞在那裡集合。要他們吟唱多久都不成問題。吟唱的內容會不會有影響？」首席問。

「應該不會，吟唱自己熟悉的就好。」

「我們什麼時候去？」齊蘭朵妮比自己想像的還要興奮。

「什麼時候去都無所謂。」

「明天早上好不好？還是等妳把東西準備好再去？」

愛拉聳聳肩，一副不在乎的模樣。現在的她的確不在乎。「我想明天也沒關係吧！」她說。

第三十九章

愛拉的焦慮絕望有多少，喬達拉的焦慮絕望就有多少。自從慶典結束，大家知道關於男人的事，還有大媽為何要創造男人之後，喬達拉就一直躲著不見人。他依稀記得那天晚上的片段，記得自己猛揍勒拉瑪的臉，也忘不了勒拉瑪壓在愛拉身上的畫面。隔天他醒來，感覺頭好像被人敲過，有點暈，也很想吐。印象中他喝酒的隔天從未如此難受，不知道他喝的東西裡攙了什麼？

達弩格陪在他身邊，不知為何，喬達拉覺得自己應該心懷感激。他問達弩格一些問題，想拼湊出那天晚上完整的記憶。等到發覺自己幹了什麼好事，也回想起自己動粗的原因，他驚駭不已，滿是懊悔與愧疚。他對勒拉瑪一向沒什麼好感，但是對方從來沒動過粗。他好恨自己，他覺得大家都恨他，也斷定愛拉不可能再愛他了。怎麼會有人愛這麼卑劣的人？

他想拋下一切遠走高飛，離這裡愈遠愈好，偏偏又放不下。他告訴自己要面對懲罰，至少得知道自己將如何受罰，也必須想辦法彌補。他走不了，因為還有事情未了，他不能一走了之。在內心深處他並不確定能否就這樣拋下愛拉與喬愛拉。一想到再也看不到她們，連隔著一段距離遠望也不行，他完全無法承受。

他的思緒因為痛苦、內疚與絕望而變得混亂。他不知道該怎麼做才能回歸正軌。他鄙視自己、厭惡自己，看到任何人就覺得他們也用同樣鄙視、厭惡的眼光看他，對他的行為感到可恥。他深感愧疚，同時也自我否定，每晚只要一閉上眼睛，勒拉瑪壓在愛拉身上的景象立即重現眼前，於是當時的暴怒與悲傷再次湧上心頭。他心裡明白，倘若同樣的情形再次發生，他還是會失控動粗。

喬達拉的思緒不停地繞著這些煩惱打轉，沒辦法想別的事情。這沒完沒了的折磨，就像輕傷的結痂不斷地被撥弄，不但傷口不會癒合，反而變成慢性感染，讓情況愈來愈糟。他決定儘量避開人，一個人走了一大段路，多半沿著主河的河岸往上游走。他走得一次比一次遠，一次比一次久，到了走不下去的時候，只好掉頭往回走。有時候他騎著快快沿著主河跨越開放的草地。他克制自己不要去騎馬，因為他知道只要一騎上馬，他就會一直走下去。這一天，他騎上了馬，想要遠離營地。

愛拉一醒來就起身往主河走去。她沒睡好，先是煩躁不安睡不著，後來被夢境驚醒，她記不清楚夢的內容，但覺得不安。她想著該如何把部落慶典辦得盡善盡美。她一邊找淨身用的皂根，一邊搜尋燧石碎片，或者夠大的燧石。她想按部落的方式做個切割工具，好割片皮革做部落的護身囊。

她來到小溪流向主河的交會口，然後沿著主河往上游走，一段路之後，她才在第九洞穴營地後面的樹林裡找到幾株皂根。這時已是夏末，皂根都快被採光了。她找到的皂根並不是部落用的那一種，但她希望能把儀式辦對。不過話說回來，她是女人，不可能完全比照部落的方式來辦理這個儀式。因為唯有部落的男人才能服用那些根，女人只是負責把根嚼碎而已。愛拉彎下腰去，把皂根拔出來，感覺自己好像看到喬達拉正在樹林裡沿著小溪走。愛拉站起來，卻看不到喬達拉，也許是幻想吧！

快快看到喬達拉很開心，另外兩匹馬兒也是，但是喬達拉並不想帶那兩匹，他只想獨自騎著快快走遠一些。到了開闊的平原，他催促快快急速衝刺，穿越平原。喬達拉沒有留意他們身在何處，去向何方。滿腹愁緒的他突然聽到一聲響亮威武的馬嘶聲，接著是馬啼聲，他感覺到快快開始往後退，於是整個人立刻從愁雲之中抽離。原來他們走入了馬群。要不是喬達拉騎馬經驗豐富，反應又快，恐怕已經摔下來了。他往前猛衝，抓住了馬兒豎起的鬃毛，拚命想控制住快快，好讓牠冷靜下來。快快是年輕的健康公馬，卻從來沒有跟在一大群母馬與幼馬的外圍，與別的公馬成群生活。牠缺乏時時戒備，隨時準備保衛馬群的經驗，也不曾和別的年輕公馬打鬧玩耍，但是牠自然而然就會挑戰那群公馬，這是牠的本能。

喬達拉的第一個念頭是，讓快快遠離那群馬，愈遠愈好，而且愈快愈好。他拚了老命讓快快掉轉過頭來，往營地的方向走。等到快快穩定下來，他們終於走在回程的路上了。喬達拉開始想，也許應該讓精力充沛的快快接觸那群馬兒才對，他頭一次認真考慮要把快快放走。但是，他還不想跟快快分開，於是轉換念頭，覺得以後應該不要騎著快快走太遠的路。

在回程的路上，喬達拉又陷入惆悵。想起大會那天，愛拉拘謹地坐在那裡任憑布魯克佛辱罵，他好想、好想安慰愛拉，好想叫布魯克佛不要那樣，那是不對的。齊蘭朵妮說的他都了解，那些話他這些年來聽愛拉說過，所以他比其他人更能接受。他想著齊蘭朵妮最後說的話，她說男人要給男孩取名字，父親要給兒子取名字。喬達拉對著自己說出父親這個稱呼。他是個父親，是喬愛拉的父親。

他不配做喬愛拉的父親！喬愛拉有他這樣的父親實在很丟臉。他差點用拳頭把一個人活活打死。要不是達弩格在場，他真的就打死人了。愛拉孤零零地在噴泉石深穴裡流產了，他竟然不在身邊照顧她。她流掉的是男孩嗎？愛拉如果沒有流產，順利生下男孩，那會不會是他來給男孩取名？替孩子取名字是怎樣的感覺？

想這個有什麼用？他已經不能替孩子取名字了。他不會再有孩子，因為他失去了配偶，必然要離開他的家了。齊蘭朵妮宣布大會結束後，他完全不去參與所有人都在談的話題，匆匆回到偏屋，以免看到愛拉、喬愛拉。

隔天偏屋的人紛紛前往蘭薩朵妮氏營地參加宴會，喬達拉仍沉浸在自己的感覺裡。其他人已經離開一段時間了，喬達拉還不停想著自己的過錯。後來，他決定不要在偏屋裡自尋煩惱，一直責怪、怒罵自己，於是走出屋外，打算往主河走一段路。自從上回和快快走進母馬群當中，近距離接觸了一匹種馬，快快就一直很容易興奮，喬達拉因此決定這次不要騎快快。他往上游走去，發現沃夫跟了過來，他既吃驚又開心，於是停下腳步跟沃夫打招呼。沃夫的頭很大，頸部那圈毛愈來愈厚，也愈來愈柔亮了，喬達拉抓著那圈毛。

「沃夫！你怎麼來這裡？你跟我一樣，受不了營地的吵雜嗎？跟我一起走吧！」喬達拉熱情地說。沃夫輕聲嗥叫，表示很開心。

沃夫老是黏著喬愛拉，因為先前跟喬愛拉分開太久了；牠也會緊跟著愛拉，因為打從愛拉把出生才四周、嚇壞了的沃夫從寒冷孤寂的巢穴抱出來後，愛拉就是沃夫的焦點。所以，即便沃夫視喬達拉為第三個核心家人，牠並沒有花什麼時間在喬達拉身上。沃夫跟喬愛拉吃完飯，走回第九洞穴營地時，看到喬達拉正向主河走去，牠往喬達拉的方向跑了一小段距離，然後轉頭看著喬愛拉低嗚。

「去吧，沃夫。」喬愛拉打手勢：「跟喬達拉去。」

喬愛拉看見喬達拉極度失落的模樣，也很清楚母親雖然極力掩飾，其實跟父親一樣失落。喬愛拉不知道箇中原因，只是想到可能出了什麼大問題，心頭一陣絞痛。她最希望全家重新聚在一起，這個全家包括她自己、瑪桑那、威洛馬、沃夫，還有三匹馬兒。喬愛拉心想，沃夫啊，也許喬達拉跟我一樣需要你陪伴。

愛拉在想喬達拉，應該說，當她考慮去小河淨身時，想起了喬達拉。她覺得那裡既隱密又安靜，很適合淨身。但是，自從她在那裡看到喬達拉跟瑪羅那在一起，就沒辦法再去那裡。她知道那一帶有燧石，因為喬達拉找到過，可是她連半個也沒找到，也沒時間再到遠一點的地方找了。她知道喬達拉身上帶著幾塊大燧石，只是他最近都沒跟她說話，所以她根本不想問。只好將就用齊蘭朵妮氏小刀和錐子來切割獸皮，並且在獸皮周圍鑽洞穿線。這違反了部落習俗，但也是不得已。

她找到一塊扁平的石頭，走到小河的水塘附近，又拿另一塊比較圓的石頭，開始敲打皂根，敲出了起泡的皂化成分，再拿水混合。她跨進水塘邊彎道裡的靜水，把滑滑的泡沫抹在身上。再從河岸走出去沖洗，水位馬上下降。她把頭伸入水中，游了幾下，再洗頭。愛拉一面沐浴，一面想起了部落。

她想起在布倫部落時安穩平靜的童年，那時有伊札和克雷伯愛她、照顧她。大家一出生就知道自己的使命，絲毫不會出錯。每個人都知道自己的角色、工作、地位與階級。生活很平穩，不用擔心會有什麼新觀念帶來改變。

為什麼偏偏是她帶來改變，影響大家的生活，還引起某些人的憎恨呢？愛拉回首從前，覺得在部落生活很安心，不明白自己當時為何那麼想要掙脫束縛。她現在喜歡部落生活的有條不紊了。嚴格約束的生活很安全，讓人感到安心。

然而，愛拉還是慶幸自己無師自通學會了打獵。那可是違反了部落傳統，因為愛拉是女人，部落的女人不打獵。也幸虧她學會打獵，不然就活不到現在了。被人發現她會打獵後，差點因此喪命。她第一次被詛咒，被布倫逐出部落。布倫定的詛咒時間是一個月亮周期。那時候冬季剛開始，他們以為她必死無疑。不過，因打獵被詛咒的她，也因打獵存活下來，沒有死於詛咒。愛拉心想，我那時候應該死了算了。

她後來帶著杜爾克逃走，這又違反了部落的規矩，但是她不能眼睜睜看著自己剛生下的兒子被部落認定是畸形，就得扔到荒郊野外，聽天由命或交給食肉動物去收拾。雖然布勞德反對，布倫還是決定饒恕愛拉母子。布勞德一直跟愛拉過不去。後來他當上頭目，無緣無故詛咒愛拉，把愛拉逐出部落。這次詛咒的時效可是永遠，愛拉只好離開部落。打獵的能力再度救了她一命。若不是身為獵人，若不知自己逼不得已時也能獨立過活，她不可能在河谷活下來。

愛拉回到營地，想著部落，也想著要怎麼把儀式辦好。她看到喬愛拉和波樂娃、瑪桑那坐在一起。她們向愛拉揮揮手。

波樂娃說：「來吃點東西。」沃夫跟著悶悶不樂、漫無目的的喬達拉走了一段，就覺得厭煩了，牠回過頭來找喬愛拉。沃夫在火堆旁邊啃著骨頭，一抬頭看見愛拉。愛拉走到三人身邊，擁抱女兒，然後稍微將她拉開，以一種怪異的悲傷眼神看著喬愛拉，然後再擁抱她一次，抱得很用力。

「媽媽，妳的頭髮濕了。」喬愛拉掙脫母親的懷抱。

「我剛剛洗頭。」愛拉說著。她拍拍前來相迎的大狼，捧著沃夫的頭，看著牠的眼睛深處，給予熱情的擁抱。愛拉起身，沃夫滿懷期待看著她。愛拉拍拍自己肩膀前側，沃夫跳起來，把爪子搭在她的肩膀上，站穩之後開始舔愛拉的脖子和臉，然後輕輕咬住愛拉的下巴。愛拉也依樣畫葫蘆，輕輕咬住沃夫的鼻子，這是狼表達家人之愛的方式。愛拉好一陣子沒有這樣做了，她覺得沃夫看來似乎很開心。

沃夫放下爪子後，波樂娃才鬆了一口氣。剛才她一直很緊張。波樂娃看過愛拉好幾次跟狼那樣互動，還是覺得可怕。一見愛拉把脖子露在大狼的牙齒前面，她總會很緊張；同時也明白，那隻中規中矩的友善動物，是一隻威猛的狼，牠可以自在與人相處，也可以輕易要人的命。

波樂娃緩過氣來，緊張的情緒也平復了。她說：「愛拉，妳別客氣，吃的東西多得是。今天的早餐很好做。昨天宴席剩菜很多。我們很開心可以跟蘭薩朵妮氏一起做飯。我喜歡跟潔莉卡、約普拉雅她們一起做事。我現在跟她們比較熟了。」

一陣悔意湧上愛拉的心頭。她真希望她不用忙著處理齊蘭朵妮亞的事，可以去幫忙準備宴席。一起做事情比較容易了解人，愛拉心想，一直煩惱自己的事也無益，應該早點到場。她拿起一個空杯子，那是給忘了帶杯子的人準備的。她從木製的大煮食箱舀了一杯洋甘菊茶。每天早上最先弄好的就是茶。

「愛拉，這原牛肉很多汁，很好吃。冬天到了，原牛的脂肪比較多。波樂娃剛才熱過。妳嘗嘗看。」瑪桑那發覺愛拉碰都沒碰。「裝食物的盤子在那邊。」她指著一堆大小不一、平坦的木頭、骨頭與象牙，那些都是盤子。

樹被砍斷、劈成木柴之後，常常留下大塊碎片，稍作修剪、磨平，就是盤子。把鹿、原牛、野牛的肩骨與骨盆磨成適當大小，也是盤子。猛獁象的象牙像燧石一樣可以剝落，而且體積大得多，這也可以當成盤子。

先以雕刻用的鑿子把猛獁象象牙鑿出一個圓形的溝，再拿動物角堅硬的末端卡進圓溝，只要夠熟練，再加上一點運氣，拿錘石一敲，一片圓形的象牙就會掉下來。製作象牙盤很費功夫，通常只有送禮或特殊原因才會如此大費周章。這種象牙盤外表平滑，有點圓，可以當盤子也可以用於其他用途，上面還可以雕刻裝飾圖案。

「瑪桑那，謝謝，我得去拿個東西，還要去找齊蘭朵妮，沒時間吃東西。」愛拉說著，突然停下腳步，在瑪桑那面前蹲下。瑪桑那坐在一張用蘆葦、香蒲葉和柔韌樹枝編織成的小凳子上。「打從我來的第一天，妳就對我這麼好，我真的很感激。我不記得我的母親，只記得把我養大的部落女人伊札，不過我覺得妳就像是我的生母。」

瑪桑那比愛拉想像的還要感動：「愛拉，我把妳當女兒看待，我兒子能跟妳配對是他的福氣。」她輕輕搖搖頭：「有時候我真希望他能跟妳一樣。」

愛拉擁抱瑪桑那，轉頭面向波樂娃：「波樂娃，我也要謝謝妳。妳一直都是我的好朋友。我先前得留在第九洞穴，後來在這裡也是忙裡忙外，這段日子妳把喬愛拉照顧得那麼好，我都不知道該怎麼謝妳。」愛拉擁抱波樂娃：「真希望弗拉那也在這裡。我知道她要準備配對典禮一定很忙。艾達諾是個好男人，我真的為她高興。我得走了。」愛拉突然這樣說，她再次擁抱女兒，強忍著淚水，匆匆前往木屋。

「她是怎麼了？」波樂娃說。

「還好我知道狀況，不然聽她說的話，會以為她在道別。」瑪桑那說。

「桑那，媽媽要去哪裡嗎？」喬愛拉問。

「應該不是，至少我還沒聽到風聲。」

愛拉在夏季木屋待了一會兒，為儀式做準備。她正把一張自己帶到夏季大會來的赤鹿肚皮割出一個圓形。她昨天已經找到一張摺好的軟鹿皮在自己的鋪蓋捲上，那時問了喬愛拉是誰處理的，喬愛拉說：「是大家弄的。」

一旦學會了製做各種長度的繩索、撚線、麻繩、細線、強韌的肌腱與長條皮革，再來就可以不用花太多腦筋，很快做好這些便利的物品，隨時都能派上用場。大家多半在坐著聊天、聽故事的時候，隨手拿起蒐集到的材料來做這些東西，所以這裡一向不缺繩索。愛拉拿了幾條掛在木屋入口旁幾根樁子釘子上的皮革，和一條細長的繩索。她在赤鹿肚皮割出一塊圓形後，把其他部分摺起來，再把繩索捲起來放在上面。她量好繞脖子一圈的長度，切下一段稍微長一點的皮條，把皮條穿過她在圓形赤鹿肚皮邊緣鑽的洞。

即便有個比較現代的護身囊，她現在也很少戴了；齊蘭朵妮氏人多半戴著項鍊，已經戴了項鍊又要戴個鼓鼓的皮囊實在很累贅。愛拉一向把護身囊放在藥袋裡，再用皮帶或腰帶把藥袋繫在身上。她的藥袋並不是部落的藥袋。好幾次她想要再做一個，但一直沒時間做。她把袋口的繫繩鬆開，往裡面掏，拿出一個有裝飾圖案的小皮囊，那是她的護身囊，裡面裝著各種奇特形狀的物品。她鬆開繩結，把護身囊裡的東西全倒在手上。那些是代表她生命重要時刻的圖騰信號。大部分是大穴獅的幽靈在愛拉做出重大決定之後送給她的，表示她做了正確的決定。不過少數幾個並不是大穴獅的幽靈給的。

第一個放進護身囊的是一塊紅赭石，表面都已經磨平了，那是愛拉獲准加入部落時，伊札送給她的。愛拉把它放進新的護身囊。還有一塊黑色的二氧化錳，那是愛拉當上女巫醫時拿到的，在小皮囊裡跟其他東西碰來撞去那麼久，被磨得很光滑。這兩塊常拿來染色的紅色與黑色材料，讓護身囊的其他東西也沾上顏色。礦物沾上的顏色就像貝殼化石的外層，刷一刷就去得掉。愛拉的圖騰告訴她，雖然她是女人，去打獵還是對的。

愛拉心想，他一定從那時候就知道我要會打獵才能活下來。雖然那時候我只會用拋石索打獵，我的穴獅甚至告訴布倫要讓我打獵。還有一片圓形的猛獁象象牙，那是我成為女獵人時拿到的狩獵護身符。象牙已經染上了顏色，多半是赭石的紅色，擦不掉了。

愛拉拿起了一塊黃鐵礦，用束腰上衣擦一擦。那是她最喜歡的信號，就是這個告訴她，帶著杜爾克逃走是對的。部落認定杜爾克是畸形，要是她沒有逃走，杜爾克就會被扔到荒郊野外，沒有人會再想這件事。愛拉明知道那樣做她可能會死，卻還是帶著杜爾克藏起來，這也讓布倫和克雷伯有機會去想想。

顏色顆粒黏在透明水晶上面，並沒有讓水晶染色，就是這塊水晶告訴愛拉，她不再尋找族人，在野馬河谷住上一陣子是正確的。愛拉看到那塊黑色二氧化錳總覺得不舒服。她又把二氧化錳拿起來，握在拳頭裡，那裡面含有部落所有人的靈魂，是她用自己一部分靈魂換來的，所以當她救了別人的命，部落的人並不能要求她什麼，因為她已經擁有大家的靈魂的一部分。

伊札去世之後，莫格烏爾克雷伯在伊札下葬之前拿走了她的女巫醫石，免得她帶著整個部落跟她一起到幽靈世界。後來布勞德對愛拉下死咒，卻沒人拿走愛拉的女巫醫石。那時，古夫剛成為莫格烏爾，布勞德的作為也讓大家太驚訝了，以致忘了要收走愛拉的女巫醫石，而且愛拉也忘了要還。愛拉心想，萬一她帶著這石頭到下一個世界，不曉得部落會怎樣？

她把所有的圖騰信號放進新皮囊，知道從今以後新皮囊就是它們的家。她覺得這些部落圖騰信號應該放在部落護身囊才對。她一邊拉緊護身囊的繫繩，一邊想著，當初決定離開馬木特伊氏，跟喬達拉走，圖騰怎麼沒有給她信號呢？她常常想起這個問題。她是不是已經成為大媽的孩子了？是不是大媽跟她的圖騰說不用給她信號？圖騰是不是給了她比較委婉的信號，但是她沒看出來？愛拉的腦中浮現一個她從未想過、卻更恐怖的念頭：她當初的決定會不會是錯的？愛拉感到一陣寒冷，緊抓著護身囊。她很久沒有這樣做了，她在心裡默默請求大穴獅的靈魂保佑。

愛拉拿著摺好的鹿皮、一個裝滿物品的皮背包，還有部落藥袋離開木屋。營火旁邊的人更多了，愛拉離開的時候向他們揮揮手，不過揮手的方式跟平常不一樣。愛拉平常揮手都會手掌往內朝著自己，表示短暫分離，自己會回來，大家很快又會相見。這次愛拉把手舉高，手掌朝外，稍微往左右揮了揮。瑪桑那看了皺起眉頭。

愛拉沿著小河往上游方向走，這條路是她幾年前發現前往洞穴的捷徑，她心裡愈來愈不確定是否該舉行這個儀式。要是不做，齊蘭朵妮當然會失望，齊蘭朵妮亞其他打算支援的人也會不高興；但是這個儀式比他們想像的還要危險。她昨天答應舉行儀式時心情憂鬱到極點，覺得就算自己在虛空中迷路也無所謂。她今天早上心情比較好了，在主河洗了澡，又看到喬愛拉、沃夫，沒想到還看到瑪桑那、波樂娃，心情就更好了。她現在並沒有要面對可怕虛空的心理準備。她覺得應該跟齊蘭朵妮說她改變主意了。

在做初步準備的時候，她沒有考慮到儀式有多危險，只想到她會沒辦法把儀式辦好，覺得很不安；因為那是部落慶典很看重的部分。然而齊蘭朵妮氏人比較能容忍差錯，他們連「大地母親之歌」的歌詞，每個洞穴的版本也不太一樣，那是齊蘭朵妮亞很喜歡討論的話題，那首歌可是最重要的耆老傳說呢！

如果「大地母親之歌」是部落慶典神聖的一部分，部落的人一定會一字不漏地背起來，一字不差地唱出來，至少每天見面的幾個相鄰部落會是如此，比較遙遠的部落也會有差不多的版本。所以愛拉當初才能用部落神聖的手語跟遙遠的部落溝通，即便從她成長的部落走到那一帶要花上一年的時間。愛拉的部落跟遙遠的部落雖然有些小地方不一樣，但還是相似到令人吃驚的程度。

她要舉行的是部落儀式，用的是依照部落的方法而準備的威力強大的根。她覺得應該要儘量按照部落傳統去做，才能把情況控制住。愛拉開始覺得搞不好完全按照部落的規矩也沒用。

她在樹林走著，滿腦子思緒。有人從樹後面走出來，愛拉差點跟他撞個滿懷。等她發現自己身在喬達拉的懷中，嚇了一跳。喬達拉比愛拉還要驚訝，完全不知所措。他第一個衝動是想抱住愛拉，讓這場意外結束。他想這樣做已經想好久了，但是看到愛拉訝異的表情，他又退縮了，覺得愛拉應該會厭惡他，不想讓他碰，才這麼訝異。愛拉看到喬達拉馬上退縮，以為喬達拉不想碰她，連靠近她都不願意。

他們注視著彼此好一會兒。自從愛拉發現喬達拉跟瑪羅那在一起，這是他們最靠近的一次。雙方心裡深處都希望這一刻不要太快溜走，很想談談那個造成他們疏遠的心結。這時偏偏有個小孩朝他們跑來，引開了他們的注意力。他們眼神錯開一會兒，就沒再交會。

「唔，抱歉。」喬達拉說。他好想好想擁抱愛拉，又害怕愛拉拒絕。他完全不知所措，像隻困獸般瘋狂地四處張望。

「沒關係。」愛拉邊說邊低下頭去，隱藏最近流個不停的淚水。看到喬達拉連靠近她都不願意，她傷心極了，只想趕快抽身，不想讓喬達拉看出她有多傷心。她頭也不抬就往前走，加快腳步，不想讓奪眶而出的眼淚洩漏心底的祕密。喬達拉看著愛拉跑開，簡直像是迫不及待地要擺脫他，他只能拚命忍住眼淚。

愛拉繼續往新洞穴那條路徑不明顯的路走去。雖然幾乎每個齊蘭朵妮氏人都進過新洞穴至少一次，但是這個洞穴很少有人使用。因為洞穴幾乎全白的石壁美麗又特別，大家認為這是個神聖不可侵犯的地方。齊蘭朵妮亞和各洞穴頭目還沒商量出合宜的使用方式與次數；這個洞穴太新了，還沒建立起傳統。

當愛拉接近洞穴所在的小丘底部，她發現原來擋在路中間的灌木叢和暴露出通往地下穴室洞口的樹根，都不見了，連洞口附近的泥土與石頭也清走了，洞口顯得更開闊。

愛拉雖然不怎麼期待她在準備的儀式，但再次看到這個洞穴還是很興奮。她本來心情不錯，幾乎要放棄這個危險的儀式，現在好心情不見了；她的壞心情跟眼前的虛空一樣大。就算在這裡迷失方向又怎樣？再糟也不會比現在的心情糟。她今天一直很難控制自己，現在更是控制不住。從早上醒來到現在，她的眼淚一直在眼眶打轉。

她從皮包拿出一個淺淺的石碗和獸皮包著的一小袋脂肪，袋子幾乎完全防水，還用塞子塞住。袋子用獸皮包住、綁住，免得油脂滲出來沾到旁邊的東西。愛拉找出一包地衣燈芯，在石碗裡倒了一點油，把燈芯放在裡面浸泡一會兒，再拿出來放在石碗燈的邊緣。愛拉正要用打火石點火，就看到兩位齊蘭朵妮走過來。

愛拉看到他們，感到鎮定了一些。她才剛加入他們，希望擁有他們的尊敬。愛拉和他們打招呼，聊些小事。其中一位拿著燈，看著愛拉用打火石在地上生了一個小火。燈點亮了，愛拉就用土把火悶熄，三人走進洞穴。

他們走過洞口時覺得很溫暖，進入伸手不見五指的洞裡頭，溫度立即降低。只有一盞燈，他們在岩石與滑溜溜的黏土當中找路走，彼此不太談話。等走到一間比較大的穴室時，他們的眼睛已經習慣了黑暗，卻出現許多盞石燈的光線，一下子覺得有點刺眼。齊蘭朵妮亞幾乎都到齊了，在這裡等著愛拉。

「第九洞穴的齊蘭朵妮，妳來了。」首席說：「該準備的妳都準備好了嗎？」

「還沒有。」愛拉說：「我得換衣服。在部落儀式製作藥水的時候，我必須裸身，只能戴著護身囊，並且有莫格烏爾在我身上彩繪。但是這裡太冷了，我不能太長時間不穿衣服，而且，喝藥水的莫格烏爾是穿著衣服的，所以我也要穿著衣服。我覺得應該要儘量遵照部落的儀式，所以我要穿著部落女人穿的斗篷。我做了一個部落的護身囊來裝我的圖騰物件。雖然護身囊裡面的東西比較重要，不過為了顯示我的女巫醫身分，我要戴著我的部落藥袋。這樣部落的幽靈就會知道我不僅是部落的女人，也是女巫醫。」

愛拉脫掉衣服，把柔軟的鹿皮裹在身上，用一條長繩纏繫著，好製造出一些褶縫與小口袋來裝東西。其他齊蘭朵妮亞用好奇的眼光看著。愛拉想起她做的一些不合部落傳統的事情，比方說藥水應該由莫格烏爾製作，現在卻是她自己製作。她不是莫格烏爾，部落的女人都不能成為莫格烏爾。她也不知道正式開始之前應該做哪些儀式，不過她是個齊蘭朵妮，她希望到了幽靈世界會因為這個身分而有所不同。

她從藥袋拿出一個小袋子，因這裡燈光足，看得出袋子是深紅赭色的，那是部落最神聖的顏色。接著她從皮革背筐裡拿出木碗，這是她之前按照部落風格做給瑪桑那看的。瑪桑那很有藝術眼光，很欣賞木碗的簡單大方。愛拉本來打算把木碗送給瑪桑那，現在發覺幸好自己保留了這件物品。因為它雖然不是伊札好幾代祖先專門用來處理這個根的特殊木碗，但至少也是依照部落的繁複程序製作成的。

愛拉解開紅色袋子的繩結：「我要一點水。」她把袋裡的根倒在手上。

「我可以看看嗎？」齊蘭朵妮問。

愛拉拿給她看，只是一些乾燥的根，沒什麼特別。「我不知道該用多少？」愛拉說著，拿出兩小塊，希望這是正確的分量：「我只做過兩次，也沒有伊札的記憶。」

在場少數幾位齊蘭朵妮亞聽過愛拉說起部落的記憶，不過大部分齊蘭朵妮亞並不知道她在說什麼。愛拉想跟首席解釋，但是連她自己都不清楚，當然很難向別人說得明白。

有人把水倒進木碗裡，愛拉喝了點潤潤喉。她記得這種根很乾燥，非常難嚼。「我準備好了。」她說，趁著改變心意之前，她把根放進嘴裡，開始咀嚼。

根要軟化到可以咬穿的程度，需要很久的時間，愛拉儘量避免吞進口水，但是很困難。她心想，反正做好的藥水是我要喝，或許吞點口水也沒關係吧！愛拉嚼了又嚼、嚼了又嚼，感覺好像要嚼一輩子似的，後來，終於嚼成濕軟的團塊，吐進木碗裡。接著她用手指攪拌，木碗中的液體變得像牛奶一樣白。

齊蘭朵妮站在愛拉身後看：「這樣對嗎？」一面聞著液體的氣味。

「沒錯。」愛拉說。她感受到嘴裡原始的氣味：「妳要不要聞聞看？」

「這味道很古老。」首席說：「很像長滿青苔和蘑菇的濕冷森林深處的味道。我能嘗嘗看嗎？」

愛拉本來想拒絕。這汁液對部落來說非常神聖，連試做少量給愛拉看都不行，她覺得齊蘭朵妮的要求真是不可思議。後來她想起這只是試驗，跟部落的儀式差很遠，所以給齊蘭朵妮嘗一口也無所謂。於是她把木碗拿到齊蘭朵妮的嘴邊，看著她喝了一大口，就趕快拿走木碗，免得齊蘭朵妮喝太多。

接著，愛拉拿起木碗，很快把剩下的汁液全部喝下去，並且一再確認沒有殘留一點一滴。她第一次出狀況就是因為這點。伊札告訴過她，木碗裡絕不能有剩餘汁液。但是那一次愛拉做太多了，莫格烏爾嘗了第一口，知道效果太強，就規定每個男人只能喝一點，所以剩了一些在木碗裡。沒想到咀嚼時已經吞進太多汁液、後來又喝了太多女性飲料的愛拉，發現木碗裡沒喝完的汁液，腦袋迷迷糊糊的她就全部喝掉了。這次她一定要確保不會有人因為無心之過而被誘惑去喝到汁液。

「我們什麼時候開始為妳吟唱？」首席問。

愛拉差點忘了還要吟唱：「應該之前就要開始了。」愛拉說著，聲音有點含混不清。

喝了一大口汁液的首席已經感受到效果，她打手勢要齊蘭朵妮亞開始吟唱，同時努力保持清醒。首席心想，這個根果然藥效強大，我才喝了一口呢！愛拉喝了那麼多，不曉得現在是什麼感覺？

古老且熟悉的滋味勾起愛拉永遠忘不了的感受，那是前幾次嘗試藥水的記憶與聯想，以及更早以前的經驗。愛拉感覺到森林深處的潮濕與陰涼，整個人好像被浸在其中。當她沿著山丘的陡坡向上爬，森林裡巨樹參天，很難找到路徑繞過或穿越過去。樹上長滿濕軟、銀灰綠的苔蘚，地面、岩石和枯木上也滿是青苔，像地毯似的一大片綿延開來，呈現出亮綠、深松綠、濃棕綠色，以及介於這些顏色之間的各種色調。

愛拉可以聞到各種大小和形狀的蕈類：倒樹上長出的是纖弱白色翅膀，老樹幹附著的是扁木片，還有粗大海綿狀的棕色帽子，以及細小梗的種類。另外還有蜂蜜色澤緊湊相依的一叢，結實的球體，全株亮紅配上白斑的蕈頂，有些是會融成黑色汁液的又高又平的蓋子，有的是幽靈般慘白的致命毒蕈，還有好多好多。這些她都熟悉、品嘗過，也觸摸過。

她在大河的廣大三角洲上，泥棕色的河水流過叢叢濃密且高大的蘆葦與香蒲。幾座島嶼漂浮著，島上的樹林有狼群爬上爬下。愛拉坐在皮革包裹的碗形船裡，不停地打轉，然後飛起來，飄浮在空中。

愛拉毫無知覺，雙腿一軟、跌坐在地上。幾位齊蘭朵妮亞將她扶起來，把她帶到事先安排好的休息地點。首席一邊坐上那張堅固有軟墊的柳條凳子，期待自己有個休息所在，一邊又努力保持清醒，當她看著愛拉，心中的不安油然而生。

愛拉感覺到平安、寧靜，好像陷入一陣薄霧，然後完全被霧環繞。霧愈來愈濃了，遮住她的視線，接著變成沉重潮濕的雲朵。愛拉覺得好像被雲朵吞噬，幾乎不能呼吸，就要窒息。她喘著氣，發覺得自己開始移動。

困在令人窒息的雲朵中間，她移動得愈來愈快，快到沒有空氣、無法呼吸。雲朵包覆著愛拉，從四面八方向她推擠，一下子收縮、一下子擴張，彷彿有生命一樣。這迫使愛拉跟著加速移動，直到她掉進一個又黑又深、空空蕩蕩的地方，那裡跟洞穴裡一樣漆黑，沒有意識，且令人害怕。

在外人看來，愛拉正熟睡得不省人事。然而，她若是真的熟睡，就不會覺得可怕；偏偏她很清醒，卻動彈不得。當她試著想要動動手指頭，可是辦不到，連一點手指頭的感覺也沒有，她更感覺不到身體其他任何部分。愛拉睜不開眼睛，轉不了頭，意志力完全無用，不過她聽得見，也有某種程度的知覺。她聽見了齊蘭朵妮亞的吟唱，感覺像是遙遠距離傳來的聲音，但是非常清晰。她還聽見角落的微弱低語，只是聽不出在說些什麼。她也聽見了自己的心跳。

每位朵妮侍者挑選了一個音高和音色都適合自己、能吟唱很久的音。他們先開始唱，其他人再加入，一起連續吟唱，有沒有和聲都無所謂。等第一位唱到快要氣不足的時候，第二位接著唱，然後第三位、第四位陸續加入。只要接唱的人數夠多，休息的人可以充份恢復力氣，這首交織各種音韻的賦格曲就可永不停歇。

對愛拉來說，吟唱聲讓她感到安心，但是閉著眼睛，她只能看到夢境中清晰卻不連貫的景象，吟唱聲變得愈來愈微弱、成了背景音樂。她感覺像是醒著作夢。一開始她在黑暗中不停加速，即便周圍仍是一片空洞，她卻清楚知道自己在加速。恐懼和寂寞如浪襲來。感官失去了功能，沒有味覺、沒有嗅覺、沒有聽覺、沒有視覺、沒有觸覺，它們好像從未存在過，以後也不會有；剩下的唯有那清醒的、很想尖叫的知覺。

過了好久，愛拉看到遠方出現一絲非常微弱的光芒。她伸手去抓，能抓住什麼，都比沒有來得好。她一伸手，移動速度就更快了。那絲光芒擴散成一片不規則、幾乎看不到的模糊光影。有那麼一會兒，愛拉以為是自己的想法在影響當下的環境。光影變成一片朦朧，出現一些顏色後又變暗，那些顏色很陌生，她不知道這些顏色的名稱。

愛拉從雲朵開始下沉，穿透過去，速度愈來愈快。她往下看，看到非常眼熟的地景，充滿各種重複出現的幾何形狀，方形、尖角，全都很明亮，散發著光芒，一直複製，而且往上堆積。這種又直又尖的形狀，她從未在平常生活的環境裡看過。另外，這個奇怪的地方好像有些白色絲帶在地上流動，直接流向遠方，而且還有些奇怪的動物正沿著絲帶奔跑。

愛拉靠近些，看到一大群動來動去的人，他們伸出手指指著她說：「妳……，妳……，妳……。」好像吟唱一樣。愛拉看見一個獨自站立的男人，他有著混合的靈魂。再靠近一些，她覺得這個男人很眼熟，但又好像不認識。原本以為是艾丘札，後來覺得像布魯克佛。那群人還在說：「妳……，是妳……做的，妳……帶來知識，是妳……做的。」

「不是我！」愛拉在腦中尖叫：「是大媽，是她給我知識。大媽在哪裡？」

「媽媽走了，只有兒子留下。」那群人說：「是妳做的。」愛拉看著那個男人，他的臉被陰影遮住，看不太清楚，但是她突然知道他是誰了。

「我是不得已的。我被下咒了。我不得不離開我兒子。是布勞德逼我走的。」愛拉無聲地大叫。

「大媽走了，只有兒子留下。」

愛拉在腦裡皺起眉頭。這是什麼意思？突然下方的世界呈現出不同景象，充滿了惡兆，不像人世。那群人不見了，奇怪的幾何形狀也不見了。只見吹著風的空蕩荒蕪大草原。有兩個男人出現了，他們是兄弟，但沒人看得出來。其中一位跟喬達拉一樣身材高大，頂著一頭金髮，另一位年紀較大，臉被陰影遮住，不過愛拉知道他是杜爾克。兩兄弟從相反方向走近彼此。愛拉非常焦慮，好像慘劇即將發生，她一定要去阻止才行。突然一陣戰慄，愛拉明白了是她的兒子要殺掉另一個兒子。兩兄弟漸漸靠近彼此，舉起了手臂，好像要打架。愛拉拚命想走到他們身邊。

馬木特突然出現，拉住愛拉。「事情不是妳想的那樣，這是個訊息。先觀察，別急著出手。」

第三個男人出現在吹著風的大草原上，是布勞德，他用充滿恨意的眼神瞪著愛拉。那對兄弟面對面，又轉向布勞德。

「咒他，咒他，用死咒咒他。」杜爾克打手勢。

愛拉焦急萬分，心想：「杜爾克，他是你的父親啊！你不應該咒他。」

「他已經被咒了。」愛拉的另一個兒子說：「是妳咒的，黑色的石頭在妳身上。他們都被咒了。」

「不是，不是！」愛拉尖叫：「我把石頭還給他們，我可以還回去。」

「愛拉，妳無能為力了，這是妳的命。」馬木特說。

愛拉轉向馬木特，看到克雷伯站在他身邊。克雷伯嘆口氣：「妳給了我們杜爾克，那是妳命中注定。杜爾克是異族人，也是部落人。部落氣數已盡，就要滅絕了，只有妳的同類，還有像杜爾克這樣混合靈魂的孩子，會繁衍下去。也許不會多子多孫，但也足夠了。杜爾克以後會變得像異族人一樣。愛拉，杜爾克是部落之子，他是部落唯一的兒子。」

愛拉聽到女人的哭泣聲，定睛看時景象又變了。他們在漆黑的洞穴深處，石燈亮著，一個女人把一個男人抱在懷裡。那個男人是愛拉高大金髮的兒子，女人抬起頭來，愛拉驚訝地發現，她竟然就是自己。不過愛拉不太確定，那種感覺很像從鏡中看到自己。一個男人走來，低頭看著他們。女人抬起頭，看到喬達拉。

「我兒子在哪？」喬達拉問：「我兒子在哪？」

「我把他交給大媽了。」鏡中的愛拉哭著說：「大地之母要他。大地之母的權力很大，把他從我身邊帶走了。」

愛拉突然又聽到那群人的聲音，看到那些奇怪的幾何形狀。「大地之母漸漸衰弱。」那群人吟唱著：「她的孩子不理她。等到他們不再尊崇她，她就會死亡。」

「不行。」鏡中的愛拉哭叫：「那誰來餵飽我們？誰來照顧我們？要是我們不尊崇她，誰來照料我們？」

「大媽走了，只有兒子留下。大媽的孩子不再是孩子。他們拋下大媽，自顧自地離開。大媽知道孩子總有一天會擁有知識，會成年；現在孩子已經擁有知識，已經成年。」女人還在哭泣，她現在不是愛拉了，是大媽，因著孩子的離去而哭泣。

愛拉感覺自己被拉出洞穴，她也在哭泣。那群人的聲音愈來愈小，好像在遠處吟唱。愛拉又移動了，在高空中，下面是綠草如茵的廣闊平原，成群的動物穿梭其間。原牛在狂奔，馬兒奔馳著想趕上原牛的腳步。野牛和鹿都在奔跑，北山羊也如此。愛拉靠近些，看到一隻一隻的動物，跟她接到召喚到齊蘭朵妮亞時看到的動物一樣。她還看見他們當初在慶典上穿戴的裝飾，當時他們正在把大媽的新賜禮交給大媽的孩子，愛拉正在吟唱「大地母親之歌」的最後一段。

兩頭公牛互相從身邊奔馳而過，幾頭大公原牛走向彼此，一頭大母牛幾乎在空中飛，另一頭大母牛正在生產。路的盡頭，有一匹馬從懸崖墜落。愛拉看見好多馬，大部分有顏色，有棕色的、紅色的、黑色的，還有嘶嘶，牠臉上、背上都有斑點，頭上還有兩根像棍子一樣的鹿角。

第四十章

愛拉走的這趟神祕心路之旅，齊蘭朵妮並沒有與她同行，不過她感覺得到愛拉正在旅程中，自己好像也要被拉過去。要是她多喝點藥水，也許就跟愛拉一起迷失在藥水建造的神祕國度裡了。不過，她的確有點控制不住自己，遇到了一些困難。

齊蘭朵妮亞不太明白現在的狀況。愛拉看起來似乎不省人事，首席看起來也差不多。首席並沒有打瞌睡，卻整個人倒在凳子上，眼神呆滯，好像凝視著看不見的遠方。她接著又清醒過來，說些莫名其妙的話。看來首席似乎無法主導這場試驗，這可不尋常；她顯然控制不了自己了，所有齊蘭朵妮亞都很緊張。跟首席最熟的那幾位最擔心，不過為了不讓其他人擔憂，他們努力克制著情緒。

首席似乎是用意志力把自己搖醒，說著：「好冷……好冷。」接著癱在凳子上，眼睛凝視著遠方。過了一會兒她猛然醒來，大叫：「蓋……獸皮……給愛拉蓋上……好冷……真的好冷。要保暖……」又不省人事了。

由於洞穴裡一向很冷，他們隨身帶了幾條溫暖的毯子。愛拉已經蓋了一條，不過第十一洞穴決定再給她加上一條。她不小心碰到愛拉，嚇了一跳。

「她身上好冷喔！幾乎跟屍體一樣冰冷。」她說。

「她還有呼吸嗎？」第三洞穴問。

第十一洞穴彎下身，看到愛拉的胸膛稍微動了一下，感覺到她微微張開的雙唇吐出一絲氣息。

「有，她還有呼吸，只是很微弱。」

「我們該不該弄些熱茶？」第五洞穴問。

「好，這樣也好，給她們兩個都喝點。」第三洞穴說。

「要振奮精神的茶，還是鎮定情緒的茶？」第五洞穴問。

「我不知道，這兩種茶配上藥水不曉得會怎樣？」第三洞穴說。

「我們問首席好了，應該由她作主。」第十一洞穴說。

其他人點點頭。他們三個圍著癱在凳子上的齊蘭朵妮，第三洞穴把手放在首席肩膀上，先輕輕推，再稍微用力一推。首席猛然醒來。第三洞穴問：「妳想喝熱茶嗎？」

「好！好！」首席大叫，似乎大叫能幫她保持清醒。

「好，熱的！」

「愛拉也喝嗎？」

「要振奮的茶，還是鎮定的茶？」第十一洞穴大聲問。第十四洞穴齊蘭朵妮走過來，憂心忡忡皺著眉頭。

「要振……不要！」首席突然打住，努力集中精神：「水！只要熱水！」說完搖了搖頭，努力想保持清醒：「扶我起來！」

「妳確定能站起來嗎？」第三洞穴問：「別跌倒了。」

「扶我起來！我得保持清醒，愛拉需要……幫忙。」首席又快要不省人事了，她猛烈搖晃著：「扶我起來。拿熱……水，不要茶。」

第三洞穴、第十一洞穴、第十四洞穴齊蘭朵妮擠在身材壯碩的首席身邊，用力把她扶起來。首席喝醉似的搖搖晃晃，整個人靠在兩位齊蘭朵妮身上，又搖了搖頭。她閉上眼睛，看起來很努力地想要集中注意力。當睜開眼睛，她咬著牙、很有決心的樣子，身體也不再搖晃了。

「愛拉有麻煩了。」首席說：「是我不對，我早該料到的。」首席還是很難集中精神思考，不過站起來走動對情況有改善，喝了熱水、身體暖和些，就更穩定了。她覺得很冷，冷入骨髓。這種冷不光是因為身在洞穴裡。「太冷了。把愛拉移走。要生火。暖一些。」

「妳要我們把愛拉移出洞穴？」第十四洞穴問。

「沒錯，這裡太冷了。」

「要不要把她叫醒？」第十一洞穴問。

「大概叫不醒。」首席說：「不過可以試試看。」

他們先輕輕搖愛拉，然後用力搖了搖。愛拉動也不動。他們輕聲叫，又大聲叫，還是叫不醒。

第三洞穴齊蘭朵妮問首席：「我們要繼續吟唱嗎？」

「要！繼續！別停下來！她只剩這個了！」首席大聲說。

比較資深的齊蘭朵妮亞開始吩咐。突然間大家忙了起來，幾個人衝到齊蘭朵妮亞木屋，有些人生火煮水，有些人搬來轎子要把愛拉抬出洞穴，其他人繼續賣力吟唱。

齊蘭朵妮亞木屋附近有幾個人。那一天，即將在配對典禮配對的伴侶要會面，其中幾位已經到了。弗拉那和艾達諾也在其中。看到幾個齊蘭朵妮亞跑向木屋，他們有點兒擔心的互看了一眼。

「出什麼事了？他們為什麼這麼急？」弗拉那問。

「是新上任的齊蘭朵妮。」一個年輕男人回答。他是新上任的助手。

「是愛拉嗎？是第九洞穴齊蘭朵妮嗎？」弗拉那問。

「是的。她用一種植物根做了特別的藥水。首席要我們把她移到洞穴外面，因為裡面太冷了。她還沒醒過來。」助手說。

他們聽見一陣騷動，轉身看到兩個年輕強壯的朵妮侍者扶著首席過來。首席走路不太穩，搖搖晃晃的。弗拉那從沒看過首席如此蹣跚，心頭一陣擔憂。首席一向胸有成竹，穩如泰山；雖然身軀龐大，走起路來總是輕鬆自在，充滿自信。弗拉那看著母親身體日漸衰弱心情已經夠糟了，再看到像堡壘一樣穩固的首席變得如此脆弱，更是恐懼萬分。

首席抵達木屋時，另一群齊蘭朵妮亞抬著轎子也出現了。轎子上的獸皮鋪得高高的。隊伍逐漸接近，弗拉那和艾達諾聽見齊蘭朵妮亞的吟唱聲。轎子經過他們身邊，弗拉那看著她認識、深愛的年輕女人，她兄長的伴侶。愛拉的臉色蒼白無比，呼吸很微弱，動也不動地躺著。

弗拉那嚇壞了，艾達諾也看出她的恐慌。「我們得跟媽媽、波樂娃、約哈倫說。」弗拉那說：「還要告訴喬達拉。」

雖然走得很困難，甚至有點沒面子，走這段從洞穴到木屋的路，倒是幫助首席的思路更清晰了。她充滿感恩的坐在舒適的大凳子上，很高興有杯熱水可喝。她之前沒辦法清楚思考，不敢貿然使用藥草來對抗根的藥效，以免讓狀況更糟。現在身體雖然沒有完全恢復，但是思路比較清晰了，她決定拿自己做試驗。首席在第二杯熱水裡加了一點振奮的藥草，小口小口慢慢喝下，看看有什麼感覺。她覺得好像沒什麼差別，不過至少沒有更糟。

她站起來，由別人扶著走到床邊。那張床是勒拉瑪最近空出來的，現在愛拉躺在上面。她問：「給她喝了熱水了嗎？」

「我們沒辦法把她的嘴巴打開。」站在附近的年輕助手答話。

首席想扳開愛拉的嘴，但是她的牙關咬得很緊，好像盡全力要抵擋什麼似的。首席掀開毯子，發覺愛拉全身僵硬，即便蓋了好多張獸皮，身體還是冰冷濕黏。

「在那個大木碗裡倒些熱水。」首席跟年輕男人說。幾個站在旁邊的人匆匆跑來幫忙。

扳不開愛拉的嘴巴，不能給她灌些熱水，只好從外面加溫。首席拿了幾塊可以當成繃帶的軟皮和布料，浸泡在木碗裡的熱水中，再小心翼翼地擰乾，把熱布敷在愛拉的手臂上。等首席把另一塊布敷在愛拉另一隻手臂上，剛才敷上的布就變涼了。

「再倒些熱水來。」首席說。

首席解開愛拉衣服的繫繩，靠著幾位齊蘭朵妮亞幫忙抬起愛拉，順勢脫下她的衣服。她發現愛拉把鹿皮繫在身上的打結方式很巧妙。另外，愛拉雙腿之間繫著一個塞滿了香蒲絨毛的吸水皮墊。

首席心想，愛拉可能月經來了，不然就是上次流產還在出血，顯然勒拉瑪沒有讓她懷孕。首席看皮墊還很乾淨，推想愛拉的月經周期應該快結束了，於是沒有幫她更換皮墊。

首席跟幾位朵妮侍者一起把濕熱的獸皮和布敷在愛拉身上，好趕走她體內的寒意。首席體驗過身體發冷的滋味，所以很清楚愛拉現在有多冷。他們放了很多熱布以後，終於愛拉僵硬的身體開始放鬆，至少牙關鬆開了。首席希望這是好兆頭，不過她並沒有把握。她親自替愛拉蓋上溫暖的獸皮，這是她現在唯一能做的。

首席堅固的大凳子被搬了進來，她坐在愛拉身邊守著，十分焦慮。吟唱聲一直持續不停，但首席現在才聽見。幾位齊蘭朵妮亞唱累了就休息，由其他人接替。

首席心想，愛拉要是一直不醒來，就得再找些人來接著吟唱。首席不願意去想，除了等待、會發生什麼事情。有時不小心想到，她就告訴自己愛拉一定會醒過來，一定會好好的。她不敢想另一種可能，那太痛苦了。她心想，我要不是對這種迷人的根太好奇了，那時應該會有警覺性的。愛拉到場時看起來很生氣，也很緊張，可是全體齊蘭朵妮亞都到了，也很期待在新洞穴舉行特殊儀式。看著愛拉把根嚼了很久才吐在裝水的木碗裡，那時候她決定要親自嘗嘗。

那是首席頭一次覺得不對勁，才喝一口，她就覺得藥效比想像的強很多。雖然感覺不太好，她還是慶幸自己喝了，這樣才能了解愛拉的感受。誰知道看起來無害的根會有這麼強的效果？這到底是哪一種植物？生長在附近嗎？顯然這種根有特殊的藥效，也許有些用處，不過以後如果要做試驗，一定要更謹慎且嚴加控制才行。畢竟這種根很危險。

首席守夜時通常會進入沉思狀態，這次才剛開始，一位齊蘭朵妮就來找她了。瑪桑那、波樂娃和弗拉那也來了，她們想知道能不能進去。

「當然可以。」首席說：「她們也許能幫忙，我們結束之前可能需要她們。」

三個女人進屋，看到幾位齊蘭朵妮亞圍著後面的一張床吟唱。首席坐在床邊。

瑪桑那看到躺在床上動也不動、臉色蒼白的愛拉：「愛拉怎麼了？」

「我也想知道。」首席說：「變成這樣我要負最大責任。愛拉這幾年偶爾提到一種植物根，是……莫格烏爾用的，應該是莫格烏爾沒錯吧！就是她部落那些知道幽靈的人。他們利用這種根進入幽靈世界，但那是他們特別慶典的一部分，至少我的了解是這樣。我聽愛拉說得頭頭是道，猜想她一定用過，只是她說起這部分時一向很隱晦。她說這種根藥效很強，我很好奇，任何能幫助齊蘭朵妮亞跟下一個世界溝通的東西我都有興趣。」

三張凳子被拿進來，洋甘菊茶也端進來了。三人坐了下來，首席接著說：「我最近才知道愛拉有一些這種根。她認為藥效仍在，但我有點懷疑，藥草放太久通常會失效。她說這種根只要好好保存，放久了還會濃縮、藥效更增強。我看她最近心事重重，或許做個小試驗可以轉移一下她的注意力。我知道她因為喬達拉很傷心，還有慶典那天晚上發生的事。她受到召喚之後流產，更是很大的打擊……」

「齊蘭朵妮，妳絕對不明白她心裡有多難受。」瑪桑那說：「我知道受到召喚很辛苦，那是必須付出的代價，可是她受到召喚又流產，接二連三的打擊，有時候我真的以為我們會失去她。她流了好多血，我好擔心她的血會流光。我差點要請妳回來。還好後來止住了，不然我真的擔心妳會來不及見她最後一面。」

齊蘭朵妮點點頭：「妳應該讓她休息幾天再過來。」

「我攔不住她。妳知道她，一旦決定了誰也攔不住。」瑪桑那說。齊蘭朵妮點頭表示贊同。瑪桑那接著說：「她迫不及待想看到喬達拉，還有喬愛拉，尤其她才失去一個孩子，會更想看到女兒。我猜她想要再懷孕，她說她知道該怎麼做。她那麼想見到喬達拉，應該跟這有關。」

「她見到他了，」波樂娃說：「見到他跟瑪羅那在一起。」

「有時候我真搞不懂喬達拉。」弗拉那說：「什麼人不好挑，何必纏著瑪羅那？」

「大概是瑪羅那緊纏著他吧。」波樂娃說：「喬達拉的需求一直很強。瑪羅那又願意隨時奉陪。」

「後來愛拉在慶典上有樣學樣，喬達拉何必不高興？」弗拉那說：「愛拉有權那麼做啊！」

「有沒有權利是一回事，愛拉那樣做不是為了要榮耀大媽。」齊蘭朵妮說：「她是因為傷心憤怒，才會挑勒拉瑪。她並不喜歡勒拉瑪，而是想報復喬達拉。那樣做並不能榮耀大媽，愛拉知道的。他們兩個都有錯，我覺得兩人心裡都認為自己錯了，結果愈弄愈糟。」

「不管誰對誰錯，喬達拉都要受到嚴重處罰。」瑪桑那說。

「我覺得不能怪勒拉瑪不回第九洞穴，還好第五洞穴願意收留他，可是他的伴侶不想搬過去。」波樂娃說：「她說第九洞穴是她的家。那是個不錯的住所，但是只有她一個人，誰來照顧那一堆孩子呢？」

「還要每天弄巴瑪酒給她喝。」弗拉那說。

「看在巴瑪酒的份上，她應該願意搬到第五洞穴。」齊蘭朵妮說。

「除非她的大兒子接手。」波樂娃說：「他學做巴瑪酒已經幾年了。有些人說他做的酒比勒拉瑪做的還好喝。主河這一帶有很多人想跟他買酒呢。」

「唔，不要跟他提這個。」瑪桑那說。

「說不說並沒差，我們會想到，別人一定也想得到。」波樂娃說。

齊蘭朵妮發現兩個人加入了吟唱行列，一個人休息去了。她向那兩位點點頭，表示同意他們加入，然後看了愛拉一眼。她的皮膚好像變灰了？愛拉還是動也不動，好像更深陷進床裡了。齊蘭朵妮覺得愛拉的氣色很差，回頭接著原來的話題。

「我剛才說想讓愛拉轉移注意力，讓她說些平常感興趣的事情，所以才問起部落的植物根。但是我錯了，我太急著想要了解這種根。我應該多留意愛拉的心情，應該看出來她有多不開心。她說這種根藥效很強，我應該相信她才對。我只喝一口，就差點控制不住自己。藥效比我想像的強太多了。」齊蘭朵妮說。

「我想愛拉恐怕在幽靈世界的某個地方迷路了。我記得她說吟唱可以把她跟這個世界聯繫在一起。我喝了一口，感覺有點迷失時，聽到吟唱就被拉回來了。坦白說，現在除了幫她保暖，繼續吟唱，期待藥效趕快消退，我真不知道該怎麼辦。」

「她也跟我說過那個部落的根。」瑪桑那說：「那個叫馬木特的人說過，他不會再嘗那個根了，他怕會永遠迷路、回不來。他跟愛拉說過，它的藥效太強，警告她不要使用。」

首席皺起眉頭：「愛拉怎麼沒跟我說馬木特叫她不要用這種根？馬木特是大媽侍者，一定懂的。愛拉本來不太願意嘗試，也從來沒告訴我原因。她後來卻很願意，還依照部落的儀式舉行。她沒有說馬木特叫她不要再用。」首席心煩意亂地說著。

她起身看愛拉，她的身體還是又冷又濕，呼吸很微弱。要是第一次看到她、摸到她，一定會以為她已經死了。首席拉著愛拉的眼皮，只得到些微反應。齊蘭朵妮本來期待藥效過了一段時間就會消退，現在卻愈來愈覺得希望渺茫。

首席看看四周，對一位助手說：「給她按摩，輕輕的，讓她的皮膚有些血色。我們給她灌點熱茶，可以振奮精神的茶。」接著提高嗓門，好讓大家都聽見：「有沒有人知道喬達拉在哪？」

「他最近常常走上一大段路，都是沿著主河走。」瑪桑那說。

「我之前看到他往那邊跑過去。」一位助手說。

齊蘭朵妮站著拍拍手，要大家注意聽：「愛拉的靈魂在幽靈世界迷路了，找不到回家的路，可能去找大媽都沒辦法。我們得找到喬達拉，一定要把他帶過來，不然愛拉永遠找不到回家的路，可能連試都不想試了。要把整個營地徹底找過，發動所有人，每個帳篷、樹林、主河上下都要找，必要的話，連河裡都要找。不管怎樣，一定要找到他、把他帶來這裡。要快。」齊蘭朵妮很少這麼激動、這麼生氣。

除了吟唱的人，其他人全衝出木屋，各自散開。首席再次看著愛拉。她的身體依然冰冷，皮膚漸漸變成灰色。首席心想，愛拉要放棄了，沒有求生意志了。喬達拉恐怕趕不上了。

一個助手衝進喬達拉與兩位馬木特伊氏訪客居住的偏屋，威洛馬和達拉納正在屋裡，他們也是來找喬達拉的。這個助手之前遠遠看過這位高大紅髮的男人，近看才發現他那麼強壯，覺得有點壓力。

「你知道喬達拉在哪嗎？」助手問。

「不知道，早上見過他，之後就沒看到了。」達弩格說：「怎麼了？」

「那位新上任的齊蘭朵妮，她用一種植物根做了藥水，又喝下去，現在她的靈魂在虛空裡。首席說一定要找到喬達拉，把他帶到她面前，不然她的靈魂會永遠回不來。」他一口氣說完，沒有停頓，好不容易喘過氣來：「首席要我們到處找，請所有的人幫忙找。」

「是她跟馬木特一起服用的那種根嗎？」達弩格一臉驚駭看著德魯偉。

達拉納馬上注意到他們的擔憂：「什麼根？」

「愛拉從她的部落族人那裡拿來一些根。」達弩格說：「這種根是用來跟幽靈世界溝通的。馬木特想試，愛拉就按照族人教她的方式製作藥水。我不清楚發生什麼事，但誰也叫不醒他們。大家都很擔心，一直吟唱著。後來喬達拉來了，求愛拉回到人間，說他多麼愛她。那時他們有些摩擦，像現在這樣。我真不懂，那麼相愛的兩個人怎麼完全不明白彼此的心事？」

「喬達拉跟女人相處一直有這問題，不曉得是他太自傲還是太遲鈍。」威洛馬搖著頭說：「那時他帶愛拉回家，我以為所有問題都解決了。他如果不太在意那個女人就不會有問題，一旦愛上了，好像就失去理智、不知所措。現在說這個不重要，後來怎麼了？」

「喬達拉就一直跟她說他愛她，求她回來。然後，愛拉醒了，馬木特也醒了。馬木特後來跟我們說，要不是喬達拉愛得這麼深，讓愛拉感受到了，他們就會永遠迷失在虛空裡。是喬達拉把愛拉帶回來的。馬木特說這種根藥效太強，他控制不了，再也不會嘗試了。他怕靈魂會永遠留在那個可怕的地方，叫愛拉不要再用了。」達弩格感覺臉頰一陣冰涼：「她又服用那種根了。」他說著跑出偏屋，一時不知道該去哪裡，等到想起來，他急忙跑往第九洞穴的營地。

達弩格看見幾個人在大煮食火堆附近閒晃，又看到喬愛拉，鬆了一口氣。一看就知道喬愛拉在哭；沃夫在旁一邊哀嚎，一邊舔掉喬愛拉的眼淚，瑪桑那和弗拉那也在安慰她。達弩格打了招呼，她們回應著，達弩格走過去蹲在喬愛拉面前。沃夫看到熟人，靠了過去，達弩格摸摸沃夫的頭。

「喬愛拉，妳好嗎？」他說。

「達弩格，我要媽媽。」喬愛拉又哭起來了：「我媽媽病了，一直都不醒。」

「我知道，有個辦法可以救她。」達弩格說。

喬愛拉睜大眼睛看著達弩格：「怎麼救？」

「她以前像這樣昏迷過一次，那時我們一起住在獅營。喬達拉能讓她醒過來，上次就是喬達拉讓她醒過來。喬愛拉，妳知道喬達拉在哪嗎？」

喬愛拉搖搖頭：「我最近很少看到喬迪，他會出去，有時候一去一整天。」

「妳知道他去哪裡嗎？」

「他常常沿著主河往上走。」

「他會不會帶著沃夫一起？」

「會，可是今天沒有。」

「妳請沃夫幫忙，可以找得到嗎？」

喬愛拉看著沃夫，又看著達弩格：「也許可以。」喬愛拉顫抖的微笑著：「是啊，應該可以！」

「妳請沃夫去找喬達拉，我跟著沃夫，請喬達拉回來把妳媽媽叫醒。」達弩格說。

「媽媽跟喬迪最近都不講話，喬迪可能不想回來。」喬愛拉皺著眉頭說。達弩格覺得喬愛拉皺眉的樣子像極了喬達拉。

「喬愛拉，不用擔心。喬達拉很愛媽媽，媽媽也愛他。他如果知道媽媽需要他，一定飛也似的跑回來。一定會的。」達弩格說。

「達弩格，喬迪這麼愛她，幹麼不跟她說話？」

「有時候就算你愛一個人，也有不了解她的時候。有時候我們自己都不了解自己。妳請沃夫去找喬達拉，好嗎？」

「沃夫，來。」喬愛拉起身，用小手捧著沃夫的大頭，愛拉也常常這樣捧著喬愛拉的臉頰。她看起來真像縮小版的愛拉，達弩格忍住笑，旁邊的人也強忍住。「媽媽病了，需要喬迪救她。你要找到他。」喬愛拉指著主河的方向：「沃夫，去找喬迪。」

沃夫不是第一次奉命尋找喬達拉，牠曾和愛拉在遠行回程時，跟著喬達拉的行蹤一路尋找，那時喬達拉被阿塔蘿的獵人抓走了。焦急的沃夫舔了舔喬愛拉的臉，然後往主河方向出發。

後來沃夫轉回頭，往喬愛拉走去，喬愛拉說：「沃夫，去！去找喬達拉！」達弩格跟在沃夫後面，沃夫回頭再看了一眼，才嗅著地面、小跑步前進。

喬達拉遇到愛拉之後，巴不得馬上離開營地。到了主河，他沿著上游走，滿腦子剛才相遇的畫面。差一點，差那麼一點點他就會擁愛拉入懷。他好想擁抱愛拉，為何要縮手呢？如果沒有縮手，愛拉會有什麼反應？會生氣嗎？會把他推開嗎？還是不會？愛拉的表情好驚訝，好像受到嚴重驚嚇，但是喬達拉看到她不也是一樣驚訝嗎？

他為何要縮手呢？事情還能糟到哪裡？就算愛拉生氣，把他推開，也不會比現在糟啊！至少他就知道愛拉不要他了。可是他不想知道吧？不能一直這樣下去？愛拉跑走的時候是不是在哭？還是他自己的想像？她為什麼哭？當然是因為生氣。那她為什麼那麼生氣？因為看到他？看到他為什麼會生氣？喬達拉繼續想著，她在慶典那天晚上不都表現給我看了嗎？她再也不在乎我了，那她幹麼哭呢？

喬達拉平常沿著主河走，通常在太陽到達天頂、也就是中午的時候，再往回走。但是今天他滿腦子反覆想著每個能夠想起的細節，以及他認為記得的細節，絲毫沒留意時間，也沒留意太陽的高度。

達弩格為了跟上沃夫，大步走著，一面走，一面愈來愈懷疑沃夫走的路對不對。喬達拉會走這麼遠嗎？他停下腳步，快速喝口水再繼續走，這時中午已經過了很久了。達弩格站在河邊，看見蜿蜒大河遠方筆直的那一段，好像有個人影。他用手擋住眼睛上方的陽光，還是看不清楚水道轉彎處後面的景象。沃夫匆匆往前走，轉眼走出達弩格的視線。達弩格加快腳步，希望能趕上沃夫。

喬達拉發現河邊灌木叢裡有動靜，才從滿腦子思緒中抽離。他看到了，是一匹狼！在跟蹤我嗎？喬達拉伸手想拿標槍投擲器，但是他沒帶標槍，也沒有投擲器。他想從地上找個武器，粗樹枝、大鹿角，或者一塊大石頭都可以防身。那頭巨獸猛然衝出，喬達拉整個人被撞倒，只能用手遮住臉。

沒想到那頭巨獸非但沒咬他，還舔他。看到巨獸的耳朵活潑地揚起，才知道那是沃夫。「沃夫！是你嗎？你在這裡幹麼？」喬達拉坐起來，沃夫太興奮、太熱情了，喬達拉不得不抵擋一下。他坐了一會兒，拍拍沃夫，抓抓他耳朵後面，讓牠冷靜一下。「你怎麼沒跟喬愛拉還有愛拉在一起？你跟著我走那麼遠幹麼？」喬達拉開始覺得不太對勁。

喬達拉起身往前走，沃夫緊張地跳到他面前，再跳到來時路的方向。「沃夫，你要回去是嗎？唔，去啊，你回去吧。」喬達拉又開始走，沃夫又擋在他前面。「沃夫，你要幹麼？」喬達拉抬頭看著天空，發現太陽早就過了天頂了：「你要我跟你一起回去嗎？」

「沒錯，喬達拉，沃夫要你跟他一起回去。」達弩格說。

「達弩格！你怎麼會在這裡？」喬達拉說。

「我來找你。」

「找我？找我幹麼？」

「喬達拉，愛拉出事了，你要馬上回去。」

「愛拉？出了什麼事？」

「記不記得那種植物根？就是愛拉拿來做成藥水給自己和馬木特喝的那種根？她又做了一次給齊蘭朵妮看，這次她自己喝下去。現在誰也叫不醒她，連喬愛拉都沒辦法。齊蘭朵妮說你一定要馬上回去，不然愛拉的靈魂永遠回不來了。」達弩格說。

喬達拉臉色發白：「天啊！不會是那種根吧！喔，大媽，千萬別讓愛拉死！求求妳，愛拉不能死！」他沿著來時路奔跑回去。

出來的時候他滿腹愁緒，現在卻是一心一意地狂奔。沿著主河，他光著腳一路衝過灌木叢，手腳和臉都割傷了，他沒感覺到痛。他一直奔跑，直到喘不過氣來，喉嚨一陣刺痛，身體一側像被燒紅的刀子切割，雙腿也抽筋。這些痛苦他都沒什麼感覺，他的心比身體還痛。他跑得比達努格還快，只有沃夫追得上。

他不敢相信自己走了這麼遠，更糟的是不曉得路還有多長。他一兩次放慢速度喘口氣，卻從未停下腳步。灌木叢愈來愈稀疏，眼看營地就要到了，他加速往前衝。

他一見到人就問：「她在哪裡？」

「齊蘭朵妮亞木屋。」

所有參加夏季大會的人都在找他，都在等他。喬達拉衝向木屋，幾個人看到了不禁歡呼起來。他沒有聽見，狂奔衝過入口的簾子，看見愛拉躺在床上，周圍都是石燈。喬達拉筋疲力盡，喘著氣大叫：

「愛拉！」

第四十一章

喬達拉幾乎無法呼吸，每次喘氣都覺得喉嚨一陣刺痛。他全身汗水淋漓，身體一側疼痛依舊，只能彎著腰，站都站不直。他到偏屋後頭的床邊，雙腿抖個不停，幾乎站不住。沃夫擠到他身旁，舌頭垂下來，喘著大氣。

「喬達拉，坐著吧！」齊蘭朵妮說著，站起來，讓喬達拉坐在她的凳子上。她看出喬達拉承受著莫大壓力，也知道他跑了很長一段路。「拿些水給他喝。」齊蘭朵妮跟身旁的助手說：「也拿些水給狼喝。」

喬達拉靠近床邊，看到愛拉的皮膚一片死灰：「愛拉，喔，愛拉，妳為什麼又用那種根？」喬達拉幾乎講不出話，聲音很刺耳：「妳上次差點死掉。」喬達拉接住一杯水，這是個反射動作，他完全沒注意到有人拿水給他。他爬上床，把毯子掀開，拉起愛拉，把她抱在懷裡，驚訝地發現愛拉的身體好冰涼。「她好冷。」喬達拉哽咽啜泣，絲毫沒感覺到傾瀉而出的淚水，就算感覺到了他也不在乎。

沃夫看著床上的兩個人，抬起頭來，長叫一聲，叫聲令人毛骨悚然，木屋裡的齊蘭朵妮亞個個背脊發涼，屋外的人也一樣。正在吟唱的齊蘭朵妮亞聽見叫聲嚇一跳，少唱了一個節拍，讓賦格曲暫停了一秒鐘。喬達拉才聽見齊蘭朵妮亞的吟唱聲。沃夫把前爪放在床上，嗚嗚叫著愛拉。

「愛拉，愛拉，求求妳回到我身邊。」喬達拉懇求：「妳不能死，妳死了誰來給我生兒子？喔，愛拉，我真不該說這話。生不生兒子不重要，我要妳回來，我愛妳，就算妳不再跟我說話也沒關係，我只要能偶爾看著妳就好。求求妳回來。喔，大地之母，求求妳讓愛拉回來，求求妳。妳要我做什麼我都願意，只要愛拉能回來。」

齊蘭朵妮看到高大英挺的喬達拉臉上、胸前、雙臂和雙腿都割傷了，有些地方還流著血。喬達拉坐在床上，把奄奄一息的愛拉像嬰兒一樣抱在懷裡搖來搖去，眼淚流個不停，哭著要愛拉回來。齊蘭朵妮記得喬達拉打孩提時候到現在都沒哭過。喬達拉是不哭的，總是拚命控制自己的情緒，不表露出來。除了家人和齊蘭朵妮，很少人能真正親近喬達拉，不過，喬達拉成年以後也跟他們保持距離。

喬達拉跟達拉納住了一段時間，回來之後，齊蘭朵妮常想他可能不會再愛上別的女人了，她深深自責。她知道喬達拉那時還愛著她，自己也不只一次動心，想放棄齊蘭朵妮的身分和喬達拉配對。但隨著時光流逝，她一直沒有身孕，她知道自己的決定是對的。她認為喬達拉總有一天會配對的。她常覺得喬達拉無法全心全意愛一個女人，但是喬達拉需要孩子。他可以全心全意、毫無顧忌、毫不保留地愛他的孩子。喬達拉需要一個機會，全心全意去愛。

喬達拉遠行歸來，帶著一個他顯然深愛、也值得他愛的女人，齊蘭朵妮真心為他高興。不過她到現在才知道喬達拉對愛拉的愛有多深。首席內心閃過一絲愧疚，也許她不該鞭策愛拉成為齊蘭朵妮，她應該讓他們過著平靜的日子；但是這畢竟是大媽的選擇。

「她身子好冷，為什麼這麼冷？」喬達拉說著，把愛拉放在床上，在她身邊躺下，用自己的身體蓋住愛拉赤裸身體的一側，再把獸皮拉過來蓋上。沃夫也跳上床，擠在愛拉的另一側。喬達拉的體溫很快傳遍被窩，沃夫也貢獻體溫，保持熱度。喬達拉一直抱著愛拉，看著她，親吻她平靜蒼白的臉頰，跟她說話，求她回來，懇求大媽讓她回來。他的聲音，他的眼淚，還有他和沃夫的體溫，終於穿透愛拉最冷的深處。

愛拉默默哭泣：「是妳做的！是妳做的！」那群人還在吟唱，責罵愛拉。接著她看到喬達拉獨自一人站著，聽見附近傳來狼嗥聲。

「喬達拉，對不起。」愛拉哭著說：「我傷了你的心，對不起。」

喬達拉向愛拉伸出雙臂：「愛拉，」他喘著氣：「給我一個兒子。我愛妳。」

她往站在沃夫身邊的喬達拉走去，走到他們中間，然後感覺有東西在拉她。突然她又移動了，愈來愈快，比以前還快，即便她覺得自己是立定在原地的。神祕奇異的雲朵出現、眨眼又消失，但時間好像過了很久。深沉的虛空俯衝過來，她被怪異的虛空圍繞，看不見黑暗的盡頭。愛拉從霧中墜落，看見自己和喬達拉躺在床上，周圍都是石燈，接著又覺得自己在寒冷濕黏的殼裡。她想移動身子，可是身體僵硬且冰冷。最後她的眼皮顫動了一下，睜開眼睛，她看見深愛的男人滿臉淚痕，也感覺到沃夫溫暖的舌頭正舔著她。

「愛拉！愛拉！妳回來了！齊蘭朵妮！她醒了！喔，大地之母朵妮，謝謝妳。謝謝妳把愛拉還給我。」喬達拉邊哭邊說，把愛拉摟在懷裡，為愛而哭，為心中的石頭落地而哭。他不敢抱得太緊，怕弄痛愛拉，又不想放手。愛拉也不要他放手。

喬達拉終於鬆開雙手，讓齊蘭朵妮看看愛拉。「沃夫，下去吧！」喬達拉把沃夫推到床邊：「你救了愛拉，讓齊蘭朵妮看看她。」沃夫跳下床去，坐在地上看著他們。

首席彎腰看著愛拉藍灰色的眼睛睜開來，臉上露出蒼白無力的微笑。她難以相信眼前的奇蹟，搖搖頭：「我真不敢相信。我以為她已經死了，到了黑暗的地方，永遠回不來了。連我都沒辦法去那裡把她帶到大媽面前。我以為吟唱沒作用，做什麼都救不了她。我以為殷殷期盼沒有用，所有齊蘭朵妮氏人真心祈求也沒有用，愛拉回不來了。喬達拉，我還以為連你的愛都不能讓她回來。可是，所有齊蘭朵妮亞加起來也不如你一個人。是你把她從最深沉的大媽幽靈世界帶回來了。我常說大地之母從來不拒絕你的要求。這次就是證明。」

愛拉甦醒的消息快速傳遍營地。喬達拉把愛拉帶回來了。喬達拉做到了齊蘭朵妮亞做不到的事。夏季大會的每個女人內心深處都希望有人像喬達拉愛著愛拉一樣地深愛自己；每個男人都希望能夠邂逅一個值得深愛的女人。大家開始說起故事，是喬達拉的愛讓愛拉死而復生，這個故事會在火堆與營火之間永遠流傳。

喬達拉想著齊蘭朵妮的話。他以前聽過，只是不太明白。他聽說他深受大媽寵愛，沒有一個女人能抗拒他的魅力，連大媽也抗拒不了，不管他提出什麼要求，大媽都不會拒絕。聽到人家這樣說，他心裡並不舒服。別人還告誡他要小心許願，因為他的願望都會成真，這話他也聽不太懂。

愛拉醒來的頭幾天，筋疲力盡，動彈不得，非常虛弱，以致齊蘭朵妮有時覺得她可能無法完全康復。愛拉經常沉睡，有時動也不動，看來似乎沒有呼吸。她雖然睡著，卻不見得能好好休息，有時她會神智錯亂，翻來覆去、大聲說話。不過她每次睜開眼睛，喬達拉都在身邊。自從愛拉醒來，喬達拉除非必要，都一直守在愛拉身邊。他就在愛拉床邊地上鋪一張獸皮睡覺。

齊蘭朵妮心想，當愛拉在生死攸關之際可以活下來，不只因為喬達拉的愛，愛拉本身的求生意志也是關鍵。她這些年來經常打獵、運動，鍛鍊出強健的體魄，就算身受致命的重創，也能復元。

沃夫大部分時間伴在愛拉身邊，每次愛拉快要醒來，沃夫都能察覺。喬達拉禁止沃夫跳上床，也不准牠把髒爪子放在床上。所以沃夫只好趕在愛拉睜開眼睛之前把頭靠在床上看著她。喬達拉和齊蘭朵妮看見沃夫的舉動，就知道愛拉快醒了。

喬愛拉看到母親醒過來，又看到喬達拉和母親和好如初，非常開心；她常到齊蘭朵妮亞木屋陪他們。雖然不睡在那裡，只要喬達拉和愛拉醒著，喬愛拉就會多待一會兒，或坐在喬達拉的大腿上，或躺在母親身邊，甚至跟母親一起睡一下。其他時候她只作短暫拜訪，好像在告訴自己，一切還是好好的。愛拉恢復的差不多了，常常叫沃夫陪喬愛拉一起出去，沃夫剛開始很為難，不知道該留下來陪愛拉，還是跟喬愛拉出去。

首席也常出現在愛拉身邊。她覺得很自責，沒有在愛拉剛到這裡時多關心她。可是為了夏季大會，她幾乎耗盡時間與精力，而愛拉的心思實在不易參透。愛拉很少談到自己，很少聊心事，把情緒藏得太好，別人很難看出她心情不佳。

愛拉躺著往上看，看到一個塊頭高大、一頭濃密紅髮和鬍鬚的男人正看著她，她微微一笑。她還沒完全康復，但已經搬回第九洞穴營地。剛才醒來時，喬達拉說達弩格想來探望她。後來她又睡了一會兒，聽見有人輕輕喚她的名字才又醒過來。喬達拉坐在身邊，握著她的手，喬愛拉坐在喬達拉的大腿上。沃夫在床邊地上，用尾巴敲了一下，跟這位年輕的馬木特伊氏人打招呼。

「喬愛拉，我跟妳說，波可凡跟其他孩子要去樂薇拉的火堆玩耍、吃東西。樂薇拉有些骨頭要給沃夫。」達弩格說。

「去吧，喬愛拉，帶沃夫一起去。」愛拉說著坐了起來：「他們看到妳會很高興，這次夏季大會快結束了。我們回家以後，妳要等到明年夏天才會再看到他們。」

「好的，媽媽，反正我餓了，沃夫也餓了吧！」喬愛拉給他們一個擁抱，往門口走去，沃夫跟在後面。沃夫離開木屋之前，回頭對著愛拉嗚嗚叫了幾聲，才跟著喬愛拉出去。

「達弩格，坐。」愛拉指著一個凳子，看看四處：「德魯偉呢？」

達弩格在愛拉身邊坐下：「艾達諾需要一位跟他沒有血緣關係的男性友人幫忙，好像跟他的配對典禮有關。我要充當親人，所以德魯偉去幫忙了。」

喬達拉點點頭，表示理解：「要熟悉一整套新習俗真的很難。我記得索諾倫要跟潔塔蜜歐配對時也是這樣。我是他的兄弟，所以是夏拉木多伊氏的親族。我又是他唯一的親人，所以要參加典禮。」

喬達拉說起去世的兄弟比較不激動了，不過愛拉還是看到他臉上寫著遺憾。她知道，那是喬達拉心中永遠的痛。

喬達拉靠近愛拉，用雙臂摟著她。達弩格對著他倆微笑：「首先，我有句話跟你們說。」他裝出嚴肅的模樣：「你們兩個要到什麼時候才會明白彼此心裡愛著誰？不要再互找麻煩了。聽好：愛拉只愛喬達拉一個男人，喬達拉只愛愛拉一個女人。記住了嗎？你們兩個從未愛上別人，以後也不會愛上別人。我要立下一個你們下半輩子必須遵守的規定。其他人高興跟誰交歡就跟誰交歡，我不管，但是你們只能跟彼此交歡。要是讓我聽到什麼風聲，我就要回到這裡把你們兩個綁在一起。聽到沒有？」

「是，達弩格。」喬達拉和愛拉齊聲說。愛拉轉頭對著喬達拉微笑，喬達拉也報以微笑，兩人又對著達弩格笑。

「告訴你一個祕密，我們打算再生個小孩。」愛拉說。

「現在還不行。」喬達拉說：「等齊蘭朵妮說妳身體夠好了才行，現在不行，先等等。」

「我不知道哪一種恩典比較好。」達弩格的臉上掛著大大的微笑：「是交歡恩典比較好呢，還是知識恩典。我想大媽一定很愛我們，才會讓創造新生命成為這麼棒的享受！」

「有道理。」喬達拉說。

「我已經開始把齊蘭朵妮氏的大地母親之歌翻譯成馬木特伊氏的語言，好讓大家都知道。等回去之後，我要找個伴侶，生個兒子。」達弩格說。

「生女兒不好嗎？」愛拉說。

「女兒沒什麼不好，只是我不能給女兒取名字。我要一個兒子，可以替他取名字。我從來沒給孩子取過名字。」達弩格說。

「你沒生過孩子，當然沒給孩子取過名字。」愛拉笑著說。

「唔，那倒是真的。」達弩格有點懊惱：「據我所知是沒有啦！你們知道我的意思，我從來沒有機會生孩子。」

「我了解他的心情。我們第二胎生男生女都可以，不過替兒子取名字不曉得是什麼感覺？」喬達拉說：「達弩格啊，馬木特伊氏人要是不接受男人給兒子取名的想法怎麼辦？」

「我只要確定我配對的對象贊成就好。」達弩格說。

「這倒是真的。」愛拉說：「可是達弩格，你幹麼一定要回去找伴侶呢？你可以像艾達諾一樣留在這裡啊！你一定可以找到一個願意跟你配對的齊蘭朵妮氏女人。」

「齊蘭朵妮氏女人都很漂亮，不過我很多地方跟喬達拉很像。旅行雖然很有趣，不過我還是想回到族人身邊定下來。再說我在這裡只想跟一個女人配對，那就是愛拉。」達弩格對喬達拉眨了眨眼：「她已經名花有主了。」

喬達拉咯咯笑。愛拉覺得達弩格像在說笑，但他的眼神和語氣又讓人覺得不完全是開玩笑。

「我覺得很開心，她願意跟我回家。」喬達拉用明亮活潑的藍眼睛看著愛拉，愛拉覺得一陣興奮直達內心深處。「達弩格說的對，朵妮一定很愛我們，所以製造孩子的過程才會是交歡恩典。」

「喬達拉，對女人來說不只是交歡而已，生產很痛苦的。」愛拉說。

「愛拉，妳不是說生喬愛拉很輕鬆嗎？」喬達拉皺起眉頭，額頭上浮現幾道皺紋。

「喬達拉，就算輕鬆也還是痛，只是沒有我想的那麼糟而已。」愛拉說。

「我不想讓妳痛。」喬達拉轉頭看著愛拉：「妳確定我們要生第二個嗎？」喬達拉突然想起索諾倫的伴侶就是因為生孩子而送命。

「喬達拉，別傻了，當然要再生一個。不只為了你，我自己也想要，生產沒那麼恐怖！要是你不想生，唔，我就去找個願意的男人。」愛拉擺出揶揄的微笑。

「不可以！」喬達拉摟了一下愛拉的肩膀：「達弩格才說妳只能跟我交歡，妳忘啦？」

「喬達拉，我從來不想跟別的男人交歡，是你教我大媽的交歡恩典。沒有人比你更能給我歡愉，因為我深愛著你。」愛拉說。

喬達拉眼眶泛著淚，趕緊轉過頭去不讓人看見。達弩格從另一個角度發現了，卻假裝沒看到。喬達拉轉回頭，認真看著愛拉：「瑪羅那的事，我一直沒告訴妳我有多內疚。我不是真的喜歡她，是她勾引我。我不想跟妳說，是怕妳傷心。妳看到我跟她在一起，妳一定很恨我。我要妳知道我只愛妳。」

「喬達拉，我知道你愛我。」愛拉說：「全夏季大會的人都知道你愛我。你要是不愛我，我就不會在這裡了。喬達拉，達弩格說的是一回事，只要你需要，甚至想要，還是可以跟別人交歡。我不恨瑪羅那了。我不怪她喜歡你，哪個女人不喜歡你呢？分享交歡恩典並不能帶來愛，但會帶來孩子。愛可以讓交歡恩典更享受，所以只要你愛著一個人，偶爾跟別人交歡有什麼關係呢？交歡只是一時，怎麼比得上一輩子的愛呢？即使在部落，交歡是男人需求的發洩。你該不會認為你跟別人交歡，我就跟你斷絕關係吧？」

達弩格大笑：「如果這樣就要斷絕關係，那大家都要斷絕關係了。大家很期待尊崇大媽的慶典，可以偶爾跟別人分享交歡恩典。聽說塔魯特在慶典連續跟六個女人交歡。我母親老是說她想看看有沒有男人能打破塔魯特的紀錄，但是到目前為止還沒有。」

「塔魯特比我厲害。」喬達拉說：「我以前也像他那樣，但現在體力沒那麼好，老實說，我也不那麼想要。」

「也許只是大家亂傳。」達弩格說：「我也沒看過他跟我母親之外的女人交歡。整個夏季大會他幾乎跟其他頭目在一塊兒，我母親則忙著跟親朋好友見面。我看很多人喜歡瞎編故事。」

他們停頓了一下，三人看著彼此。達弩格說話了：「我不會因為伴侶跟別人交歡就斷絕關係，但是說實話，我希望跟我配對的女人只跟我一個人分享交歡恩典。」

「那在榮耀大地之母的慶典呢？」喬達拉問。

「我知道我們應該在慶典中榮耀大地之母，但如果我的伴侶跟別人交歡，我怎知道她在我的火堆地盤生下的兒女是我的呢？」達弩格說。

愛拉看著他們兩個，想起首席的話：「男人如果真心愛著女人在他火堆地盤生下的兒女，何必計較是誰的孩子？」

「也許不該計較，但我還是希望是我的孩子。」達弩格說。

「你製造了他，他就是你的孩子？就是你的財產？」愛拉說：「達弩格，你沒擁有他，就不愛他啦？」

「所謂我的孩子並不是擁有的意思，而是我製造的孩子。」達弩格說：「我的火堆地盤兒女我都愛，就算不是我製造的，甚至不是我伴侶生的都無所謂。我愛萊岱格這個兄弟，他對我來說不只是兄弟，雖然他不是塔魯特的孩子，也不是妮姬的孩子。不過我希望知道我的火堆地盤兒女是不是我的。女人不用擔心，女人心裡都很明白。」

「愛拉，我了解達弩格的感受。當初知道喬愛拉是我的孩子我很開心。大家都知道她是我的孩子，因為大家都知道妳只跟我交歡。我們在慶典中都會榮耀大媽，只是我們每次都選擇了彼此。」

「你要是跟伴侶一起走過生產的痛苦，大概就不會那麼想生自己的孩子了。」愛拉說：「有些女人寧願一輩子不生小孩，這種女人不多，但還是有。」

兩個男人互看一眼，卻沒有看愛拉，他們剛剛大剌剌講出違反族人習俗信仰的話，覺得有點難為情。

「對了，你們曉不曉得瑪羅那又要配對了？」達弩格換個話題。

「真的啊！」喬達拉說：「我不知道，什麼時候？」

「過兩天吧，在配對典禮上，跟弗拉那和艾達諾一起。」波樂娃說。她剛進來，後面跟著約哈倫。

「艾達諾告訴我的。」達弩格說。

大家互相打招呼，女人彼此擁抱，第九洞穴的頭目彎下身去，和愛拉碰觸臉頰。幾張矮凳被拉到愛拉床邊。

大家坐好後，愛拉延續剛剛的話題：「她要跟誰配對？」

「勒拉瑪的朋友，之前跟他們住在偏屋，現在不在那裡了。」波樂娃說：「我們不認識，不過也是齊蘭朵妮氏人。」

「他來自西邊在大河一帶生活的洞穴群。聽說他來我們的夏季大會是要帶口信給人，後來住了下來。他跟勒拉瑪他們相處得不錯，不曉得他們之前是不是認識。」約哈倫說。

「我好像知道是誰。」喬達拉說。

「他們離開偏屋之後，他一直住在第五洞穴營地，瑪羅那也住在那裡。他們在那裡認識的。」波樂娃說。

「我以為瑪羅那不想再配對了，對方好像年紀很輕，不知道瑪羅那怎麼會選擇他？」喬達拉說。

「她大概沒什麼選擇吧！」波樂娃說。

「大家都說她長得很漂亮，要選誰都沒問題吧！」愛拉說。

「一個晚上還可以，要當伴侶就不行了。」達弩格說：「聽說，之前跟她配對的那些男人對她沒什麼好評價。」

「她沒生孩子。」波樂娃說：「有人說她生不出來。有些男人沒辦法接受，她要配對的對象應該不在乎！瑪羅那要到他的洞穴生活。」

「我好像見過他。」愛拉說：「有一天晚上我跟艾丘札從蘭薩朵妮氏的營地走回來，好像碰到他。我不太喜歡他。他為什麼要搬出偏屋？」

「他們的私人物品被偷，就搬出去了。」約哈倫說。

「這事我也聽說了，不過那時沒留意。」喬達拉說。

「有人偷東西？」愛拉說。

「有人把住在偏屋裡每個人的東西都偷光了。」約哈倫說。

「怎麼有人做這種事？」愛拉說。

「不知道。勒拉瑪發現他才交換來的新冬衣被偷了，還有行囊籮筐，連巴瑪酒也幾乎被偷光，差點氣死。有人被偷了全新的連指手套，還有人被偷了一把好刀。食物幾乎被偷光。」約哈倫說。

「有人知道是誰偷的嗎？」喬達拉問。

「兩個人不在，一個是布魯克佛，另一個是馬卓曼。」約哈倫說：「大家知道布魯克佛什麼都沒帶就跑走了。跟他一起住在偏屋的人說，他走了以後，他的東西多半在偏屋，但是後來很多都不見了，馬卓曼的東西也不見了。」

「我聽到齊蘭朵妮跟人說，馬卓曼沒有歸還他當助手時拿到的聖物。」波樂娃說。

「我親眼看到馬卓曼離開！」愛拉突然想起來。

「什麼時候？」約哈倫問。

「第九洞穴跟蘭薩朵妮氏合辦宴席的那天。我一個人在營地，剛從住處出來。他看我的眼神充滿恨意，我被嚇到了，他好像急著要走。那天我覺得他怪怪的。印象中他幾乎都穿著助手的束腰上衣，那天他卻穿著普通衣服，衣服上是第九洞穴的圖案，不是第五洞穴的，我覺得很奇怪。」

「那是勒拉瑪的新衣服。」約哈倫說：「我就懷疑是他。」

「你覺得是馬卓曼拿的？」愛拉說。

「是啊，被偷的東西一定是他拿的。」

說。

「約哈倫，你應該沒錯。」喬達拉說。

「他被齊蘭朵妮亞逐出之後，丟盡了臉，應該不想見人了，至少不想見到認識他的人。」達弩格說。

「他到哪裡去了？」波樂娃說。

「大概去找另外一群人一起生活吧！」約哈倫說：「所以才要偷東西。他知道冬天快來了，又不曉得會落腳在哪裡。」

「他有什麼本事讓陌生的人接受他？他沒有一技之長，打獵的功夫也不怎麼樣。聽說他自從加入齊蘭朵妮亞，就再也沒有打獵了，連幫忙打獵都沒有。」喬達拉說。

「幫忙打獵這件事，誰都懂得怎麼做，也幾乎都做過。孩子喜歡敲打灌木叢，製造很多噪音，把兔子跟其他動物趕出來，再把動物追趕到獵人那裡，或者趕進網子裡。」波樂娃說。

「馬卓曼有個本事，就是因為這個本事，他才不歸還齊蘭朵妮亞給他的聖物。」約哈倫說：「就是這樣，他會成為齊蘭朵妮的。」

「他不是齊蘭朵妮！」愛拉說：「他自稱受到召喚，根本在騙人。」

「陌生人不會知道啊！」達弩格說。

「他跟著齊蘭朵妮亞這麼多年，一定很會假扮，他一定會再次騙人。」波樂娃說。

「妳覺得他真的會這樣做嗎？」愛拉一想到就覺得可怕。

「愛拉，妳應該告訴齊蘭朵妮妳看到他走。」波樂娃說。

「其他頭目也應該知道。」約哈倫說：「喬達拉，我們要在明天你的談判大會之前提這件事。至少讓大家有別的話題，不要只談你的事。」

愛拉的眼睛睜得好大：「這麼快？波樂娃，我也要到場。」

四面環繞小山的大平台上，斜坡前方有塊平地，他們聚在那裡。勒拉瑪坐著，現在站在他面前的男人之前狠揍過他，不過，他現在差不多康復了，只是臉還有點腫，上面的疤痕和被打歪的鼻子將陪他度過下半輩子。喬達拉站在午後的豔陽下，看著勒拉瑪受傷慘重的臉，強迫自己不要往後退。以他現在的模樣，如果不說出他是誰，連他熟悉的人恐怕也認不出來。之前有人說勒拉瑪可能會瞎掉一隻眼睛，喬達拉慶幸結果不是那樣。

這場會議雖是第九洞穴和第五洞穴談判，齊蘭朵妮亞負責調停，不過只要有興趣的人都能與會；所以參加夏季大會的人幾乎都好奇得表示「有興趣」。第九洞穴本來希望延到齊蘭朵妮氏夏季大會結束後再談判，但是第五洞穴堅持現在舉行。他們想在接納勒拉瑪之前，知道他們和勒拉瑪可以從喬達拉和第九洞穴拿到多少補償。

公開談判之前，喬達拉和勒拉瑪先在齊蘭朵妮亞的木屋見了面，在場的還有約哈倫、第五洞穴頭目凱莫丹、各洞穴的齊蘭朵妮、幾位頭目。這是喬達拉和勒拉瑪發生事情後第一次見面。大家知道瑪桑那身體不好，勸她不要去，何況勒拉瑪的母親已經不在了，她就更不必要出席，可她還是堅持要去。喬達拉是她的兒子，她要在場。喬達拉和勒拉瑪各自的伴侶並不用到場，因為她們在的話會讓問題更複雜。愛拉算是罪魁禍首，勒拉瑪的伴侶則是不想跟他一起搬到第五洞穴，這也是個問題。

喬達拉馬上道歉，表示自己很後悔。面對這個第九洞穴頭目高大英俊的兄弟，勒拉瑪只有輕蔑。這輩子他頭一次占上風，這次他有理，他沒做錯事情，也沒打算放棄自己的優勢。

與會人士走出木屋，聽眾傳出嘰喳聲音，說著愛拉看到馬卓曼離開營地、身上穿的衣服很可能是從勒拉瑪那兒偷的。大家也在猜測各種後果，談論喬達拉和首席跟馬卓曼的恩怨，說馬卓曼被逐出齊蘭朵妮亞，是愛拉導致馬卓曼被逐，還有人在議論為什麼只有愛拉看到馬卓曼離開呢？大家滿懷期待坐下，等待好戲開鑼。這麼精采的戲碼可不是天天上演，這個夏天真是高潮迭起，不愁在無聊漫長的冬季時沒有話題可聊了！

「我們今天有幾件大事要解決。」首席開講：「跟幽靈世界無關，是大媽的孩子之間的問題。我們祈求朵妮見證議事過程，指引我們說出真相、正確思考，做出公正的裁決。」

首席拿出小雕像，舉了起來。那是個成熟的女人，腿由上而下愈來愈細，雙腳小到幾乎看不見。雖然看不清楚雕像，大家都知道那是朵妮像，是統攝萬物的大地之母的幽靈、或其中一部分所居住的地方。會場中央立著一座高聳的石標，幾乎可稱之為石柱，基座由幾塊大石頭組成，愈往上愈細，頂部是平坦的砂礫石。

首席用誇張的動作將朵妮像的腳放在砂礫石上，把朵妮像立起來。此時拿出朵妮像是為了預防有人蓄意說謊，因為朵妮像能發揮強大的威懾力量。首席已經祈求大媽的幽靈作見證，所以大家知道說謊一定會被大媽揭穿。就算一時沒被揭穿，總有一天也會真相大白，到時說謊的人要付出更慘痛的代價。當然今天還是會有人說謊，但是大家看到朵妮像，說話就會收斂一些，不至於過分地誇大。

「我們開始吧！」首席說：「當天有很多位目擊證人，我們不需要講太多細節。簡單來說，最近一次榮耀大媽的慶典，喬達拉親眼看到他的伴侶愛拉跟勒拉瑪分享大媽的交歡恩典。愛拉和勒拉瑪都是出於自願，並非受到暴力脅迫。愛拉，是不是這樣？」

愛拉沒想到這麼快就被問到，突然得承受所有人的目光。她吃了一驚，就算想說謊，也不知從何說起。

「是的，齊蘭朵妮，是這樣沒錯。」

「勒拉瑪，是這樣嗎？」

「是啊，她那時候很樂意，根本像是餓虎撲羊。」

首席很想警告勒拉瑪不要誇大其詞，但還是忍了下來，繼續說：「後來發生什麼事？」她還沒決定要問愛拉或喬達拉，勒拉瑪就搶著答話。

「我來告訴妳。接下來喬達拉用拳頭打我的臉。」

「喬達拉，是這樣嗎？」

喬達拉低下頭，吞了下口水：「是這樣沒錯。我看到他跟愛拉在一起，就把他從愛拉身上拉下來，還打他。我知道我錯了。我沒話說。」喬達拉雖這樣說，心裡卻想著，如果事情重演，他還是會揍人。

「喬達拉，你為什麼打他？」首席問。

「我吃醋了。」喬達拉嘟噥著說。

「你說你吃醋了？」

「是，齊蘭朵妮。」

「喬達拉，你要表達情緒，拉開他們就好了，何必打他呢？」

「我克制不住，一動手就……」喬達拉搖搖頭。

「他一動手誰都攔不住。他連我都打！」第五洞穴頭目說：「他根本失控了，發瘋似的。要不是那個大塊頭馬木特伊氏人抓住他，我們真不知道該怎麼辦。」

「所以他才會樂意收留勒拉瑪。」弗拉那壓低聲音跟波樂娃說，但周圍的人還是聽見了。「他攔不住喬達拉，還被他打，快氣瘋了。」

「他也喜歡勒拉瑪的巴瑪酒，以後他就知道勒拉瑪不是什麼好東西。」波樂娃說：「我就不會邀請他加入我的洞穴。」她轉頭看著會場中央。

「所以我們要告訴大家，」齊蘭朵妮說：「吃醋是很愚蠢的，會把事情弄到不可收拾。喬達拉，你明白嗎？」

「是，我明白。我那樣做很愚蠢，我真的很抱歉。我希望能彌補，妳要我怎麼做我都願意。」

「他沒辦法彌補。」勒拉瑪說：「我的臉不可能復原了，馬卓曼的牙齒也不會長回去。」

首席不耐煩地看了他一眼，覺得勒拉瑪沒必要提這件事，他不知道喬達拉是被馬卓曼激怒到極點才會動手。首席只是心裡想，並沒有說出來。

「已經賠償你了！」瑪桑那大聲說。

「我還要他們再賠！」勒拉瑪反駁。

「你要怎樣？」首席問：「你要怎樣的賠償？勒拉瑪，你要什麼？」

「我要揍他那張俊臉。」勒拉瑪說。

聽眾倒抽了一口氣。

「這倒是可以理解，只是大媽不允許這種補償方式。你能不能要求別的補償？」首席問。

勒拉瑪的伴侶站起來：「他一直給自己蓋更大的屋子。勒拉瑪，你何不叫他蓋個新的大屋子給你全家住？」

「楚曼達，這倒可以。」首席說：「勒拉瑪，你希望蓋在哪裡呢？第九洞穴，還是第五洞穴？」

「我不要這種補償。」勒拉瑪說：「她想住怎樣的屋子跟我何干！任何屋子到她手裡都會變成垃圾坑。」

「勒拉瑪，你孩子住哪裡，你也不在乎嗎？」首席問。

「我的孩子？照妳說的，他們根本不是我的孩子。妳說孩子的生命是從交歡開始，他們全都不是我的種……唔，博洛根好像是吧！我好幾年沒碰她了，還說什麼『交歡』！我說，跟她做那檔事根本不叫『交歡』。我不曉得那些孩子是誰的，大概是哪個男人在大媽慶典播的種吧！我不知道是誰，但絕對不是我。這個女人什麼都不會，就會喝我的巴瑪酒。」勒拉瑪冷嘲熱諷。

「勒拉瑪，他們仍然是你的火堆地盤的兒女，你要負責照顧他們。」首席說：「你不能遺棄他們。」

「為什麼不行？我不要他們了，他們對我來說什麼也不是，連母親都不在乎了，我幹麼在乎？」勒拉瑪無情地貶損他的火堆地盤兒女，看在第五洞穴頭目和其他人眼裡簡直不可思議。站在人群中的波樂娃低聲說：「我就說他不是什麼好東西。」

「勒拉瑪，那誰來照顧你的火堆地盤兒女？」齊蘭朵妮說。

勒拉瑪停頓了一下，皺起眉頭：「我才不管！給喬達拉照顧好了。我要的補償他都給不起，既不能恢復我的面貌，又不讓我揍回去。他那麼想補償，就讓他去照顧那個懶惰、聒噪又愛當老大的潑婦好了，那個潑婦生的孩子也給他吧。」勒拉瑪說。

「勒拉瑪，喬達拉雖然虧欠你不少，但是他也要養家，要他負擔你那一大家子，太過分了。」約哈倫說。

「沒關係，約哈倫，我願意。」喬達拉說：「如果勒拉瑪希望這樣，我願意。他不想照顧他的火堆地盤，總得有人照顧。孩子需要有人照顧。」

「你要不要先跟愛拉商量？」人群之中的波樂娃說話了：「要照顧那一大家子，她恐怕沒時間照顧自己的家庭。」其實愛拉跟喬達拉，比勒拉瑪跟楚曼達更關心那些孩子，她心裡想著，沒說出來。

「波樂娃，沒關係，他說的對。」愛拉說：「喬達拉打了勒拉瑪，我也有責任。沒想到事情會變成這樣，但是我跟喬達拉一樣有錯。如果勒拉瑪希望我們照顧他的家人，那我們就該照顧。」

「唔，勒拉瑪，你願意的話，那就這樣了。」首席說。

「是啊，能甩掉你們這些人有什麼不好。」勒拉瑪說著笑了出來：「喬達拉，楚曼達送給你，請慢用。」

「楚曼達，妳覺得怎樣？這樣妳接受嗎？」齊蘭朵妮問。

楚曼達指著愛拉：「他蓋了一個新屋子給她住，能不能給我蓋個一模一樣的？」

「可以，我一定會蓋個新家給妳。」喬達拉說：「要在第九洞穴還是第五洞穴？」

「唔，喬達拉，我要做你的第二個女人。」楚曼達裝害羞：「那就在第九洞穴好了，反正第九洞穴是我的家啊！」

「楚曼達，聽好了。」喬達拉直視著她：「我不會讓妳做我的第二個伴侶。我答應要照顧妳和妳的孩子，答應要蓋新屋子給妳，就只有這些。我打傷了妳的伴侶，以這些當作補償。妳絕對、絕對不會是我的第二個伴侶，楚曼達，妳聽清楚沒有！」

勒拉瑪笑了出來：「喬達拉，我警告過你了。她是個愛當老大的潑婦。她會把你當奴隸使喚的。」說著他又笑了：「其實這樣也不錯！看你被她整死也挺有意思的。」

「愛拉，妳確定要去那裡游泳嗎？」喬達拉問。

「在你帶瑪羅那去之前，那裡本來就是我們的地方，而且最適合游泳了，再說下游的河水那麼污濁泥濘，我從來到這裡都還沒好好游個泳，等一下我們又要走了。」愛拉說。

「妳確定身體可以受得了嗎？」

「沒問題，不用擔心。我大部分時間打算躺在河岸上曬太陽。我只是想跟你一起走走，離開人群一會兒。好不容易齊蘭朵妮說我恢復得差不多了。」愛拉說：「過幾天我還想騎嘶嘶到處走走。我知道齊蘭朵妮會擔心，但我真的沒問題，只是想出門走動而已。」

齊蘭朵妮之前很自責沒有多關心愛拉，現在卻變成過度保護她了。她覺得自己害愛拉差點送命，所以絕不能讓事情重演，喬達拉完全同意。因而愛拉有一陣子在他們兩人過度保護下生活，覺得很開心。

不過當她漸漸恢復體力，就開始覺得這種過度保護有點煩。愛拉一再跟齊蘭朵妮說自己恢復得差不多了，可以騎馬、游泳，但齊蘭朵妮不信，後來因為齊蘭朵妮想暫時打發沃夫出去，才同意放行。

喬愛拉和同齡孩子跟著齊蘭朵妮亞一起忙著排練一齣小戲，要在夏季大會閉幕的惜別慶典上演出。有沃夫在，孩子們很難專心排練，喬愛拉要管住沃夫，又要專心聽講，實在分身乏術。齊蘭朵妮委婉地告訴愛拉，大家很喜歡沃夫，但是她還是儘量把沃夫帶在身邊比較好。愛拉終於逮到機會，懇求齊蘭朵妮讓她帶著沃夫和馬兒離開營地去活動筋骨。

隔天早上，愛拉急著在齊蘭朵妮改變心意之前出門。喬達拉在早餐前給馬兒洗了澡、刷了毛。他在嘶嘶與快快身上綁上馬墊，在快快和灰灰身上繫上韁繩，馬兒知道要出門了，興高采烈跳躍著。他們這趟沒打算騎灰灰，不過愛拉不想讓灰灰孤單地留下，以免牠感到寂寞。馬兒喜歡有伴，若是跟同類在一起就更好了，再說灰灰也需要運動。

喬達拉拿起一對行囊馬鞍籮筐，掛在馬背，沃夫抬頭看著，一臉期待。兩個籮筐裡裝滿各種工具，還有亞麻纖維編成的淡棕色布料包著的神祕行囊。那些布是愛拉在休養期為了打發時間親手編織的成品。那時瑪桑那弄了一部織布機來教愛拉編織。有個籮筐用可以攤在地上的獸皮蓋著，另一個籮筐則用淡黃色的軟獸皮覆蓋，那是夏拉木多伊氏人的贈禮，可以當作毛巾。

他們走出木屋，喬達拉向沃夫打手勢，要牠跟他們一起走，沃夫跳躍著走在前面。愛拉在馬場附近停下，從紅梗灌木叢摘了幾個成熟的漿果。她拿著圓形沾著粉的藍色漿果在束腰上衣上擦了擦，發覺漿果外皮的藍色變深了，她把漿果扔進嘴裡，享受香甜多汁的美味，滿意地微笑。她爬到樹樁上，準備騎上嘶嘶時，感覺到在戶外的美好，而且不用急著要回到木屋。她太熟悉那間屋子了，支撐茅草屋頂的每根堅固木樁上的繪畫與雕刻，還有其中的每道裂痕，通風孔周圍黑黑的每道煤灰污跡，她都瞭若指掌。現在她只想看天空和綠樹，看那沒有任何小屋的大地風景。

他們騎馬出發，快快一反常態，不只活蹦亂跳，還有點暴躁。兩匹母馬也感染了快快的任性，難以駕馭。一走出樹林，愛拉就把灰灰身上的韁繩取下，讓牠隨心所欲地奔馳。愛拉和喬達拉默契十足，不約而同地催促坐騎疾奔，全速前進。馬兒消耗完了過剩的精力，心情輕鬆起來，自動減緩速度。愛拉可不一樣，她興奮極了。她一向喜歡騎馬奔馳，這些日子離不開營地，好不容易出來，她感覺格外興奮。

他們到了有高山、石灰岩懸崖與河谷的地方，悠閒的走著。正午的太陽還是很毒辣，不過夏季已經漸漸離去，早上通常涼爽舒適，晚上則是多雲陰雨。葉子漸漸從盛夏時節的翠綠轉為初秋時分的蔥黃帶紅。平原草地的顏色本來是深金與濃棕，現在轉由乾草的淡黃與灰褐接手，呈現冬季田野的主調。幾種非禾本科的草本植物顯出濃淡不一的紅色葉子。他們沿路常看見一株植物，或是一小叢藥草冒出來，愛拉很喜歡這些鮮豔顯眼的色彩。不過真正讓愛拉屏息讚嘆的是那面向南方、山腰處茂密林木的炫麗景致。從遠處看，五顏六色的灌木叢和樹木像極了由色彩繽紛的花朵所組成的大花束。

灰灰沒有人騎也一樣開心，牠偶爾停下腳步吃草。沃夫自己循著看不見的氣味與神祕的聲音，往山丘、灌木叢和高高的草叢裡去探險。他們繞了一大圈，最後從主河上游往大會營地方向折返。不過他們沒有返回營地，而是沿著第九洞穴營地北邊的森林小溪走，在太陽快到達天頂時，他們抵達小溪急彎處一個適合游泳的深水潭。樹叢為這個人煙罕至的砂礫石浴場帶來了斑駁的樹蔭。

愛拉從嘶嘶身上下來，感覺陽光十分溫暖舒適。她解開行囊馬鞍籮筐和馬墊，喬達拉把大張獸皮鋪在地上，愛拉拿出了繫繩皮袋，用手餵嘶嘶吃些穀物，大部分是燕麥，她輕輕撫摸、抓了抓嘶嘶，又餵幾把穀物。灰灰一直推她，也等著吃飯，愛拉餵了灰灰，摸摸牠。

喬達拉一邊餵快快，一邊摸牠。快快還是有點反常，很難駕馭，吃過東西又得到安撫後，才平靜些。不過他還是用韁繩把牠拴在小樹旁。喬達拉突然想起他曾想過要放走快快，讓牠找個新家，跟其他馬兒一起在平原生活。這個念頭又在腦海升起了，但他捨不得快快。

自由閒逛的沃夫突然鑽出灌木叢。愛拉為牠準備了一根多肉的骨頭，不過她想先逗逗沃夫再拿出來。她拍拍肩膀，沃夫用後腿一躍而起，把爪子架在她的肩上，愛拉毫不在意沃夫沉重的體重。沃夫先舔舔愛拉的脖子，再輕咬住她的下巴。愛拉親暱地依樣畫葫蘆，接著打手勢要沃夫下來。她蹲坐在沃夫面前，雙手捧著牠的頭，揉抓牠耳後的毛，把頸部愈來愈厚的那圈毛弄亂，然後摟著沃夫坐在地上。她知道之前她的靈魂在幽靈世界擺盪、生死攸關的時候，沃夫跟喬達拉一樣地在她身邊守候。

喬達拉看著愛拉和沃夫相處不下一百次，但每次還是覺得驚奇。他跟沃夫相處非常自在，不過偶爾還是會想起牠是獵食動物，是會殺戮的動物。沃夫的同類會跟蹤、殘殺、吃掉體型比自己大的動物。沃夫用牙齒輕輕磨蹭愛拉的喉嚨，也可以一口把她的喉嚨咬爛。儘管如此，喬達拉仍然安心地把妻兒交給沃夫。他親眼看到沃夫對愛拉和喬愛拉的愛，卻怎麼也想不通人狼之間會有如此真摯的情感。不過基本上他相信沃夫看待他就像他看待沃夫一樣，沃夫也可以放心地把愛拉和喬愛拉交給他。喬達拉很清楚，沃夫如果覺得他會傷害她們，就會毫不遲疑、極力地阻止他，即便殺了他也在所不惜。他看待沃夫也是這樣。

喬達拉喜歡看著愛拉和沃夫相處的畫面，不過她做什麼喬達拉都喜歡，尤其是他們和好之後，愛拉幾乎回到以前的樣子了。他跟第九洞穴一起出發前往夏季大會，留下愛拉時，心裡很難過，雖然出現了瑪羅那，他還是非常想念愛拉。他做出那樣的事，以為鐵定失去愛拉了；後來愛拉喝下植物根的汁液，他更感到萬念俱灰，以為從此跟愛拉天人永隔。他簡直不敢相信愛拉還能回到他身邊。他之前認定愛拉永遠不會回來了，直到現在，他會常常看著愛拉，對她微笑，看到愛拉報以微笑，才能相信她還是他的伴侶，還是他的女人。他們仍然像往常一樣，一同騎馬、游泳，伴著彼此，好像什麼事情都沒發生。

喬達拉想起和愛拉一起經歷的那趟遠行，沿路結識的人與冒險故事。他想起收養愛拉的猛獁象獵人馬木特伊氏和夏拉木多伊氏，他的兄弟索諾倫找到一位夏拉木多伊氏伴侶，自從她死後，索諾倫就失魂落魄。索莉和馬肯諾，還有其他人，都希望他和愛拉留下。愛拉醫好了羅夏麗歐長久無法痊癒的斷臂，他們就更希望她能留下。他們還結識了哈杜瑪氏的獵人傑倫，他和索諾倫拜訪過哈杜瑪氏。還有沙木乃氏，他們的狼女獵人抓走喬達拉，女頭目阿塔蘿想殺死愛拉，沃夫為了阻止她而把她殺了。還有蘿莎杜那氏……

喬達拉突然想起，他們從猛獁象獵人的領土開始遠行，途中拜訪蘿莎杜那氏的時光。蘿莎杜那氏住在東邊冰川高地的另一頭，那是大媽河的源頭。他們的語言跟齊蘭朵妮氏的語言有很多相似之處，所以喬達拉大致能聽懂。愛拉的語言天分很高，一下子學得比喬達拉精通。蘿莎杜那氏是齊蘭朵妮氏最知名的鄰居，兩地的旅人經常互訪，不過，跨越冰川並不容易。

他們拜訪蘿莎杜那氏時，剛好遇上大媽慶典，就在慶典開始前，喬達拉和蘿莎杜那私下舉行一場慶典，喬達拉向大媽祈求一個孩子，一個由愛拉在他的火堆地盤生下的孩子，一個他的靈魂，或者愛拉常說的，他的元精製造的孩子。他還有個特別請求，如果愛拉懷了孩子，他希望能確定是他製造的孩子。常有人跟喬達拉說，大媽非常喜歡他，所以沒有任何女人能抗拒他的魅力，連朵妮自己都抗拒不了。

那時，愛拉再度喝下危險的植物根汁液，迷失在虛空中，喬達拉相信一定是大媽聽見了他熱切的懇求，實現了他的願望，他在心裡再次深深感謝大媽。突然間他明白了，他和蘿莎杜那私下舉行的那場慶典所許的願也靈驗了。他知道喬愛拉是他的孩子，是他的元精的產物，他由衷感到喜悅。

他知道愛拉生下的每個孩子都是他的靈魂、他元精的產物，因為愛拉只愛他一個男人。知道這一點真的很開心。他也知道，不管發生什麼事，他都不會愛上別的女人，永遠只愛著愛拉。不過他也知道，新的知識恩典會帶來改變。想到這裡，他不禁感到迷惘，這改變會有多大呢？

迷惘的不只是喬達拉，所有人都在想這個問題，有一個人格外地認真。首席大媽侍者正靜靜坐在齊蘭朵妮亞木屋裡，思考著新的知識恩典。她心裡明白，知識將會改變世界。

▶ 請沿虛線剪下對摺，填妥寄回即可，免貼郵票

你喜歡貓頭鷹出版的書嗎？

請填好下邊的讀者服務卡寄回，

你就可以成爲我們的貴賓讀者，

優先享受各種優惠禮遇。

貓頭鷹讀者服務卡

謝謝您購買：______________________________(請填書名)

為提供更多資訊與服務，請您詳填本卡、直接投郵（免貼郵票），我們將不定期傳達最新訊息給您，並將您的建議做為修正與進步的動力！

姓名：______________ □先生 □小姐　民國______年生　□單身　□已婚

郵件地址：□□□ ________縣/市________鄉鎮/市區________________

聯絡電話：公(0　)__________　宅(0　)__________　手機__________

■**您的E-mail address：**______________________________

■**您對本書或本社的意見：**

您可以直接上貓頭鷹知識網（http://www.owls.tw）瀏覽貓頭鷹全書目，加入成為讀者並可查詢豐富的補充資料。
歡迎訂閱電子報，可以收到最新書訊與有趣實用的內容。大量團購請洽專線 (02) 2500-7696轉2729。
歡迎投稿！請註明貓頭鷹編輯部收。

廣	告	回	信
台灣北區郵政管理局登記證			
台北廣字第000791號			
免	貼	郵	票

104

台北市民生東路二段141號5樓

英屬蓋曼群島商家庭傳媒（股）城邦分公司

貓頭鷹出版社　　收